周立人小说精选

远方

周立人 著

SPM
南方传媒　广东人民出版社
·广州·

图书在版编目（CIP）数据

远方 / 周立人著. -- 广州：广东人民出版社，

2025. 5. -- ISBN 978-7-218-18514-9

Ⅰ. I247.5

中国国家版本馆 CIP 数据核字第 202531T3N1 号

YUANFANG

远　方

周立人　著

出 版 人：肖风华

责任编辑：范先銎
责任技编：吴彦斌

出版发行　广东人民出版社
地　　址：广州市越秀区大沙头四马路 10 号（邮政编码：510199）
电　　话：（020）85716809（总编室）
传　　真：（020）83289585
网　　址：https://www.gdpph.com
印　　刷：广州小明数码印刷有限公司
开　　本：787 毫米 ×1092 毫米　1/16
印　　张：19.25　　字　　数：325 千
版　　次：2025 年 5 月第 1 版
印　　次：2025 年 5 月第 1 次印刷
定　　价：78.00 元

如发现印装质量问题，影响阅读，请与出版社（020-87712513）联系调换。
售书热线：（020）87717307

目录

远　方

一

　　"南洋"号轮船抵达码头的时候已是黄昏。这会儿，虽然远处的景物已沉浸在一片静荡荡、灰茫茫的曛烟之中，现出似有似无的朦朦胧胧的轮廓，但码头附近的一切依然视若清明，好像有偏心的白昼在它退居之前特意给这一处地方留下一道通亮的、叫人留恋的光线。

　　借着这道光线，几条载着难民的木船缓缓地向岸边驶去，而后如释闷怀地、惬意地横卧在夕阳的余晖底下，尽情地享受着它的垂怜。没多时，散散点点的云儿开始聚拢起来；从云隙里渗漏出来的摇曳不定的亮光，间或凝聚成一把锋利的剑，在木船周围的水面上划来划去。暗红色的血，渐渐地从被割断的脉络里奔涌出来，继而凝固在木船的四周。

　　夜幕初降时分，那艘硕大无朋的、容颜憔悴的轮船上已经挤满了旅客。他们大多待在甲板底下灯光昏暗的货舱里。席地而坐的那些人，有的慵懒地靠在舱壁上吃着零食，时不时用袖管抹去挂在脸上的汗水；有的跟亲友或陌生人聊天，边聊边拍打着在眼前绕飞的蚊子；有的一下又一下地磕点着脑瓜，打起了带着轻微呼噜声的盹儿。其中还有几个怀抱婴儿的女人，她们一听见婴儿的啼哭就用类似歌谣或呓语的哼唱安抚他们，同时撩起衣襟将胀鼓鼓的奶头插入他们的小嘴里。

　　鸣响了一阵汽笛之后——这汽笛声几乎淹没了人的喧闹声、铁器的叮叮当当声和水拍击船边时发出的哗哗啦啦的响声——巨轮瞪圆犹如烟霭一般的昏黄的眼睛，凝睇着即将跟它告别的城市。这是一座小小的富有乡村气息的城市。城内除了几家洋人开设的商行外，绝大部分是广东人和福建人的市面。在不怎么宽敞的马路两边，可以看到相互间挨得很紧的铺子、旅店、茶楼、餐馆……偶尔还能见到站在广告牌底下的正在兜揽男人的风尘女子。

　　戴长思几乎是最后一个登上轮船的人。说他"几乎是最后一个"，那是因为还有一位年轻貌美的女士紧随其后。这女士上身穿一件淡紫色的短袖衬衫，下身罩一条长长的白色的裙子，小巧玲珑的玉足上套着一双深紫色的高跟鞋；整个装束瞧上去清丽高雅，使人联想到幽静的紫丁香和皎洁如月的白玉兰。特别是她头上的那顶镶着黑色饰边的小草帽和衬衫纽扣两旁的蝴蝶饰边，使她愈加显得生气勃勃、光彩夺目。

"喂，你能不能快一点？都什么时候了，还磨磨蹭蹭的！"上舷梯时，女士性急地说。拎在她手里的小皮箱，就像一根顶钟的圆木似的，一下子撞上了戴长思手里的旅行箱，险些叫他栽上一个跟头。

"你——"戴长思站稳后，拗转脸来横了她一眼，正想说她几句，但话到嗓子眼又好似被什么东西给卡住了。

这东西是来自深埋在他潜意识里的对女性的谦让与宽容，还是来自外部情势的催逼？是来自由那个小小的碰撞激发起来的浪漫情调与遐想，还是来自徘徊在他内心幽深处的受虐倾向？他自己也说不清。

两人上了船后，不约而同地走到甲板一边的护栏旁，然后放下手里的箱子，朝灯火如烟的码头望去。

或许是因为在上舷梯之前女士是一路小跑赶过来的，这会儿她感到有一股热潮正由内而外地从每一个毛孔里偾张出来，脸热得像是架着一只滚烫的炭炉。她从裙子的口袋里掏出一块漂亮的小手绢，轻轻地擦了擦鼻尖上沁出的几点汗珠，而后用嫩白纤细的手指将草帽往上推了推。漫游在四周的碎光，好似闻到了芳香的蜜蜂，倏地聚拢在她的周围，烘衬出她秀逸动人的侧影。

戴长思并没有注意到女士的一举一动。他神情凝重地注视着前方，蒙上了一层雾水的眼睛里流泻出一丝悲愁。这倒不是因为他对这座小城怀有一份特殊的、难以割舍的依恋之情，而是因为即将远离他的是曾经养育过他但又频遭外患的祖国。是啊，日本人已经打到了上海，毁了他的家宅，夺走了他家人的性命，这座位于广州湾的小城看来也危在旦夕，难逃厄运；眼下他只能去环珠岛暂避凶险，那里好歹是英国人管辖的地界，相对来说比较安全。

正当戴长思深陷离愁之中时，轮船又拉响了汽笛，不一会儿启碇驶出了码头。随着轮机声由弱变强，轮船越开越快。由船体的两侧带出的浪花，借着船的前行变成了一个偌大的"八"字，翻滚在灰黯溟蒙的天水间。

他正想提起旅行箱朝船舱走去，冷不防地袭来一阵夹杂着水腥味的风儿。这风儿将女士头上的草帽刮到了他的身上。他惶急地仰身后撤了一步，恍觉有一只调皮的小猫扑到他的怀里。见草帽顺着他的裤管滑落到积着些许尘垢的甲板上，并且在风中不停不住地摇曳着，好像随时会被风掳到海里，他来不及思考别的，赶紧弯下腰去捡草帽。可就在这时候，草帽借着强劲的风有如车轱辘似的滚动起来。于是，他跟火燎腚似的追了过去，一边追一边嘟哝道："你这不安分的淘气鬼，一逮住机会就戏弄人。看我不把你捏成碎渣去喂鱼！"

一溜奔跑之后，他终于捉住了这个爱捣蛋的家伙。他用左手捏住帽檐，用右手指轻轻地弹去粘在帽筒上的尘垢，酷似一个慈祥的父亲在扶起摔倒的孩子后扑拉着附着在孩子身上的尘土。

女士有如一尊尫像一动不动地站立着。她目光呆然地凝视着他，直到他拿着草帽走到自己的跟前。接过草帽后，她连一声谢都忘了说，只是不停地用两手搓捏着帽檐。接着，她闪动着细长的睫毛，将眼前的这位具有骑士风度的男士上上下下、仔仔细细地打量了一遍。她发现：穿在他身上的那套浅蓝色的西服虽然有点脏、有点旧，但做工十分考究而且很合身；系在白色衬衣上的那条银灰色的领带看上去很柔滑、很光亮，好像是用上好的丝绸做的；他顶多二十五岁，比自己高出至少半个头；两道纤细的眉毛底下是一双多情且忧郁的眼睛，里面仿佛深藏着让人捉摸不透的秘密。

面对这位萍水相逢的美貌的女士，尤其是她那羞怯中带有一点探寻的目光，戴长思此时此刻有点不知所措了。可他还能敛抑心头的躁乱，不让它表露出来。他微颤着嘴唇不自在地笑了笑，而后提起自己的旅行箱急步匆匆地朝船舱走去。而女士这会儿若有所失地紧盯着他的背影，直到他像被云雾吞没的月亮消逝于纷杂的背景之中。

她神情呆滞地站立了一会儿后，忽觉从背后吹来一阵又一阵适意的凉风。这风使她不觉萌生出一种奇妙的感觉。她恍惚感到自己变成了一只小小的海鸟，拍动着两翼掠过船舷，飞向远处幽寂如梦的山影；感到自己的身子突然间变得轻飘飘的，像是一簇纤弱的漂浮在水面上的蒲公英。她慢慢地侧转身子，不经意地看了一眼在水中颤动的零零星星的灯光，只觉得自己的那颗怦怦跳动的心就跟它们一样，随时会被船边涌起的浪花卷走……

这时的戴长思，已待在一间供单人用的小舱内——他不想跟其他的难民挤在一起，所以在上船之前特意订了这间舱，而且还为此花了不少钱。他知道，混杂在难民里的有小偷，有无赖，有跑码头的小混混，还有眼里带钩带刺的暗娼……这些人要么没让你遇上，让你遇上了麻烦可就大了。现在，一想到自己能暂时避开这些乌七八糟的专干下作营生的鼠雀之辈，他暗自庆幸地松了一口气。

他慢嚼慢咽地吃了一些随身携带的干粮后，将疲惫的身子斜躺在一张窄小的板床上，两眼对着头顶上的电灯发呆。

没一会儿工夫，方才遇到的那位女士如梦似幻地浮现在他的眼前：她楚楚不凡的仪表，纤巧婀娜的体形，还有那梳得随便但又自成风格的短发，特别是那充满着青春活力的赛如三月桃花的脸庞和那双嫣然动人的眼睛……这一切就如同一根插入棉花糖中的细棍搅动着他的心绪。

这会儿她在什么地方？会在做些什么？难道她也是孤身一人去环珠岛？从沾着细微灰尘的灯泡里弥散出来的蛾黄的光晕，最终将盘旋在他脑海里的关于她的记忆和疑问都溶解了，叫他晕沉沉的只想睡上一觉。摇摇晃晃的船身以及舷窗外面的水动声，趁此机会一下子把他拖入飘飘忽忽的梦境里。

在梦境里，时光回流到了两个月前。

日本人的轰炸机，似乎在一夜之间像蝗虫一般飞到了他家乡的上空，扔下一颗又一颗炸弹。一阵阵轰隆轰隆的巨响之后，满街都是逃难的人群。人们奔跑着，呼喊着，诟骂着。他提着一只里面装着些衣物和值钱东西的旅行箱混杂在逃难的人流之中。

天麻麻亮时，他好不容易搭上一辆开往桐庐的车，可车子却在半道上抛了锚。

见司机从中午修理到傍晚也没把车修好，他干脆下了车，朝五里以外的一个小镇赶去，打算在那里歇宿一夜。然而，出乎预料的是，他还没赶到小镇就被弥漫在四周的昏黑包围了。由于天色太暗且人生地不熟的，他只好在路过一个小村庄时找来一个挑夫，让挑夫一边扛着旅行箱一边给他带路。

他跟着挑夫手里的一盏纱笼烛灯，行走在万仞高山的阴影下，彳亍在崎岖不平的羊肠小道上。挟着凉意的山风，不时地掠过黑莽莽的丛林，发出令人发憷的尖啸。被风儿扬起的落叶，好似群飞的蝙蝠在他俩的头顶上打着圈。

翻过两道山梁后，他俩总算望见点点如豆的幽幽灯火，于是顺着倾斜的山坡一口气奔了过去。不多时，他俩在一座点着挂灯的石库门前停了下来。

这石库门里是一家小小的客栈，而且是镇上唯一的一家通宵营业的客栈。

他劝挑夫跟他一起住下，可挑夫怎么说都不愿意，称自己的那口子正等着他回去，他要是不回去的话，她会因害怕他出事而彻夜不眠的。于是，他就多给了挑夫一些钱。

挑夫走后，他独自一人住进了客栈。由于太劳累了，他一躺上床就睡着了，而且一觉睡到次日的晌午。起身盥洗之后，他走出窄小拥挤的客栈，来到外面的小街上。他买了一个烧饼，一面吃着，一面漫无方向地闲逛起来。

不知不觉中，他沿着一条两边长着杨柳的小路来到了一条大河旁，只见碧澄澄的河水有节奏地拍打着河岸，溅起一串串晶莹剔透的水珠。在河的对岸，矗立着一座奇峰耸拔的高山；它像寺庙里的弥勒大佛，似看非看地俯视着波涛翻涌的河水和笼罩着些许神秘气息的小镇。几只羽色雪白、两腿细长的鹭鸶，来来回回地在空中兜着圈子；时而俯冲下来捕捉小鱼小虾，时而降落到浅水滩上悠闲自在地舔食开着浅红色小花的蓼草。

就在他沉湎于这世外桃源一般的景色之中时，不知从哪里传来一阵阵嘈杂的声音。不久，一条偌大的木船从河的上游推波拥浪地驶了过来。

见木船在离他不远的地方下了碇，他好奇地跑了过去。没一会儿工夫，从船上匆匆走下一拨人。他们有的携儿带女，有的搀扶着老人，有的用肩膀顶着沉重的行李……

他拦住一位梳着学生头、穿着学生装的青年，向他打听这船是开往哪里的。这青年告诉他是开往桐庐的。于是，他好说歹说地求船老大等他一会儿，然后赶回客栈去结账。可是，当他提着旅行箱奔到河边时，不料那条船已经开走了。无奈之下，他只好耐下心来等后面的一班船，一直等到天色快要黑尽时才如愿以偿。

到达桐庐后，他在一家米店借宿了几天，而后又坐船去了衢县。在抵达衢县的当日，他有幸搭上了开往南昌的最后一班火车。

为了节省开支，他刚到南昌就买了一套擦皮鞋的家伙什儿，天天靠给人擦皮鞋挣些糊口的小钱，晚上睡在一座被废弃的娘娘庙里。苦熬了一些日子后，经过几番周折，他才辗转来到了广州湾的那座小城……

发生在这两个月里的事情，就像电影一样一幕又一幕地映现在他的睡梦里，尽管旅行途中攒聚起来的疲劳困倦几乎快要掏空了他的大脑和身躯。

第二天清晨，戴长思在一阵沉闷的汽笛声中迷迷糊糊地醒来了。这汽笛声，好似从驮重的轮船的躯体里偾张出来的，带着几分凄凉与悲切；又好似一个庞大而沉重的轱轮，碾压在每个背井离乡的人的心头。是啊，自古云："黯然销魂者，惟别而已矣。"接下去等待着这些难民的不知是什么样的命途。

他拧着眉头满腹愁肠地想了一会儿心事，然后一骨碌翻身爬了起来。他从上衣的口袋里摸出一把小小的木梳，而后一面梳理着头发，一面观赏着舷窗外面的美景：一片墨绿的大海的上空是半透明的橙色，几只海鸥在空中飞翔着——它们时而盘旋，时而往前直飞；盘旋时像是在跟天空嬉戏，往前直飞时像是一动不动地贴在天幕上。远处有一艘货轮在徐徐地移动着；从烟囱里冒出来的轻烟，宛如白色的丝带飘荡在天水之间。

"看来，'南洋'号轮船马上就要靠岸了。"望着这一方美丽的水色天光，他不禁欣喜地自语道。

梳理好头发后，他将木梳放回衣袋，然后在原地做了几个伸展四肢的动作。紧接着，他不紧不慢地走出船舱。

在狭长的、弥漫着海水味、机油味和二氧化碳味的过道里，他先是呆板迟钝地站立了片刻，像是在为什么事情而犹豫不决，而后毫不迟疑地锁上舱门。

"你好。"这时候，一个船工从他身边走过。

"你好。"他侧过身来应了一句，随后问道："这船是不是马上就要靠岸了？"

"至少还要半个钟头吧。"船工说。

"那就好，谢谢。"他说罢，从容不迫地沿着过道慢慢地往前走，边走边留意着在他面前晃动的人影，希望在这些人影里能发现那位头戴草帽的女士。

最终，他没有发现她，于是带着有点失落与茫然的心情来到铺满晨晖的甲板上。

　　一阵又一阵清爽舒适的晨风，轻轻地柔柔地摩挲着他的脸。从船边溅起的水花，无所顾忌地抛洒在护栏的内侧。他刚将两只手安放在还沾着露水的护栏上面，只听得身后响起一阵嘚嘚嘚的脚步声。这是高跟鞋敲打在钢板上时发出的响声，清脆得犹如珠落银盘。这声音，一下子打破了他刚刚平复的心情，使他骤然变得焦虑起来。他可以从这响声中估摸出那位女性的岁数和体重，她的容貌、身形和性格，甚至可以感应到她肌肤的温度，听到她肌肤底下热血流动的细微声响。他极力地控制着自己，故意将目光投向远处渺茫如烟的山影。他寻思着，这会儿只要他一回头，就很可能给自己带来一连串的意想不到的后果，至少证明他是一个缺乏定力的、抵挡不住诱惑的凡夫俗子……随着响声的越来越近，他几乎屏住了呼吸，同时觉得自己的怀里好像有一只袋鼠在活蹦乱跳，觉得自己心跳的节奏和这响声的节奏都快融合为一、难辨彼此了。

　　"Good morning, sir.（早安，先生。）"脚步声戛然而止，有人在他的背后轻声地说了句英语。

　　他慢慢地转过身来，见是昨天上船时遇到的那位女士，便踟蹰地回应道："Good morning, mademoiselle.（早安，小姐。）"还留着些许倦意的脸上，渐渐地起了一片潮红。

　　他发现，这女士今天换了一身行头：淡紫色的短袖衬衫换成了乳白色的短袖衬衫，白色的长裙换成了宝蓝色的中裙；她没戴那顶用麦秸编织的小草帽，只是在柔美的左肩上挂了一只很时新的法国洛可可风格的小包，在光滑玉嫩的脖子上添了一条用黑白两色珍珠串起来的项链。

　　"就要到环珠岛了。"女士轻启着刚抹过一层口红的嘴唇说，说话时那两片窄窄的像是勾描出来的娇唇以及荡漾在脸上的微笑显得格外妩媚动人。

　　"是啊，就要到环珠岛了。"戴长思轻声轻气地应和道，目光不自觉地落在她梳得齐齐整整的短发上，而后又落在她匀溜润泽的胳膊上——这胳膊因霞光的烘染而散射出健朗的色调。

　　"听你的口音，你不像是环珠岛上的人。"女士扑动着明亮有神的眼睛看着戴长思胸前的领带，梦幻般寂静的天空衬映着她清丽不俗的身影。

　　"我是上海人，这是我头一回来环珠岛。"戴长思一边说着，一边将了捋被海风吹乱的头发。

"听说上海已经沦陷了。"女士的神情，突然变得有些严冷。

"是吗？这些天来我没看报纸，也没听广播，就像一只井底之蛙，视野狭窄，消息闭塞。"戴长思听后，淡然而苦涩地一笑道。

"那你来环珠岛是做生意，还是走亲访友？"女士问。

"我不会做生意，我只是个自由撰稿人。"戴长思率直地回答说，"眼下内地太乱了，我想在环珠岛找个安稳的营生，比如给杂志社或报社写些散文或小说。"

"你会写散文和小说？"女士用好奇的目光凝视着眼前的这位白面书生。"要知道，我最喜欢跟文学界的人士交朋友。不瞒你说，我有个表哥在南洋新闻报社做编辑，他结识了不少文学界的人士。我们常常举办社交聚会。如果你有兴趣的话，可以跟我联系。"她说着，从小包里拿出一张名片。

"那就谢谢你了。"戴长思接过名片后，受宠若惊地说。他仔细地看了看这张印刷精美且散发着缕缕清香的名片，然后抬起眼来问道："小姐的芳名叫夏诗文？"

"对啊，"女士回答道，"不知先生怎么称呼？"

"我姓戴，名长思，字怀古。"戴长思一字一板地说。

就在这时候，轮船又鸣响了一阵汽笛。原先看上去模模糊糊的码头，此时已经变得十分清晰了，连系船的石墩都能看得一清二楚。汽笛声消停后，一群海鸥舒展着羽翅啾啾鸣叫着飞过他俩的头顶，然后追逐嬉闹般地盘桓在船的周围。一道道灰白色的亮光，时不时在他俩的眼前晃闪着，晃得他们有点目眩了。当这群海鸥稍稍飞远时，戴长思目不转睛地注视着它们，看着它们在空中画出美丽的曲线，看着它们像闪电一般地俯冲下来，而后贴着海面低低地巡游。女士也被海鸥美妙的飞姿所吸引。这些大自然的精灵，她寻思着，给茫茫的海域增添了一派盎然的生机，也给快要终结的枯燥乏味的旅途带来了一丝乐趣；它们好像是造物主特意馈赠给这艘远道而来的轮船的礼物。

"但愿人类也能像这些海鸥那样，悠闲地生活在阳光明媚的天空底下，生活在无忧无虑的世界里。"女士嚅动着嘴唇轻语着，清澈的眸子里流转着甜美的幻影。

"你在嘀咕些什么呢？"戴长思笑嘻嘻地问道。

"我在想，如果我们人类能跟这些可爱的海鸥一样就好了。"女士仍旧沉浸在美好的遐想之中，脸上的笑意变得更浓了。

"是啊，"戴长思说，"只可惜生活在我们人类当中的大多是猛禽，是吃人肉不吐骨头渣子的猛禽。"

"猛禽？"戴长思的一番话似乎点醒了女士，使她想起传说中的那个长着翅膀的狮身女怪。

"对啊，就是戴着人类面具的魔兽。"戴长思解释道。

"你也太现实了。"女士听后，不自觉地沉下脸来。"还是远离猛禽吧。"

"远离猛禽？怎么做才能远离猛禽？"戴长思问。

"比方说，你可以谈谈你对这些海鸥的感想。方才，我见你看得那么专心、那么出神，我想你一定会有什么诗情画意般的灵感。"女士说。

"我没什么灵感。"戴长思笑道，"不过，这些海鸥的飞翔倒让我想起了一首诗：'看看那些刚刚升起就迅速沉落的星星。它们在各自的轨道上轻稳地移动，时而以静穆的姿态飘逸般地浮游，时而以争先恐后的速度相互追赶……'"

"听你这么一说，我还真觉得这些海鸥跟点缀在天幕上的星星有几分相像呢。尽管我们肉眼看到的星星是微小的、不动的，但它们实际上是巨大的、快速运行的。"女士说着，不自觉地将两眼睁得溜圆，好像从眼底的幽深处能腾涌出一股股清泉。"你念的那首诗仿佛突然间打开了宇宙，打开了我的视野，把我带入一个美妙神奇的世界。"

"其实，不论是远离我们的星星，还是近在咫尺的海鸥，它们本身就是一幅画、一首诗、一个大自然的缩影。它们在向我们传递某种信息的同时，也在让我们不由自主地敬畏和叹服隐匿在其背后的伟大而神秘的力量。你要知道，在大自然宏伟壮观的设计里，有些事物是明朗清晰的，有些事物只显出'冰山一角'，有些事物深藏不露、耐人寻味。而我们人类之所以要比其他的动物来得高贵，那是因为我们被赋予了思辨的能力，我们能借助于理性的思考去发现真理。"借着被勾起的兴头，戴长思乐滋滋地发挥了一通。他自己也不知道，这会儿怎么会突发奇想，脱口说出一大堆连他自己都感到有点不可思议的连珠妙语。

"我记得，惠特曼说过：'雨蛙是造物者的一件精心杰作，那蔓生植物悬钩子能够装饰天上的厅堂……'"谈兴正高的女士，才说到一半，轮船咯噔一下靠了岸。靠岸时激起的白浪，发出奔雷似的哗哗啦啦的巨响。这巨响声打断了她的思路，也使得她在戴长思的面前显得有点窘迫。

转瞬之间，一拨性急的乘客唠唠嘈嘈、你推我搡地涌向甲板。

"好了，我得去拿行李了，不然的话又会落在最后了。"女士沉默了片刻后，对戴长思说。"以后有机会再跟你慢慢地细聊。"

说罢，她急匆匆地走开了。留给戴长思的是叫他想入非非、心动不已的嘚嘚嘚的脚步声……

二

戴长思提着旅行箱随着前呼后拥的人群走向窄溜溜的舷梯。

他一面走一面在心里边回味着方才跟夏诗文的交谈，脸上不觉荡漾起梦一样的甜甜的微笑。他觉得，在夏诗文的身上可以隐隐约约地看到理想主义的影子，而这种理想主义也是他自己曾经拥有过的东西，只是现实生活的一波又一波浪潮早已无情地卷走了它，早已将他推到了现实主义这一边。是啊，那充满着生气和幻想的理想主义，归根结底是人们用来麻醉自己、欺骗自己的，是跟严酷的现实格格不入的。换句话说，它是对客观存在的一种主观修正与美化。不论是形而上学的理想主义，还是文学艺术中的理想主义，或者是现实生活中的理想主义，它们都是在企图以近乎幼稚的乐观态度来调和人类与生俱来的根深蒂固的悲观主义情绪。它们实际上是弱不禁风的蝉翼，而不是脚踏实地的双脚；是一触即破的粉红色的轻纱，而不是坚不可摧的黑压压的城墙。正如萨迪所言："它是个奇妙的安慰者，赐给在沙漠中行走的你以各种海市蜃楼般的遐想。"

想着，想着，他不知不觉地随着人流通过了舷梯，然后来到西岸码头。在码头上，他静静地待了一会儿，想再见上夏诗文一面，可始终没见到她的人影。于是，在人流快要散尽的时候，他茫然若失地朝着陌生的街头走去。

大街上，拖着黑烟的小汽车时不时地响着刺耳的喇叭，像是在强令挡道的车辆和行人给它们让路；金发碧眼的英国巡捕，头上戴着帽盔，手里拿着警棍，一边吆喝着一边驱赶着在街沿乱设摊的小贩；拉着黄包车的车夫，甩开两腿飞也似的奔跑着，间或提起嗓子高喊"让一让，快让一让"；挽着女人腰肢的男人，见缝插针般地横穿车来车往的马路，嘴里叽叽呱呱的不知在说些什么……

戴长思一面吃着顺路买的早点，一面慢悠悠地行走着，时不时看一眼贴在沿街墙面上的广告。他希望在各种各样的、五颜六色的广告中能找到自己租得起的房子。走了很长一段路后，他的目光无意间触碰到"房屋出租"这几个黑字。他停下脚步定神一看，原来是一则贴在一根电线杆上的小告示。仔仔细细地念了一遍后，他放下旅行箱，从衣袋里拿出笔和纸，记下了小告示上面的地址。接着，他将手里的东西放回衣袋，提起旅行箱继续往前走。

不多时，他见一个头戴礼帽、身穿长衫的中年男子正从一个电话亭里走出来，于是赶紧迎上去问道："对不起，先生，东坊巷怎么走？"

中年男子驻足捻着吊在颏颔底下的一缕稀溜溜的山羊胡："实在不好意思，我也不知道。要不，你去那边的邮局买一张地图，兴许在地图上能查到。"

"好的，多谢了。"戴长思说罢，朝着电话亭斜对面的邮局走去。

买好地图后，他照着地图指示的方向往东坊巷匆匆赶去，一边赶一边将眼前的街景跟上海的街景作比对。他发现，两地的街景由于外来文化的影响在很多地方很相像，只是上海显得更大气些、更阔绰些；至于路人的穿着打扮——主要是有钱人的穿着打扮，环珠岛的人大多追求品牌和入时，而讲求实惠的上海人在这方面既不露铺张之势，也不露小家子气。

行走了约莫半个钟头后，他拐进了一条绿荫夹道的小街。这时候，他忽然觉得脖子有点僵硬和酸麻——这是因多年的伏案写作而落下的颈椎病。于是，他干脆昂起头来，挺胸直背地往前走。一片又一片繁枝茂叶，像随风飘荡的云块似的，从他的眼前掠过，使他觉得仿佛自己正驾着一叶轻舟游荡在淡蓝与碧绿交错的世界里。这世界是那般的清纯，那般的静美，他暗暗地思索着，这世界在叫你飘飘然而无所寄托的同时又让你有所寄托，叫你在凡尘的喧嚣中隐隐地听见来自"彼岸世界"的召唤……

从树叶间漏下来的闪闪烁烁的碎光，就像是被风儿吹散的细雨洒落在他的脸上，就像是从天而降的小精灵在他的眼前时隐时现。

不长时间，他从小街拐进了一条僻静的弄堂。在这弄堂的尽头，沿墙矗立着一棵高大的梧桐。一片片呈分掌形的周边带小齿的梧桐树叶，半掩着一栋两层楼的旧宅；远远地望去好像有一个"千手观音"正在摇动着一把把小小的绢扇，悉心伺候着一位望之俨然的"菩提佛祖"。旧宅黑漆漆的大门上，钉着一块锈迹斑斑的铁皮牌子，上面写着"东坊巷 12 号"。

他走到这栋旧宅的大门前，放下手里的旅行箱，掏出衣袋里的纸核对了一下地址，而后将纸和地图叠在一起放入衣袋里。接着，他一边敲门，一边大声呼喊着："喂，里面有人吗？"

没一会儿，大门嘎吱一声开了，从里头探出一张没有表情的面孔。

"你找谁？"这是一个二十来岁的姑娘，样子瞧上去像个丫鬟。

"我是来租房子的。"戴长思说，边说边掏出手帕抹了抹额头上的汗水。

姑娘微蹙着细黑的眉毛端量了他一下，然后说道："房东刚出去，要不，你先进屋坐一会儿。"

"好嘞。"戴长思说罢，将手帕放回衣袋，而后提起旅行箱走了进去。

姑娘关上门后，让他把箱子放到窗沿下，接着让他坐到窗对面的一把方大结实的木椅上，随后从一张圆桌底下拿出一把蒲扇递给他："这间客厅虽然朝南，但不怎么通风，有点闷热。"

"小姐，能不能让我喝口凉水？"戴长思接过蒲扇后，一只手摇着蒲扇，另一只手松开脖子上的领带。

"好的，我这就去给你倒杯水来。"姑娘说罢，迈着匀实稳健的步子朝后厨走去。

戴长思趁她离开的时候，把客厅仔细地看了一遍。他发现：客厅仅有的两扇窗户都关得严严实实的，好像是在防范着什么；窗户半透明的磨砂玻璃上面蒙上了很厚的灰尘，好像已有多日没擦了；一处有点毛糙的墙壁上，挂着一幅画得很蹩脚的西洋画和一个带淑女像的月份牌，仿佛硬生生地给整个屋子注入一点生气；那张摆放在客厅中央的圆桌，从成色看是用红木做的，周围是三只带丝绒坐垫的花漆圆凳；离他最近的一处墙角，放着一只两尺见高的白瓷花瓶，瓶口插着一根长长的孔雀的尾毛，仿佛人造的美与自然的美天衣无缝地衔接在一块；离他最远的一处墙角，放着一张笨头笨脑的单人沙发，沙发的凹面深得像供奉神祇的小阁子，叫人有一种懒散思睡的感觉。

"水来了。"没过一会儿，姑娘将一只盛满凉开水的玻璃杯搁在圆桌上，然后走到那张单人沙发前坐了下来，像是有意要和客人保持一定的距离。

"谢谢。"戴长思说罢，急不可耐地走到圆桌前，拿起杯子大口大口地喝了起来。

喝完了水，他又回到自己的座位上，一面摇着扇子，一面将斜对面的姑娘打量了一番。他发现：这姑娘身上的短袄长裙虽然褪了颜色，但很干净；两条麻花辫跟垂丝状的稀稀疏疏的刘海配在一起，使她显得既稚嫩天真又充满了活力；她饱满的苹果脸上是讨人喜欢的细眉细眼和棱角分明的鼻唇；她的坐姿看上去娴雅而文静，使人联想到月份牌上的淑女。

姑娘见他在端视着自己，赶紧将含羞的目光移到那只玻璃杯上："要不，我再给你添些水？"

她正要起身，门外响起了一阵呼叫声："芸儿，快来开门。"接着，是门环叩击门板时发出的声响。

"来了。"她应了一声后，急忙去开门。

从外面进来的，是一个年过半百的女人。她的背有点驼曲，腿脚有点残疾，因而走起路来好似一只慢慢爬动的老乌龟。她颧骨高凸的脸上，罩着细网般的皱纹；跟黑白参差的头发配在一起，使得垂挂在耳朵上的两只金耳环显得有些黯然失色。只有那双略微鼓凸的黑亮的眼睛，似乎还没有被无情的岁月所蚀损。

"刚才急着出去办事，忘了带钥匙。"女人翕动着两片皱巴巴的嘴唇，对着芸儿说道。随后，她将脸转向戴长思："这位先生是——"

"哦，我是戴长思，是来租房的。你是——"戴长思急忙从椅子上站起来。

"我是这里的房东。"女人笑容满面地回答道，说话时露出一副残垢久积的、黄中带黑的牙齿。

接着，她一边跟戴长思闲聊，一边领着他走上光线昏暗的楼梯。楼梯的木板，在他们的脚下就如同一辆踩踏下去很费力气的三轮车，发出吱吱嘎嘎的响声。

"这里有四间屋子，两间朝南，两间朝北。"上楼后，房东先驻足喘息了片时，而后对戴长思说。"我和芸儿住里边那间朝南的，这两间朝北的现在已经有人住了，只剩下外边一间朝南的。"

"能不能让我看看这间朝南的空房？"戴长思问。

他发觉，由于四扇房门都紧闭着，走廊里不仅显得有些昏暗，而且空气也有点污浊。

"可以啊。"房东说罢，小步慢移地走到空房前，轻轻地推开房门。

这时，戴长思被从窗外射来的炽亮的光线照得有些睁不开眼。待瞳孔渐渐适应后，他不慌不忙地走进屋子。这间屋子看上去不超过十平米，但床柜桌椅等应有尽有。特别是那张带台灯的三屉小书桌，好像是特意为他而准备的。

"这间房每月的租金是多少？"他转过身来问房东。

"650元。"房东回答说。

"能不能便宜些？你看，我刚从内地逃难到环珠岛，还没有找到工作呢。"他用乞求的目光看着房东，希望她能起一点怜悯之心。

"不行。"房东毫不迟疑地说，"自从上海沦陷后，来环珠岛避难的人越来越多。要知道，环珠岛这地方本来就小，人一多住房的供应就会紧张，房价自然也就水涨船高。"

"那我能不能先付600元，剩下的50元过两三个星期再补交？"他又问道。

房东目光呆然地思量了一会儿，而后慢声低语道："好吧。不过，你必须给我打个欠条。"

"行，这没问题。我把旅行箱拿上来后就给你写个欠条。"他说罢，从衣袋里掏出一只钱袋，从钱袋里面拿出600元。

当时，一件像样的长衫的售价是150元，一件高档的貂皮大衣的售价在1000元左右，一个品质上等的玉镯子可以卖到2000元，一个用18颗绿松石制作的手串至少可以卖到500元。

房东收好钱后，走到自己的那间屋子里。她找出一把大门的钥匙和一只带俩钥匙的铜锁，接着又找出纸和笔。待她的这位新房客把旅行箱搬上来后，便招呼他进来，对他说："这把是楼下大门的钥匙。这是你房门的挂锁，它配有两把钥匙。如果你信得过我，就留一把给我，以防不时之需。"

"行，没问题。"戴长思微笑着说。

他写好欠条后，拿着挂锁和钥匙回到自己的房间。稍稍休息了一下，他就开始打扫卫生和收拾起东西来。他先找来一块抹布，打来一盆水，然后将家具和门窗等都擦了一遍。接着，他将箱子里的衣物一件一件地拿出来，整整齐齐地挂在衣柜里。做完了该做的事，他锁上房门走出了这栋旧宅。

他在街上惬意而自在地行走着，觉得拴在心头上的一块石头总算是落了地。在来东坊巷的路上，他心里边多多少少还有些不安，甚至可以说还有些悚惧。是啊，房东即便没说，他也能推断，自从上海被日军占领后，肯定会有不少人跑到环珠岛来避难；自己如果不抢先一步找到落脚的地方，怕是只能像一个流浪汉一样暂宿街头了。他回想起自己在南昌时的经历，不想在环珠岛上重演这一经历。

接下来要做的，就是联系几家环珠岛的杂志社或报社，给它们写点东西挣些稿费。在上海的时候，他曾经在一位朋友家见到几本环珠岛的文学刊物，借来一读后，发现里面大多是些描写男欢女爱的花边艳情小说和向壁虚造的鬼故事，而且文字不是粗俗不堪就是有斧凿的痕迹，有的还模仿《游仙窟》、《李娃传》、《花月痕》和《品花宝鉴》等。现如今，转徙流落于千里之外的他，看来也只能放下架子去写这类投合小市民情趣的东西了……

正当他沉浸在未来的规划之中时，一个头戴白色凉帽的报童拿着一叠报纸兴冲冲地走到他的面前："先生，买一份报纸吧。今天报上刊载了陈公馆遭人洗劫的特大新闻，还有迎香楼招来了一位容姿绝代且能歌善舞的小伶人……"

"好吧，我买一份吧。"停下脚步后，他一边说着，一边从衣袋里摸出一枚硬币。

"谢谢先生！"报童接过硬币后往挎兜里一塞，然后拿出找头给他，紧接着，将一份报纸放在他的手里。

他一边看报，一边继续朝前走。走着，走着，他不知不觉地来到了一家名叫"福德源"的饭馆的门口。这时，一股飘荡在空气中的菜香味，就像是刚开了瓶盖的烈酒释放出来的诱人的气味，毫无阻拦地钻进了他的鼻孔。他这才感到肚子有点饿了，于是赶紧收起报纸，匆匆促促地走进挂着一道竹帘的店门。

这是一家很普通的饭馆，里面摆放着十多张没有上漆的方桌，还有绕桌而立的也没上漆的长板凳。一处像是被油烟熏成暗黄色的墙面上，夺人眼球地贴着几幅烟草公司的广告画——这些广告画上，几乎都是眼如点漆、眉似柳叶、唇赛桃花的半裸的美人；她们千娇百媚的容颜、丰盈欲滴的体态和性感迷人的艳装，让头一回来这里的人会有一种类似"拜佛进了吕祖庙，喝茶入了烟花楼"的感觉。那些正在用餐的人，瞧上去都不怎么有钱。他们有的用一碟猪头肉或一碟油炸臭豆腐下酒，有的用一碗杂碎汤下饭，还有的只吃放一块红烧素鸡的青菜汤面。

戴长思悄悄地溜了一眼他们饭桌上的东西后，找了一张靠近角落的还没有收拾的桌子。邻近这张桌子的墙面上，贴着一张放大的黑白照；照片上是两个酥胸贴粉乳、艳颊揾香腮的西洋美妇人。在照片的底下，不知是谁潦潦草草地转抄了一首十六行诗：

> 你的大腿丰润似玉，
> 仿佛是由巧匠的手做成；
> 你的肚脐浑圆凹陷，
> 像是一只满载醇酒的杯子；
> 你的腰肢有如一束麦子，
> 四周点缀着百合花；
> 你的双乳绝像一对小鹿，
> 也就是刚刚生下的孪生小鹿；
> 你的颈项挺拔俊秀，
> 好似一截光芒耀眼的白象牙；
> 你的双眸明澈纯净，
> 如同百花园里的清水池；
> 你的鼻子高耸笔直，

就像一座眺望远方的宝塔；

你的头颅犹如叠翠的山岭，

下垂的发绺足以系住君王的心。

他不紧不慢地坐到桌旁的一条长板凳上，然后打开报纸继续往下看。

"先生想要些什么？"没一会儿工夫，一个矮墩墩、胖乎乎的堂倌笑嘻嘻地走过来问，边问边收拾起桌上的东西。

"就来一碗加素鸡的青菜汤面吧。"戴长思慢慢地抬起头来回答道。

他无意中发现，这堂倌水光溜滑的头发梳得板板直直，扁扁的鼻子底下留着一抹又浓又密的黑须，微开的唇缝里半露出"二鬼把门"的大金牙。

"好嘞，我一会儿就给您端来。"堂倌收拾完桌上的东西后，点头哈腰地说。

过了五分钟的样子，堂倌端来了戴长思要的汤面："先生，请慢用。"

戴长思收起报纸后，从筷笼子里取出一双竹筷，开始一口接一口地吃起面条来。

"洪哥，今天是谁烧香把你请到这里？"

"没人请我，是我常去的那家汪记汤包店被人砸了。"

"被人砸了？被谁砸了。"

"被店主汪虞肖砸了。据说，他老婆背着他偷汉子，被他发现后，他就砸了自家的店。"

"看来，这个汪虞肖是个打软鞭的货色，没把老婆伺候好。"

"谁说不是呢？不过，你们还别说，他老婆看上去还真有一股子骚劲呢，见了哪个男人就屁颠屁颠地往哪个男人身上贴。要不然，那家汤包店怎么会那般生意兴隆？"

"是啊，哪个男人不想往凑口馒头上扑？哪个男人不想享受一下被女人贴住的滋味？你们睁开大眼看一看这墙上的美人，那才叫'浑如阆苑琼姬，绝胜桂宫仙姊'。只可惜都贴在这破墙上了，叫你干瞪着两眼解不了渴。"

"你别说得那么夸张好不好？看来，你这小子是做梦也在想女人。"

"单凭他的嘴舌功夫，找个像汪虞肖老婆那样的女人把玩把玩，那还不是件轻而易举的事？我没说错吧？"

"我可没这福分。要有这福分，我也不会坐在这儿了。"

"要我说呀，这野花野草再怎么诱人，还是少招少惹为好，省得湿手抓面粉，甩也甩不掉。"

"对呀，还是洪哥说得有道理。这女色就好比一个盒子，随时等着你把自己装进去。等到你把自己装了进去，一切都由不得你了。你会变成一块河沟里的垫脚石，她想怎么踩就怎么踩，她想怎么挪就怎么挪……"

戴长思一面吃着面条，一面饶有兴趣地听着邻桌仨人的交谈。听着，听着，他不觉在头脑里勾勒出一个故事的轮廓。

"既然老公是口咽不下去的干粮，那外遇的姘夫便是一道可口的点心了。女人哪，毕竟是女人。中国古典言情小说中的碧玉小家女也好，世家大坤眷也罢，似乎都可以证明女人是见异思迁的、不守本分的东西……"最后，他把自己假想成故事里的一个人物，自言自语地说道。

吃完面条后，他将搁在桌面上的报纸折叠起来塞进衣袋，然后起身去结账。结了账之后，他掀开门帘走了出去，脑瓜里还想着那个有趣的故事。

他一边在街上行走着，一边思考着这故事该从哪里写起，该以什么样的方式收尾，直到在经过一家杂货店时无意间看到一个模样有些妖媚的中年女子。

这女子的脸上涂抹着浓脂厚粉，脖子上挂着一条带坠饰的项链，两根细细的蚕眉描画得黑黑的，披开的长发垂落在罩着一件绸衫的窄窄的肩膀上。她坐在店门口的一把竹椅上；交叉在右腿上面的左腿时不时地摆动几下，像是在有意用这光溜溜的粉腿勾惹他。从绸衫的低领口探出来的一抹葱白似的酥胸，好似一道闪眼的灯链，照得他头晕目眩。

他定下神来后发现，这女子骚动不宁的眼睛尽管带着一丝忧郁，但流盼中不时地弥散出轻浮的浅笑，好像每一个在她面前走过的男人都会身不由己地臣服在她的笑影之下，成为她的玩偶，都会融化在她这双燃烧着暗火的多情且魅惑的眼睛里。

他尽量把这女子的形象粘贴到汪虞肖老婆的身上，使他头脑中的那个故事变得丰满起来。他沉思着，遐想着，不自觉地比划着，偶尔还嘀咕着即将在他笔下生成的人物的对话。直到快要回到自己的住所时，他才憬然明白自己是在做着一场白日梦。

　　进了自己的房间后，他先关上房门，然后走到窗台前。他梳理了一下故事的情节，而后掏出衣袋里的那张报纸继续看下去，看看上面有没有征稿启事。看着，看着，他忽然感到视线有点模糊，浑身的筋骨有点酸疼，脑瓜昏沉沉的只想睡。于是，他将报纸往书桌上一撇，然后歪身倒在横铺着草席的床上呼呼大睡起来。风尘疲惫的身子，仿佛一下子卸下了重负。

　　睡到天快要落黑的时候，他隐隐约约地听见从楼梯那边传来轻缓的脚步声，好像上楼的人有意不想让楼梯的木板发出烦人的吱嘎声，或者不想惊动他人。这人一定是个女性，而且是个淑静心细的女性。她会不会是那个芸儿，或者也是这里的房客？一种强烈的好奇心驱使他想弄个明白。

　　他带着还没完全消退的睡意从床上爬了起来，轻手轻脚地走到房门前，从一道细窄的门缝里向外窥望。这时候，门外的走廊里已点亮了一盏灯。借着杏黄的灯光，他看见一个身穿蓝布旗袍的姑娘从他的门前一溜烟似的飘过，肩上挂着一个沉甸甸的布袋。待她的脚步声消失在一扇门的背后时，他又轻手轻脚地回到床上。

　　他将两只手垫在凉枕上托住自己的脑瓜，两眼直视着天花板。

　　看来，那个从他门口走过的姑娘多半也是这里的房客，他寻思着，不管她有什么样的背景和来历，不管她有没有自己的男人，她的存在或多或少地会给他平淡无趣且充满未知数的生活带来些精神上的慰藉。这就好比你在干旱缺水的沙石地带探险，突然间发现一道清泉从乱石的缝隙里汩汩地冒出来，突然间看到一朵小小的野花绽放在被这泉水滋养的茎秆弱小的藤蔓上……

　　姑娘走进自己的房间后，插上门闩站立了一会儿。她摘下挂在门板背后的一条半湿的毛巾，轻轻地擦了擦脸，而后将毛巾放回原处。接着，她用右手指理了理额前的刘海和脸庞两边的短发，然后径直走到横放在窗沿下面的写字台旁，将布袋搁在台面上。拉上窗帘，点亮台灯之后，她坐到写字台前的那把软椅上批改起从布袋里拿出来的作文簿。

　　这位看上去秀外慧中且知书达理的姑娘名叫陈乐君，时年二十五岁，是土生土长的环珠岛人。母亲在她刚满三岁的时候因难产而去世了，之后一直是父亲抚养她，直到她长大成人。两年前，父亲因患重病而住进了医院。为了支付昂贵的医疗费和护理费，她不得不变卖了一处简陋的私房而搬到这里。她自打二十岁起，就在当地的一所由教会开设的小学当教员。由于每月的收入不高，因而她时常给一所画院当模特，贴补日常的开销。为了和教会里的人保持密切的关系，她每个星期天都要去教堂做礼拜。

就在她聚精会神地批改作文时，楼梯那边忽然响起一阵不规则的脚步声和叽里呱啦的说话声。

一个中等身材、肤色黝黑的男人，左手挽着一个女人的细腰，右手拿着一只酒瓶，踉踉跄跄、跌跌撞撞地走了上来。他迷离的目光中隐含着一团欲火，蓬松的头发有如一团乱麻，肥厚的阔嘴巴底下兜着一簇绕腮胡。他的那张方方正正的脸上，长着一颗跟红豆一般大小的黑痣；这黑痣往往会在一瞬间像一只虼蚤跳到你的面前并且抢夺你的全部视线。他的两道粗黑的眉毛，像是用炭笔勾描出来的，而且邻近太阳穴的眉梢有点往上挑，跟一对玻璃球似的虎眼和一只笔直的大鼻子配在一起，足以叫人生发出几分惧怕。整个模样会使你很自然地联想到加勒比海盗和出没于漠北的悍匪。

"嘿嘿，今天老子又喝上花酒了。"一身酒气的他，亮着一副沙哑的喉咙，断断续续地嚷着。

"你说话能不能轻一点，叫人听见了就不嫌丢人？"女人咬着他的耳朵嫩声嫩气地说。

"丢什么人哪？这儿只有你和我，只有你和我知道吗？"他说着，用瓶口捅咕了一下女人的嘴唇，然后将鼻子挨近女人的酥胸："嗯，好香啊！都快让我受不了了。"

"你到底有完没完？"女人驴着脸，搡了他一下。"你就不怕一脚滑到水沟里被水淹死？"

"水沟里的那点水，淹不死我这条大虫，淹不死。就算是整个西岸港的水，也淹不死我这条大虫。老子什么样的水都玩得转，不管是浅水还是深水，不管是浑水还是清水……"他卖乖弄巧地说。

"看你说的，都快把自己说成是海底蛟龙了。吹大牛也不怕把自己的裤裆给吹破了。"女人说着，又搡了他一下。"真是人嘴两张皮，什么话都能说出来。"

"来，别再跟我说这些没用的。有这闲工夫，还不如给我唱一段。"他说罢，仰起脸来喝了一口酒。

"唱什么唱。"女人不耐烦地说。

"唱'别日何易会日难，山川悠远路漫漫'，或者唱'上弦惊别鹤，下弦操孤鸾'。"他说罢，又喝了一口酒。

"你我都不是伤感文人，发什么千古悠悠之悲情？"女人说。

"唱歌还用得着发什么情？"他模仿着女人的声音，油腔滑调地说。说罢，干脆把酒瓶里剩余的酒水全都倒在女人的头上，让酒水沿着她柔顺的发丝滑落到衣服上。接着，他一边唧唧啾啾地哼着自编的小调，一边目光猥亵地看着她那副可爱的窘迫相。

"看来，你喝醉了，而且醉得不轻啊。我要让你醒醒神！"女人边说边用胳膊肘狠狠地顶了他一下。

"我没醉，你用不着顶我。你有没有听说过'酒不醉人人自醉，色不迷人人自迷'？"他说。

"我没听说过，我只听说'酒肠宽似海，色胆大如天'。"女人说。

两人在走廊里打情骂俏般地嬉闹了一会儿，然后歪身扎进一间乌漆墨黑的屋子。

陈乐君知道，这男人名叫刘石昌，是个画家。她曾听房东说，他已经在这里住了十多年了。这人什么都好，就是喜欢酗酒，喜欢玩女人。陈乐君刚搬到这里时，他曾打过她的主意，一会儿请她吃饭，一会儿请她看戏，一会儿要给她拍照，但都被她拒绝了。他总喜欢谈论自己非凡的带有传奇色彩的经历。据他自己讲，他是出生在新加坡的华人，十六岁那年，不知什么原因被父母遗弃了，不久他便混上了一艘货轮偷渡到环珠岛。到了环珠岛后，上无遮身之瓦、下无立身之地的他曾一度靠沿街乞讨为生。有一回，他向一位街头画家要钱，不想竟被这位好心的画家收养了下来。画家虽然已经结婚，但一直没有孩子，因而对他视如己出、恩爱有加；不但供他上学，还手把手地教他画画。过了近三年的时间，画家无意中发现，这孩子有画画的天赋，不论是素描还是水墨画和水彩画，他越画越好，越画越让人觉得是出自技艺娴熟的行家之手。而且，更让画家意想不到的是，这孩子特别擅长画人物画，对于线条、色彩、透视和比例等几乎是凭自己的直觉悟出来的。他的人物画（包括人体画）很快引起了一些人士的注意，一家烟草公司不惜花大价钱来买他的画。可是，好景不长。某一天，这位画家在街头给人画肖像时，从附近的一家酒楼里跑出来几个酒气冲天的恶少。其中的一个，一把扯下固定在画板上的还没画完的肖像，将它撕成碎片后又将它揉成了一团，要画家把它吃进肚里。画家盛怒之下，跟他厮打起来，最终被他捅了一刀，倒在殷红的血泊里。画家死后不久，他的妻子改嫁了别人。打那时起，刘石昌又过上了孤单无依的生活，靠给那家烟草公司和几家广告公司画画来养活自己。

隔壁房间传来的嬉闹声，在多数情况下会使陈乐君感到厌恶，特别是当她正在专注地备课或批改作业的时候，但偶尔也会叫她感到有些着魔——她会在幻想中勾勒出一对男女相拥相吻的画面，勾勒出罗丹的那尊《永恒的偶像》。是啊，像罗丹这样的艺术大师，也会不由自主地落入情魔的手掌。他在将人的情欲凝固成一个图腾的时候，似乎是想借这个图腾来展示人类生活的全部意义。

嬉闹的声音渐渐地消停了，陈乐君又可以聚精会神地批改作文了。批改了约莫半个钟头后，她忽然听见走廊里响起一阵陌生的脚步声。这脚步声是男人的皮鞋踩踏在地板上时发出的声响，低沉而有力。天哪，她寻思着，这里已经有一个男人，而且是一个喜欢跟不三不四的女人鬼混的男人，现在又多出一个男人，真不知道接下来会发生什么！焦虑、惶恐和迷茫，一时间就像是一根根看不见的绳子交织缠绕于她的心头。

待这陌生的脚步声消失在楼底下后，她看了看左腕上的手表，见时针就要指向七点了。她数了数已经批改好的作文簿，发现才批改了没几本，顿时急得心里边火燎燎的。于是，她尽量抛开叫她烦恼的事情，排除身边所有的干扰，继续埋头批改作文，一直批到十点才批完。

三

这时的戴长思，早已从外面回到自己的屋里。他在那家叫"福德源"的饭馆吃了顿简便的晚餐后，匆匆忙忙地往回赶，想在睡觉之前把那张报纸一字不落地看完。

傍晚时分，他自从窥见了陈乐君，心里边就像是泛起了滚滚春潮，怎么也平静不下来，因而根本没有心思去看报。说来也很有趣，先前的那个坐在杂货店门口的风骚女子，尽管摆出一副扎人眼球的色姿淫态，但对他来讲几乎没有一丝一毫的诱惑力。这倒不是因为她的岁数有点大，而是因为她太裸露、太放浪、太急着要用自己的色相去勾拽男人。这样的女人只能跟莽夫粗人相配，或者更确切地说，只能供攀花折柳的嫖客把玩——因为在这些色中饿鬼的眼里，她就好比是一只煮得烂熟的带着肉朵的狍子腿，让他们瞧上一眼就想扑上去手撕口咬。

回到住所后，为了不惊动别人，他学着陈乐君的样子，在上楼的时候轻挪慢移。与此同时，脑瓜里在梳理着方才走廊里一男一女的对话。

可当他刚走过楼梯口，一阵又一阵嚎春般的嗯嗯哼哼声打断了他的思路。于是，他带着好奇心循声摸到他房门对面的一间朝北房间的门口。他半张着嘴，歪斜着脖子将耳朵贴在门板上凝神细听，只听得嗯嗯哼哼声过后是那对男女的交谈：

"现在，你看也看了，乐也乐呵了，也该让我走了吧？"

"你急什么？我还没画你呢。不画你我拿什么到广告公司去交差？拿什么来给你作酬劳？"

"那你就赶紧画吧。别忘了，这回你可是第二次欠我的钱。"

"你这人怎么老是把钱挂在嘴上？好像我会赖账似的。没有一点默契神合的感觉。我可以拍着良心跟你说，我刘石昌绝不是那种爱占他人便宜的粗鄙无知的小人。欠了别人的，纤毫必偿。"

"我只是提醒你，没别的意思。看把你给急得好像有什么东西在抓你的心，挠你的肺。再说了，就像你画画是为了谋个营生，我给你做模特也是为了讨口饭吃。咱们也算是同命人相怜相惜，彼此彼此……"

"好了，别再跟我磨嘴皮了。常言道：'人前一句话，神前一炉香。'反正，我欠你的一定会如数奉还，我说话算话。你再跟我磨嘴皮，我作画的兴致都被你搅枯了。"

"行，那你就赶快画画吧。你也真是的，为什么不先画画？"

"这你就不懂了。在画画之前，先要找到一种感觉，先要让自己充满了激情。这样，画出来的东西就会有血有肉有韵味，就不会干巴巴的像张老树皮。难道你想让我把你画成一张老树皮？"

"当然不想。女人都想见到自己娇嫩嫩、水灵灵的模样，有谁愿意被画成老树皮？"

"那就对了。还有，画画的人要善于将灵感从情欲中释放出来，让它来调度展现在自己眼前的一切。"

"听你的意思，情欲不是什么好东西，它就像一头魔兽缚住了灵感的手脚？"

"话也不能这么说。其实，情欲是个了不起的魔法师，它能叫你蛰藏于不见天日的洞窟之中，也能让你翱翔在超然于现实之外的杳冥之上。当你翱翔于杳冥之上的时候，你借助的是灵感的翅膀。"

"你的这些话太深奥了，叫我越听越糊涂了。"

"那我就用稍微直观一点的言语来表述吧。当你站在我的面前时，你就是情欲的化身，而当我画你时，我就是灵感的化身。我让灵感来指挥我的手，同时你又用情欲来调和我的灵感。换句话说，是你和我共同在作画，我只是一个面具，面具底下其实有两个人。"

"照你这么说，画画既能将你投入也能将你拖出情欲？"

"没错，你总算明白了这之中的道理。这投入与拖出是两种相反的力量，它会让画家的内心充满了张力，而这张力到了一定的节点就会颤动起来，美也就由此而诞生了。"

"看来，你这人的心理有点变态。"

"其实，变态心理是一种成熟的心理，它能让你翻越出情欲的围墙而获得新的生命。没有变态心理就没有梵高的《星夜》，就没有毕加索的《阿维尼翁的少女》，就没有贝多芬的九部交响乐曲，就没有瓦格纳的《特里斯坦与伊索尔德》……"

"你说的这些都是从哪里听来的？"

"都是从书本里读到的。别以为我没念过几年书就看不懂那些高深的学问。说实话，读书也好，画画也罢，全凭天资颖悟。只要具备了天资颖悟，就能一通百通。好了，不说这些了。请你开亮那盏落地灯，站到灯光底下。"

"你看这样行不行？"

"对，就这样站着。最好把两手臂合拢于胸前，将身子稍稍偏向窗户，仰起脸来睁大眼睛看着天花板，做出既渴望又害怕的样子。对，就这样，眼神再扑朔迷离些更棒……"

"这就是你的灵感？"

"或许是吧。要知道灵感有如兔起鹘落，稍纵则逝。古人说得好：'见其所欲画者，急起从之。'"

"看来，跟你在一起，用不了多少时间就会变得和你一样变态。"

"不是变态，是成熟……"

戴长思正听得出神，楼底下忽然传来房东和芸儿的说话声，紧接着是咚嘎咚嘎的脚步声。他急忙回转身来，踮步轻挪地走到自己的房门前，然后慌里慌张地打开房门，一溜烟似的侧身闪了进去。将房门轻轻地掩上后，他昂着头，闭上眼直挺挺地站在门的后面。这时候，他可以清晰地听到自己的喘息声，也可以听到胸腔里的心跳声，甚至还可以听到血管一张一弛的节律。

"真是'葡萄美酒夜光杯，欲饮琵琶马上催'。"他不自觉地低声言语道。

是呀，他的那杯醇美香浓的"酒"还没喝完，房东和芸儿就跟煞风景似的"催"逼着他回到自己的屋子。他有点扫兴，也有点怨恨，觉得自己好像被捉弄了一番。

等到门外的声音渐渐地被空旷的有如梦幻一般的寂静所吞噬时，他急溜溜地走到书桌前拧亮台灯，然后拿出笔和纸。或许由于这一连串的动作设计得太仓促，再加上刚才的心情太紧张、太浮躁、太大起大落，这会儿，他突然感觉脑瓜像是被什么东西给掏空了，脑筋像是被什么东西给麻醉了，想写的东西一时没了半片影子。

于是，他焦急地来来回回地走着圈儿，同时尽可能地将自己的注意力搁在能放松他情绪的静物上面，如色泽如翡的玻璃灯罩，朦胧中透着淡定与自信的白壁，以及从天花板上折射下来的柔和的光线。最后，他总算在静幽幽的氛围中捕捉到了"白云绕笔窗前飞"的微妙感觉，于是坐到书桌前的椅子上，拿起笔沙沙地疾书起来。

"精彩，精彩，太精彩了。"他写完题为《情魔》的短篇小说后，撂下笔走到床前，然后歪身倒在床上。

他忘情地陶醉在"梦如柳絮飞无定"的虚构的情景之中，直到遄飞未尽的逸兴渐渐地变成一缕袅袅烟云萦绕在他的心头。他再度体会到，写作是一种神奇而有趣的游戏；这游戏会让你迷失在缪斯的迷宫里，然后再从迷宫返回现实。体会到，写作能让你成为类似神的人，或者说成为半人半神的存在物。在这里，目的似乎是微不足道的，重要的是过程。这过程能不时地给你带来刺激，带来惊喜，带来沉醉，并且在无法意料的瞬间让你销魂于它的战栗和痉挛之中。

第二天，当天空刚放出一线光亮时，走廊里响起了一阵唧唧咕咕的说话声。这声音将正在沉睡的戴长思给唤醒了。他硬生生地撑开眬昏的双目，侧着耳朵听了又听，希望这声音能续写昨晚的那个精彩的故事。然而，叫他失望的是，他听到的只是房东在跟芸儿说话，说的都是些日常生活中琐细的事情。于是他干脆闭上眼睛，想再多睡一会儿。可这时候的他，越是想睡就越睡不着，脑瓜里不是晃动着《情魔》中的人物，就是浮现出情爱的画面。最后，他不知不觉地沉浸于新的游戏的幻境之中。在幻境中，他不时地将现实生活中的场景肢解成一个个小小的碎片，然后将它们随意地拼成一幅图，并且给这幅图涂上一层诡谲的色彩。当晨旭的柔晖透进窗户时，当小鸟在窗对面的圆筒形琉璃瓦楞上蹦跳和啾鸣时，堆在他脑瓜里的东西突然间化作色彩杂乱的一团，随后跟流烟似的消散了。

起床后，他做的第一件事，就是把昨晚写的小说再看一遍，同时做些修改和润色。接着，他在报纸上搜寻起征稿启事。搜寻了一会儿后，他总算在中缝发现了一则。于是，他把文稿装进一只牛皮纸信封，在信封上工工整整地写下那家杂志社的名称和地址，也写下自己的姓名和住址。匆匆忙忙地盥洗之后，他准备出去吃点东西，顺便把文稿寄出去。他希望这是他新生活的起点，希望自己的作品能在环珠岛上一炮打响，进而给自己带来声誉和财富。

他揣着甜美的梦想，兴冲冲地走出自己的房间，然后锁上房门。紧接着，他步履闲逸地朝着楼梯走去。

在下楼梯的时候，他无意间发现，那个身穿蓝布旗袍的姑娘走在他的前面。在半暗不明的空间里，她柳丝般袅袅娜娜的身躯就像一朵从枝叶间独立出来的花蕾，彰显出掩不住的迷人的感召力。特别是那柔韧而圆实的臀部，它随着飘逸的莲步画出一道道令人陶醉的美丽的曲线。

戴长思看晕了，仿佛在他眼前晃动的是阿佛洛狄忒女神——那个从大海的泡沫里走出来的圣洁的女神，仿佛生命的全部意义突然间以一种奇特的、梦幻一样的方式袒露在他的面前。

陈乐君似乎已觉察到，有一双不安分的眼睛在盯视着她，她甚至能感应到这双眼睛灼热的温度。这完全是出于女人的直觉。是啊，女人是大自然所创造的最精微的动物。在她们的天性里深埋着单凭直觉就可以判断现在、预知未来的能力。她们是神明至尊的圣者，也是能事无形的巫者。

戴长思鬼使神差地跟着她；跟着她下楼，跟着她出门，跟着她上街。

在街上，他始终和她保持着一定的间距；时而在心里边琢磨着该如何用文字来表现出她那仪态万方的韵味，时而在为接下来该怎么做而犯愁，直到不知不觉地偏离了人行道，踩到一片微湿的草坪上时，腿脚被一根横卧的树枝绊了一下。这时，一阵平地突起的风儿打到草坪边上的偌大的芭蕉叶上，将芭蕉叶上的露水抛洒到半空中。一道反射阳光的亮闪闪的帘子，即刻挡住了他的视线。待被遮的视野恢复它的原貌时，陈乐君已经消失在熙熙攘攘的人流之中。

"你还真会挑时候！"他使劲地踹了那根树枝一脚，而后垂头丧气地走出草坪。

没多时，他稀里糊涂地来到了另外一条街道。

这条街上，有挑着担子叫卖东西的小贩，也有提着篮子去菜场买菜的女人，还有背着书包去学堂的孩童。在街头的一角，乌泱泱地挤着一大堆人。一个学生模样的青年站在人群的中央，情绪激奋地演讲着："同胞们，父老乡亲和兄弟姐妹们，祖国的大好山河眼下正遭受着日本侵略者铁蹄的蹂躏。他们烧杀掳掠，无恶不作。只要是有血性的中国人，都会发指眦裂、义愤填膺，都会毫不犹豫地奋起反抗。……在国家风雨飘摇之际，所有不愿做亡国奴的中国人应该团结起来，拧成一股绳，有力的出力，有钱的出钱，直到把日本侵略者赶出中国。"

他的话音刚刚落下，另一个学生模样的青年挤到他的身旁说："中国有句古语叫'辅车相依，唇亡齿寒'。我们要忧国人之忧，急国人之急，不能等到日本侵略者把战火烧到了环珠岛才行动起来。……大家知道，燕子衔泥筑巢靠的是大树；没有祖国这棵大树，我们就不会有一个安宁的家园，就不会有未来的希望。"

戴长思驻足聆听了一会儿后，悄悄地走开了。

他心里感到有些愧疚，因为他——一个手无缚鸡之力的穷书生，既出不了力又出不了钱，而且在国难当头的时候，他只是一心考虑自己个人的前途和命运，只是想躲在环珠岛的一隅靠写些风花雪月的东西来苟且偷生，国恨家仇似乎早已荡然无存。

他极力地将自己的注意力转移到街旁高高挂起的广告牌和一棵棵枝繁叶茂的大树上面，时而看一眼从路边的石头缝里长出来的小草。他试图以这种几乎是装出来的淡定去中和内心的愧疚感。可是，他越是这样反而越感到愧疚。而当他快要走过一摊积水时，他无意间发觉，这倒映着天上白云的积水里漂浮着几片落叶。于是，他似有感触地自语道："落叶水推走，白云风卷回。看来，这世上的一切都是因缘注定的。再说，有多少人像我戴长思一样，在这身不由己的年月成了被水推着走的落叶，成了被风卷着走的残云。能苟全性命就算是不幸中的大幸了……"

接着，他边走边回忆着某个剧本里的几句台词："人在命运的面前并不是完全被动的，他应该在接受命运的同时尽力地去改变命运。许多时候我们会发现，不是命运在为难着我们，而是我们在把自己推向命运的深渊。面对厄运厄境，我们应当有所作为，有所抗争。只有这样，我们才能最终战胜它们，让它们像冻死的蛇蝎躺在荒野里！"

他觉得，这些只是儒者的空论和诗人的幻想，现实的规则远比儒者的空论来得残酷，远比诗人的幻想来得重要。我戴长思只要一息尚存，就要为活命而活命。有道是"留得五湖明月在，不愁无处下金钩"。至于国恨家仇，等到日本人打到环珠岛再说吧。

想着，想着，他在经过一家小吃店时，忽然嗅到了一缕缕好闻的勾人食欲的香味。这香味似乎诠释了他那个"活命"，赋予它具体而生动的内涵。

他带着"活命"的想法走进了这家专为"活命"而开的小吃店，继而置身于"活命"的氛围之中。他买了碗鱼蛋粉，随后虎咽般地吃了起来。在他眼前晃动的每一张嘴、每一只碗以及在他耳边响起的每一个声音，似乎都在繁衍着"活命"的主题，都汇聚成一股"为活命而活命"的滚滚洪流。

吃过早点，寄出稿子后，他又回到了自己的住所。

或许是由于无所事事的缘故，或许是因为昨天熬了大半个夜，或许是因为那两个青年的演讲触动了他的神经，或许是因为他跟随的那个姑娘一下子不见了人影，这会儿他只觉得浑身软塌塌的提不起精神来。于是，他干脆脱下西服，将它挂在椅背上，然后在窗台前双手叉腰地扭了几下腰肢，做了几个舒展筋骨的动作，做完之后面对着窗外的景象发呆。

他开始怀疑自己方才的想法：看来，在这战端四起、兵祸连连的乱世，"为活命而活命"也是条虚设的定律，光写男女情爱的故事也是行不通的，是会被人嘲笑的，更何况自己是一个跟日本人有着切骨之仇的人，是日本人毁了他的家，毁了他的事业，逼得他像一茎浮萍四处漂泊，寄居他乡……

但一想到这栋楼里还住着一个叫他红鸾心动的女房客，他心里就像抹了蜜似的甜滋滋的。他很快解开了心头的缠结。

"人哪，只是尘世间的过客而已。"他的内心深处有一个声音在开导他，"为什么不珍惜眼前的机会好好地追求一下人生的快乐？为什么不去用这种快乐来弥补自己所遭受的痛苦与磨难？斯宾诺莎说得好：'人之所以能够日复一日地生活下去，是因为他可以追求快乐和避免不快乐。'所以，你想怎么活就怎么活，你想写什么就写什么，你想追求谁就追求谁……"

对啊，我想追求那个女房客就追求那个女房客。男欢女爱是天经地义，没有谁可以剥夺我与生俱来的权利！想到这，他开始在乱腾腾的脑瓜里搜索着接近那个女房客的方式方法。唐璜、卡萨诺瓦，还有中世纪道貌岸然的伪教士……凡是他能记得的，他都一一在头脑里过筛一遍。最后，他总算想出了一个绝妙的法子。

他兴奋不已地走到搁在墙角的旅行箱前，打开后翻找出一个小巧精美的本子。这本子是在南昌的一个烟纸店买的，里面写的是他的一些杂感和他逃难时的所见所闻。他假想自己是一个局外人，而且这个局外人就是那个女房客。他捧着本子坐到书桌前的椅子上，好奇地抚摸着它的外皮，眼睛里模模糊糊地映现出一双玉笋般的小手。然后，他用这双"小手"打开本子，一页接一页地看起来。

"人生的阅历就如同一座矿藏，等待着你去开采。而要开采它，除了语言、技巧等工具外，还有赖于艺术的直觉。直觉能引领你摆脱自身的局限，穿越时空的屏障，最终在神灵的祝福中找到属于自己的那片圣土。"他一字一句地念完这段文字后，拧起眉头自作多情地想了一会儿，然后又接着念："镜子里边的东西要比镜子外面的东西耐看，睡梦中的东西要比镜子里边的东西耐看；这就好比水中的月亮要比空中的月亮富有诗意，幻想中的月亮要比水中的月亮富有诗意。……作家与其说是梦中人和幻想者，不如说是采炼迷药的巫师。他用迷药来迷倒读者，使他们产生种种幻觉。这迷药的原料自然不是沉香和肉桂，而是比它们更有效、更直接、更耐久的文字。文字的魔力丝毫不亚于一幅画，一支舞，一首曲子。文字让人类成为万物之精灵，宇宙之天神。……对于这位巫师而言，虽然采炼迷药是件极其痛苦的事情，但由于在这痛苦中隐含着别样的快乐，因而他总是孜孜不倦地投身于自找的苦役之中。"

"这一定是出自一位才气过人的文人之手。"他读完几段杂感后，放下本子说。

然后，他从椅子上慢慢地站起身来，走到床边斜签着倒了下去，脑瓜里尽力地想象着那个文人的模样，直到这个模样被越来越浓的睡意给淹没了。

当溟蒙的暮色从窗外漫进屋子时，睡了不知多少个时辰的他从床上爬了起来。他已记不得自己是否吃过午饭，也记不得自己是何时躺倒在床上的。他只记得那个本子和以它为道具的一出戏。他是这出戏的编剧、导演和演员，只是跟正常的戏剧不同的是，他仅有一个大致的框架，一切都要靠他临场发挥，一切都要看他的运气。他穿上西服后，梳理了一下头发，然后拿起书桌上的本子走出房间。

他来到几乎是黑洞洞的走廊里，小心翼翼地把这本子搁在那个女房客的门口，紧接着返身回到自己的房间，躲到虚掩的房门的后面。没一会儿工夫，他终于听到了熟悉的脚步声，而且更令他感到欣慰的是，他听到女房客在打开自己的房门后细声细气地说了一句："哇，是谁把本子丢失在这里？"

过了二十分钟的样子，他装模作样地走出房间，在走廊里来来回回地寻找着什么。在经过房东的那间屋子的房门时，他见门底下透出一线灯光，听到里面有人在说话，于是稍稍迟疑了一下后，轻轻地敲了敲门。

"谁啊？"里面传来芸儿的声音。

"是我，戴长思。"他不慌不忙地回答道。

门打开后，黄澄澄的灯光有如一群被放出笼子的鸽子，迅疾地绕过他的身躯，在他身后的空间悠闲地飞来飞去。芸儿背着灯光的身影，显得十分的娴静和安详，而且宛如映在水中的暮色，朦胧而迷幻。

"你有什么事？"芸儿面无表情地问，边问边用疑惑的目光打量着他。

"我是来找房东的。"这时，他嗅到了淡淡的"三炮台"的烟味。

"你来得不是时候，房东出去打麻将了。"芸儿说，"要不要我帮你捎个话？"

"不用了。"他笑道，"我只是想问问她有没有看见我的一个小本。"

"小本？什么小本？"芸儿问。

"就是记些东西的小本。没看见也就算了。"他做出不在乎的样子。

就在这时候，陈乐君打开了自己的房门："这位先生想找的是不是这个小本？"

戴长思见了拿在她手里的小本后，先是假装一怔神儿，而后故意做出一副喜出望外的样子："对，就是这小本。怎么会在你这里？"

"我在这门口捡到的。"陈乐君低声地说，边说边将小本递给他。

"谢谢，太谢谢你了。"戴长思哆嗦着两手接过小本后，躬身一笑道。

这时，芸儿将房门砰的一声关上了。

"怎么回事？"门缝里随即钻出一个陌生男子的声音。

"你怎么会把这小本遗失在我的门口？"陈乐君蹙皱起眉头问道，目光里闪现出一丝疑惑。

"哦，是这样的，我下午出去时走得匆忙，而且手里拿的东西又多，不小心把这小本给弄丢了。"戴长思把事先想好的话说了一遍。

陈乐君开亮走廊里的电灯后，看了看他身上的那件满是皱痕的西服，再看了看他脚上的那双粘着些许泥土的皮鞋，先是若有所思地迟疑了片刻，而后问道："你是刚住进这里的房客？"

"对啊，我是昨天住进来的。"戴长思微红着脸回答说。

"听你说话的口音不像是本地人，难道你是从内地来的？"陈乐君接着问。

"你说得没错。日本人的飞机炸毁了我家的房子，夺走了我亲人的性命。所以，我从上海一路逃难到环珠岛。"戴长思用带着一腔离愁和悲恻的口气说，眼睛里弥漫着晶莹的泪光。

"这么说来，你是绝处逢生，是只身一人流落到这里？"陈乐君听后，脸上浮起了淡淡的忧容。

"是啊，原来好好的，眼下落到这番光景也只能怨造化弄人，怨时运乖蹇了。"戴长思边说边目光闪烁不定地观察着她的表情。见她有些尴尬，便急着问："哎，对了。我以后该怎么称呼你呢？"

"我姓陈，叫陈乐君。"陈乐君轻声轻气地说，"请问先生大名？"

"我姓戴，名长思，字怀古。日后还得请陈小姐多多关照了。"戴长思毕恭毕敬地说。

"戴先生客气了。"陈乐君婉弱地一笑道，"是不是《东京赋》里的'长思而怀古'？如果是的话，那你这名字起得太好了。"

"是的，没想到陈小姐也是个饱学博识、胸藏锦绣的人。我真是有眼不识金镶玉啊！"戴长思用诧异的眼神看着她。但话才说出口，他就感到有点懊悔。他在心里边责怪自己太冲动、太自视过高了。

陈乐君并没有显出不高兴的样子。见他那副读书人特有的憨态，她明净的眼睛里忽然闪出一道泛彩的光芒："我虽是小学教师，但古书多少也看了些。看来，戴先生比我得更多，一定是书香人家。"

"陈小姐言重了。要知道我现在只是一介无家可归的穷书生。俗话说：'百无一用是书生。'穷书生只能靠卖字讨生活。"戴长思说到这里，不知道接下去应该说什么。于是，他干瞪着两眼看着斜插在陈乐君衣扣间的别针。

"古人云：'穷者而后工也。'富贵人家读书有几？"为了让戴长思尽快地从窘迫的状态中解脱出来，陈乐君接过他的话说。"何时戴先生能让我拜读一下你的雄文大作？"

"大作谈不上，只能算是无病呻吟、应景急就的涂鸦之笔。"戴长思故作谦态地说道。

"看来，戴先生是个谦谦君子。古人说得好：'谦谦君子，卑以自牧。'"陈乐君微笑道。

"是泛泛庸徒，谈不上谦谦君子，谈不上。"戴长思腼腆地说，眉眼之间兜着有点不自在的笑意。

这会儿，陈乐君没有再说什么。她稍稍侧转身子，不紧不慢地扬起左手看了看手表。

"那我就回房了，你忙你的。"戴长思趁此机会，掉转头朝自己的房间走去。

陈乐君望着他的背影，脸上只觉得一阵滚烫。一种微妙的、难以言表的感觉，就像拂过墙头的秋风，打她的心头轻轻地掠过。

关好房门后，她坐到写字台前的那把软椅上，对着那盏周围浮游着虚晕的台灯发呆。刚才捡起小本后，她本不想打开的，甚至想将它原封不动地放回到门口，但女人特有的那种强烈的好奇心最终还是占据了上风。于是，她将它打开了，而且还匆匆浏览了里面的几段文字。她觉得这几段文字写得还行，即便算不上精致与完美，也至少有一种磁铁般的引力，特别是读到"现代文明的最可怕的敌人之一，是古板而刻薄的婚姻制度和与之相关的各种社会学或伦理学意义上的假设。我们之所以这样说，是因为这种人为的制度和假设剥夺了人们追求新奇事物和新奇感觉的权利，同时也剥夺了他们极富想象力的创造性思维。而所有这些被剥夺了的东西，又恰恰是现代文明的催化剂和强化剂。"

可当她读到"其实，在每个男人的潜意识里，都埋藏着窥视女性的癖好。甚至于在最不可能引起性幻想的场合，他们也会身不由己地受制于那瞬间的莫名的冲动。至于那些道貌岸然的宗教家，他们一面主张禁欲，一面过着纵欲的生活——就像雨果笔下的那个副主教克洛德，他不仅喜欢偷窥美丽的吉普赛少女埃斯梅拉达，而且还试图占有她。诚如薄伽丘所说的：'我亲眼见过不少色迷心窍的神父，他们夜晚诱奸良家妇女甚至是修女，白天在礼拜堂的讲坛上声色俱厉地谴责这种行为。'也正如一位修女所说的：'他们就像是被缰绳控制的马；在撒蹄狂奔的时候，其快乐的程度远远地超出了没有被缰绳控制的马。他们甚至愿意在狂奔中死去。'"的时候，她的心情忽然间变得有点惶惑不安了。她正想继续往下看，房门外响起了戴长思和芸儿的说话声。他俩的声音是那样地清晰，那样地揪撼着她，好像每个音节都变成了扎在她背后的芒刺，都在无形之中给她施压。最后，她只好将还没看完的小本拿了出去。

"这本子会不会是戴长思故意放在我门口的？"她拧着眉头寻思着。

她忽然想起早上有人尾随着她，而且从住所一直尾随到街上。尽管当时她没有回头看一眼，但从现在的情形来判断，这人一定是戴长思了。

四

当陈乐君沉浸在深思之中时，住在她对门的芸儿正在跟一个男人调情。这男人是当地的一家夜总会的经理，名叫伊仲史。

"你这地方到底有多少房客？"伊仲史吸了一口"三炮台"，然后慢声慢调地问道。

"有三户。怎么，你对他们有兴趣？"芸儿说着，撒娇似的一屁股侧坐到他的怀里。

"我只是随便一问。"伊仲史说罢，又吸了一口烟。这时，他感到芸儿肥硕的屁股已压得他快不行了，于是竖起眉头，虎着脸说："你别跟骑马似的坐在我身上，这沙发可经受不住我们两人的重压。如果你妈发现这沙发坏了，肯定会起疑心的。这叫我以后还怎么来你这儿？"

"我不是跟你说过她只是我的养母，不是我亲妈？"芸儿霍地从他身上站起，拉长着脸说。"我听她讲我是她从街上捡来的。"

"是吗？"伊仲史微笑着说，"怪不得她把你打扮成现在这副模样。"

"你是说我现在的模样不好？"芸儿说罢，走到梳妆镜前，对着镜子里边的人形看了又看。

"你看你，穿着打扮就像一个村姑。如果来我的夜总会，还不让人笑掉大牙？"伊仲史边说边贪婪地斜觑着她的背影。"依我看，你还不如干脆在后脑勺的两旁各梳一个蟠桃一样的发髻，这样看上去就更像——"

"更像什么？更像丫鬟是不是？"芸儿噘了噘嘴，嗔色挂腮地说。"那你想要我怎么样？"

"我要你留一头波浪式的长发，穿一身好看的旗袍，不仅会抽'三炮台'，而且还会跳舞唱歌。"伊仲史说。

"那不就成了社交场中的交际花？"芸儿回头瞥了他一眼，"如果这样的话，我的养母还不打死我？要知道，她最讨厌的就是这样的女人。"

"看来，你的养母不是乡下人就是清教徒。"伊仲史说到这，顿了一下，眼睛盯着芸儿的肥臀，好像她的整个身体就数这块地方最有魅力。而后，他接着说："眼皮子也太浅了，就像小庙里的神没见过外面的大世面。只想着把你当丫鬟使，只想着让你做牛做马地伺候她，将来给她养个老送个终。"

"再给她在坟头上烧些纸钱，让她在阴间不愁吃穿。"芸儿接过他的话说，"不过，话又说回来了，谁不想自己老了有人端个汤送个水的？谁不想自己死后有人照看坟头？除非这人是菩萨下凡。"

她说着，扭腰摆肢地走到伊仲史的跟前，冷不防地夺过那支"三炮台"，故意摆出一副交际花的媚态抽了一口，然后用食指娇慵无力地掸了掸烟灰。

"模仿得还挺像的，都让我有点陶陶然、醉醉然了。还让我想起了'众芳摇落独暄妍，占尽风情向小园'。"伊仲史打趣地说，"不过，我还是想奉劝你一句：现在你既然已经长大成人了，总不能什么都听养母的，总得有一点自己的主见。"

"主见？我只是个听人使唤的丫鬟，还能有什么主见？"芸儿神色惑然地看着他。

"比如说，晚上来我的夜总会打理些杂七杂八的事情。"伊仲史一面说着，一面深情地看着她。"我在马路上头一回见到你，就猜到你擅长这个。"

"那天，你的车也开得太快了，差点把我撞翻了。幸亏我避让得及时，只是摔了一跤，蹭破点皮。"芸儿说罢，将"三炮台"插到他的嘴里，而后坐到梳妆台前的一只小方凳上。"看来，从那天起你就一直在打我的主意。"

"这不叫谁打谁的主意，这叫月移花影至窗前，无心相求而自来。"伊仲史呷响着嘴唇使劲地吸了一口烟，随后开怀地笑道。

"我看，你这花花太岁的肚肠子里装的净是些晃点人的花言花语！一会儿'众芳摇落'，一会儿'月移花影'，就只差找一个花娘子了。"芸儿在镜子里瞄了他一眼，而后像剔翎的鸟儿用指甲梳理着细长的眉毛。"再说，如果你只是想让我在你手下打打杂，这跟伺候我的养母当丫鬟又有什么区别？"

"当然有区别喽。"伊仲史说罢，将"三炮台"捻熄在茶几上的烟灰缸里，然后慢慢地站起身来。"你看啊，她只是把你当丫鬟使，不让你见外面的世面，说得再明白一点，就是要你一辈子做一只不下蛋的母鸡，而我呢，是要让你在打杂的同时，接触各种各样的人，为你将来步入上流社会的社交圈做铺垫。总之，我要让你这只小鸡从鸡窝里飞出来，变成叫人刮目相看的金丝雀。我要重新塑造你，把你塑造成一件叫人瞠目结舌的作品，最后给你找一个阔少做夫婿，这样，你的下辈子就……"

正在梳理眉毛的芸儿，根本没在听他的话，而是在想着自己的心事。想着，想着，她忽然从镜子里看到一张笑脸在渐渐地挨近她，挨到她的背后时，只觉得有两只沉甸甸的手突然落到了她的肩膀上，紧接着从肩膀唰溜溜地滑到腋下，抄到胸前。当这双手柔柔地跟捏小皮球似的捏着她时，她唰地站了起来，用力甩开两条围束住她的胳膊："你这下流胚，快给我滚出去！"说罢，顺手从身边拿起一个鸡毛掸子，狠命地朝伊仲史打去。

"别，你别这样。要知道我小时候我妈就是喜欢用鸡毛掸子抽我，所以我现在一看到你挥舞着鸡毛掸子就心颤肉跳，一听到由这鸡毛掸子发出的嗖嗖沙沙声就浑身痉挛……"伊仲史一面后退，一面连声叫饶。

但他嘴上这么说着，心里边却乐滋滋的。他觉得，被芸儿打是一种享受，是一种别有一番情趣的享受。芸儿下手越重、越狠，他就越感到舒心，越感到刺激，甚至感到全身轻飘飘的，像是喝了几杯玉液琼浆。

神志恍惚中，他忽见芸儿手里的鸡毛掸子变成了披垂着波浪式卷发的佼人玉女，她们争先恐后地爬到他的身上，用纤细的手指扯着他的头发，用尖尖的指甲挠着他的肌肤，用闪着甜甜波光的、勾人心魂的桃花眼看着他……

正当他幻想着自己如同旱苗得雨一般地扑到芸儿的身上，将滚烫的脸蹭着她的脸，将滑溜溜的舌头伸进她的嘴唇时，楼梯那边响起了一阵脚步声。这脚步声，犹如一桶冰水浇在他的头上，把他从白日梦中拖回到现实。

"不好，她回来了。你快别闹了。"他对芸儿说。

"她才不会这么早就回来呢，"芸儿把鸡毛掸子丢在一旁，"一定是那个画家回来了。"

"画家？你这里还有画家？"伊仲史好奇地问。

"怎么，不可以吗？"芸儿又坐到梳妆台前，继续用指甲梳理眉毛。直到门外的声音消停后，她才不经意地瞥了伊仲史一眼："谁跟你似的，一天到晚没个正形的。"

"没正形？你说我没正形？那好，那你就去找个有正形的男人做靠山吧。真是把天上掉下来的金疙瘩当作驴粪球了。"伊仲史说罢，一甩手气呼呼地开门走了出去。

"哎——你别走啊。我只是逮住什么说什么，没有冒犯你的意思。你怎么耍起小孩子脾气？怎么跟滩上的回头风似的说变就变？"芸儿急步匆匆地追了过去。可追到楼梯口，伊仲史就像鬼魂一样消失了。

"想不到大男人也这般雀儿肠肚，一夸别人就醋海生波、酸气熏人。"她跺着脚说。

"怎么啦这是？"就在她气性大发的时候，身后响起一个声音。她回头一看，见是戴长思。

"你是人还是鬼啊？"她哆嗦着嘴唇说，"早不出现晚不出现，偏偏在这时候出现；早不言语晚不言语，偏偏在这时候言语。都快把我吓晕了！"

"我正要出去吃饭呢，没想到你在这里挡着我的道儿。看来，今天老天爷有点心气不顺，不想让我离开这里，想叫我饿上一宿。"戴长思风趣地说。

"你这人倒是真会说话，吓着了别人还趁机簧口利舌地卖起乖来。"她微偏着脑袋，大声大气地说。说罢，轻轻地哼了一声，随后两腿生风地朝自己的房间走去。

"哟，脾气还真不小。"戴长思望着她半跑半颠的样子，忍不住要笑出声来。直到她走进自己的房间，砰的一声关上了房门，他才回转身锁上自己的房门。

下了楼梯后，戴长思哼着小曲兴冲冲地走出大门，然后又哼着小曲走在湫隘寂静的弄堂里，走在行人寥落的小街上。小街两旁的树木，借着一道渐淡的晚霞在地上画出七歪八斜的影子，像是在用无声的语言哄着人们尽快地丢弃白日里的幻想，早早地投入黑夜的怀抱。他没有屈服于这些影子的诱惑，而是边走边想象着自己在用一双大脚踢开这些黑影，随后奋力地拨开悬在头顶上的枝叶，让那道迷人的晚霞照在他的身上，透进他的心房。

是啊，那个素雅大方、有着天然韵味的陈乐君，就如同这晚霞一般，叫他浑身暖融融的，叫他心里醉沉沉的。她像下凡的天仙悄悄地来到他的身边，让他在黑暗里看到了一线光明，看到了一丝希望。她喜欢留一头紧贴脸庞的齐颈的短发，穿一身跟她的职业十分相称的不事张扬的蓝布旗袍。她看你的时候，两只眼睛里会流动着奇异的神采；微笑的时候，文静娟秀的瓜子脸上会现出两点迷人的酒窝；说话的时候，会露出两排整齐而有光泽的纯白的牙齿……总之，她的容貌和神态即便是在最不容易勾起浪漫情趣的地方，也能激发起他戴长思多情的遐想。

他一面兴高采烈地行走着，一面在脑瓜里尽力地描绘着她的形象，直到不知不觉地拐进了一条到处闪着霓虹灯的花街。

他发现，这些闪眼的、设计独特的霓虹灯有着碎月摇花一般的致幻和催眠的神效：粉红色的"Babe Garden"字牌底下，是神态各异的裸女，她们一个接一个地从一个魔盒里跳出来，跳到最后唰地一下变成了一团淡蓝色的缭绕的烟雾；胭脂色的"Fair Mermaid"字样下，是挺着巨乳的美人鱼，水雾一般的泡沫在她的四周转动着，一会儿顺时针转，一会儿逆时针转，一会儿再顺时针转……就在他看得眼花缭乱、目迷五色的时候，一个妖艳的女人扭腰摆臀地朝他走来。她脚上的那双擦得锃亮的高跟鞋，酷似正在摇晃的盛满酽酒的小樽，很艰难地承受着由这扭摆的动作而产生的离心力。

"先生，能不能给我一支烟？"女人有意挡住了他的去路，眯缝起眼睛看着他，目光中流露出一丝撩人的猥亵。

面对这一从未经历过的戏剧一般的场面，戴长思忽然感到自己的脑瓜就像是卡了壳的枪，或者说就像是被什么东西打蒙了。一时间，他竟然找不到一句合适的话来作答。

在水波一般动荡的色彩中，他发觉：这女人穿着一件半透明的短衫，里边勒紧的胸罩像是十分勉强地托起那对松弛的垂乳；她那张大红大白的瘦脸上，隐隐地现出龟裂般的皱纹，烘出苍老和疲倦的阴影；袒露在外的胳膊上，刻着几道像是由指甲划出来的纹路，跟留在脖子上的类似齿咬的痕迹组成了一幅病态的画面，述说着一个病态的故事；她层层叠叠的短裙下面，是一双近乎枯萎的鹤胫般细长的腿，好像她体内的血液和精气都快叫男人给榨干了。

"你是不是从不抽烟？"女人问。

"哦，对。我从不抽烟。"戴长思边说边拘谨地后撤了半步。

"连烟都不会抽还算什么男人？看来，我今天是翻错了眼皮，找错了人。"女人大失所望地、恶狠狠地瞪了戴长思一眼，然后又扭腰摆臀地走开了，留下的是淡若游丝的廉价香水的味道。

这时，一辆小汽车在附近的一家挂着"迎香楼"招牌的妓馆门口停了下来，从车里歪歪腻腻地走出两个男人。一阵湿暖的风，急不可耐地吹了过来，将难闻的汽油味拌在香水味中。

"这里就是我跟你说的迎香楼。待会儿我带你上楼去找'芦花鸡'。"

"找'芦花鸡'？'芦花鸡'是谁？"

"'芦花鸡'可是迎香楼的头牌。昨天，我在一张小报上读到这样一则消息：'迎香楼的老鸨招来了一位能歌善舞的小伶人。她细皮白肉，明眸皓齿；云鬓映桃腮，珠链衬玉项；静如娇花照水，动如杨柳扶风。当下就迷倒了所有的客人，摘得了"芦花鸡"的桂冠。'我当天晚上就来到这里一饱眼福。总之，她那妩媚动人的模样准让你瞧了心里就直痒痒。不是我瞎吹，凡是见过她的男人都会认定她是甲天下之大美女，都会推她当'花国公主'。"

"但是你别忘了'木秀于林，风必摧之；堆出于岸，流必湍之'。不知哪一天，这只'芦花鸡'会被人拔光了毛……"

女人听到身后有男人在说话，立刻扭过脸来，朝他们看了看，而后有如一只见了猎物的母狼向他们直扑过去。接着，便是一阵急雨般的嘟嘟声。

"啐，从哪里冒出来这么个粉头花娘！滚一边去！"

"你别说，还真有人喜欢这种半老不黄的粉头花娘呢！"

"喜欢什么？难道喜欢她那个花嘴瓣儿？"

"可不是么，莫非你没尝过'风吹芭蕉雨打船'的滋味？"

　　戴长思凝神倾听了一会儿后，继续朝前走，直到走出这条街，来到一家名叫"一夜风流"的夜总会的大门前。这大门的两侧，各蹲着一头带底座的雕琢得有棱有角、威容慑人的石狮子。门面红漆飞金，极有气派。

　　他先是在门口站立了片刻，为要不要进去看看而犹豫不决。他想起那篇刚投出去的稿子，觉得这投稿就跟打一副牌、玩一把骰子差不多，全凭运气，还不如现实一些，还不如在一家夜总会或酒店当个服务生什么的，这样好歹能踏踏实实地混上一口饭吃，说不定还能以此为契机，图谋新的发展。是啊，环珠岛这地方就和上海一样，是投机家与冒险家的乐园，没有一点想投机的心理，没有一点敢于冒险的精神，是很难混出个人样来的。人们常说，机会不会上门来找人，只有人去找机会；也有人说，误打误撞也许能撞上个好运。那就不妨试试吧。想到这，他鼓起勇气朝夜总会的大厅径直走去。

　　大厅里，飘荡着淡幽幽的光线和轻微的说话声，也飘荡着香水和咖啡的气味。他神态自若地坐到一张空桌旁；从这个位置可以看到左边的大门，也可以看到右边的舞池，还可以看到正前方酒吧台旁边的一扇小门。

　　坐了一会儿后，他突然发觉一个熟悉的身影从大门外急溜溜地跑进来。他定睛一看，原来是芸儿。她怎么会来这里呢？难道她是这里的服务生或舞女？他寻思着。但他很快排除了这样的假设。是呀，他怎么也难以将一个衣着朴素且留着麻花辫的女孩跟夜总会的服务生或舞女联系在一起。要不然，她是这里的洗碗工或是……

　　就在他全神贯注地搜索着答案的时候，芸儿一转眼的工夫消失了。过了一会儿，她又好像跟谁一起走进了酒吧台旁边的那扇小门。恰好在这时候，有几个洋人来到酒吧台前，跟酒吧的服务生说着什么。他们魁梧的身躯挡住了他的视线。

　　一时无奈的他，干脆将目光投向右边的舞池。

　　他发现：这舞池几乎跟乐池连在一起；悬挂在舞池上方的彩灯将柔和的光线烘照在乐池后面的一块绣着"DANCE FOR JOY"字样的垂幕上，给整个大厅增添了一种喜庆与浪漫的气息；舞池的一旁摆放着几张供舞者休息的沙发，每张沙发前有一张茶几。

　　他又坐了一会儿后，乐队开始奏响第一支华尔兹舞曲。在变幻不定的灯光下，舞客跟舞女踩着轻快的节拍水乳交融般地旋转起来。他们时而相互间说着悄悄话，时而摆过头朝他看一眼。这热闹而又陌生的场景，既使得他有一种被悬置的感觉，又让他陷入了深思。他觉得，舞蹈作为一种娱乐的形式，是从巫术的胚胎里产生出来的，是集体无意识最为原始也最为完美的体现，而音乐则提炼了它并赋予它新的生命和意义……

就在他思考的时候，换上了一身服务生装束的芸儿，从酒吧台旁边的那扇小门里步履飘逸地走了出来，仿佛这舞曲一下子放松了她的情绪，放宽了她的心境，叫她变得身轻腿捷。

她穿过一片灯光昏暗的区域，走到戴长思的桌旁："先生，你想要些什么？"

"给我来一杯清咖啡。"戴长思故意耷拉着脑瓜说道。

"喔哟，怎么是你啊？你怎么会在这里？"芸儿惊讶地问。

"我正想问你呢。"戴长思抬起头看着她，"早不出现晚不出现，偏偏在这个时候，在这个地方出现。都快把我吓晕了！"

"你还真会偷人家的话。"芸儿噘起娇唇半笑着说，"实不相瞒，我的一个朋友在这家夜总会做经理。他跟我说这几天走了几个服务生，店里人手不够，想让我临时帮他照应一下。"

"是吗？你的运气还真不错。那你能不能问问你的那位朋友要不要像我这样的人？"戴长思顺水推舟地说，"你看我，刚来到环珠岛，还没有找到工作呢。再这样下去的话，恐怕连房租都交不起了。"

芸儿听后，纠紧着眉头思忖了片时，而后说道："好吧，回头我跟他说说看。"

"多谢了，服务生小姐。"戴长思一展笑颜地说。

过了十来分钟，芸儿端着放有一杯清咖啡的盘子走到戴长思的面前。她一面将咖啡杯搁在桌上，一面微笑着说："经理让你到他那里去一下。你喝完咖啡就招呼我一声，我带你过去。"

"好嘞，那我就先喝咖啡了。"戴长思说罢，将右手的拇指和中指捏拢在一块，搓出一个脆响的"吧嗒"声。

待芸儿走开后，他一边欣赏着舞曲和舞者们的跳舞，一边喝着咖啡，与此同时心里边在暗暗地琢磨着待会儿该怎么跟经理说。

喝完咖啡后，他也梳理好了自己想说的话，于是扬起右手向站在不远处的芸儿挥动了一下。

芸儿神情呆板地向他做了个手势，示意他过去。他便急忙起身朝她走去。

经理的房间有两个，一个在楼上，一个在楼下。楼上的那间大一些，豪华一些，是用来接待贵客的。楼下的那间小一些，简陋一些，是用来接待普通人的，而且它设在一处不易被人发现的暗角里。将戴长思带进楼下的那间房后，芸儿轻声轻气地对他说："我去招呼客人了，你们慢慢谈。我回去后听你的消息。"说罢，一扭转身子离开了。

这时，房间里只剩下经理和戴长思两人。一种别样的寂静，一下子在屋内弥漫开来，仿佛此刻两人都能听见对方轻微的呼吸声。戴长思以他极其敏锐的观察力把这位经理的相貌与穿着定格在自己的脑海里：他身材中等，不瘦也不胖；丰亮油厚的头发界限分明地以三七的比例分开，一丝不苟地梳得齐整而溜滑；宽阔饱满的前额底下，是两条吊梢眉和一对顽皮中带有一点玩世不恭神态的眼睛；而穿在他身上的那套香云纱衫裤以及挂在胸前的闪闪发亮的表链，给他的形象平添了几分老气和霸气，很容易使人将他跟吃喝嫖赌成习性、提笼架鸟满街遛的公子哥挂上钩。

"请坐。"经理先将房门轻轻地掩上，而后将眼前的这位陌生人打量了一番。两人同时坐到一张三人沙发上后，他自我介绍道："我叫伊仲史，是这家夜总会的经理。"接着，他成心用探询的口气问道："你就是画家？"

"我不是画家，我是从上海来的难民。"戴长思毫不遮掩地回答道。

"是吗？那你以前在上海做什么？"伊仲史接着又问。

"我是个自由撰稿人，写些不登大雅之堂的东西混口饭吃。"戴长思说。

"那你一定擅长于编故事。"伊仲史稍稍停顿了一下后说，"这样吧，我这里有些女顾客，她们喜欢跟男人聊天，以此来排遣内心的苦闷与寂寞。你如果愿意的话，就陪陪她们，讲些故事或笑话给她们听。这样一来，她们就会经常光顾这里，我的生意也就——"

他还没把话说完，芸儿突然间推门而入："外面有个女人要见你。"

"你瞧，来了不是？真是经不住念叨！"伊仲史笑着说，"叫她稍等，我一会儿就过去。"

"好的，我这就去跟她讲。"芸儿说罢，不自觉地嘘了一口气。

这个要见伊仲史的女人，就是汪记汤包店的掌柜汪虞肖的老婆，名叫罗迪菲。在丈夫砸店的当天，她逃到了一家杂货店暂时避一避——店主曾经是她的相好。晚上回到娘家后，因跟父母说不到一块去，一时憋得慌，就来到夜总会打发光景。今晚，倍感无聊和空虚的她，又想在夜总会寻找可以解闷的男人。

要说汪虞肖，他的确是条打不了响鞭的软虫。每回跟罗迪菲才黏合上，他就像马尾巴挑豆腐似的提不起。于是乎，欲火难耐的罗迪菲就常常躲着他偷男人。

几天前的一个晚上，汤包店打烊后，罗迪菲趁汪虞肖去朋友家玩牌赌博之际，把一个小白脸带到家。正跟他玩得"一佛出世，二佛升天"的时候，被一个前来讨赌债的人给发现了。结果，罗迪菲的风流韵事就渐渐地传扬了出去。汪虞肖耳闻此事后，顿时火冒三丈。他先是对罗迪菲大打出手，而后觉得就是扒了她的皮、抽了她的筋也咽不下这口戴绿帽子的恶气，遂乃一怒之下砸了自己的店。

芸儿离开后，伊仲史站起身来，若有所思地静立了一会儿，而后对戴长思说："你别以为这样的女人好伺候，她们的缠劲可大着呢。待会儿我先去跟她应酬几句，你装作不认识我，坐到她的附近。我找个借口走开后，你就想办法跟她搭讪。只要搭上了话儿，剩下的戏就看你怎么演了。"

"好的，就照你说的做。"戴长思半笑着说。

他想，反正自己闲着没事，还不如接触一些社会上的人，做些自己从来没做过的事情，一来可以消磨无聊的时光，二来可以为写小说积累点素材，三来可以挣点糊口的小钱。

"那我就先出去了，你过一会儿就悄悄地出来。记住，千万不能让她察觉出什么。不然的话，这出戏就演砸了。"伊仲史说罢，用右手捋了捋头发，而后悠闲自在地走出房间。

伊仲史出去后，戴长思将这几乎没有什么装饰的房间环顾了一遍。他发现，屋内除了这张贴墙放的三人沙发外，靠窗的一处墙角还有一张款式古典的写字台和一把老式木椅。写字台上放着几本厚厚的、纸质泛黄的书和一个文玩架。文玩架上有一只精致美观的小口瓷瓶和一尊泥塑的小佛像，它们给色调清淡、氛围有点沉闷的房间添加了一点生趣与雅趣。

过了五分钟的样子，戴长思也走出房间。

当他走到酒吧台旁边的那扇小门前时，忽然听到半开着的门里边有女人在说话，于是不自觉地停下了脚步。

"……不知他从什么地方弄来一个乡下人。"

"你别说，乡下人自有乡下人的味道。荤腥吃多了总得换换口味，吃点素食。"

"是啊，野生野长的东西自然别有一番风味。不过，这个乡下姑娘恐怕——"

"恐怕什么？"

"恐怕被他玩腻后不是被卖到迎香楼就是——"

"你小点声，没见这门开着？"

戴长思听后，心里一咯噔：她们议论的会不会是那个伊仲史？那个"乡下姑娘"会不会是芸儿？他没有时间多想，也不敢多想，而是借着催人瞌睡的、昏暗不明的灯光搜寻起目标来。朦朦胧胧中，他见伊仲史正坐在一个女人身边跟她说着什么，于是悄无声息地走过去坐到他俩的附近。他很快发现，这女人就是他在那家杂货店门口见到的风骚娘们。她今天好像没有搽粉涂脂，也没有戴项链，因而跟上回的模样相比，整个形象因缺少了一点妆饰和点缀而显得过于平淡。

等到伊仲史离开后，他忐忑不安地站起来，走到女人的面前："对不起，我能不能请小姐跳支舞？"

女人先是用疑惑的眼神看着他，然后沉下脸说道："这会儿我没心思跳舞，我心里正烦着呢。"

"有烦心的事就更应该放松放松，这样心里的烦恼也就自然消失了。"戴长思软言软语地安慰她说，"古人云：'可人意清歌妙舞，酬吾志美酒鲜鱼。'"

"你这人有毛病啊，我又不认识你。"女人心里的火气一下子蹿到脸上，满脸涨得通红。

"那好，那你就一个人好好地待着。"戴长思冷冷地说，"什么时候想明白了就招呼我一声。"

女人见他正要走开，满腔的怨气突然间又被对异性的强烈的需求所征服。她迟疑了一下，然后说道："那好吧，那就和你跳一会儿舞，省得你像蚊叮虫咬似的缠着我不放。"

于是，戴长思满脸堆笑地将她带到舞池，右手搂住她的腰，左手握住她的右手，跟着乐曲的节拍跳起舞来。一开始，两人的舞步还有点别扭，但跳着跳着也就顺当自然了。

过了没几分钟，女人望着他那副帅气的模样，心底不由得起了一层波澜："我好像在哪里见过你，可这会儿就是想不起来。"

"我也觉得你有点面熟。"戴长思应和道，目光不经意间落到她前凸的留着一道窄沟的胸脯上面。这胸脯的下半部分，尽管沉没在水样般摇晃的绸衫里，但反而使整个模样看上去更性感、更迷人。"但肯定不是在这里遇见你，因为——"

"因为你是第一次来这里。我没说错吧？"女人继续望着他。

"是啊。不知小姐是否常来这里？"戴长思说。

这时候，为了便于交谈，两人都不自觉地放慢了舞步。戴长思无意间感应到她那双眼睛的温度。他恍惚觉得，这双眼睛就像正在加热的散热器，不停不住地将热能传递到他的上身，再让这热能顺着上身向下体蔓延着。

"这里是我表弟经营的夜总会，而且离我娘家又近，我当然常来喽。"女人说着，脸上挤出一丝淡淡的带着些微伤感的笑容。

"没想到，在环珠岛一个黄毛小子也能当夜总会的老板。"戴长思没太在意她的面部表情，而是在她眼底的深处，看到了一股正在涌动着的明朗而粗犷的激情，而忽强忽弱的灯光时而点亮着它，时而遮蔽着它。

"俗话说：'虎父无犬子。'我表弟的父亲可是环珠岛上声名鼎鼎的大亨，那当家理财的本领绝不在英国大实业家之下。"女人边说边将身子往前靠了靠，双眸暗送秋波。

"我说呢。龙生龙，凤生凤嘛！"戴长思一边附和道，一边仰起脸，故意回避她的目光。

女人趁此机会又将身子往前靠了靠，这使得戴长思有点乱了阵脚。他觉得，自己快要被从她身上散发出来的伴着香水味的体味给熏晕了，于是将明暗不定的灯光假想成夜空中的点点繁星，再将这些星星假想成随风飘落的冰凉彻骨的雨水，好像只有这样才能缓解内心的躁乱。

"你在想什么呢？"女人问。

"我在想，刚才听你说你遇到了不顺心的麻烦事。不知能不能跟我这个外人说道说道，兴许我能帮你解开心结。"戴长思急中生智地说。

"还不是我老公的事？"女人的脸色忽然间阴暗了下来，舞步也变得有点凌乱和拖沓了。

"你老公怎么啦？"戴长思垂下眼帘，用同情的目光看着她。

"他在外头赌输了，就拿我出气。这还不算，他还把自家的店给砸了。"女人诉说起自己的冤屈。

"砸自家的店干什么？这不是烟鬼摔烟枪，存心跟自己过不去吗？"戴长思说。

"可不是么，这就叫'图得一时痛快，坏了一世钱财'。"这时，女人几乎将前额顶上了戴长思的下巴。

"他砸的那家店，"戴长思将脸往右一偏，慢悠悠地说，"是不是汪记汤包店？"

"是啊，你怎么知道的？"女人感到有些诧异，不觉在说话的时候将身子往后移了移。

她暗暗思忖着，今天该不会遇上了一个会占卜八卦、奇门遁甲的算命先生？

"还不是听人说的？"稍稍感到缓解了紧迫感的戴长思，回过脸来微笑着说。

"那你还听到了些什么？"女人急切地问，两只眼球鼓凸得有如一对小小的铜铃。

"就听说有人砸了自家的店。我只是在外面吃饭时无意间听到的。"戴长思故意言有所隐。

女人听后，低下头来沉思了一会儿，然后苦笑道："不瞒你说，我们的那家店生意还不错。这全靠我每天起早贪黑地干。我不仅要揉面团、拌馅料、包汤包，还要招呼客人，而我老公只管坐在店门口收钱。不知什么时候他迷上了赌博，把我们好不容易攒下来的钱都输光了。你说这气不气人？"说到这里，她停顿了一下，而后接着说："我不知道为什么要跟你说这些，我们才刚刚认识。"

"才认识就更需多交流。把窝在心里的不痛快全都倾吐出来，也就治愈了一半。"戴长思说，"有句老话：'输钱只为赢钱起，久赌无赢家。'看来，这话不假。可我毕竟是局外人，哪怕是清官也难断家务事。说句你不爱听的话，在我看来，你这点破事其实算不了什么。"

"算不了什么？"女人抬眼疑惑地望着他，"你也太会说话了。真是不生孩子不知道腰酸肚子疼。"

"我是说，你遇到的事情跟我的人生遭际相比实在算不得什么。"戴长思解释道，"实话跟你说吧，我是从上海逃难到环珠岛的。一路上，我都'死'过好几回了。最危险的一次是坐船越过一重湍急的滩流。当时，尽管船夫用力地撑着竹篙，但纤绳兜住了附近一只船的风篷，于是船体就倒向一侧。"

"后来呢？"女人问。

"后来，船舱里就进了水。那掺着泥沙的水是又脏又冷的，很快将船舱里的人淹得半死不活。他们有的喊爹叫娘，有的拼命地挣扎。那场面真是惊心动魄，惨不忍睹。"戴长思说。

"再后来呢？"女人又问。

"再后来，船老大在情急之下用一把柴刀砍断了纤绳，可没想到船身嗖的一声弹出了几丈远，像一座倒塌的桥梁翻在急流里。慌乱中，我赶紧抓住一块木板逃生，最后总算捡回了一条命。"戴长思绘声绘色地描述道。

"那只被纤绳兜住风篷的船呢？"女人问。

"面对这一突发的情况，其他的船只，包括那只被纤绳兜住风篷的船，都在急遽地摇动着，都想躲到一个安全的地方去。可是，已经来不及了。它们有的被漂浮的木板撞翻，有的被卷入漩涡之中。"戴长思说。

"那你的家人呢？"女人听后，神情变得有些黯然。

"他们在我逃难之前就被日本人的飞机炸死了。那天我不在家，所以躲过了一劫。现在，每当我想起他们，特别是想起美貌善良的妻子和活泼可爱的儿子，就觉得有无数把刀在往心窝里捅。"戴长思说着，说着，眼眶里不觉涌出了泪水。

"听你这么一说，我的烦恼倒是减轻了一些。真是一个人一个命，苦命人中还有更苦命的人。"女人用怜悯的眼神看着他，"那你打算在环珠岛上做些什么呢？"

"暂时还没什么打算，所以就跑到这里来消磨时间。"戴长思说。他不想把话题集中在自己的身上，于是连忙岔开道："哎，对了。既然你表弟经营着这家夜总会，那你还担心什么？有什么事情就跟你表弟说道说道，或许他能给你出些主意。"

"他呀，或许做生意还行，但在这方面还是根顶花带刺的黄瓜，嫩着呢。"女人说，"他从未经历过像我这样的潮起潮落和大风大浪，更不懂得夫妻间微妙的关系。你去跟他说苦道咸，还不是对牛弹琴？还不是头戴斗笠打伞？"

"我是说，他至少能给你找个安生的活儿干干，比如让你在他的夜总会做。"戴长思解释道。

"这事我昨天就跟他讲了，可他却说他不想管这等闲事。一是怕我老公找到他这里，把他的夜总会也砸了；二是担心这样一来，我们夫妻间的关系就更加疏远了。你说，我接下去该怎么办？"女人说到这里，目光变得有些焦躁和迷茫了。

"你若是不介意的话，我想冒昧地问一句，你现在还爱不爱你的老公？"戴长思神情严肃地看着她的眼睛。

"爱？你要我去爱一个赌鬼？爱一个动辄就拿老婆当出气筒的男人？爱一个说砸店铺就砸店铺的精神病？"女人说着，说着，突然显得有点激动。"再说了，他连男人要做的那件事都不行。"

"既然这样，那你就赶紧想个办法。"戴长思不假思索地说，边说边不自觉地将目光挪到横插在她头发上的簪子上。

"想个办法？想什么办法？"女人性急地问。

"这我可不好说，真的不好说。"戴长思说罢，高昂着头似看非看地望着天花板。

这时的他，已经意识到：自己不能陷进别人的纠纷之中，特别是像这样的夫妻间的纠纷之中；一旦陷了进去，搞不好会惹祸上身，贻患无穷。

"哎，对了。这几天我心里一直有个疑问。"他接着说。

"什么疑问？"女人问。

"你们环珠岛上的人也做汤包，这手艺会不会是从上海人那里学来的？"戴长思边说边笑嘻嘻地看着她。

"可能吧。不过，我曾听人讲，早在宋代河南的开封就有汤包店了。"女人说着，突然半眯起眼睛凑上前，将脑瓜埋进他的怀里。

"你别这样，叫人看见了会以为我是你的相好呢。"戴长思惶急地后撤了半步。"我可不想莫名其妙地被你老公当作奸夫给宰了。还是请小姐自重一点吧。"

"我才不管这些。我现在最需要的，就是有人来安慰我，有人来陪我。不管他是什么道上的人，不管他来自哪里，只要能哄我开心就行。"女人说到这里，干脆将两条胳膊绕到他的脖子上。

五

这天晚上，戴长思一直陪着罗迪菲，直到夜总会快要关门的时候才跟她分手。分手时还和她约好了在第二天晚上再见面。

回到住所后，他虽然感到有点疲惫，但躺倒在床上后就是睡不着——或许是因为在跳舞的间隙多喝了几杯咖啡，或许是因为跟罗迪菲谈得太多、谈得太投入、谈得太兴奋，甚至谈到最后两人几乎是脸贴着脸地抱在一块跳舞。这会儿，罗迪菲，芸儿，还有陈乐君，这仨人的形象就好比"Babe Garden"字牌下神态各异的美女，轮流交替地跳到他的眼前，弄得他有点心意迷乱、神魂颠倒了。

他倚着枕头，时而沉浸在起伏的思潮中，时而抬眼凝望窗外幽静而空灵的夜色。最终，他索性合上两眼，平躺在床上，心里反反复复地默念着马致远的《秋思》。念着，念着，他渐渐地进入由《秋思》幻化的梦境：他骑着马行走在夕阳横照的古道上，归林的暮鸦在缠着枯藤的老树上乱噪，小桥底下的水在习习凉风的吹拂下，一边欢唱着，一边向远处奔流……

第二天中午时分，当他从残梦中醒来时，他发觉四周的一切显得格外的寂静。他微闭着双目，尽情地享受着这份难得的宁静，希望它能像清新的空气、好闻的花香、甘美的泉水一样沁入他的心脾，滋润他的肌肤，涤荡他内心的污泥浊水。

是呀，万事倥偬且缥缈，他已经好久没有体验宁静所带来的那种舒适和安闲的感觉了。这种感觉暗示给他的，其实是生命最本真的东西。

就在他沉陷于如同"拨开千嶂云，放出一天月"的悟道一般美妙的境界里时，一阵轻轻的敲门声把他平和的心情给搅乱了。

"谁啊？"他不耐烦地大声粗气地问道。

"是我。"门外是芸儿的声音。

"你等一下。"他说罢，急忙跳下床穿上衣服。

打开房门后，他见芸儿微笑着站在门口，手里拿着一只信封。

"你找我有什么事？"他目光僵直地看着她。

"这是夜总会老板叫我带给你的。"芸儿说着，把信封递给他。

"带给我什么？"他接过信封后，大惑不解地问道。

"我也不知道，你自己看吧。"芸儿说。

他毛毛腾腾地打开信封，见是一沓钞票和一张字条——字条上潦潦草草地写着九个字："奉上三日薪酬，请笑纳。"

"来，你拿着。"他从钞票中拿出几张给芸儿。

"你这是什么意思？"芸儿问。

"没有你为我牵线，我哪来这些钱？"他笑着说，"再说了，昨晚的咖啡钱我还没付呢。"

"戴先生不用客气。"芸儿说，"帮你捎句话，还不是小事一桩？再说了，我们现在是低头不见抬头见的邻居，说不定哪天我也会求你相助的。至于你的那杯咖啡，就算是我喝的吧。"

"那好吧。日后，你用得着我就尽管跟我讲。只要我能做得到，一定会尽全力去做。"他思量了片时后说。

"好的。"芸儿说。

她很羡慕戴长思，因为自己帮老板干活很可能是白干——即使老板给她工钱，她也不敢拿回家。至于老板所说的要"塑造"她，要让她"步入上流社会的社交圈"，她连想都不敢想。

"哎，对了。你昨晚是什么时候回来的？"戴长思问。

"大概十点吧。"芸儿说，"房东在外面玩麻将牌一般要玩到晚上十一点。所以，我不能在夜总会待得太久，必须赶在她回家之前到这里。她如果知道我晚上去那种地方，非打死我不可。"

"这房东到底是你什么人？"戴长思又问。

"她是我的养母。"芸儿边说边将眉头蹙成了一堆。

"那你自己的父母呢？"戴长思接着又问。

"我也不知道我的父母在什么地方。"芸儿说罢，清澄的双眸不觉起了一层水雾，原本平静的脸上罩上了乌云一般的愁容。

"对不起，都怪我多嘴。"戴长思连忙自责道。

他无意中发现：女孩在伤感的时候显得特别的娇美可爱，就像一株对着夕阳的余晖展现嫣颜的秋海棠，会让男人有一种难以按捺的冲动——抱她一下或者亲她一下的冲动。

"没事。"芸儿忽闪着迷离的泪眼说，"哦，对了。昨晚我见你跟那个来找老板的女人在一起，又是跳舞又是喝咖啡的。难道你们俩是——"

"什么都不是。"戴长思解释道，"这就是老板派给我的工作。"

"难道老板专门让你去陪女性顾客，讨她们欢心？"芸儿说着，脸上倏地一红，两眼满含羞涩。

"对啊，怎么啦？"戴长思矜持地一笑道。

"没什么，就是觉得有点奇怪。"芸儿说。

"要知道，我眼下最缺的是钱，只要给钱我什么都愿意做。你如果处在我的位置上，就不难理解我所做的一切。再者说了，男子汉大丈夫应该能伸能屈，该做龙时就做龙，该做蛇时就做蛇。只有这样才能更好地生存下去。说句心里话，我才不喜欢像她这样的女人呢。"戴长思说罢，看了看芸儿身后的走廊，好像生怕自己的话会被谁听见似的。

"还有一件事我差点忘了。"芸儿忽然压低了嗓音。

"什么事？"戴长思着急地问。

"昨晚我回来时，见那个女房客在敲你的房门。我想，她一定有什么急事要找你。"芸儿说。

"那你有没有跟她说我在夜总会？"戴长思神色惶遽地问。

"我怎么能跟她说这事？"芸儿将嘴巴凑到他的耳朵旁，"你也不想一想，如果我告诉她，万一哪一天她无意中把这件事透露给了房东，房东一路追问下来，我哪吃罪得起啊。"

"还是你想得周细。"戴长思听后，舒了一口气。"那你今晚还去不去那家夜总会？"

"去啊，你呢？"芸儿两眼定定地看着他。

"这还用问？老板都把三天的工钱一并给我了，我怎么可以不去呢？"戴长思笑道，"要不，我陪你一块去。这样的话，那些昼伏夜出的恶少流氓就不敢欺负你了。"

芸儿听后，纠着眉心想了想，而后说："那也好。"

就在这时候，楼底下传来房东的呼叫声："芸儿，你快下来。"

"嘘——那我就下去了。"芸儿朝他挤了挤眼，轻声地说道，随后往楼梯那边走去。

芸儿下楼后，戴长思忽觉自己的胃肠在空鸣，于是打算到"福德源"饭馆去吃饭。他先将手里的东西放进书桌的一只抽屉里，然后梳理了一下头发，再扣上衣服的纽扣。

他哼着一首江南民歌小调悠然自得地走下楼梯，走出大门，走进人影稀少的弄堂。

"先生，行行好，行行好吧。人生苦短，及时行善必有善报。"在弄堂口，他正要拐弯，不想被一个蓬头垢面的叫花子给拦住了。这叫花子的脸上，挂着困恹恹的神色；他说话的声音低沉而悲切，粗如砺石的手里捧着一只破碗。

看着叫花子的那副可怜相，戴长思毫不犹豫地从衣袋里掏出两枚硬币，丢进叫花子的饭碗。他想，刚拿了钱应该做点善事积点德，因为善举德行能养一个人的运气。他记得，母亲曾经跟他说过："施一最下乞人，犹若如来福田之相……"

上了大街后，他迈着欢快的步子行走在人行道上，时不时看一眼熙来攘往的行人和穿梭不息的车辆。从绿葱葱的树叶间穿过的阳光，播洒在他的脸上，让他的心头有一种温馨的感觉。他没走多远，忽见一个熟悉的身影正朝着他步履匆匆地走来。他凝神一看，原来是陈乐君。他按捺不住兴奋，笑盈盈地迎上前去。

"你好，陈小姐。"他走到陈乐君的跟前说。

"哟，是戴先生。你看我这人，光顾着走路没看人。"陈乐君停下脚步后，微红着脸说。

"陈小姐这是要去——"他怯生生地问道。

"哦，是这样的。家父住的那家医院催钱催得紧，所以我现在回去拿些钱。"陈乐君急嘴急舌地说，"戴先生如果今晚有空的话，能不能来我那里坐一会儿？我有一些问题想向你讨教。"

"陈小姐太客气了。"受宠若惊的他，舞动着眉毛乐呵呵地说。"不过，我只是个半瓶子醋，没你想象的那么神。到时候，怕是只会让你见笑。"

"戴先生不必谦虚。要知道，过谦就等于是骄傲。"陈乐君浅浅地一笑道，而后急匆匆地走开了。

望着她离去的背影，戴长思忽然觉得，胸腔里像是有一股潮水在涌动着。

"看来，这姑娘对我有点意思，想找个理由接近我。"他边走边自语道。

他不禁想起头一回跟她交谈的情景，甚至将他俩交谈的每个细节都纤毫无漏地在脑瓜里过上好几遍，直到身后有人吆喝道："你想找死啊，快让开！"

这会儿，他才意识到自己偏离了人行道，于是赶紧往旁边一闪。

"你会不会走路啊？"那人责怪道。

"对不起，我不是有意的。"他转过脸来歉疚地说。

那人是个做苦力的老汉。他正吃力地踩着一辆三轮车，车上是堆得高高的刷着洋文的木箱。老汉留着胡茬的瘦脸上，挂着几条溪流一样的汗水；筋结棱棱突起的手臂上，沾着黑漆般的油垢；兜在胸前的墨绿色的漆布围裙，映托出光裸着的浅棕色的皮肤。随着嘈杂的人声和汽车喇叭声的此起彼伏，这辆三轮车渐行渐远，最终消失在薄雾一般的流烟之中。

戴长思待心神安定后，沿着人行道继续往前走。

行走了一会儿后，他来到了那家"福德源"饭馆的门前。透过那道竹帘的空隙，他看见里面有几个人像是在吃咸鱼粥和萝卜糕，于是掀开竹帘走了进去。

"先生想吃点什么？"他刚在一张空桌旁坐下，那个矮墩墩、胖乎乎的堂倌面带微笑地走过来问道。

"有没有咸鱼粥和萝卜糕？"他问。

"有。"堂倌说。

"那就来一碗咸鱼粥和一小碟萝卜糕。"他说。

"好嘞，请稍等。"堂倌说。

不多时，他要的东西端上了桌子。他一边喝着粥，吃着糕点，一边想着心事。

来到环珠岛后的这些天，他几乎是无时无刻不泡在"女人堆"里。有女人走进他的小说，有女人吸引他去跟踪，有女人带他去见夜总会的老板，还有女人跟他跳舞喝咖啡……他真有那么一点类似"春风得意马蹄疾，一日看尽长安花"的感觉。特别是那个陈小姐，她就像一支从魔笛里吹奏出来的曲子诱惑着他，叫他觉得心醉神迷，叫他觉得仿佛坠入了"芳尘撩眼似梦幻，一笑情通晨夕间"的妙境。这一切难道都是命定的？他一时间无从找到答案。

他朦朦胧胧地记起《倩女离魂》中的"空误了幽期密约，虚过了月夕花朝"，顿时感觉到，这两句话似乎是在提醒他。是呀，我戴长思好不容易走了桃花运，决不能误了"幽期密约"，更不能虚度花晨月夕，我一定要随着花月缘抱得美人归，我决不能辜负这"东风吹得满园春，花树深浅碧波中"的大好时光……

回到住所后，他躺上床继续想心事，尤其是想着今晚的那个令他激动不已的约会。这约会是否会从此改变他现在的生活，甚至改变他的一生？他不得而知。

不长时间，他恍恍惚惚地入了睡。睡去后不久，做了一个耐人寻味的奇怪的梦。

梦境中，他来到一处长着奇花异草的地方。他惊奇地发现：有些花的花边和叶边，犹如刀刃一般锋利；有些草的梗儿，酷似剑戟纵横交错着。在柳烟花雾中，有一对男女相互搂抱着。那女的将半张脸贴在男的胸口，那男的高昂着头看着天上的白云。一个是身姿娇俏可人，一个像被严霜打了一般倦怠萎靡。忽然间，一阵平地而起的大风掀起了那女的长发，吹走了她头上的发饰。这蝴蝶形状的发饰，渐渐地变成了一个会发光的半透明体，在空中飘来飘去……

接着，他来到一扇屏风前。这屏风，怪像皮影戏的屏幕，上面晃动着几个会说话的人影。

"哎，你们听说了没有？"

"听说什么？"

"那个警局局长的二公子又来找'芦花鸡'了。"

"是吗？看来，这'芦花鸡'很快就要红得发紫了。"

"谁说不是呢？不过，有句老话：'人怕出名猪怕壮。'红得发紫也不见得是件好事。"

"是啊。但你们可别小看了这只'芦花鸡'，她不但能把那些个大款豪客伺候得称心如意，而且还能一口气伺候好几个呢。要是换成别人，早就累得连路都走不动了。"

"看来，你若是想当'芦花鸡'，连边门都摸不到呢，除非离开这迎香楼。"

"要是离开了迎香楼，哪里还有什么'芦花鸡'啊？"

……

没多时，窗外的天色已近黄昏。在被越来越浓的暮色笼罩的弄堂里，不时地可以听到夜归鸟儿的鸣叫声——只是这声音没有白日里那般清亮、那般悦耳，好像带着几分悒郁和几分悲凉。有几只飞虫在梧桐树上嗡嗡嘤嘤地绕飞着，时而停留在树叶上面，用毛茸茸的细腿抓扒着什么。

"我怎么会在睡梦里去了迎香楼？"当戴长思醒来时，他回想起刚做过的梦，不觉噗嗤一笑。"要是老天爷能在我的睡梦里多给我一点像这样的灵感就好了。这样的话，我就不必煞费苦心地去构思一个故事了，至少会有一个故事的完美的片段……"他痴痴地想着。

可就在他胡思乱想的时候，门外的走廊里响起一男一女的说话声，声音忽高忽低，忽紧忽慢。

"你又不是大年初一翻皇历——头一回。"

"你烦不烦哪，没见我正忙得两脚都不沾地儿？"

"要不，我给你加一点钱？"

"去你的，你以为女人都是想买就能买到的商品？"

他听出，是那个画家在跟陈乐君说话，于是急忙挪开盖在身上的西服，从床上爬了起来。他趿着拖鞋凑到房门前，将耳朵贴在门板上。这会儿，说话的声音更清晰了。

"……你以为你是瑶宫仙子，月里嫦娥啊？"

"请你放尊重点，再缠着我不放，我就叫救命了。"

"那你赶快叫啊，我就是要听你叫，你叫得越响我就越来劲儿。"

戴长思再也听不下去了，他绷紧的心弦都快要断了。他鼓足勇气打开房门，一口气冲了出去。见那个画家正用双臂箍住陈乐君，一面像刚跑完马拉松似的喘着粗气，一面将侧歪着的汗淋淋的面孔往她的脖子上压，而陈乐君则犹如一只受了惊吓的兔子，圆睁着眼睛瑟缩着身子，他两眼一瞪，扬声怒吼道："住手！"

刘石昌先是一怔，而后放开陈乐君，慢慢地转过身来："哟，这是从哪里冒出来的大神豪杰啊？想在这里演一出英雄救美，也不先照照镜子，看看自己是谁；也不先掂量掂量自己，看看自己有多重。"

他一面阴阳怪气地说着，一面喷吐着碎渣一般的唾沫。

"你欺负一个弱女子，这算什么本事！"戴长思愤愤不平地说，边说边紧锁着眉头看着他。说心里话，这会儿他真想痛痛快快地暴揍他一顿。

"喔哟哟，还教训起人来了！你小子也管得太宽了吧？竟然管到我刘石昌的头上。难不成你活得不耐烦了想找死？"刘石昌说着，横眉竖眼地朝着戴长思慢慢地走过来。额角上的青筋，随着喘息的节律而鼓胀着；新做的颇有东洋风味的寸头上，像是冒出了一缕缕青烟。

这时候，陈乐君的脸渐渐地变成了一块大红布。她见势不妙，三步并两步地跑到刘石昌的跟前："算了，算了。我答应你就是了。"

她万万没想到，这两个往日无怨、近日无仇的男人，说着说着就变得翻脸无情了。若是再无休止地掰扯下去，可就真的要来粗的了。

"这就好。今天，我刘石昌是看在陈小姐的脸面上，便宜了你。从今往后，你如果再狗拿耗子多管闲事，我非一刀把你给骟了不可，然后把你绞成碎片扔进大海。才没来几天就摆出龙头老大的架势，你想吓唬谁啊？"激动

不已、怒气未息的刘石昌，粗声大气地说着。说罢，他恶狠狠地瞪了戴长思
一眼。

"好了，好了，都是左邻右舍。不在一口锅里搅饭勺，也在一栋房里肩
膀挨着肩膀。别为了芝麻大点的小事而伤了和气。"陈乐君一边说着，一边
将刘石昌拉到一旁。随后，又埋头嘀嘀咕咕地跟他说了些什么。

见陈乐君受了欺负还向着刘石昌，戴长思感到有些莫名其妙。一时语塞
的他，嘴唇间掠过一丝苍凉的苦笑。

"那我就先去吃饭了，要不要我给你带一份？"刘石昌锁上自己的房门
后，对陈乐君说。

"好吧，你回来后我给你钱。"陈乐君说罢，从自己的屋里拿出一只饭
盒交给他。

"你真的还没吃饭？"刘石昌问。

"没有。"陈乐君说。

刘石昌离开住所后，陈乐君见戴长思傻眉愣眼地站在一旁，便笑着说：
"怎么，一会儿工夫你就变成哑巴啦？来来来，快到我房间来，我有话要跟
你讲。"

戴长思这才醒过神来。

他不慌不忙地关上房门，面无表情地跟着陈乐君走进她的房间。房间里
淡淡的女人香，很快中和了窝在他心里边的不快之感。

他发现：陈乐君的房间比自己的房间稍稍大一点；里面的东西虽然显得
有点陈旧，但收拾得整整齐齐、干干净净。一张单人床的床头边，是一个三
面镜梳妆柜；柜上摆放着木梳、发夹、发箍和一些简易的化妆品。一张带软
椅的宽大的写字台上，摆放着一盏造型别致的台灯；台灯的灯罩透射出静谧
的碧玉般的光泽。紧挨着写字台一侧的，是一个带有挡尘玻璃的书橱；里边
满满登登地放着各种各样的书籍。夹在两把简陋的木椅中间的，是一张掉了
一些漆色的茶几；茶几上放着一盆开着小白花的云片竹。一个朱红色的双门
衣橱旁，搁着一张折叠好的钢丝床；衣橱因年代久远而起了一层烟熏色，钢
丝床上罩着一块不大不小的、像是从旧床单上扯下来的花布。跟床头相望的
东墙上，挂着一副笔力刚劲、字迹端正的对联："学海无涯苦作舟，腹有诗
书气自华。"它和写字台、台灯以及书橱等组合成一个和谐的视觉效果，也

给整个屋子增添了不少儒雅的情趣。

两人在木椅上坐下后，陈乐君微笑着说："你也真是的，刚才都快要把我吓晕了！"

"他都欺负到你头上了，你怎么还——"戴长思侧过身子望着她，脸上现出困惑的表情。

"那还不是为了你？"陈乐君拧着眉头说。

"为了我？"戴长思仍然是一脸困惑的样子。

"对啊。刚才，要不是我拦住他，替你们俩打个圆场，你肯定挨一顿恶揍；轻则皮开肉绽，重则趴窝不起。"陈乐君说，"他这莽夫粗人的脾性，我是最了解的，你自己也看得出来，你又何必跟他一般见识？不过，粗人归粗人，画作归画作。"

"什么意思？"戴长思问。

"我是说，他虽然外表粗鲁，但内心还是比较细腻的。这一点你可以从他的画作中察觉到。"陈乐君说。

"那你答应了他什么？"戴长思又问。

"他只是想让我做他的模特。"陈乐君羞云绕腮地说，"我真没想到，这种事情是起头容易结梢难，有了第一回就有第二回。"

"说句大不敬的话，你这不是在作践自己？"戴长思觉得，这太离谱了。

"反正我已经给他做过一回了，他也没拿我怎么样。再说，我也给一所画院当模特。"陈乐君说着，将那盆云片竹挪动了一下，以此来缓解内心的窘迫。

"那你为什么要当模特呢？"戴长思故意把目光对着云片竹上的小白花，但陈乐君脸上的红晕还是在这些小白花上幻现了出来。

"还不是为了给家父治病？当时，医院那边催钱催得紧。"陈乐君解释道，"这不，今天上午他们又派人来学校催我交钱。"

"我看，他不像是要你做模特，刚才发生的一切我都看见了。"戴长思神情冷漠地说。

"戴先生用不着替我担心，我自然有我的办法。不瞒你说，刚才我跟他是半真半假的，也就是说，当他急于想做他要做的事，你就故意给他设置些障碍，这样你才能加大你的筹码，在得到你想要的东西的同时把自己的利益增加到极限。"陈乐君边说边从椅子上站了起来，而后将目光投向窗外。"总之，我没傻到让他占便宜的地步。"

"只要陈小姐没事，我就放心了。"戴长思如卸重负地说。他没想到，眼前的这位风雅不俗的陈小姐居然还有这一手。"那你还想跟我说些什么？"

"哦，是这样的。"陈乐君垂下眼帘，看着那盆云片竹说。"这几天，家父老是跟我说他的时日不多了，他要看着我下嫁给一个如意郎君才安心，否则的话，他就是在九泉之下也合不上眼。于是，我就想到了你。"

"你是说你要嫁给我？"戴长思听后，简直不敢相信自己的耳朵。

他做梦也没有想到陈乐君会看好他。一切就像是天洒雨露落春草，梦似云烟绕心亭；一切就像是一股瞬间吹来的醉人的风，让他有点飘飘然了。

"那倒不是。我们只是做些表面文章，让他老人家高兴高兴，让他信以为真就是了。"陈乐君急忙解释道，"这样做也算是对他的一种最后关爱吧。再说了，我作为他唯一的后人，总不能让他带着遗憾离开这世界。更何况，家母过世后，是他一手将我抚养成人，而且为了我他没有再续亲，也没有少遭罪。不管我用什么样的方法满足他这一小小的愿望，也算是尽了一点我应尽的孝心了。"

"那我们在什么地方举行订婚仪式呢？"戴长思故意用探询的口气问道。

"我看，就在圣约翰大教堂吧。"陈乐君看着他说，"我跟那里的一位名叫史蒂文斯的牧师很熟，我想让他来主持仪式。"

"这么说，你信奉基督教？"戴长思用好奇的目光看着她。

"对啊。"陈乐君说着，眼里不觉流露出一丝叫人费解的忧郁。"不瞒你说，家父刚住进医院时，这位牧师私底下给了我一些钱，解了我的燃眉之急，所以他好歹也算是我的恩人，也算和我们陈家有缘。"

戴长思一面听着，一面两眼盯着她娇柔旖旎的身段。他不禁在心里边琢磨着：看来，这位陈小姐是在故弄玄虚，是在借尽孝心的话题来掩饰自己的真实意图；但不管怎样，我戴长思还是先悠着点为好，不能让她看出急切的样子，这样既可以让自己显得高雅不俗，又能让她更加迷恋于自己。拿定主意后，他笑着说："可我们才认识了没几天呀。你要我去假扮一个未婚夫，你就不怕将来会惹出些麻烦的事情？"

"将来是将来，现在是现在。现在的事都没有解决，还管它什么将来？我记得，有位哲人说过，将来的事情将来再说，现在有路现在先走，世间最宝贵的是'今'，最容易丧失的也是'今'。"陈乐君说罢，不自觉地摆动了一下腰肢。然后，她垂目低眉地看着戴长思："如果你觉得为难，那我就不勉强你。我这人一向不喜欢为难别人。"

"要不，这样行不行？"戴长思稍作考虑后说，"你呢，什么时候带我去一趟医院，就跟你父亲说，我是你刚认识的男朋友。至于订婚仪式，我看，最好还是缓一缓再说。"

"为什么？"陈乐君问。

"因为这样做才显得自然些，才不会让你父亲察觉出什么。"戴长思解释道。

陈乐君听后，左手托着右胳膊肘，右手托着下巴想了想，而后微笑着说："这也好，就照你说的做。"

"那我就回自己的房间了。"戴长思说罢，起身欲走。

"急什么？我还有别的事呢。"陈乐君说着，又坐回到自己的椅子上。

"还有什么事？"戴长思不紧不慢地坐下后，目光落在那盆散发着幽幽香气的云片竹上。

他一面看着云片竹，一面揣度着陈乐君接下去可能说些什么。忽然间，一个有趣的想法像一道闪电从他的心头划过：这位陈小姐该不会是在摆八卦阵，或者更确切地说，是想跟他云雨一番？一想到这，他刚平复的心情就如同过山车一般跌宕起伏。

"刚才我答应了他，晚上或许没时间批改学生的作文了。你能不能帮帮我？"陈乐君的话，突然打断了他的胡思乱想。

"哦，你是说要我帮你批作文？行，这没问题。不就是批改几篇毛孩子写的小作文吗？这对于我来讲，是张飞吃豆芽，小菜一碟。"戴长思虽然这么说着，但心里多少有点说不出的味道，因为陈乐君的话浇灭了正在他脑海里升腾的幻想，让他觉得仿佛从霓虹般的彩云一下子跌落到黑黝黝的深谷。仿佛正在山巅上眺望美景的他，突然一脚踩了空，掉到岩壁的夹缝之中。

"那就太感谢你了。"陈乐君笑道。

"嗳，你我之间还用得着言谢？"戴长思言不由衷地说。

"再说了，你不是担心他会对我那个吗？你一边批改作文，一边注意他屋里的动静。如果他敢非礼我，我就喊出声来。你听到我的喊声后就赶紧过来救我。"陈乐君说。

"行。"戴长思说罢，矜持地一笑。

两人接着又聊起了唐诗宋词，聊起了上海和环珠岛两地的轶事奇闻，聊着，聊着，时间不知不觉地到了晚上七点。这会儿，戴长思猛然想起要和芸儿一起去夜总会，于是连忙起身说："不好，我把我的事给忘了。"

"什么事有那么重要？"正在兴头上的陈乐君，嗒然若丧地问道。

"今晚我有个约会，不，应该说约了人去一个地方。"戴长思急不择言地回答道。

"约了谁去什么地方？"陈乐君又问。

"这我不便告诉你。"戴长思冷冷地说。

"那好，那你就赶紧去吧。"陈乐君说罢，起身走到衣橱前，从里面取出一把钥匙，然后拿着它走到戴长思的面前："这是我房门的备用钥匙，你拿着。"

戴长思接过钥匙后，急匆匆地走出陈乐君的房间。

他本想去叫芸儿，但考虑到自己的一举一动都袒露在陈乐君的眼皮底下，很容易引起她的猜疑，于是就打消了这一念头——更何况，芸儿这时辰兴许已经在夜总会了。

他在自己的屋子里手忙脚乱地穿衣换鞋，随后锁上房门，独自一人朝着夜总会风风火火地赶去。

"你怎么这么晚才来？"芸儿见他满头大汗地跑进夜总会，赶紧走上前问道。

"我碰到一件意想不到的事情，所以就给耽误了。"他上气不接下气地回答说。

"是什么事情啊？"芸儿又问。

"我回去后再跟你慢慢说。"他回答道。

这时候，伊仲史像一阵疾风似的走到他俩的跟前。

"你是怎么回事？拿了钱就不想好好干了？"他怒容满面地对戴长思说。

"老板，你听我解释，我不是存心要这样……"戴长思急赤白脸地看着他。

"我不想听你的解释。你约好的那个罗迪菲都等你大半天了，方才一气之下走人了。好了，好了，从今往后，我们谁也不认识谁。"伊仲史说罢，拂袖而去。

"你看你，才做了一回就惹出了乱子。"芸儿平心静气地对戴长思说，"你该不会被哪个女人灌了迷魂药吧？"

"没有啊，"戴长思做出一脸委屈的样子，"我就是在路上被一群要饭的乞丐给缠住了。"

"都到这个时候了，还不说实话。"芸儿说罢，含蓄地一笑，而后疾步匆匆地走开了。

戴长思望着她的背影，望着舞池里的舞者和舞池旁的乐队，望着他跟罗迪菲坐过的地方，望着那一道道在天花板上划来划去的灯光，心里不由得泛起一层悔痛忧伤的涟漪。这倒不是因为他还惦记着那个罗迪菲——尽管他俩谈得还算有情有调、有滋有味，但平心而论还没到意趣相投、互通款曲的地步，一切只是逢场作戏，一切只是两个孤独的灵魂在借着彼此的热量温暖着自己，麻醉着自己；而是因为他莫名其妙地丢了刚刚找到的工作。

是啊，这一切来得太快了，也走得太快了。就好比一场梦，一场飞逝而去的如烟的梦。他长吁了一口气后，灰不溜丢地走出了夜总会的大门。

"命运也太会跟人开玩笑了，刚让我尝一口美味的荔枝就把一味苦药塞到我的嘴里，刚让我接近一个女性就叫我远离另一个女性。这或许就是人生的潜在的法则吧？"在返回的路上，他低着头闷闷不乐地自言自语着。他不怨别人，只怨自己见了陈乐君就昏了头，就把一切置之脑后。"这个富有诱惑力且充满神秘感的姑娘，此时此刻会在做什么呢？"

"晚饭我给你带来了，吃完饭就开始吧。"陈乐君在戴长思离开后不久，就被刘石昌叫到他的房间。

这间弥漫着颜料味、灰尘味和淡淡的酒味的屋子，因放满了东西而显得挤挤巴巴的。书架最上面的一层，放着一尊阿格力巴的石膏像和一只大肚细颈的青瓷花瓶。窗台的内侧，放着一只插着十来支毛笔的镂有彩纹的笔筒。一只松了榫头的圆凳上，是一个五颜六色的颜料碟。一张方桌上，摆着砚台、美工刀和宣纸。西墙的墙面上，凌凌乱乱地挂着用炭笔画的人体素描、用彩笔画的风景画和广告画。而光秃秃的东墙前，是一盏落地灯；灯旁有一块地方是特意给模特留着的。窗口左边的一处墙角，堆着大小不等的画框；右边的一处墙角，搁着一只没有盖子的大木箱，里面全是卷起来的画轴——俗言云"累寸不已，遂成丈匹"，他作画久了，不觉画了这一大箱子的画。还有就是一张钢床，一张破旧的双人沙发和一张上面摆放着一瓶红葡萄酒和几只玻璃酒杯的茶几……

"你到底去了哪里，怎么这么久才回来？"坐在沙发上的陈乐君，打开饭盒后，用筷子扒拉着饭菜连吞带咽地吃了起来。

"我在外头吃饭时，遇到了一个熟人，于是就跟他喝了几杯酒。这一喝就把时间给忘了。"站在窗台旁的刘石昌，一边看着陈乐君，一边解释说。"没让你陈小姐饿着吧？"

"我都快饿晕了。"陈乐君板着脸气呼呼地说。

"好好好，这顿饭就算是我请客。"刘石昌笑道。

六

戴长思回到住所后，没精打采地来到陈乐君的屋里批改作文。他批一会儿，想一会儿心事；想一会儿心事，再批一会儿。一晃眼的工夫已过了十点。

不多时，他听到芸儿上楼的脚步声——这脚步声沉重而有节奏，使人联想到手指用力敲打在琴键上时，从琴身的内部发出的声响。他没心思去找芸儿说话，也不想让芸儿去替自己说说情。他天生就讨厌让别人出面替自己求情，更何况是让一个稚气未脱的丫头片子去帮自己求情。这时候，他心里想着的依然是陈乐君。这姑娘明摆着是在冒险，是在用自己的身子当赌注。那个画家其实就是一只色狼，而且是一只喜欢用艺术来掩饰自己肮脏灵魂的色狼。这一点她不会不知道。是的，这一点她一定是知道的，只是为了她的父亲，她什么都可以做，甚至可以铤而走险。戴长思被她独具魅力的个性所吸引——她既矜重老成又放达天真；能入芝兰之室，也能入鲍鱼之肆；在负重而行的同时又显得安闲自在；她时而像随风轻扬的弱条嫩花，时而如枝叶葳蕤、傲然兀立的劲松……

正当戴长思在头脑里塑造着她，想把她变得更加适合于小说中的人物时，陈乐君轻轻地推开房门走了进来。

"哟，你还在忙啊？"她低声地说。

"他没拿你怎么样吧？"戴长思待她把门关上后，侧转身子轻声地问道。

"他还能拿我怎么样？"陈乐君半笑道，"不瞒你说，我在画院当模特拿的报酬还不到他给的一半呢。方才，若不是你们俩针尖对麦芒地铆上了劲儿，我还一时下不了这决心呢。"

"你不是说你想吊他的胃口以增加你的砝码？怎么会下不了决心呢？"戴长思说罢，淡淡地一笑。

这时候，他忽然觉得，自己可能没理解陈乐君的意思。

"话是这么说，但这种事情对一个女子来讲毕竟有点那个。再说，我本想——"陈乐君说到一半，没再往下说。

"本想再多加点砝码，都怪半道上杀出个程咬金。"戴长思说。

"看你说的。"陈乐君红着脸说，"看来，人与人之间的交流比什么都难。这正应了古人的那句话：'天下是非无所定，世各是其所是，而非其所非。'"

她说罢，步履轻缓地走到戴长思的身边："你也该回自己的房间歇息了，剩下的我自己来批吧。"

"那我就回房了。"戴长思说着，有气无力地从椅子上站起来。

他想，这位陈小姐与其说是在引用古人的话，不如说是在为自己解嘲。

"你好像有什么心事。"陈乐君见他神情呆滞的样子，顿起疑念。

"没什么心事，就是有点困了。"戴长思看着她说，貌似平静的目光中带有一点冷漠。

"都怪我不好，什么时候我找个机会补偿你。"陈乐君急忙说。

"没事，你不必想那么多。"戴长思边说边朝着房门径直走去，"钥匙在茶几上。"

回到自己的房间后，他确乎感到有点累了。这倒不是因为他体力不支，而是因为他由于丢了工作而感到有些心灰意懒，打不起精神做任何事情。无聊之中，他躺在床上继续在头脑里勾描陈乐君的形象，直到这形象被渐浓的睡意所吞没。

在之后的十多天里，他一直蔫头蔫脑，少言寡语。即便去医院见了陈乐君的父亲，他也说不上几句话。

"你别说，自从家父见了你，他的气色好多了。"一天，陈乐君见他在洗衣服，一把夺过他手里的衣服搓洗起来。

"是吗，那他觉得我这人怎么样？"戴长思问道。

"不怎么样。"陈乐君微笑着说。

"能不能说得具体些？"戴长思又问。

"情绪大起大落，忽冷忽热。"陈乐君说。

"还有呢？"戴长思瞪直两眼看着她。

"衣服脏了那么久才洗，大懒虫一个。"陈乐君说。

"嘛——"戴长思的嘴角，勉强地撇出一丝笑意。"你什么时候也学会了在人面前耍贫？"

"这还用学？"陈乐君说着，给衣服打了些肥皂。

"不过，你跟我走得那么近，就不怕那个画画的妒忌吗？"戴长思轻声地问。

"不怕，就算他醋海起浪也翻不了我这条船。"陈乐君说，"再说，只要有你在，他就更不会拿我怎么样。"

"陈小姐太高看我了。我又能算什么？"戴长思听后，觉得有点汗颜。"别忘了上回可是你陈小姐演了一出'美人救英雄'。"

"我是说，尽管他这人性子烈、脾气倔，而且喜欢跟人来粗的，但只要我们俩配合默契，一个唱红脸，一个唱白脸，就一定能跟他相安无事。"陈乐君解释道。

这会儿，戴长思只是看着她那双纤瘦的手在搓板上一上一下地移动着，看着她鬓角上的一抹儿短发随着她身体的运动轻轻地飘动着。看着，看着，他的视线变得有点模糊了，好像在他眼前晃动的不是陈乐君，而是他的妻子；耳边回转着曾经为他牵线做媒的红娘说的话："俗话说：'娶一个贤妻福及三代。'我给你介绍的那位姑娘不但长得俊俏，而且贤惠能干。成了家之后，一定能顶立起半个门户。"

"喂，你怎么不说话了？"陈乐君忽然转过脸来看着他。

"哦，我在想——"戴长思话才露头，瘪茄子似的两唇间再也蹦不出一个字来。

"在想什么？"陈乐君问。

"在想要不要去找夏诗文。"戴长思未作多想地随口一说。

"夏诗文？夏诗文是谁？"陈乐君停住手里的活儿问。

"是我在船上遇到的。"戴长思回答道。

"一定是个姑娘。"陈乐君的脸上，现出一丝不悦。

"没错，她也住在环珠岛。"戴长思见陈乐君在用两道冷飕飕的猜疑的目光看着自己，干脆承认了。

"你的艳福可不浅哪。依我看，你是被路边的花草迷了眼。"陈乐君用讥讽的口气说。说罢，她继续埋头搓洗着衣服。

"你别误会了。"戴长思怯然地说，"我们只是偶遇。要不是她上船时差点把我撞倒了，我才不会——"

"好了，好了，别跟我解释了。"陈乐君说，"如果不是艳遇而只是偶遇，你怎么会想她？"

"哦，事情是这样的：我在跟她闲谈时，听她讲，她有个表哥在一家报社做编辑，结识了一些文学圈里的人。你看我，前不久写了篇小说寄给一家杂志社，他们到底用不用还没个准话呢。我这不是在着急嘛！不然的话，我也不会想到她。"戴长思说。

"病急就可以乱投医了？"陈乐君冷冷地说，"别没事惹事，别拿起烂药膏就往好肉上贴！"

"但我总不能赋闲于此，天天过着平平淡淡、无所事事的生活。"戴长思苦笑道，"说句实话，我不是那种喜欢求助于别人的人。如果我是那种人，早就去找她了。我只是眼看着欠房东的租金快——"

"你欠房东多少钱？"陈乐君打断了他的话。

"50元。"戴长思说。

"好吧，这50元我一会儿给你。"陈乐君说，"但你绝不能去找那个夏诗文。"

"为什么？"戴长思觉得有点奇怪。

"人家随便说一个表哥你就信了？你的耳根子也太软了吧！"陈乐君说，"环珠岛这地方我比你了解，骗子多着呢。"

"没你说的那般严重吧？"戴长思两眼定定地望着她那张绷得紧紧的面孔。"我怎么看，她都不像是个骗子。"

"骗子能让你看出来就不叫骗子了。"陈乐君说，"反正你不能去找她。自古言'多个香炉多个鬼'，我就不信这地上还有饿煞虫。"

"那好吧，那我就再等机会找工作。"戴长思说罢，不自觉地叹了一口气。他没想到，自己一提起夏诗文，陈乐君就像掉进了醋坛子似的浑身酸气熏人。

"哎，对了。你想不想在我的学校教书啊？"陈乐君沉默了片刻后，突然问道。

"想啊，可就是不知道人家要不要我。"戴长思回答说。

"我去帮你问问看，估计没问题。"陈乐君说，"虽然收入不高，但至少能对付一下你目前的窘境。"

"那就太感谢你了。"戴长思说。

"谢什么？我还没办成呢。"陈乐君扭过脸看着他说。

这会儿，戴长思发觉：她之前绷紧的脸变得松弛了；目光也变得含蓄而温情，就像是藏在绿叶底下的脉脉的流水。

过了一个星期，陈乐君告诉戴长思那所教会学校愿意聘用他，但校长想先跟他面谈一次。戴长思听后，高兴地答应了。

几天后的一个清晨，当银白的曙光渐渐显出绯红，柔和的风儿吹得窗外的梧桐树叶频频眨眼时，戴长思兴奋地从床上爬了起来。他穿好衣服后，急匆匆地去敲陈乐君的房门。待陈乐君准备就绪后，便跟着她走下楼梯，走出大门。

"你在看什么呀？还不赶快下去做饭？"当芸儿伏在窗台上窥视他俩时，躺在床上的房东叽叽咕咕地说道。

"我在看他们。"芸儿仍伏在窗台上。

"他们是谁？"房东好奇地问。

"就是陈小姐和那个新来的戴先生。"芸儿回答道。

"怎么，看着人家出双入对的你心里也痒痒了？"房东还留着倦意的面孔，顿时变得犹如黑云一般阴沉。"依我看，这个姓戴的是在招风惹草、自寻麻烦。谁不知道那个画画的早就跟苍蝇似的盯上了陈小姐？年轻人哪，什么都能熬，就是熬不过一个'情'字。你可千万别学他们。实话跟你讲，我年轻时就折在情魔的手里，还差点为这'情'字送了性命。后来是一个会看相说字的大仙开导了我，了却了我的心结。从那以后，我就看破红尘，自断情缘。我记得，那个大仙对我说：'情欲就像是一条在茫茫大海中行驶的小船，随时会被起伏的波涛掀翻或者被暗藏的礁石击碎。'……"

就在房东跟芸儿讲述着自己的故事时，戴长思和陈乐君边走边吃着从路边的小吃店买来的烧卖。

这时候，霞光犹如一缕缕金丝浮游在树冠上。枝头上的鸟雀，叽叽喳喳地叫个不停；它们好似陶醉在散发着草木清香的温馨而美丽的早晨里。

"既然是教会学校，那校长一定是个洋人。这样的话，我只能用英文跟他交谈了。"戴长思说。

"你以为洋人不会中文啊？人家的中文可不比你差。据我所知，他还是个中国通呢。"陈乐君说。

"是吗？那他叫什么名字？"戴长思问。

"叫詹姆士，我们都管他叫老吉姆。"陈乐君回答说。

"这名字起得好。"戴长思说罢，抬头看了看头顶上的那片织锦似的彩云。

他觉得，这片彩云似乎正在向他预示着好运的降临。

"这名字再普通不过了。"陈乐君说。

"这名字的确很普通,但他是教会里的人,就自当别论了。或许他父亲也是神职人员。"戴长思说。

"那你能不能具体说来听听?"陈乐君好奇地问。

"你看啊,詹姆士的英文是 James,这个词其实是 Jacob(雅各)的异体。"戴长思说,"雅各在《旧约》里是以撒的儿子、亚伯拉罕的孙子。他的十二个儿子后来成为以色列十二个部落的祖先。而据《新约》载,耶稣的十二个门徒中有两人叫雅各。一个称大雅各,另一个称小雅各。另外,耶稣的一个弟弟也叫雅各,相传他是《新约》'雅各书'的作者,曾任耶路撒冷第一大主教。"

"这么说,'詹姆士'这个词带着浓厚的宗教文化色彩?"陈乐君目不转睛地望着他。

"可以这么说吧,但这只是我个人的看法。"戴长思笑道。

"没想到,你还对圣经有研究。"陈乐君说。

"研究谈不上,只是略知一二罢了。"戴长思说,"要知道,我父亲做过牧师,他在我年幼的时候经常给我讲圣经里的故事。"

"是吗?"陈乐君惊喜地说,"那你一定也信仰上帝。"

"不,我不信上帝。"戴长思坦白地说。

"这是为什么?"陈乐君问。

"或许这是我的本性使然。你要知道,我生来就带着叛逆的个性,对什么都抱着怀疑的态度,就像古希腊的皮浪。"戴长思说。

"难道你对我也抱着怀疑的态度?"陈乐君突然用探询的目光看着他。

"你陈小姐自然另当别论。"戴长思微红着脸说。说罢,他觉得有点不自在,于是将话题一转:"你陈小姐怎么会在教会学校供职?"

"这是史蒂文斯牧师给我介绍的。"陈乐君说。

"看来,这位牧师是个大善人。"戴长思边说边看着她的那双浮着忧影的眼睛。

"是啊,不过每个人就像是一个月亮,有着看得见的一面和看不见的一面,这就使得他常常表现得完全不像他自己,同时他又始终是他自己。"陈乐君说,"我想,这种现象绝不是空洞的道德说教所能更改的,因为在每个人（包括说教者在内）的天性里，寻求满足与快乐似乎是最初始的动机，也是最强大的力量；凡是血肉之躯都要受其支配，这就好比浮萍总是要随着水势的涨落而涨落，随着水流的前行而前行。"

"你说的这些，我好像在哪本书里看到过。其实，我们每个人本来就是亦神亦鬼；一半是天使，一半是魔鬼。"戴长思微笑着说。

他觉得，自己的那个"为活命而活命"的信条，似乎在不经意间被陈乐君的一席话给验证了。

"我建议，"陈乐君沉默了一会儿后接着说，"你在跟老吉姆面谈时，不妨告诉他你家庭的宗教背景，或者跟他聊一些有关圣经的话题，这样做容易拉近你和他的关系。"

"他如果问起我和你的关系，我该怎么回答？"戴长思问。

"你就说我是你的朋友。"陈乐君想了想后说。

"那好吧。既然是你陈小姐给我介绍工作，我就只能一切都听你的。"戴长思说。

"什么叫'只能'啊？"陈乐君说着，微微皱起了眉头。"好像人家是在逼迫你似的。"

"那我收回原话，改成'悉听小姐尊便'。这下你满意了吧？"戴长思眉毛一抖，油腔滑调地说。

"讨厌。"陈乐君似娇似嗔地横了他一眼。

没多时，两人来到了那所教会学校。

这学校砌着一圈高高的围墙；围墙的上沿，竖着一根根间距相等的、上端呈箭头状的粗铁条。在白皮松的环抱中，一幢造型颇像教堂的教学楼矗立在一块周围点缀着鲜花的草坪前。这草坪跟枝叶密密层层的白皮松配在一起，使得学校的气氛显得宁静和安详。

戴长思开始跟校长面谈时，刚好打过上课的铃，因而在校长的办公室里能清晰地听到从教室里传出的整齐悦耳的读书声——这稚嫩的、奶腔奶味的读书声，使他联想到教堂里的童声大合唱。

"照你这么说，你的父亲也算是教会里的人？"詹姆士听了戴长思的述说后，饶有兴趣地问道。

"是啊，只可惜他被日本人的飞机炸死了。"戴长思说，"但他给我讲的那些个圣经里的故事，常常在我的脑海里映现，使我回忆起充溢着欢乐的蓓蕾初放般的童年。"

"中国人以子承父业为一孝，那你一定也是个基督徒。"詹姆士睁大蓝幽幽的眼睛看着他。

"不完全是。"戴长思说。

"为什么这么讲？"詹姆士问。

"因为我的母亲信奉佛教，她经常给我讲佛教的故事。我被夹在中间，只能走一条中间路线，这样就不会得罪他们中的任何一个。"

"这太有趣了。"詹姆士听后，忍不住呵呵大笑起来。"不过，据我所知，基督教和佛教在许多方面是一致的。例如：基督教讲博爱，佛教讲慈悲；基督教讲忍耐，佛教讲忍辱；基督教讲节俭节制，佛教讲安贫斋戒。而且，这两大宗教都倡导止恶修善，希望人们都过上精神崇高的生活。"

"看来，您对中国的佛教文化很是精通啊。"戴长思笑道，"难怪陈小姐说您是个中国通。"

"中国通称不上。"詹姆士谦卑地说，"但愿今后能跟你多多交流交流，取长补短。"

"校长客气了。我应该多向您学习才是。"戴长思说。

"哦，对了。"詹姆士接着说，"眼下内地正在进行着抗战。我们环珠岛的教会也一直想为抗战出一把力，而且正在组织人员将抗战急需的药品和其他用品送往内地。如果戴先生有兴趣的话，不妨帮我们联系一下那边的教会，让他们前来接应。"

"好的。"戴长思迟疑了一下后说，"但这需要时间和经费。"

"经费没问题。"詹姆士微笑着说，"至于时间么，我看，你什么时候方便就告诉我一声。"

"那好。"戴长思说。

他心里暗暗地寻思着：生逢乱世的自己不是不想为家人报仇，不是不想为内地的抗战做些什么，只是没有合适的机会，现在既然机会来临了，那就顺着东风扯篷帆吧。圣经说得好："快跑的未必能赢，力战的未必能胜；所临到众人的，是在乎当时的机会。"

接着，詹姆士问戴长思除了国语课外，还能讲授什么课。戴长思说他还能讲授历史和地理，但眼下只想把国语课先上好。

"看来，你是一个非常敬业的人。"詹姆士高兴地说，"我看这样吧，从下星期一开始你来这里上班，先担任两个班的国语教学。具体怎么安排，我会让陈小姐转告你的。"

"好的，那就谢谢校长了。"戴长思喜不自胜地说。

离开了教会学校，戴长思独自一人回到住所。

在自己的房间里，他面对着窗户呆坐了一会儿，然后一面哼着《马路天使》中的小调《天涯歌女》，一面用右脚尖在地板上磕出鼓点般的节拍。

他没想到，这个老吉姆是个爽快之人，跟他戴长思没谈几句话就将一件很重要的事情托付给他，就让他在下星期一开始上班。真可谓时来天地皆同力，运至花草亦相助。

他越想越舒心，越想越兴奋，越想越觉得自己的心情就像是泛开的潮水，怎么也平静不下来。他终于看到了自己的前途出现了新的转机，好像眼前有一把火炬在引领着他前进，引领着他走出人生漆黑的低谷；人世间一切跟痛苦和忧伤相关的东西，都将被他踩在脚下。

这天中午，戴长思在外面吃了午饭后刚返回住所，天突然间阴暗了下来，气温也随之下降。没多时，从灰蒙蒙的天空降下雨来。这雨大一阵小一阵，小一阵大一阵；时而像万箭齐下，时而如细丝乱飞。

在雨声的催眠下，他侧卧在床上呼呼大睡起来，不时地发出似能震动屋瓦的鼾声。当雨开始渐渐消停时，他从深沉得连梦都没有的酣睡中醒来了。醒来后想到的第一件事，就是去接陈乐君。

为了防备再次下大雨，他问芸儿借了把雨伞，然后拿着它匆匆走出住所。

他兴高采烈地朝着那所教会学校赶去，一路上尽情地享受着雨后清新如洗的空气，时不时看一眼挂着水珠的碧绿的树叶。他在心里边暗暗地盘算着拿了工资后该给自己添些什么，该买一件什么东西给陈乐君作为答谢。或许是由于他想得太多、想得太投入，或许是由于他被这突来的好事冲昏了头脑，他在横穿一条马路时，竟然没看到一辆小汽车正朝着他飞快地驶来。他避让不及，被车子一下子撞倒在地上。

"你没事吧？"车子刹住后，从车上下来一个衣着时髦的女子。

"怎么是你？"他见这女子不是别人，而是他经常惦记着的夏诗文。

"来，让我扶你起来。"夏诗文边说边蹲下身子。

于是，他将自己的一条胳膊搭在夏诗文的肩膀上，试图借她的力气站起来，可他的两条腿已不再听他的使唤了，他怎么站都站不起来。

"你还愣着干吗？快下来搭把手。看你闯的大祸！"夏诗文见司机这会儿还坐在车子里发呆，便急吼吼地对他说。说罢，她将脸转向戴长思："要不，让我送你去医院，你看怎么样？"

这时候，戴长思的心里乱极了。他真不知道去了医院后会发生什么，也不知道陈乐君回家后找不到他会怎么想。他忍着剧痛，僵着脸一言不发，不置可否。于是，夏诗文和司机也管不了那么多了，一鼓作气地将他抬进车里。

仨人坐定后，小汽车冒着突突的尾烟朝着弥漫着湿雾的前方驶去。而那把被遗忘了的雨伞，就像一个被丢弃的孩童，孤零零地倚在马路的镶边石旁，无奈而凄神地遥望着铅云飞渡的天空。

"我的腿到底怎么了？"第二天下午，拎着一只手提袋的夏诗文刚走进病房，倚枕而卧的戴长思就性急地问。

"医生说，你的腿只是轻度骨折，问题不大，不过你得在医院待些日子。"夏诗文边说边坐到他病床旁的一把椅子上，然后将手提袋放在膝腿上。

"那住院的费用怎么办？"戴长思拧着眉头看着她。

"这事不用你操心，医疗费、住院费、伙食费等费用我都已经给你预付了。你就安下心来在这里休养和接受治疗吧。"夏诗文说。

"可我的——"戴长思忽然间想起了什么，神情变得有点焦愁不安。

"你的什么？"夏诗文瞪圆两眼问道。

"我的租金，我要续交租金。不然的话，房东就有可能——"戴长思急得额头上直冒汗珠。

"你告诉我你住在什么地方，明天我抽空去一趟。你的房租我来替你付。"夏诗文安慰他说。

"我怎么好意思烦劳你夏小姐呢？"戴长思嘴上这么说着，心里实际上是不想让她遇见陈乐君。

"这点小事算不了什么。"夏诗文说，"再者说了，我现在不论做什么都难以抵消我亏欠你的。"

"那好吧，那你就在明天上午去。"戴长思想了想后说。他知道明天是星期天，每个星期天上午陈乐君都要去教堂做礼拜。"等我康复出院后，我再挣钱把房租还给你。"

"什么还不还的，"夏诗文说，"我刚才不是说了，我现在不论做什么都难以抵消我亏欠你的。"

"那好。"戴长思沉默了一会儿后说，"不过，我还有一件小事想拜托你。"

"什么事？"夏诗文望着他那双涣散无神的眼睛问道。

"我待会儿写个字条，麻烦你将它带给房东，叫房东把它转交给一个房客。"戴长思说罢，耷拉下眼皮看着自己的手。

"这房客是谁啊？是男的还是女的？"夏诗文蹙起眉头，一叠声地直言探询道。

"这你就别管了，反正你把字条交给房东就是了。"戴长思说。

"不行。"夏诗文说，"你要是不说清楚，我就不去了。"

"好好好，我说就是了。"看着她那副娇嗔且执着的样子，戴长思无奈地说道。"这房客是女的，姓陈，叫陈乐君。"

"她跟你是什么关系？"夏诗文用疑惑的眼神看着他，"竟然让你住在医院里还像瘾君子惦记着大烟似的惦记着她。"

"就是普通的邻居关系。"戴长思避开她的目光说。

"普通的邻居关系？如果是普通的邻居关系，你怎么会给她写字条？"夏诗文僵着如霜的冷脸，毫不客气地问道。

"因为是她推荐我到一所教会学校去工作，而我现在变成了这样，怎么能去呢？我总得让她转告一下那所学校的校长吧？"戴长思说。

"是哪所教会学校？你告诉我，我直接去帮你说明一下不就完了，何必绕这么大一个圈子？"夏诗文急躁地说。

"不行，还是让她去比较合适。"戴长思坚决地说。

"既然你执意要大费周章地去办一件小事，那我也就没话可说了。"夏诗文说罢，面无表情从那只手提袋里拿出两瓶补药和一本通俗小说《红香炉》，然后将它们放在床边的小柜上。

"让你夏小姐去教会学校找校长,这才叫'大费周章'呢。"戴长思说。

次日,陈乐君因惦记着戴长思会不会出什么事而没有心思去圣约翰大教堂做礼拜。自从戴长思突然失踪后,她寝食难安、魂不守舍,做什么事情都不在状态。她甚至于觉得,自己就像是一只被关在笼子里的小鸟,被困在了难熬的、寸阴若岁的沉闷的气氛之中。戴长思会不会被黑道上的人绑架了?会不会去找那个夏诗文?会不会故意不辞而别,这样就可以让她陈乐君想他想得撕心裂肺的——就像《包法利夫人》里的那个情场老手罗道尔夫对待爱玛那样?这些疑问就像一团团迷雾笼罩在她的心头。

她在屋里胡思乱想地待了一个上午。她越想越觉得心里闷得发慌,越想越觉得自己仿佛被人放入了一个热气腾腾的大蒸笼里。于是在中午时分,她打算出去走走,一来调节一下自己的情绪,二来顺路买些点心填填肚子。可她刚要打开房门,只听得走廊里有一个陌生的女子在跟房东轻声轻气地交谈着。

"他现在一时回不来,房租我替他交了。你数一下,看看这些钱够不够。"

"够,都够住上三个月了。太谢谢你了。请问小姐,你是他的什么人?"

"是他的一个朋友。这是我的名片,如果有什么事情就打电话给我。"

"好的,我有事就跟你联系。"

"在我走之前,你能不能让我看看他的那间屋子?"

"可以啊。你等一下,我去拿钥匙,顺便给你写个收条。"

陈乐君趁房东走开的机会,打开房门急匆匆地走到夏诗文的跟前:"你就是夏诗文吧?"

"你怎么知道我是夏诗文?"夏诗文用诧异的眼神打量着她。

"你先别问那么多。"陈乐君目光咄咄逼人地看着她,"快告诉我,你把戴长思藏到哪里去了。"

"我没把他藏到哪里。"夏诗文说,"你这人怎么这样说话?"

"那他现在住在什么地方?"陈乐君追问道。

"你是谁啊?我凭什么告诉你?"夏诗文竖眉立眼地瞪着她。

这会儿,她突然想起戴长思提到的那个名叫陈乐君的房客,想起包里的那张字条。

"你今天一定要告诉我，不然的话，你就别想离开这里。"陈乐君说着，双手叉腰地摆出一副盛气凌人的架势。

"哟，这不是夏老板的千金大小姐吗？"就在两人僵持不下的时候，刘石昌摇摇摆摆地走上了楼。

"怎么，你们俩认识？"陈乐君神情呆滞地看着他。

"夏小姐的父亲夏之鉴是丰裕烟草公司的老板。"刘石昌走到陈乐君的跟前说，"我以前曾给这家公司画了不少广告。"

他说罢，将脸转向夏诗文："夏小姐怎么知道我住在这里？是不是你们又想让我画画才打探到我的住址？我说这几天我的左眼皮怎么一直跳个不停。"

"夏小姐是来找我的。"这时，房东拿着钥匙和收条走了出来。

"来，这收条你拿着，我来给你开门。"她对夏诗文说。

"算了，我不想看了。你们这地方也太叫人那个了。满眼都是干草堆，轻轻地蹭一下也会燃起一场冲天的大火。"夏诗文接过收条后，两眼泛红地嘟嘟囔囔道，然后有如一支熛矢火冲冲地朝楼梯快步走去。

"喂，你等一下。我还有一件东西要让你带给他。"就在夏诗文快要走到楼梯的中段时，房东突然想起日前邮差送来的一个邮件，于是迈着细碎的疾步走到楼梯口将她叫住。

"什么东西？"夏诗文停下脚步后，仰起脸来问道。

"我也不知道，你赶紧上来拿吧。"房东说。

七

当天下午，夏诗文来到医院，把邮件交给了戴长思，而后把中午发生的事情原原本本地告诉了他，只是没有提起刘石昌和那张字条。

"那张字条呢？"坐在床上的戴长思，听完了她的述说后急切地问道。"既然你见到了陈乐君，不妨直接交给她。"

"你还要我把字条给她？她没把我气死就算不错了。"坐在他床边的夏诗文，铁青着脸说。

"她这不也是为我着急嘛。"戴长思僵着脸，口气硬倔倔地说。

"为你着急？你对于她就那么重要？"夏诗文说。

"嗨，不是我说你，你们女人就是肩窄心狭加鼠腹蜗肠，天生就是醋坛子。"戴长思说，"有什么办法呢？这都是上帝的过错。"

"那还不是为了你们男人？"夏诗文毫不退让地说，"我告诉你，我这只醋坛子现在只是摇晃了一下，你可千万别把它给打翻了，打翻的话，不把你活活地淹死也要把你腌泡成酸菜。"

"这还不是一回事？好了，不谈这事了。"戴长思无奈地说，"等我出院了再跟她解释。"

"对，你现在最要紧的是安下心来养伤，别老是惦记着你在教会学校的那份工作。"夏诗文说，"等你的腿脚好利索了，我想办法给你找一份更好的工作。"

"更好的工作？"戴长思面露疑惑地说，"你有没有听说过这天上的仙鹤也比不上手里的麻雀？"

"不一定吧？"夏诗文说，"前些日子，我听表哥说《南洋新闻报》缺记者。如果你愿意，我就让他帮你说说看。"

"我才不想当记者呢。"戴长思耷拉下脑瓜说，"当记者东跑西颠的，太辛苦了，而且这工作风险太大。前不久，我听说某报社的一名记者因披露了什么内幕而突然失踪了。况且，记者被人打伤的事件屡有发生。你就发发慈悲，给我留半条命吧。如果那所教会学校还要我的话，我出院后就去那里工作。如果他们另找了别人，我就只能慎始敬终地继续做自由撰稿人。"

"你看你，退了一回稿还嫌不够啊？"夏诗文看着床上的那个上面印有"退稿"两字的邮件说。

"退稿是再正常不过的事情，"戴长思说，"谁能保证自己写的东西一定会被刊用？"

"你就别安慰自己了，Job's comfort（约伯式的自我安慰）只会叫你越发感到痛苦。"夏诗文说罢，停顿了一下，而后接着说："要不，我替你想想办法，看看有哪家报社愿意用你的稿子。"

"此话当真？"夏诗文的话，在戴长思凉气笼罩的心上增添了一丝暖意。他抬起头来望着她："这事如果成了，我这回哪怕是摔断了腿也值了。"

"我可以试试看，不过这种事情不是嘴上说着就能马上办到的。"夏诗文解释道。

"我看，你能行。"戴长思的脸上，渐渐漾起一丝柔和的微笑。

"凭什么？"夏诗文半纠着眉头问。

"凭你的美貌和你的社交能力。"戴长思说，"等我的作品发表后，你可以让你的表哥在《南洋新闻报》上写篇评论，给我的作品做做广告。这样一来，用不了多长时间我就能走入公众的视线。到那时，不管你和我走到哪里都风光体面，都吃得开。你说对不对？"

"我和你？亏你说得出来。我才不要你说的那种'风光体面'呢。"夏诗文说。

"那你要什么？"戴长思问。

"什么都不要，只要你将来成功后别把我给忘了。"夏诗文说。

"那是当然。自古有训：'滴水之恩，当涌泉相报。'我戴长思绝不是那种上楼去梯的负心汉，绝不是那种吃饱了赶厨子的背弃情义的人。"戴长思说，"不过，这山外还有更高的山，这云外还有更高的云。希望你能不断地给我提供往上攀登的梯子。"

"嗨，不是我说你，你们男人就是好高骛远，天生就是野心家。"夏诗文用调谑的口气说，"有什么办法呢？这都是因为魔鬼撒旦的诱惑。"

"难道你夏小姐就没有什么可追求的，就像佛教所说的'空闲独处惬幽情'？"戴长思说罢，稍稍停顿了一下，然后接着说："哦，对了。有几个问题一直压在我的心底。"

"什么问题？"夏诗文问。

"那天上船后，你待在什么地方过的夜？"戴长思说。

"当然是在头等舱。"夏诗文说。

"下船的时候，我怎么没看见你？"戴长思问道。

"下船时人流如潮，万头攒动，谁能找到谁啊？"夏诗文回答说。

"还有，到现在为止，我都不知道你夏小姐是做什么的。"戴长思说。

"我呀，什么都不做，天天在家里待着。"夏诗文说。

"不会吧？"戴长思笑道，"如果你大门不出，二门不迈地在家待着，我怎么会在轮船上遇到你？"

"那是去内地看望一个亲戚。"夏诗文解释道，"我父亲年岁大了，身体又不好，所以就让我——"

"就让你这位'常居物外'的闲人去体验一下人世间的尘劳？"戴长思说着，忽然记起夏诗文给他的那张名片。可这会儿他就是想不起那张名片上的地址，于是将话题一转："你府上是在——"

"在离这儿不远的德莱顿大街。"夏诗文说，"没想到，你年纪轻轻的就这般健忘。"

"德莱顿大街可都是有钱人住的，看来你的父亲一定是个生意人。"戴长思说。

"就凭他住在德莱顿大街？"夏诗文问。

"还凭你天天无所事事地待在家里，"戴长思笑道，"还凭你出门有小汽车。"

"实话跟你说吧，我父亲经营着一家烟草公司。"夏诗文稍作沉默后说。

"烟草公司？"戴长思的眉头，微微地耸动了一下。

"对啊，"夏诗文说，"怎么啦？"

"那你会不会从小受他的影响？"戴长思问道。

"什么影响？"夏诗文觉得这问题有点奇怪。

"把钱看得比什么都重要。"戴长思说。

"我才不会呢！"夏诗文说，"要知道，钱越多生活往往就会变得越空虚。寻求财富不如寻求精神上的满足，精神上的满足才是最好的财富。"

"所以你就喜欢跟你表哥交往，跟文学界的人士交往，想借此来得到一种精神上的满足，就像那些热衷于参加伦敦文化沙龙和朱光潜'读诗会'的人？"戴长思专注地看着她，仿佛要将她的每一个细微的表情都牢牢地镌刻在自己的视网膜上。

"没错，因为他们给我带来别样的愉悦。"夏诗文知道，从事文学创作的人大都喜欢了解别人的隐私，把接触到的每个人都假想成自己作品中人物的原型——至少会把他们谈论的事情改头换面地写到作品里去，于是干脆率直地回答道。

"那你有没有想过在不久的将来嫁给一个文学圈里的人？这样，你就永远不会感到空虚和无聊，精神世界永远是富足的。"戴长思说。

"没想过。"夏诗文说，"再说，我不想这么早就嫁人。我还想好好享受一下自由自在的生活。"

"照你这么说，结婚意味着不自由？"戴长思问。

"是啊。女人一旦结了婚，不仅要归丈夫管，还要归婆婆管，生下孩子后还要当孩奴。这样，不但失去了自由，而且连自身的存在也成了别人的一部分。"夏诗文说，"就算丈夫懂文学，并且常常把文学特有的那种浪漫主义情趣调在生活的苦酒里，但这酒毕竟还是苦酒。"

"可女人通常把爱情看得比什么都重要。没有爱情，她们简直无法生活在这世上。"戴长思说。

"是啊，女人确实把爱情看得比什么都重要。我记得，《雅歌》里有这样一句话：'我的良人在男子中，如同苹果树在树林中；我欢欢喜喜坐在他的荫下，尝他果子甘甜的滋味。'"夏诗文说，"可我们现在谈论的是婚姻。婚姻是属于现实主义的范畴，它的出现势必会威胁到爱情的领地，叫爱情渐渐地褪去浪漫主义的光环，最后变成一根枯枝。"

"你是说，爱情就像一朵鲜花，再怎么美丽芬芳，也会在婚姻的盆中渐渐地枯萎和凋零？"戴长思说。

"没错。"夏诗文说，"这就是'芬芳过后总成空'的道理。"

"看来，夏小姐是个很有思想的人，看问题有着自己独到的见解，而且还带有一点悲观主义的情调，完全不像我之前以为的那样，是个纯粹的浪漫主义者和理想主义者。"戴长思说罢，停顿了一会儿，然后接着说："不过，我想顺便说一句：如果说女人把婚姻看成是第二次投胎，没有什么事情比这更重要了，那么男人最怕的是由于认错了一门亲而折了自己的后半生。换句话说，男人只有找对了人，这后半生才活得舒坦，活得踏实。"

"我没有什么思想，也没你想象的那般悲观。我说的那些都是从书上看来的，我只是在重复别人说过的话。至于你们男人是如何看待婚姻的，这会儿我不想听，也没有兴趣听。"夏诗文毫不矫饰地说，"但我想告诉你的是，有位作家说过：'婚姻只是男女之间为了生存和繁衍后代而临时缔结的契约。什么海誓山盟也好，什么体贴温柔也罢，在这之中只是充当一种技巧罢了。'这位作家还说：'在结婚之前，男女双方总是将自己最美好的一面展示出来，同时把过多的希望叠加到婚姻这个古老的图腾上面，但结婚以后，他们会渐渐地发现自己被婚姻玩弄了，被生活欺骗了。'"

"看来，夏小姐还没有经历过婚姻就得了'婚姻恐惧症'。"戴长思微笑着说。然后，他又将话题一转："我记得，《雅歌》里还有这样一句话：'我的佳偶在女子中，好像百合花长在荆棘内。'你有没有发现，这里的'荆棘'是在有意喻指着什么东西？"

"这我说不好，"夏诗文想了想后说，"或许是指那些按宗教的标准来衡量在道德上有缺陷的女子，或许是指恶劣的处境，或许这里的'荆棘'只是用来衬托出百合花的洁白无瑕。"

"没想到，夏小姐不仅看圣经，而且还会用自己的感悟来诠释它。"戴长思说，"这使我不觉想起古人所说的'悟得真道参尽玄，慧心似月照井丘'。"

"我还没到你说的那种境界。你也说得太夸张、太离谱了。要知道，环珠岛是在英国人的殖民统治下，到处弥漫着西方的文化，而且我从小在教会学校读书，圣经是必修的功课；至于理解得对不对，我自己也没把握，更谈不上感悟了。"夏诗文边说边从椅子上站了起来，"好了，你也该休息了。我明天再过来看你。"

"你等一下。"戴长思见她转身要走，连忙拿起床上的邮件。"你能不能把这稿子带回去，方便的话就——"

"好的，我会尽力的。"夏诗文掉转身子看着他，"能不能让我先睹为快？"

"没问题。"戴长思微笑着说，"不过，我写得比较仓促，你可千万别笑话我。"

"写得仓促才见本色，才少斧凿痕。再说，我只是想在闲暇时一读解闷。你不必那么认真。"夏诗文说。

夏诗文离开医院后，心绪不宁地朝着德莱顿大街走去。她一边走一边在思考着该如何帮戴长思解决发表的问题。她想，赶早不赶晚，能尽快解决就尽快解决，要不然自己的心老是揪着。

回到家后，她躲在自己的屋里一口气读完了戴长思写的《情魔》，掩卷之余，总觉得里面的一个人物有点像刘石昌。她不禁回想起刘石昌曾对她说过的话："古人说得好：'佳人不同体，美人不同面，而皆悦于目。'但即便是国色天香，盖世红颜，也如同枝头上的花朵，难以在常青中永驻芳颜。只有在我的画中，她们才能留住自己最娇美的那一刻……"她还想起三年前的一个夜晚，刘石昌拿着一束玫瑰跪倒在她的跟前向她求爱，但被她断然拒绝了，而且拒绝的理由很简单：她的父亲绝不可能把她嫁给一个酗酒成性、生活放浪的人。当时，刘石昌居然怒言道："哟，不就是比别人多了几个臭钱？有什么了不起！这世道不知哪年哪月风水轮流转。"而这回，她寻思着，遇到了一个和刘石昌完全不同的戴长思——她与戴长思有缘搭乘同一艘轮船，又有缘在马路上不期而遇。现在，只要她喜欢他，只要她抓住命运之神赐给她的机会，就有可能使他俩的关系升温。说实话，自从那天下了轮船，她心里一直在想着戴长思，觉得他就是自己心目中的"良人"。是啊，他有文学素养和骑士风度，特别是堂堂的仪表和潇洒的谈吐举止更是让她坠入浪漫的幻想之中。贫穷这一点在她心里的那杆秤上是压不了多少分量的。至于她的父亲会怎么看待这位特殊的"难民"，不是她现在所考虑的问题。眼下最紧迫的，是要把戴长思掌控在自己的手里。她无论如何也要设法阻断他与别的女人的交往，不能让他成为别的女人的猎物。她想起那个蛮不讲理的陈乐君，觉得这女人一定是在勾引戴长思，要不然她怎么会给戴长思介绍工作，怎么会那么在乎他的下落？她越想越觉得这里面一定有文章，越想越觉得陈乐君就像是一块沉重的石头压在她的心上。

而这时的陈乐君，似乎已凭借女人的直觉感到有人在跟她争夺戴长思。中午，她等夏诗文走后向房东打听了一下戴长思的下落，可房东说她也不知道，因为夏诗文只是说"他现在一时回不来"。之后，她又向刘石昌了解夏诗文家的住址，可刘石昌在问明了情况后说："我就是告诉你也没用。你找上门谁会理睬你？"她一时急得不知所措。回到自己的房间后，她心里烦躁极了。她不自觉地走到书桌旁，愁眉锁眼地望着窗户对面的房子，只觉得那镶嵌在灰墙上的一扇扇窗好像都变成了怪兽的嘴巴，正等待着将她吞进去。

渐渐地，她的视线变得模糊不清了，耳朵像是被什么东西堵塞了。她仿佛进入了"视眩眠而无见，听惝恍而无闻"的状态。

其实，刘石昌心里也很矛盾。他想，你戴长思才来环珠岛没多久，而且又是一个难民，凭什么在这么短的时间里赢得陈乐君的芳心？我究竟在哪方面比你逊色？我说什么也不会让陈乐君顺着夏诗文这条藤去摸到你这只瓜，我倒是希望从今往后你永远在我的面前消失，在陈乐君的面前消失；至于陈乐君，你也不是一盏省油的灯，求你做模特比针眼里穿粗线还难，更不必说求你下嫁给我了。现在，我就是要让你干着急，就是要看你的笑话。但一想到自己过去曾追求过夏诗文而最后落得个自讨没趣，他又觉得怎么也咽不下这口恶气。是啊，现在既然有人跟夏诗文争抢戴长思，何不趁此机会把水搅浑了，煞一煞她这个富家女的孤傲之气？这种矛盾的想法，这种妒忌心，这种幸灾乐祸的感觉，在他的心头交错着，盘绕着，使得他像生了疥疮的猪崽一样坐立不安。最后，他拿定主意，打算还是将夏诗文的住址告诉陈乐君。

傍晚时分，当窗外的景物敛声屏气地蜷缩在半明半暗的暮色之中，潮乎乎的空气里弥漫着细微的醉人的气息时，刘石昌故意将自己的房门敞开着，而后坐在沙发上装模作样地看报纸。没过多时，他听到了陈乐君的脚步声。

"陈小姐这会儿要出去？"刘石昌待陈乐君打他的门口走过时，笑嘻嘻地问道。

"是啊。我心里乱得很，想出去走走。"陈乐君停下脚步，有气无力地回答说。

"要不要我陪你？"刘石昌目光闪烁地看着她。

"不用了，我想一个人清净清净。"陈乐君说。

"那也好。"刘石昌说着，将手里的报纸往身边一撇。"等你回来了，我告诉你一件事。"

"什么事？"陈乐君急切地问。

"还是等你回来了再跟你说吧。"刘石昌故意卖起了关子。

"那我就不出去了。"陈乐君说着，朝刘石昌投来期待的目光，然后不自觉地走进了他的房间。

"你先把门关上。"心中暗喜的刘石昌，有意压低嗓音说。

"什么事要弄得这般神神秘秘的？"陈乐君将房门掩上后，站到他的跟前。

"你先别急，请这边坐。"刘石昌往沙发的一边挪了挪，给陈乐君腾出地方。

"什么事快说。"陈乐君坐下后，侧过身子看着他那副不可捉摸的表情。

"你想不想知道那个夏诗文的住址？"刘石昌清了清嗓门，似笑非笑地问。

"你不是说就算你告诉我也无济于事吗？"陈乐君的眼里流露出一丝冷漠。

"话是这么说，但你不妨试一试，或许——"刘石昌半垂着眼皮斜觑着她那双合拢在膝盖上的手，然后用锐利的目光在她的身上划拉着，仿佛要把她身上的衣服全都划拉开。

"那好吧。"陈乐君想了想后说，"就算我欠你一个人情。"

陈乐君的话，使刘石昌感到惊喜。他收敛起游动的目光后，色眯眯地盯视着陈乐君的脸："不过，我的人情不是那么容易还的。不像店里的商品明码实价，有数可寻。"

"那你要我怎么样？"陈乐君问。

"要你再摆个 pose（姿势）让我画一回。"刘石昌说。

"你有完没完哪？好像人家上辈子欠你似的！"陈乐君生气地说，"你这叫蚂蚁爬城墙，见缝就钻。"

"不就是再让我欣赏欣赏你的美姿？"刘石昌解释道，"要知道，每次看你的感觉是不一样的，画出来的效果也是不一样的。这就如同看一本书，每看一回都会有新的感想。"

"我看，你有精神病，应该去精神病院好好检查检查。"陈乐君说罢，放松了一下坐姿，将头靠在沙发背上，目光对着头顶上的一盏电灯。她沉默了片时后，半笑着说："不过，我倒想听听你到底有哪些不一样的感觉。"

"这些感觉是很难用言语来作精确描述的，因为它们太微妙、太神奇了。"刘石昌兴奋地说，"我只能借助于一些比喻来勉强地表达。比如：蓝郁郁的大海，银光闪烁的雪山，玉喷珠溅的春涧，含笑吐艳的桃花，芳醇浓酽的美酒，深藏狂澜的平波秋水……总而言之，你的美姿会时不时地让我产生神游之感，甚至是纵逸之感，把我原本空虚的心灵填得满满当当的。我甚至于会产生一种幻觉，好像有一只看不见的手正牵着我走，牵着我走进一片温暖如春的地方。"

"没想到，你还有诗人的想象力，能把人的模样描绘成大自然的缩影。"陈乐君听后，惊讶地说。

"说白了，你陈小姐在我刘石昌的心目中，早已是一尊崇拜的偶像，是一位无人可比的典雅出尘的绝世佳人。你就像一束神奇的光芒，照进了我的梦幻世界；就像一道悬挂在天上的霓虹，驱散了空蒙的茫茫云海。如果能用画笔纤毫毕现地将你逼真地描绘出来，同时将我的感想与幻觉融进我的作品之中，我感到荣幸之至、欣慰之至。再说了，正值黛绿之时和摽梅之年的你，难道就不想借助于我的画笔让无情的岁月戛然而止，以留住那最美好的瞬间？"刘石昌说。

"就看在你能用诗一般的言语打动我的份上，就看在你的灵魂充满着对艺术的敬畏的份上，我可以答应你的要求。"听了刘石昌的一番赞美之词，陈乐君虽然觉得他是在有意恭维她，甚至于是在挑逗她，但还是有点为之而陶醉，就像是陶醉在雨后清新的空气中，陶醉在大自然的怀抱里。"不过，我建议你不要老是画女人、画广告，你要时时拓展自己的创作空间，不断地更新创作的题材。"

"不画女人和广告，那我画什么？"刘石昌问。

"比方说，你可以画一些战争题材的画。画面上有飞扬的尘土和弥漫的硝烟，有密集的箭雨和刀剑，还有身披铠甲的勇士和飞奔的战马。"陈乐君说。

"这我画不了。"刘石昌说。

"为什么？"陈乐君问。

"我没有这方面的灵感，除非我亲身经历过战争。"刘石昌说。

"那好吧，那你就继续画你的模特。"陈乐君说，"但是，在画我之前，你不但要告诉我那个夏诗文住在什么地方，而且还要告诉我她究竟是一个什么样的人。至于我做模特的报酬——"

"这好说，凡是我知道的，都会告诉你。报酬我照给就是了。"刘石昌说罢，凭着积久养成的习性，顺手勾住了她柔韧的细腰。

"你这是要干什么？"陈乐君用力推开他的手。

"你不是心烦意乱吗？难道就不想在我这里放松一下？"刘石昌见她愀然改容，尴尬地笑道。

"你别碰我！"陈乐君说罢，从沙发上唰地站起来。

"好吧，我不碰你。但你也用不着在我的面前耍小孩子脾气。既然你想知道有关夏诗文的事情，那你就平心静气地坐下来听我慢慢道来。"刘石昌一边说着，一边痴情而贪婪地凝视着她挺着前胸的身躯。

待陈乐君坐下后，他先告诉她夏诗文的住址，接着便瞎编起故事来。什么夏诗文是个很放荡的女人，有许多情夫啦；什么他自己也曾经泥足深陷，甚至想杀了她的情夫啦；什么她的床上功夫可了得，不是把你变成水母就是把你变成水豆腐啦；等等。

"这么说，这女人也勾引过你？"陈乐君听完他的述说后问道。

"是啊，"刘石昌说，"但她的父亲发现我跟她有来往后，就一口咬定是我在勾引他的女儿，就不再让我给他的公司画广告了。"

"这样，你岂不是丢了饭碗？"陈乐君拧紧眉头看着他。

"事情还没那么严重，因为我主要是给几家广告商画画，不缺他这家烟草公司。"刘石昌说着，慢慢地从沙发上站起身来，而后伸了个懒腰。"好吧，现在我该说的都说了。你是不是可以——"

"你看你，脑瓜里只装着画画的事。俗话说：'送佛送到西，帮人帮到底。'你就不能替我想想办法？"陈乐君用无奈中又隐含着一丝希望的眼神看着他。

"想什么办法？"刘石昌问。

"怎么对付那个夏诗文哪。"陈乐君回答说。

"要对付她可不是脑子一热的事。"刘石昌故意劝说道，"要知道，在环珠岛开公司的，有哪家没有黑社会的势力做靠山？有哪家不跟警方或政界有联系？依我看，你横竖都斗不过他们的，还是省省吧。"

"我才管不了那么多，大不了拼它个鱼死网破。"陈乐君喘着大气说，"还真让你给说对了，我陈乐君就是深藏狂澜的平波秋水。别看我是个么弱的女子，我既捏得住绣花的细针，也提得起宰猪的钢刀。不信就等着瞧！"

"这可不像你陈小姐的风格啊。"刘石昌半笑着说。

他没想到，这个看似温婉可人、花嫣柳媚的陈乐君也是个烈性子，是个红袖里藏着把斧头的魔女。她就像童话故事里的那只披着孔雀毛的秃鹫，不但要飞进玉树林，还要占据凤凰巢。

"看来，你这回是铁了心要当整治尤二姐的王熙凤了。那我就先问你，你找到夏诗文后准备拿她怎么样？是骂她一顿还是打她一顿？"他继续说。

"这种面疙瘩补锅的事，我才懒得去做呢。"陈乐君说，"我要她告诉我戴长思现在在什么地方。"

"如果她不理你，甚至连见都不愿见你，你该怎么办？"刘石昌接着又问。

"那我就只能去警局报案，说戴长思失踪了，并且说他的失踪跟夏诗文有关。"陈乐君说，"到时候，我倒要看看她这口破布袋里还能抖出什么样的邪招来。"

"我看，你这是瞎子点灯白费蜡。这种没凭没据的事情，警局才不会管呢。"刘石昌说罢，悠然不迫地走到窗前，眯起眼睛看了一会儿窗外的景色。紧接着，他举头望天，好像要让天空中的那片亮色驱走试图遮蔽他心灵的黑幔。

"你有没有发现，跟这宁静而祥和的广阔天空相比，人类渺小卑微得就像是太仓一粟？"他深叹了一口气后，像是有所感悟地说道。

"你不是废话吗？难道除了扯些无聊的废话外，你就没什么正经的事情可以做了？"陈乐君面露不悦地说。

刘石昌沉默了片刻后，回转身子说道："有时候，命运之神会莫名其妙地把你带到某个地方；在这个地方，你如果往前走一步就是掉进万丈深渊，而往后退一步就可能是另一番完全不同的风景。"他说到这里，停顿了一下，然后接着说："可叫我想不明白的是，那个姓戴的只是个难民，又不是什么'真命天子'，他对于你陈小姐就那么重要？"

"当然重要喽，他是我的未婚夫嘛。"陈乐君不假思索地说。

"你说的是哪跟哪啊？"刘石昌呆视着她问道。

"他是我的未婚夫。"陈乐君重复了一遍。

"别骗我了，哪有才认识了几天就定终身的？"刘石昌笑道。

"信不信由你，反正他是我的人。"陈乐君将错就错地说。

"好吧，就看在你对自己心仪的人有情有义的份上，我刘石昌就是雀头顶刀子也要帮你一把。不过，你总得给我一点时间，让我好好想想。"刘石昌言罢，慢腾腾地走到茶几前，然后拧开酒瓶的盖子，将酒倒在两只玻璃酒杯里。

"你别给我喝酒，我现在哪有兴致喝酒？"陈乐君望着在酒杯里晃动的酒水说。

"来，还是陪我喝一杯吧。这可是上好的法国红葡萄酒。不喝白不喝。"刘石昌一面说着，一面拿着酒杯走到陈乐君的面前，然后坐到她的身边。"你别说，或许喝完了这杯酒我就能想出个办法来。"

"是吗？那好吧。"陈乐君说罢，接过递到她面前的那只酒杯。

不一会儿，刘石昌觉得，陈乐君的那只拿着酒杯的手跟酒杯有点不协调，更确切地说，她不像是个会喝酒的人，连拿酒杯的样子都叫人替她感到别扭。但他还是若无其事地笑着说："陈小姐在干了这杯酒之前就不想说些什么？"

"你想要我说什么？"陈乐君反问道。

"随便说什么。"刘石昌说。

"那就为你的这份雅兴而干杯。"陈乐君面无表情地说。

"陈小姐在喝酒前就不想先闻一下这酒的味道？"陈乐君正要喝酒，刘石昌突然问道。

"说实话，这会儿我的嗅觉已经失灵了，闻不出酒味来了。再说了，不就是喝酒吗？何必跟小庙里的老姑子似的磨磨叨叨！"陈乐君说完，一口喝完了酒杯里的酒。

"可我从这酒味中闻到了法国人特有的那种浪漫，闻到了野芳的幽香——这幽香菲菲兮，醉人兮，叫我淹没在如烟的梦幻之中。这酒味还让我想起'春风东来忽相过，金樽渌酒生微波……'"刘石昌喜眉笑眼地说了一通后，慢慢地、一点一点地品尝着红葡萄酒，就像在用一支画笔细心地勾描出模特最美、最动人的曲线。

"我看，你根本没在想我的事。"陈乐君等他喝完后，一把夺过他的酒杯说。"真是急惊风偏偏遇到了慢郎中，你急他不急。"

"你怎么知道我没在想？"刘石昌不慌不忙地站起身，从她手里拿过俩酒杯，而后将它们放回到茶几上。"敞亮地说，你不就是想找到你的未婚夫吗？这事我可以帮你做。"

"你帮我做？"陈乐君的眼里露出疑惑的神色，"你想怎么做？"

"这我暂时还不能告诉你，你等我的消息就是了。"刘石昌故弄玄虚地说，边说边走到她的跟前。

"要不，我现在就让你画？画完了你就告诉我。"陈乐君将眉头皱成了一团，望着他任性地说。

"好吧，等我画完了就告诉你。"看着陈乐君的那副渴急的样子，刘石昌脸上闪现出一丝轻浮的微笑。"你也太着急了。"

八

第二天一大早，刘石昌来到位于德莱顿大街北侧的夏公馆的大门口。他见栅栏般的铁门紧紧地关闭着，里边的庭院里悄无声息，便朝着附近的一家面包店走去。他买了一只黑面包和一瓶牛奶，然后一边吃着喝着，一边跟一个正在店门口趴活的黄包车夫攀上了话儿。

"这几天，你有没有看见一个年轻女子从夏公馆里出来？"他问道。

"你是说夏老板的女儿？"黄包车夫摘下头上的草帽，仰起脸看着他。

"对啊。你认识她？"车夫的回答，有点叫他感到意外。

"不认识，我只是听人称呼她'大小姐'，所以猜想她是夏老板的女儿。"车夫半皱着眉头解释说。"噢，对了。她昨天还坐我的车呢。"

"是吗？"刘石昌觉得有点蹊跷。"她家不是有小汽车吗？"

"是有小汽车，但她也经常坐黄包车。再说，她昨天要去的地方离这里不远。"车夫耸了耸眉头说。

"什么地方？"刘石昌性急地问。

"珍妮医院。"车夫回答道。

刘石昌听后，心里暗自欣喜。他吃完早点后，见夏公馆那边仍然没有一点儿响动，便步态款款地朝着珍妮医院走去。他本想通过跟踪夏诗文来了解戴长思的下落，没料到这位车夫无意间给他提供了重要的信息。

珍妮医院建于民国初期，是一栋带围墙的红砖白窗的三层楼房；底层用作门诊，上面两层用作病房。楼房和围墙之间，有花圃、假山、喷水池和修整得很美观的树木。底层的候诊大厅很宽敞：白生生的天花板上垂下三盏金碧辉煌的枝形吊灯；吊灯底下是一排排淡绿色的长椅，与挂在墙上的几幅西洋油画的色彩很搭调。医务人员时不时在过道里走动着，他们身上的白大褂像是随风浮游的轻云。

刘石昌走进候诊大厅后，随意地瞥了一眼服务台。见有个风度翩翩的男士正在跟服务台的一位小姐聊着什么，样子看上去很兴奋，便待在一边耐心地等候着。

"你有什么事吗？"小姐见他两脚生根似的一动不动地站立着，眼神里饱含着期待的柔光，便主动地向他发问道。

"我想问一下，这里有没有住进一个叫戴长思的病人？"刘石昌说。

"你等一下。"小姐说罢，从抽屉里拿出一个本子，然后问道："他是什么时候住院的？"

"我也记不清了，应该就在这几天吧。"刘石昌说。

"哦，是有一个叫戴长思的病人。他住在三楼的病房里。"小姐翻动了几页后说。

"谢谢小姐，麻烦你了。"刘石昌说。

由于过于激动，他也没问小姐戴长思是住在几号病房就乘着电梯上了三楼。

这里，有一个很长很宽的走廊；走廊靠近电梯的左右两边，一边是医生的办公室，另一边是护理人员的办公室。他见医生办公室的门紧闭着，而护理人员办公室的门是半掩着的，便小心谨慎地将这扇半掩着的门轻轻推开。他发现：屋里没有人，只有几张桌子和几把椅子；桌面上搁着盛有剪子、镊子和手术针等物件的长方形盘子。在半透明的窗帘投下的蓝郁郁的光线之中，这些白颜色的桌椅和桌面上的东西，使他不由得生发出一种难以言喻的悚惧不安的感觉。他正想将门拉上，突然发觉这房间的左侧还有一扇小门，于是好奇地走了过去。他还没把这扇门完全推开，只听得一声刺耳的尖叫，随后矍然望见一个年轻的护士正在换衣服，敞开的白色长褂里是夺眼的贴身内衣和光滑照人的肌肤。

"对不起。"他赶紧闭上眼睛将门拉上。

这会儿，他只觉得脸上烫乎乎的，只觉得自己的心都要从胸腔里蹦出来了，像是做了一件跟偷看女人洗澡没有什么区别的很不光彩的事情。

接着，他轻手轻脚地退回到死水般静谧的走廊里，耐心地等待着，心想：等那个护士出来了就跟她解释一下，大不了赔个礼道个歉。

或许是由于等待所产生的无聊，或许是由于多年的画画而形成的对人体的敏感，他凭着那瞬间的记忆在脑瓜里勾描出那个护士的形象，并且陶醉在由这形象激发的种种荒唐的想法之中。他觉得，言情小说家对女人的描写再怎么出神入化，再怎么令人齿颊生香，都无法和一个亲眼目睹的女人相比；觉得那护士就像一根神奇的魔棒，搅动了隐藏在他潜意识里边的东西，并且将他变成了一块石头——一块被吐着火星的钻子啃咬着的石头。

就在他深陷于由方才的情景生成的白日梦一般的重重幻象之中，深陷于由这些幻象掀起的情波欲澜之中的时候，电梯那边忽然响起一阵哐啷声，接着是嘈杂的说话声。他慌忙扭过脸循声望去，见有三个男子正朝着走廊这边走来。

"你是——"其中的一个男子，走到他的跟前后，停下脚步问道。

"我是来探望病人的。"他故作镇静地说。

"探望病人要等医生查完了房，你怎么连这规矩都不知道？"男子用冰冷的目光看着他。

"不好意思，我是头一回来这里。"他挠着后脑勺解释说。

"我劝你还是在外面等着。"男子说。

"好的，不过我想顺便问一下，戴长思住几号病房？"他稍稍迟疑了一下后，鼓起勇气问道。

"戴长思？"男子的两道眉毛间，隆起了一块小小的疙瘩。"你说的是那个被车撞成骨折的病人？"

"没错，就是他。"他不假思索地回答说。

"好像是 316 病房，也就是这条走廊走到底。"男子说罢，见医生办公室的门已打开，便径直走了进去。

"你怎么能随随便便地跑进护士的办公室？"这时候，刘石昌的身后突然响起那个护士的说话声。

"对不起，我不是故意的。"他急忙转过身来，向她躬身致歉。

"要是换成护士长，肯定轻饶不了你，非把你带到警局去不可！"那护士满脸怒气地说，"今天算是让你捡了个便宜。"

"对不起，我不是故意的。"他再次向她躬身致歉。

离开医院后，刘石昌顺路买了些中午要吃的东西，而后迈着舒缓的步子朝自己的住所走去。他心里一半是高兴，一半是羞愧。高兴的是，今天事情办得还算顺利，没有横生什么枝节，好像有人事先把这一切都给安排好了；羞愧的是，自己被那个小护士训斥了一通，好像在她的眼里他刘石昌是个居心不良且胆大妄为的流氓。

回到自己的房间后，他将手里的东西搁在茶几上，然后在沙发上稍坐了片刻。接着，他拿出纸和笔开始作画。他想借画画来打发有点难熬的等待的时间。

等到暮色开始悄然降临，四周的一切都透着宁静的时候，陈乐君总算回来了。

"情况怎么样？"陈乐君走进他的屋子后，急切地问道。

于是，他把上午遇到的事情详尽无遗地告诉了她。

"这么说，是夏诗文的车把戴长思撞成了骨折？"陈乐君听后，僵着脸问道。

"应该是吧。"坐在沙发上的刘石昌，漫不经心地回答说。

"可就是不知道戴长思现在的情况怎么样？"陈乐君的神情，倏尔显得很忧愁。

"这你只要去一趟医院问问他本人不就完了？"刘石昌的脸上，隐隐地绽出一丝诡笑。

"对，明天我下了班就去医院问他。"陈乐君说。

"为什么要等到明天啊？"刘石昌问。

"因为今晚我实在太忙了，要批改许多作文，脱不开身。"陈乐君说罢，转身欲走。

"你说，这护士小姐大褂里只穿那么点就不害臊吗？"刘石昌见她要走，突然转了话题。

"这天气那么热，难不成你要人家跟修女一样，里三层外三层的，裹得严严实实、风雨不透？"陈乐君知道他闷骚难耐，回头冷冷地瞟了他一眼。

"那里面干脆什么都不穿，这样岂不更好？"刘石昌舞动着眉毛越说越来劲了。

"亏你想得出来。"陈乐君摆过身来说，"你呀，让我怎么说你才好呢？"

"你说，你随便说，你想说什么就说什么，你说我什么都行。我刘石昌就是个只知道吃喝拉撒的俗流之辈，不怕别人说三道四、论黄数黑。"刘石昌用自嘲的口吻嬉皮笑脸地说。

"在我看来，你就是《水浒传》里的那个'小张三'。脑瓜就跟泔脚缸似的，装的都是些污秽的东西。见了女人就两眼放光，浑身酥软，恨不得扑上去咬上一口。"陈乐君见他那副死猪不怕开水烫的德行，或者更确切地说，是故意惹逗别人来满足自己变态心理的德行，索性直言不讳。

"这要看什么场合。"刘石昌说着，从沙发上站了起来，然后从木箱里拿出一张画，画的就是他在医院里见到的那个护士。"在一个陌生的地方，看到一个陌生的女子，而且她的穿着又是那么的陌生。我相信，每一个男人都会被她煽起情欲之火。这就是我们平时所说的'距离产生美，陌生产生美'……"

"好了，好了，别再跟我瞎扯了。别见了女人的背影就想到她的前胸，见了女人的腿脚就想到她的身体。"陈乐君侧目睨了一眼那张画后，故意取笑他说。

"虽然我不是传说中的那个见了女人不起兴动情的柳下惠，但我也没你想象的那般下作。"刘石昌边说边收起那张画，"说句实在的，这只是我的'职业病'。"

"这不叫'职业病'，这叫'本性难改'。"陈乐君直截了当地说。说罢，她忽然间想起了什么："哦，对了。你什么时候给我钱？"

"什么钱？"刘石昌拧着眉头问。

"我不是又让你画了一回？"陈乐君说。

"我看，我们俩应该扯平了。"刘石昌笑道，"你让我画了一回，我给你当了一回私家侦探。我们是你情我愿，互不相欠。"

"不行。桥归桥，路归路。我眼下正等着用钱。你替我办事，我以后有机会再答谢你。"陈乐君说。

"好好好，我给钱，但这要等我的画脱手了。"刘石昌无奈地说，"你能不能宽限几天？"

"好吧。"陈乐君想了想后说，"就看在你给我当侦探的份上，我答应你的要求。"

次日傍晚时分，点缀在天幕上的云霞色彩幻变，一会儿白里透红，一会儿橙紫相间。不长时间，落日的余晖便被远近的点点灯火所取代。

陈乐君下班后，急匆匆地赶到珍妮医院。当她来到316病房的门口时，见虚掩的房门与门框之间留着一道窄窄的缝隙，于是赶紧凑了过去。她透过这道缝隙看到夏诗文正侧坐在一张病床上，跟戴长思嘻嘻哈哈地说笑着，心里顿时妒火如焚。她正想冲进去扇夏诗文几个耳光，但很快改变了主意。她稍稍伏下身子屏息静听，想听一听他们究竟在谈论着什么。

"这可不行，你胆子也太大了。如果有人进来，你我还不丢尽脸面，清誉无存？这种有伤风化的事情一旦传了出去，要想撇清可就难了。"

"没人会进来的，这时辰医生和护士都去吃饭了。你有没有听说过'驴生戟角'这个成语？"

"看来，你肚子里的怪词怪语比蛔虫还多。什么时候把它们全都倒出来让我数一下？"

"别跟我打岔了，还是给我一点灵感吧，这几天我正在构思一部新作呢。"

"你以为女人是鸦片啊？吸上几口就能茅塞顿开，思如泉涌，就能将泥菩萨也化得活溜溜地转？"

"你还别说，女人就是鸦片。我记得，有位诗人说过：'是女人在引领着我们男人向上。'这句话在我看来，似乎可以理解为：包括诗人在内的艺术家如果没有爱欲作为动力，就难以催发创作的灵感。"

"听你的意思，艺术都是情欲的产物？"

"是爱欲而不是情欲。"

"那还不是一回事？"

"不是一回事。情欲只是生理上的需要，而爱欲则是精神上的追求。说得再具体些，情欲是一种占有异性的冲动，它使人还原或者说是倒退到动物的层面；而爱欲是借助美好的想象翱翔于灵性的世界，它使人在永恒的寻求与拓展中走向神灵。"

"那我问你，你在写《情魔》的时候是拿哪个女人当鸦片？是不是那个姓陈的？"

"看你都扯到哪里去了。实话跟你讲，我写《情魔》时还不认识她呢。"

"别骗我了。没有鸦片哪来灵感？没有灵感哪来《情魔》？就算你还不认识她，这和尚庙对着尼姑庵，没事也得有事。依我看，《情魔》里的俩女人中肯定有一个是她！"

陈乐君再也听不下去了。从她心头腾起的怒火，似乎已燎到了她的眉毛和头发。她握紧拳头正要冲进去发泄一通，离她不远的地方忽然响起一阵急促的脚步声。她赶紧回转身一看，见是一位护士；这护士正端着一只发药用的木盒朝她这边走来。

"你是什么人？怎么跑到这里来溜壁脚，蹲墙根？"护士在一间病房的门口突然停住了脚步，像一只发现了猎物的母老虎似的目光灼灼地看着陈乐君。

"我——我是来找——"陈乐君吞吞吐吐的，答不上话来。

借着走廊里的灯光，她猛地发觉，这护士很像刘石昌画的那个。

"外面好像有什么动静。"戴长思听到门外的说话声后，连忙对夏诗文说。

"我出去看看。"夏诗文说罢，将屁股从床沿上挪了下来。

走出房门后，夏诗文看见陈乐君正快步如飞地朝电梯那边走去，心里不觉咯噔了一下。

"真是奇了怪了，她怎么会知道戴长思在这里？"她一边咕哝着，一边凝视着陈乐君的背影。"也好。既然她已经发现了，那就干脆跟她把话挑明说透，省得她对戴长思还抱有幻想。"

拿定主意后，她撒开两腿一口气追了过去。可快要追上时，陈乐君刚好跨进已经挤满了人的电梯。她只好眼睁睁地看着电梯门哐啷一声关上，将她挡在外面。

"嗨！"她无奈地叹了一口气，然后沿着楼梯像旋风一样奔跑下去。

正在上楼的人，都左避右闪地给她让出一条道来，同时向她投来好奇的目光。

"姓陈的，我有话跟你说。"她终于在底楼拦住了陈乐君。

"你都把我的未婚夫撞成了骨折，还想跟我说什么？"一时气昏了头的陈乐君，自己也不知道这回怎么又把戴长思说成了"未婚夫"。

"你的未婚夫？你也太会编故事了吧？人家才来环珠岛，怎么一转脸就成了你的未婚夫？你以为他是路边的一头小毛驴，谁爱骑就骑啊？"夏诗文听后，大声地笑道。

"如果你不信，可以去问他。"陈乐君未作多想地说。

"去问他？去问他还不是聋子打哑子，什么都说不清？"夏诗文继续笑道。

"那你到底想跟我说什么？"陈乐君俩眼珠子瞪得跟铅球一般大，好像随时会砸在夏诗文的身上。

"想叫你别再做美梦了。"夏诗文说，"买东西都有个先来后到的，更何况男女之间的事。"

"这事你我说了都不算。"陈乐君说，"你也太会强词夺理了。"

"那好啊，那就让他来决定吧。"夏诗文将脑瓜一歪，高傲地说。"不要以为你给他介绍过工作就可以把他抓在自己的手里，不是你的东西就别老是惦记着。再说了，我这人向来不喜欢输给别人的那种落魄的感觉，而且我从小到大就从来没有输给过别人一回。"

"你找我就是要跟我说这些？你就不觉得你这样做太霸道、太卑鄙了吗？"陈乐君说罢，将牙根咬得生疼。她的一腔怒气，使得她的双颊微微地颤抖起来。"实话告诉你，我陈乐君再贱也不会把自己的未婚夫拱手让给你。你若是把我逼急了，我就跟你拼个玉石俱焚。到时候，看你还有什么邪咒可念。"

"哟哟哟，脾气还真是大过了娇气。我看，你是萤火虫落到了柴堆上，自以为可以燃起一把冲天的大火；是一只小小的自不量力的蚂蚁，自以为随时能搬到月宫里去住。"夏诗文用嘲谑的口吻笑着说，"你也不先看看你是在跟谁说话。要知道，在环珠岛这片林子里，还轮不到你这只小麻雀叫唤呢。想跟我玩狠的，我夏诗文就奉陪你，就跟你耗上了。"

"好啊，那就看看最后是谁耗过谁。别以为你有财有势就能胡作非为，有道是'人各吃得半升米'，谁怕谁呀！"陈乐君说罢，气哼哼地走开了。

"怎么回事？"夏诗文回到病房后，戴长思见她绷紧的面孔僵硬得有如一块石头，眉目之间阴云密布，便着急地问。

"还不是你的那个未婚妻？"夏诗文歪鼻子歪嘴地回答道。

她没想到，自己跟陈乐君说着说着，就粗言以对、恶语相向。这虽然有失她富家大小姐的身份，但除此之外，她还能怎么样呢？

"我的未婚妻？"戴长思惶惑不解地看着她。

"你别装蒜了，陈乐君都告诉我了。"夏诗文说。

"她只是我的女朋友，而且连这个女朋友都是假扮的。"戴长思解释道。

"假扮的？"夏诗文瞪大眼睛望着他。

于是，戴长思将事情的来龙去脉细大不捐地告诉了夏诗文。

"照这么说，这个陈乐君是在骗我，而骗我的目的无非是想独占你？"夏诗文说罢，下颌上的肌肉不由自主地抖动了一下，好像它再也托不住兜在她脸上的那片阴云。

"这我可说不好。"心烦意乱的戴长思，苦笑着说道。"但我想奉劝你一句，别再'疑心生暗鬼'。"

"不是我'疑心生暗鬼'，而是我夜路走多了总会遇上鬼。"夏诗文说。

"我看，你大白天走路也会遇上鬼。"戴长思说。

他没料到，眼下的夏诗文说起话来不但口无遮拦、锋芒过盛，而且总是想着要压过别人一头。

"那你干脆把话说清楚。"夏诗文的目光，突然间变成了一把冷锋逼人的剑。

"把什么话说清楚？"戴长思问。

"她和我，你究竟要哪个？"夏诗文干脆利落地问道。

"我还没想那么多，无法回答你的问题。"戴长思迟疑了一下，然后慢条斯理地说。

"好吧。既然如此，既然你心里的天平还没有倾向于她，那我就还有希望。"夏诗文绷紧的面孔稍稍松弛了些。"我看这样吧，等你康复出院了，我们挑个良辰吉日举办一个订婚宴，让人们都知道你戴长思是我的人，省得天长日久再出现意想不到的怪事。"

"哎，对了。她怎么会晓得我住在这家医院？"戴长思不想在叫他为难的话题上绕圈子，于是问道。

"你问我，我还问你呢。"夏诗文回答说。

"好吧，这事以后会搞清楚的。"戴长思说，"我看，这会儿时间也不早了，你也该回去休息了。回去后，别老是为伤神破气的烦心事纠结。还有，下回别再给我带这么多吃的东西。"

"怎么，她来这里一搅和，你就吃不下东西了？"夏诗文问。

"那倒不是，"戴长思说，"你看，先前的还没吃完你又买了一大堆。我就算是头狮子也吃不了啊。"

"我又没叫你一下子吃完，急什么？"夏诗文说，"哦，还有。我借给你的那本《红香炉》，想必你也快看完了吧？"

"我正在看呢。"戴长思说。

"写得怎么样？"夏诗文问。

"还行，可就是不知道那个笔名叫'白鹭'的作者是谁。"戴长思说。

"'白鹭烟分光的的，微涟风定翠漪漪。'"夏诗文说。

"这我知道。它出自唐朝诗人杜牧的《怀钟陵旧游四首》。"戴长思说。

夏诗文走后，戴长思不觉陷入了犹如烟雾一般袅袅绕绕、纷纷乱乱的思虑之中。他觉得，陈乐君和夏诗文这两位女性都不错，都有吸引他的地方，而且她们在某些方面很相像，比如既有聪慧贤淑、温柔体贴的一面，又有急躁易怒、恣意任性的一面；既有爱好文学、讲求高雅品位的一面，又有口无遮拦、庸下世俗的一面。现在要他在她们俩中间挑选一个，还真有点叫他感到棘手，感到无所适从。再者说了，他在环珠岛还没混出个人样来，因而不论在陈乐君面前还是在夏诗文面前，他都多少有点自卑，有点抬不起头。他大胆地接近她们，无非是为了满足自己一时的情感冲动，同时从这情感冲动中摇筛出一星半点可以安慰自己的东西，可以供他写作时不断地去汲取的东西——诚如他自己所说的，"女人就是鸦片"。说句心里话，作为一个流落异乡的孤客，他很渴望女性，很渴望得到爱情；特别是在他痛失爱妻之后，他总想让一位跟他爱妻同样贤惠的女性主导他的生活。但是，他又害怕女性，又跟爱情保持着一定的距离，因为他担心自己的"难民"身份和一无所有的窘境会成为倾覆他美好理想的绊脚石。而眼下，他似乎在不知不觉中卷进了一场"爱情"的争夺战。这是他始料不及的。他在这场争夺战中该扮演什么样的角色呢？是倒向陈乐君，还是倒向夏诗文？还是"清水豆腐两面光"，谁都不得罪？他越想越理不出一个头绪来，越想越觉得自己的心就像是一只脱了底的盛不住水的筲桶。于是，他干脆从枕头底下拿出那本《红香炉》看起来。

看着，看着，他的目光逗留在这样一段文字上：

> 其实，二少爷一点都不比大少爷差——不论是纯真的感情，还是学识才华；不论是英俊的相貌，还是潇洒的风度。若是一定要说有什么区别的话，也在"伯仲之间"。然而，李小妍还真弄不清谁是自己的主人，谁是自己的真爱，更弄不清自己对他们只是怀有好感呢，还是动了真情。虽然她现在跟大少爷以未婚夫妇的名义过上了同居的生活，但她跟二少爷所做的一切，时时像电影一般在她的睡梦中循环地播映着。

他觉得，眼下自己的境遇还真有点像书中的李小妍呢。于是，他怀着强烈的好奇心继续往下看。可还没有看完一个章节，他就被席卷而来的困意送入了烟雾萦绕的梦乡之中。

而陈乐君在离开了珍妮医院之后，眼里噙着愤懑心酸的泪水，步履匆匆地朝着另一家医院赶去。一路上她感到口干舌燥，感到腿脚发麻，感到浑身上下像火炉一般滚烫。她觉得，自己跟戴长思之间发生的一切，仿佛是在梦幻之中，仿佛是在另外一个世界里。一种快乐逝去后的凄荒之感，就像是奔涌翻卷的波涛漫过她的胸腔。

她万万没想到：这个表面上斯斯文文的戴长思，居然是一个玩世不恭的庸俗之辈；而那个有钱不愁找不到男人的夏诗文，竟然死活都要往他的身上靠。难道他们两人的再次相遇也是命中注定的？难道命运之神唯独要为难她陈乐君，要将她的爱情推到悬崖的边上？她不禁想起几天前在一本书里读到的几句话："这世上最美好的，也是最痛苦的东西就是爱情！爱情就像一株玫瑰；尽管它的花朵色泽美丽且气味芳香，但在它的茎秆上却长满了许许多多的小刺。你在触碰它时一不小心就会被刺痛……"

想到这，她心里开始变得百般的纠结，就像是有一堆越扯越乱的缕状的生麻。她不想让父亲分担她的不快与忧愁。她心里明白，现在她只能一个人去面对这突如其来的变故并且承担起所有可能的后果。

"一会儿父亲问起戴长思，我该怎么跟他说呢？"她边走边自问道。

不经意间，她突然记起老吉姆打算让戴长思帮环珠岛的教会把抗战急需的药品等送往内地，于是灵机一动："就跟父亲说戴长思刚找了一份工作，公司派他到内地去跑差了。"

到了父亲那里，她见父亲正在睡觉，床头柜上放着一碗面条和一碗土豆炒香菇，便坐在一旁耐心地等待着。她边等边想着自己的心事：或许戴长思只是在跟夏诗文逢场作乐，或许确如戴长思所说的，他想在夏诗文身上寻找一点写作的灵感，或许他心里还是装着她陈乐君的……

正当她端坐在椅子上，拧着眉头，紧闭着嘴唇怅怅地想着戴长思的时候，她见父亲颤动了一下眼皮，随后慢慢地睁开了两眼。于是，她赶紧将他扶起，让他斜靠在垫上枕头的床背上。接着，她一边端着碗喂他，一边跟他闲聊，好像方才的闹心事都撇到了九霄云外。在闲聊的过程中，父亲并没有提起戴长思。这使得她的心情平静了许多。

探望了父亲之后，她估计那个夏诗文这会儿也该离开了戴长思，遂即急如风火地"杀回"珍妮医院。

"你这人也太没骨气了，被人家撞成了骨折还死皮赖脸地向人家讨什么'灵感'，还有兴致跟人家聊什么高深的学问。"她边上楼边在心里痛骂戴长思。"要不是看在我父亲生病住院的份上，要不是看在你博览群书、一表人才的份上，我早就跟你断绝来往了……"

上了三楼后，她沿着灯光昏暗的走廊往前走，两眼凝视着刚拖过的还散发着消毒液气味的地板。她恍惚觉得，自己不是行走在走廊里，而是行走在一道越走越窄的、望不到尽头的峡谷里。走廊两边的蒙上了一圈圈光影的墙壁，像是连片的耸立的巉岩，透射出一种叫人害怕的阴森森的气息。

最终，她像一个幽灵似的飘进了 316 病房。

她见戴长思这会儿正安闲舒适地半躺在床上看报纸，脸上洋溢着甜美和悦的微笑——仿佛他一面看着报纸，一面陶醉在方才夏诗文的投怀送抱和绵绵情雨之中——顿觉有一种难以描绘的不快之感揪住了她，顿觉心里边五味杂陈。她轻手轻脚地走到戴长思的床边，然后趁他不备，一把夺过他手里的报纸："你还有兴致看报？真沉得住气！"

"哟，是陈小姐。你可吓了我一大跳。"戴长思先是一惊，而后两眼愣直地看着她："你怎么来了？"

"怎么，你有了那个夏诗文我就不能来了？"陈乐君面无表情地说。

"我不是这个意思。"戴长思将目光投向她身后的门，好像夏诗文就站在门口。

"那你是什么意思？"陈乐君冷冷地问道。

"我是说，你怎么晓得我在这里？"戴长思耷拉下眼皮看着她手里的报纸。

"我自有我的办法。"陈乐君说罢，朝床边的椅子瞥了一眼，然后接着说："我好不容易才找到你这犄角旮旯的地方，你就不想请我坐下？"

"陈小姐请坐。"戴长思急忙抬起眼来微笑着说。待她坐定后，温和而关切地问道："你父亲现在还好吧？"

"托你的福，他现在好多了。"陈乐君说着，将手里的报纸往床上一丢。

此时此刻，她觉得，戴长思脸上的笑容虽然看上去跟以往没有什么两样，但却是那么的冰冷，那么的腻味，那么的可恨。

"那就好。"戴长思说，"你什么时候替我给他捎个好，等我出院了，我自然会去看他的。"

"你先别跟我说这些，先告诉我你和夏诗文到底是什么关系。"憋着一肚子怨气的陈乐君，一边又急又恼地说着，一边两眼直勾勾地看着他。

陈乐君的这番话，就像一阵突如其来的凌厉的狂风刮在戴长思的脸上，使他一时间惴惴不安、不知所措，可他很快恢复了平静。

"我不是跟你说过她是我在船上遇到的？"他镇定自若地回应道，"现在，我被她的车撞成了骨折，这才有你看到的一切。"

"那你为什么见了她就像飞上天的纸鹞，骨头轻得没分量？"陈乐君说，"实话告诉你，刚才你们的谈话我都听见了。我真没想到，你这人在我的面前假装正经，其实就是一花心大萝卜。"

"不管你看到了什么还是听到了什么，那都是随性作趣、聊为应景而已。"戴长思解释说，"说心里话，比起她来你对我更有吸引力。但我现在被她的车撞伤了，也只能老老实实地被圈在她掌控的世界里。她供我吃住和医疗，还天天来看我。我如果不利用这个机会向她索要些我想要的东西，那我就亏大了。"

"那你出事后为什么不想办法托人告诉我一声？"陈乐君说，"人家老吉姆也在为你而焦急呢！"

"我托她找房东时，让她将一张字条带给房东。这张字条实际上是写给你的，是告诉你我眼下的处境，是让你去跟那个老吉姆做个解释。可我没想到，事后她却说她没有把字条交给任何人。"戴长思说。

"这就更说明问题了。"陈乐君说，"依我看，她是想将你占为己有，想把你变成她包养的情夫。而你，为了你的文学梦什么嗟来之食都可以来者不拒，什么样的诱惑都可以屈而从之。"

"你这是什么话？"戴长思做出一脸委屈的样子。"我是莫名其妙地被她搞成这样，又莫名其妙地被夹在你们俩中间受夹板气。搅进这么个乱局，我已经够烦的了，你就别再瞎闹了。"

"我看，你是巴不得被她搞成这样，巴不得被她圈在这里，巴不得她像狗皮膏似的往你的身上贴。"陈乐君说，"要不是看在你现在还要依赖她养伤的份上，我早就一斧子将她给砍了，然后把她投进河里去喂王八。"

"别说气话了，跟人动粗可不像你陈小姐的做派。"戴长思耷拉着脑袋说，"难道你忘了基督教所提倡的忍耐？"

"基督教是说忍耐，但《出埃及记》上也说：要'以眼还眼，以牙还牙'。"陈乐君说。

"可我记得，《马太福音》上说：'有人想要拿你的里衣，连外衣也由他拿去。有人想逼迫你跟着他走一里路，你就同他走两里……'"戴长思说。

"好了，好了，我累了。我不想再跟你争论了。看来，你这个书呆子真的是脑门上刷了糨糊，糊涂到顶了。"陈乐君说着，从椅子上站了起来。"在我离开之前，我只想坦率地问你一句：你到底喜不喜欢我？"

"你这不是在强人所难，胡搅蛮缠吗？"戴长思沉默了片时后，长吁短叹道。"难怪有人说，女人要么不缠上你，缠上了你，你就是使出浑身的解数也摆脱不掉。"

戴长思的话，或许并非发自肺腑而只是一时间的牢骚，但它却好比往陈乐君的心口捅上了一刀。她顿时感到，自己像一只被射伤的兔子，在荆棘丛生的荒野里挣扎着；像一片被风刮落的树叶，在冰天雪地里东飘西荡。她没料到，才几天的工夫，这个曾点燃她爱情火焰的白面书生就跟变色龙似的换了一副面孔。于是，她咬牙切齿地说："那好吧，那你就等着给那个姓夏的收尸吧。她不让我安宁，我也不让她好过。她不让我活得阳光灿烂，我就叫她变成阴间一鬼！"说罢，她迈着迅猛的步伐一阵风似的走出了病房。

陈乐君离开后，病房里突然变得空旷而冷清，而且笼罩着一种异乎寻常的寂静——寂静得哪怕有一张小小的纸片掉落在地上也能够听得见。投在窗玻璃上的，是昏黄而浑浊的光线。这光线，时而有如水浪一般动摇不定，时而像鬼火一样颤颤悠悠。它似乎使得那寂静变得让人感到凄凉和恐慌，感到像是在迷离恍惚的幻境之中。

戴长思忽然觉得，自己的那颗心都快要在这过于平静的气氛中窒息了；忽然觉得，自己仿佛变成了一味放入药罐子里的草药，让时间的文火慢慢地熬着。

屋子的外面，偶尔会响起几声昆虫的低吟。这低吟，听上去悲切切的，像是传说中的土地神发出的幽微的叹息。

九

　　陈乐君走出珍妮医院的时候，外面开始下起蒙蒙的细雨。这悄然飘落的雨，使得华灯满街的夜景变得混混沌沌，好似烟笼雾罩。

　　她在大街上火冲冲地疾走着。凉丝丝的雨，打湿了她的头发和她的衣服，也打湿了路旁刚被华灯游丝般的光影上了一层亮色的商店门廊上的帆布篷。她恍惚觉得，展现在自己眼前的一切，都在这雨雾中变了形，或者变成了重重叠叠的影子；恍惚觉得，在她的头顶上发出细微声响的树叶，酷似受了惊吓的蜚蠊，在水花般耀眼的碎光中慌不择路地逃窜着。看着在积水中晃动的灯光，她忽然有一种怪怪的感觉：仿佛自己在转瞬之间变成了映照在冰河上的一抹脆弱的烛火——这烛火在寒风中曳曳欲灭。

　　没多时，这雨越下越密集，越下越大。由密集的雨点结成的一条条银色的长链，在她的周围狂舞着，抽得树叶哗哗作响，也抽得身单衣薄的她直打寒噤。

　　她在一家挂着"Sherry Pub"招牌的小酒店的门口停下了，想进去喝点酒暖暖身子，同时避一避这遮天盖地的大雨。

　　"小姐，你没有雨伞？"她刚走进店门，一个身穿水兵服的英国青年操着标准的英格兰口音主动跟她搭讪，寡白窄长的脸上荡漾着甜腻腻的笑容。

　　她神情冷漠地看了他一眼，没理睬他，好像他只是一尊用来招揽顾客的蜡像。她知道，那些来环珠岛服役的英国士兵大都没有什么教养，常常在大街小巷调戏中国女孩或者在酒店餐馆滋生事端。

　　"请问小姐我能不能与你同桌？"陈乐君在一张小圆桌旁坐下后，水兵像跟屁虫似的走到了她的跟前，嘻着嘴问。

　　"Why？"陈乐君一边说着英语，一边抬眼疑惑地看着他。

　　"我想请小姐喝一杯。"水兵说着，脸上荡起了肉麻的笑意。"你长得太美了，简直就像蒙娜丽莎。不，应该说简直就像刚从大海里冒出来的维纳斯。我如果能和你一块喝酒聊天，是我莫大的荣幸。"

"那好吧。"陈乐君犹豫了一下后，毫无表情地说。

她想，这会儿自己心里正闹得慌，不妨借跟这个"洋鬼子"喝酒聊天的机会排遣一下内心的苦闷，暂时忘掉情感上的纠葛。

"但我必须声明一下：我并不是因为你恭维我才答应你的。"

"OK."水兵显得很兴奋。他坐到陈乐君的身边后，问服务生要了两瓶啤酒、两只酒杯和几道西菜，而后热情地给陈乐君倒酒。

"还是给你自己多倒点，我不胜酒力。"陈乐君一面说着，一面凝注着他那只正在倒酒的毛茸茸的大手。她觉得，这只手就像大猩猩的前爪，还没有完完全全地进化。

"来吧，小姐，为我们的相遇而干杯，为女王陛下的健康而干杯。"水兵给自己的酒杯斟满酒后，举起酒杯开怀地笑道。

"为这场大雨而干杯。"陈乐君也举起了酒杯。

她两眼无神地望着水兵的那张鼻高眼眍的、有棱有角的面孔。她觉得，这张皮肤粗糙的、微带粉红色的面孔，因两颊的过分下陷而跟他膀阔腰粗、彪悍壮实的身材很不相配。

"小姐的幽默深深地打动了我。我猜想，小姐的意思是：如果没有这场大雨，我们也就无缘坐在这里举杯畅饮了。来，为这场大雨和小姐的幽默而干杯。"水兵说罢，一仰头喝干了酒杯里的酒。

随后，陈乐君也喝干了酒杯里的酒。她喝酒的时候，喉咙里不由自主地发出轻微的有节奏的声响；灌进口中的酒水，不时地像溢出锅边的稀粥顺着嘴角往外流，扑嗒扑嗒地滴落到她的身上。她希望，这酒能抚慰她的情伤，冲走窝在她心头的悲愁，洗净她身上的晦气。

此时此刻，外面的雨下得更凶更猛了，好似有无数道悬空的瀑布聚集在一起冲落下来，仿佛整块盛着满满雨水的天幕突然间崩塌了下来。这狂泻的雨，砸得小酒店的屋顶噼啪作响，使得店里的任何响动都变成了几乎听不见的悉悉索索声。

"小姐好像有什么心事？"水兵见陈乐君放下酒杯后，两眼呆怔怔地看着酒杯，便语气温和地问道，边问边用贪婪的目光在她身上扫了一圈。

"没什么心事。"陈乐君抬起愁眉泪眼，冷冷地回答道。

"没心事就好。来，快吃点菜。不瞒你说，我吃遍了环珠岛所有的西餐馆，就数这家店的牛排做得最好。不但肉嫩味香，而且吃起来会让人觉得——"水兵边说边瞄了一眼陈乐君轮廓清晰的、饱满隆起的前胸。

"觉得什么？"陈乐君微微弓起两簇拧紧的眉头问。

"觉得，觉得就像是在享受着 love feast（爱的盛宴）。"水兵挤眉弄眼地说，仿佛是在故意向陈乐君以目传情，又仿佛是在用含蓄的方式掩饰着什么。

"难道你们英国人的想象力都跟你一样贫乏？"陈乐君心里明白，他是在借题发挥地逗弄着她，但又不想点穿他，于是也借题发挥地讥笑他。

她说罢，故作镇静地埋头吃起牛排来，同时尽量地在心里边筑起一道抵挡色眼的屏障。可这牛排做得再嫩、再香、再好吃，在她的嘴里几乎没一点"鲜肥滋味之享"的感觉。这不单单是因为水兵骚动不宁的、火一般烫人的眼睛使她感到有点不自在，使她感到摆在她面前的美酒佳肴只是引诱她陷入毂中的鱼饵，更是因为戴长思的影子就像一团黑黝黝的乌云在她的脑海里涌来涌去，飘飘荡荡。

最后，这乌云不流不散地锁住了她，令她哀怨、麻木与茫然。她知道，自己离开戴长思前撂下的那几句狠话是气话，而且这些话与其说是针对夏诗文，不如说是针对戴长思，但气话的分量再重，也是无补于事的，也是无法叫戴长思"浪子回头"的。看来，这一切都是命中注定的，是一场荒唐可笑的游戏……

正当她沉浸在痛苦的、漫无边际的思虑之中时，她忽然觉得，有一只粗大结实的手摸到了她的臀部，紧接着又从臀部摸到了大腿。当这只手正要顺着大腿的内侧滑到她下部时，她使劲地推开了它，用轻蔑的眼神看着水兵："难道你们英国的男人都像你一样，不会尊重女性？"

"尊重女性？"水兵不以为意地说，"那都是维多利亚时代的风尚，现在已不时兴了。我记得，奥地利有个叫茨威格的作家，他曾经说过，维多利亚时代是禁欲的时代，以致一个女子连自己的脖子和腿脚都不敢裸露出来。但受到压抑的东西总要为自己寻找迂回曲折的出路。所以，说到底，迂腐地掩盖和隐藏性爱，不准许自己同异性无拘无束地相处的那一代人，事实上要远比我们今天享有高度情恋自由的一代人好色得多。原因很简单：只有被剥夺了的东西才会使人产生强烈的欲望，只有遭到禁止或者封杀的事物才会使人如痴如狂地想得到它。耳闻目睹得愈是少，情欲也就愈是旺盛。如果小姐不喜欢我这样，不喜欢茨威格的那一套说教，那就多喝几杯酒。要知道，英国有句名谚，叫做'酒香客自来'。"

"但英国还有一句谚语，叫做'酒醉智昏'。我看，你就是一个很好的例子。"陈乐君说。

"听小姐的意思，好像我们英国人很忌讳酒醉。"水兵说，"其实，我们英国人不在乎酒醉。我记得，《创世纪》里有这么一句话：'挪亚作起农夫来，栽了一个葡萄园。他喝了园中的酒便醉了，在帐棚里赤着身子。'"

"但在闪米特人的传奇故事里也可以找到'酒醉智昏'的事例：罗得的两个女儿叫父亲喝酒，然后与他同寝，最后两人都怀了孕。"陈乐君接上水兵的话说。

"看来，小姐是个很有才学的人。"水兵边说边提起酒瓶给陈乐君和自己的酒杯添酒。"不过，我是诚心请小姐喝酒的，不是来和小姐争论的。如果我做错了什么或者说错了什么，还要请小姐原谅。"

他斟完酒后，见陈乐君仍旧是一副郁郁不欢的样子，便接着说："如果小姐不肯原谅我，那我也就只好自罚了。"说罢，他索性拿起酒瓶咕噜咕噜地猛喝起来。

他喝了一瓶又一瓶，喝光了就再问服务生要。

当他仰起脖子牛吞马饮的时候，陈乐君忽然有一种奇怪的感觉，仿佛坐在她身边的一会儿是水兵，一会儿是戴长思，一会儿是刘石昌。这三个男人的身影，就像戏曲中时不时变换脸谱的丑角，轮流交替地在她的面前晃动着。是啊，她寻思着，这天底下的男人都是一路货色，都是花肠子绕肚的正人君子，他们需要异性来满足自己一时的冲动——就好比采蜜的蜜蜂，闻到了芬芳就直往花丛堆里扎……

"来，小姐，你也喝一点。"水兵放下一只空瓶后，一边打着嗝儿一边说。

这时候，他已经喝得满脸通红，罩上了血丝的蓝盈盈的眼睛已变得浑浊而迷离了。

"好吧。"满腹愁绪的陈乐君，咧开紧闭的嘴唇苦笑道。"今天，就看在你陪我消磨时间的份上，我也喝它个痛快淋漓，喝它个六亲不认，喝它个不知归途！"

言罢，她学着水兵的样子，拿起酒瓶狂喝起来；一边喝一边心不在焉地听水兵讲他的风流故事——他在曼彻斯特做瓦工时，曾跟两个比他大十几岁的富婆媚娘鬼混，她们有许多叫人匪夷所思的怪癖，几乎要掏空了他的身躯；不过，他从她们那里得到了不少钱，他用这些钱给自己的父母买了养老保险；在修缮一所女修道院时，他又勾搭上一个十五岁的修女，并且和她在一座古堡里幽会情欢……

直到雨住云散，店也差不多快打烊的时候，陈乐君才和这个风流倜傥的水兵分了手。

在还积着雨水的大街上，她晕晕乎乎地、摇摇晃晃地行走着，时不时停下脚步将胃里的酒水呕吐出来。她一会儿觉得，眼前的一切都变成了混杂而凝固的一团；一会儿觉得，它们在不停不住地扭动着，旋转着，飞舞着。几张想忘却但又无法忘却的面孔，就像摆弄于奇术师手指间的花牌，不时地蹦到她的眼前，使她越看越觉得两眼昏花，越看越觉得心地茫然。

回到住所后，她的精神已濒临崩溃。

她跟跟跄跄地朝着楼上摸去。这时候，她恍惚感到，自己的身体就像是一块掉进河里的笨重的木头，时而沉入水中，时而在水面上漂浮；恍惚感到，这楼梯的两边就像是两条朝着远方延伸的缥缥缈缈的铁轨，承载着一列看不见的幽灵似的火车。由死一般的寂静成倍放大了的脚步声，震动着像破絮一样吊挂在她四周的湿润的空气，震动着她脆如苇膜的耳鼓，也震动着她那颗悬然无依的心。她觉得，这是死神在呼唤着她，在把她带向一个未知的黑蒙蒙的世界。楼上的电灯，好似从乌云中探出头来的月亮，弥散出一圈圈如烟的光晕；这光晕烘出她湿漉漉的头发、酡红的脸颊和因潮湿而紧贴在她身上的衣服。

她刚走到二楼，只听得一阵轻微细小的声音，随后看见一个人影在走廊的一侧影影绰绰地晃动着。

"哇——"她惊恐地尖叫了一声。

"别害怕，是我。"刘石昌用低沉沙哑的嗓音对她说。

"是你——"她圆睁着迷离的醉眼呆视着他，好像站在她面前的是一个陌生人。

"陈小姐今天是怎么啦？"刘石昌见她眼睛里布满了血丝，身子飘然欲倒的样子，好奇地问。

"你们，你们男人都不是东西，呵呵，女人也不是东西。反正天底下的人都不是东西，都是一头魔兽，一头想要吃掉别人的魔兽。哦，还有那只偷腥贪杯的蓝眼猫，它也不是什么东西……"她酷似化神入仙的女巫，摇头晃脑地朝前走，一直走到自己的房门前。

"要不要我陪陪你？"刘石昌觉得，她说话古里古怪的，像是喝醉了，便凑到她的身后问道。

"你不就是那个喜欢画女人的画家吗？"陈乐君说，"难不成你又在打我的主意？"

"我是说，如果你陈小姐遇到了什么不如意的事，不妨跟我说道说道，也许我能帮你解开心中的疙瘩。"刘石昌忽闪着溜溜湫湫的眼睛说。说罢，他将两条又粗又硬的、汗渍渍的手臂抄到陈乐君软绵绵的胸前。

"你离我远一点，我现在不想跟任何人说话。不管他是新加坡人还是上海人，不管他是从圣约翰大教堂来的牧师还是从曼彻斯特来的瓦工。"陈乐君推开他后，不紧不慢地打开房门，然后心神惝恍地走进黑漆寥光的屋子。

"你听我说，我没别的意思，你可千万别想歪了——"刘石昌跟进半步后，还要说什么，不想门砰的一声关上了。

进了屋子后，陈乐君在黑灯瞎火中一边唱着"人生难得几回醉"，一边脱去身上的衣服。然后，她歪斜着身子倒在床上，把双手枕在脑瓜底下。她半合着眼对着天花板发呆，嘴里时不时唧唧咕咕地说着什么，好像晚秋的蟋蟀在为美好时季的逝去而低吟悲鸣。过了一会儿，她忽然听到有人在走廊里细声细语地说着话，于是赶紧从床上爬起，可正想挨近房门去听个明白，声音又没了。

"什么时候我才能找回踏实安宁的心情？这心情就像儿时的无忧无虑……虽然昨日对于今日来说只是一个幻影，今日对于明日来说也是一个幻影，但世界上没有什么东西能够与儿时的无忧无虑相媲美。"她平躺在床上反反复复地低语着，脑海里浮现出那久别了的梦幻一般的童年：她偎贴在父亲的身旁撒娇，趴在他的耳朵上说笑，撞进他的怀里哭闹，抱着梳有两条发辫的布娃娃行走在大街小巷，高扬着小手绢在丛丛簇簇的繁花中追逐纷飞的蝴蝶……这一切，回想起来甘如饴蜜，叫她为易逝的韶光而感慨。

低语了一阵后，她忽觉喉咙里像针刺火燎一般的疼痛，上下眼皮像被浓烟辣着似的直打架。于是乎，她不再作那无尽无休的回忆，任凭倦意把她送进飘飘忽忽的梦乡。

> 谁不知道人生原是一场梦，
> 一场荒诞离奇的梦？
> 醒着的梦，睡去的梦，纵情的梦；
> 清晰的梦，模糊的梦，游冥的梦；
> 自欺的梦，变态的梦，超逸的梦……
> 这些虚无缥缈、稍纵即逝的诸梦，
> 与其说是把玩人生的妖魔，
> 不如说是神灵给予生命的最高酬劳。
> 没有了它们人生就会黯然无光，
> 生命就会像枯藤一般死去。
> 所以让斟酒女神希比把我们灌醉吧，
> 让她来拆除生与死之间的屏障吧。
> 她会让那个叫"时间"的杀手
> 溶化于空气之中。

进入梦乡后不久，她听到一个高悬而空荡的声音。这声音一会儿好似破堤的洪水，从她眼前的一道闪电般的豁亮中漫泄出来；一会儿有如落入水井里的石头，激起一圈圈诡谲的波纹。接着，她看见一只美丽的小鸟抖擞着翅膀朝她轻悠悠地飞过来，口中呢喃道："含愁更奏绿绮琴，调高弦绝无知音……"她想抓住这只小鸟，但它突然间消失在薄雾般的流烟之中。没多时，从远方袭来一阵疾风，将笼在她周围的流烟驱散了。她无意中发现：有一个长着翅膀的女神端坐在一朵白云的上面；一行行天书般的文字，在她的鹅毛笔的笔端萦绕着、飘动着……

不知什么时候，女神悄无声息地降落到刘石昌的面前。这会儿，她上身穿着一件白得有些晃眼的短衫，腰间系着一条垂着褶裥的长裙。

"你这是怎么啦？"刘石昌问。

"我害怕极了。"女神回答道。

"害怕什么？"刘石昌又问。

"害怕有人要夺走我的爱。"女神泣涕涟涟地说。

"谁要夺走你的爱？"刘石昌接着又问。

"这我不说你也知道。"女神回答道。

"那你就干脆点了她的天灯，看她还有什么经可念。"刘石昌的脸上，闪现出一丝诡秘的笑容。

"点了她的天灯？"女神的眼里流露出疑惑。"这样的话，我的所爱不就——"

"管不了那么多了，想治疮就不能怕挖肉。"刘石昌说罢，好像闻到了芳香四溢的仙果，朝着女神扑过去……

第二天黎明时分，陈乐君醒来后发现，自己像是被人扒了衣服，袒露着身子躺在床上。于是，她赶紧慌手慌脚地从床上爬起来。穿好衣服后，她神情紧张地走出房间，去敲刘石昌的房门。

"哦，是陈小姐。"梦迷困眼的刘石昌，打开房门后，揉了揉眼睛说。"你找我有什么事？"

"我问你，昨晚你拿我怎么了？"陈乐君疾言厉色地问道。

"我没拿你怎么了。"刘石昌一头雾水。

"你是不是用酒把我灌醉了？"陈乐君接着又问。

"没有啊。昨天我连酒瓶子都没碰过，倒是在你陈小姐的身上闻到了酒气。"刘石昌回答说，"当时，我还想劝你一句：你陈小姐心里再怎么犯难，也不能不自爱呀。"

"那你有没有见到女神？"陈乐君又问。

"什么女神？"刘石昌愈加迷惑了。

"就是站在你面前哭泣的女神。"陈乐君说。

"我没看见。"刘石昌说罢，挠了挠脖子。

"没看见？那你一定是失忆了。"陈乐君凝视着他的睡衣说。

"或许是失忆吧，你能不能帮我回忆回忆？"刘石昌见她脸色惨白，呆滞的眼睛里弥漫着绝望的色调，便同情而无奈地问道。

"你对女神说'点了她的天灯'。"陈乐君想了想后说。

"'点了她的天灯'？点了谁的天灯？"刘石昌越听越糊涂了。

"这要问你呢。"陈乐君有点不耐烦了。

"可我还是想不起来。"刘石昌神情迷茫地看着她。"要不这样，今天我什么事情都不做，只蹲在屋里想，好好想它一整天。兴许在你回来之前我就能想起来了。"

"那好吧。"陈乐君说罢，匆匆地走开了。

"真是莫名其妙！"刘石昌关上房门后，将背贴在门板上一动不动地站着，两眼呆呆地望着窗外灰塌塌的阴霾。

可事情说来也奇怪。当悄悄散去的夜色又悄悄地降落时，苦苦思索了一整天的刘石昌闪念之间有所悟觉。

"嗨嗨，这真是'未能行到水穷处，难解坐看云起时'。"他开亮电灯之后，得意地自言自语地说。

说罢，他一边哼着小曲，一边给自己倒了一杯红葡萄酒，而后有意将房门开得笔直。紧接着，他拿着酒杯端坐在沙发上，焦急地等待着陈乐君的出现，脑瓜里隐隐现现地浮出一个离奇的想法。

不多时，楼梯那边终于响起了他所期盼的脚步声。这脚步声，使得徘徊在他脑瓜里的那个离奇的想法变得越来越清晰，越来越成熟，越来越富有感召力。

"陈小姐，你可回来了。"当陈乐君像一棵"无风亦呈袅娜之姿"的弱柳，十分动人地站立在他的门口时，他兴奋得眉飞色舞、满脸生花。

"你想了一天了，想必也该想起些什么了吧？"容颜变得有点枯槁的陈乐君，见他拿着酒杯坐在沙发上，不禁在心里边暗暗地寻思着：他一准已记起昨晚发生的事情，要不然也不会这般眉开眼笑地拿着酒杯看着我。

"你别说，我还真想起你讲述的那些事。"刘石昌轻轻地嗯了一声，然后悠然不迫地说道。

"是吗？"刘石昌的这句听起来有点像是在开玩笑的话，似乎一下子激活了陈乐君死灰一般的心，仿佛将她从冰冷的河水中捞了上来。她不自觉地走进他的房间："那你赶快跟我说说看。"

刘石昌气定神闲地呷了一口酒，而后绘声绘色地说道："你说的那个女神，其实就是你自己。当时，你哭哭啼啼地跟我讲，夏诗文要夺走你的那位'白马王子'，把你逼上了绝路。我说：'点了她的天灯就是了。'"

"就这些？"陈乐君拧紧眉头问。

"哦，还有。"刘石昌说，"你要我帮你一把，还说事成之后你就嫁给我。我说，我可以帮你，但不希望你说的只是空口白舌的许诺。于是你就说：'言之所以为言者，信也。'"

"之后呢？"陈乐君又问道。

"之后，我就劝你别再生气了，万一气出个好歹不值。而你却说：'我反正是小姐的身子丫鬟的命，气死也就罢了。'说完，你就不停地用衣服的一角揩眼泪。我见你衣服豁出了一个口子，于是就——"刘石昌说到这里，嗓子眼像是被什么东西给堵住了，没再往下说。

"就怎么啦？"陈乐君凝神屏气地望着他。

"就抱住你'鱼跃千江水，龙腾万里云'。"刘石昌说着，脸上浮现出一丝邪笑。

"是吗？这听起来怎么像是在编故事？"陈乐君听后，失神地望着窗外朦朦胧胧的夜色，好像自己已经被这夜色牢牢地吸住，动弹不得。

"我也觉得，这一切很离奇，就像一场梦。但事情确实是这样。"刘石昌说罢，一口喝干了酒杯里的酒，然后起身将酒杯搁在茶几上。

或许是因为喝得太猛，或许是因为在这静悄悄的夜晚很容易被一时的冲动所俘获，这会儿刘石昌的脑瓜里闪现出一个完全不一样的陈乐君，或者更确切地说，是一幅幅浪漫香艳的画面——她软绵绵的娇躯，就像是绽开的花儿一样散发着淡淡的香气；她那反射着激滟灯光的肌肤，仿佛是一味迷药，能随时将他刘石昌迷倒。于是乎，他趁陈乐君发呆之际，将房门轻轻地掩上，而后壮起胆子一把将她抱到沙发上。

"别，你先别这样。"半躺在沙发上的陈乐君，嗔睨着他说。"你答应我的事还没做呢。"

"什么事？"坐在她脚边的刘石昌，极力地用平缓的语调来掩饰内心的焦急。

"点了她的天灯啊。"陈乐君说。

"我不是做了？"刘石昌诡笑道。

"什么时候做的？"陈乐君问。

"就在昨天晚上。"刘石昌说，"昨晚，我离开你的房间后，就在大街上偷了一辆货车，然后把这辆货车开到德莱顿大街。我用车撞开了夏公馆的大门，没一会儿工夫，夏之鉴和他的老婆，还有他的千金，还有他的下人全都闻声跑了出来。我先是犹豫了一下，接着就毫不留情地一下子把他们都碾死了。"

"你就给我瞎编吧！"陈乐君听后，使劲地踹了他一脚。"之前，我怎么没看出来你这根搅棍还有吃柳条吐箩筐的本事？划出的道道还真让人一时猜不透是何方神圣所为。"

"为了你，我都把自己的命豁出去了，你怎么还骂我，还踢我？"刘石昌无奈地做出受了委屈的样子。"不管我吃什么，吐什么，不管我划出什么样的道道来，那还不是为了你陈小姐？"

"所以，我才赏赐给你这一脚。你这么个聪明绝顶的人，难不成连'骂是疼，打是爱'的道理都不懂？"陈乐君见他那副既可恨又可笑的样子，忍不住噗嗤一笑道，然后半眯起闪着盈盈秋波的眼睛看着他。

望着陈乐君像磁铁一般勾魂的眼神，刘石昌心里顿时燃起了一片炽热的火焰。他的那张干巴巴的面孔，仿佛在倏忽之间蒙上了一层润肤霜，闪映着梦幻一般的柔辉。

"真是'斜阳独照寒秋水，忧来自有共语人'。我陈乐君这辈子有了你这么个懂我、爱我、心疼我，而且还会哄我开心的男人，也就'莫愁前路无知己'了。"陈乐君轻声轻气地说。说罢，她轻阖上两眼舒舒坦坦地横卧在沙发上，嘴角边流露出一丝耐人寻味的凄淡而又满足的笑影。

见陈乐君这会儿乖顺得像只小绵羊，刘石昌再也架不住窝在心里边的冲动。他怎么也没想到，陈乐君这块冰冷的石头终于被他给暖热乎了。好像一切的一切都是上天给安排好的。

随着最后一道心理障碍的彻底消失，他的胆量又撑大了一圈。他俯下身子去吻陈乐君的脸颊和嘴唇，还时不时地将有如蛇信一般灵活的舌尖探伸到她的嘴唇里，并且吮吸着那甘美丝滑的津液。吻着，吻着，他有点把持不住自己了。他觉得，隐藏在他内心幽深处的原始力量不但被激活了，而且变成了一股不可阻挡的强大的推动力。于是乎，他把右手伸到陈乐君的衣服底下，跟揉面团似的来来回回地揉着。令人发痒的粗重而炙热的鼻息，在陈乐君的耳垂旁绕过来、滚过去。

在他的逗弄下，在他又像催眠又像催情的闷哼声中，陈乐君起初觉得，自己的身子骨有如通了电，一阵酥麻之后又是一阵酥麻；而后觉得，自己的四肢渐渐地变得软绵绵的不听使唤，好像它们都在故意刁难她，或者是想配合刘石昌捉弄她一番；最后，她忽然感到有一股热潮在她的体内奔涌起来——这热潮，奇迹般地冲走了窝在她心里的焦虑和忧伤，使她心醉神迷到忘我的境界。

不多一会儿，她凭借着由这股热潮激发的力量，缓缓地伸出柔软的双臂搂住了刘石昌，然后如饥得食、如旱得雨地将抽颤不已的前胸贴住他的前胸，嘴里柔声柔气地发出呓语般的、销魂的呻唤："你怎么老是一勺一筷的？不痒死人家？"

十

两个月后的一个星期二，是戴长思期盼已久的出院的日子。这天下午，天像突然换了张面孔似的，由明亮转为昏灰。不久，垂挂在天上的一片片乌云变得越来越浓，越来越黑，越来越沉。借着这个偌大而神秘的背景，树上的知了鸣叫得更频繁了；一处鸣叫刚息，另一处鸣叫又起。长着复眼的头大颚壮的蜻蜓，平展着带网脉的窄长的翅膀在温湿的空气中低飞着，仿佛在为一场大雨的到来操办着一个隆重的仪式。

戴长思怀着难以形容的心情，孤零零地走出了珍妮医院。他来到一个十字路口，停下脚步抬头仰望悬在头顶上的黑云，倾听藏在密叶丛中的知了发出的一阵又一阵的鸣叫，顿时一种无法描述的凄凉哀伤的感觉袭上心来。是啊，在这两个月里，陈乐君再也没来医院看过他。夏诗文也很少来，即便是来了也说不上几句话，好像只是在履行一项契约。这使得他不禁萌生了一种可怕的忧悒。而这种忧悒，此时此刻又被头上的黑云和周围知了的叫声放大了数倍。至于那篇《情魔》，虽然在夏诗文的鼎力相助下被一家小报以连载的形式发表，但由此带来的喜悦很快被充溢在他心头的惆怅给冲淡了。他时常想起美国女诗人杜丽特尔的《果园》，觉得她描写的果园似乎象征着年轻人苦苦等待着的爱情："果园里的树木虽然密叶连连、繁英满枝，但却不让你看到美丽的硕果——因为成熟与枯萎之间有如闪电一般，速度之快就像是对毫无防备的你进行一次抢劫。"

回到住所后，他整理了一下房间里的东西，然后便去找房东。

"你总算来了，我正等着你交房租呢。你如果再不回来，我就把你的那间出租给别人了。"他万万没想到，开门的居然是伊仲史。

"房东都没催我，你着什么急？"他感到有点莫名其妙。

"我就是房东。"伊仲史说罢，怡然自得地吸了一口"三炮台"，然后掸剔着烟头上的烟灰。

"你不是夜总会的老板吗？怎么一抹脸就成了这里的房东？"他用怀疑的目光看着伊仲史。

"因为原来的房东已经死了，我盘下了整栋楼。"伊仲史解释道。

"房东好好的，怎么会死了呢？"他嗓音微颤地问道。

"她在玩麻将的时候，突发脑溢血，还没送到医院就断气了。"伊仲史回答说。

"那芸儿呢？"他又问，边问边朝伊仲史的身后看了看。

"芸儿为了偿还房东欠下的巨额赌债，进了迎香楼。"伊仲史回答说。

"迎香楼不是妓院吗？你怎么忍心让她往火坑里跳？"他觉得，伊仲史所说的一切太离谱了，简直就像是《天方夜谭》里的传奇故事。

"我有什么办法？这是原来的房东画了押，将她抵债给迎香楼的老鸨的。"伊仲史说。

"照这么说，房东是和那个老鸨玩麻将？"他两眼怔怔地望着伊仲史的那副若无其事、满不在乎的神情。

"这我怎么知道？或许是吧。"伊仲史说罢，沉坠下眼皮看着走廊里的地板。

"那你就不打算把芸儿赎回来？她毕竟在你的夜总会做过，而且还是个黄花闺女呢。"他心急如焚地说。

"可她现在已经不是黄花闺女了。再说，她在迎香楼不是挺好的？我为何要把她赎回来？"伊仲史挑起适才沉坠下来的眼皮，冷冷地看着戴长思。"要知道，我的表姐也在迎香楼做，她会念在我跟芸儿有过一段私情的份上罩着她的。"

"你的表姐？"他一下子记不起谁是谁了。

"是啊，就是那天晚上我让你陪着的那个女人。"伊仲史说。

"哦，我想起来了。她是汪记汤包店汪虞肖的老婆。她怎么会去做这种事？"他感到不可思议。

"或许她离婚后生活上没了着落，精神上也没了寄托。"伊仲史吸了一口"三炮台"后说。

"那你的夜总会就不能给她些活儿干干？"他问道。

"给她了，但她做了没几天就不干了。"伊仲史解释说。

"这是为什么？"他又问。

"这我哪知道？"伊仲史说，"天底下自甘堕落的女人多着呢。你管天管地，管得了那么多？行了，你就别再刨我了。你再这样刨根问底地缠着我不放，我就——"

"那好吧，那我就回到原先的话题上。我欠你的房租会用稿费来偿还的，顶多两三天的时间。"他说罢，转身去敲陈乐君的房门。

"你别敲了，这间屋里的房客早就搬走了。"伊仲史说。

"这是什么时候的事？"他呆若木鸡地站立了片刻后，脸色苍白地问。

"我也记不清是什么时候，大概一个月前吧。"伊仲史说，"那个姓陈的女房客，看上去秉性平和、温雅端静，像是很有教养，可让我没想到的是，她因交不起房租而跟那个举止粗鲁、满口浪言的画家住到了一块。后来，两人一起离开了这里。"

"他们有没有跟你说去哪里？"他哆嗦着嘴唇问。

"没有。我只是在一个偶然的场合听到那女的对画家说:'现在,家父已经过世了,后事也快办完了。我看,我们不如去新加坡闯荡闯荡,那里毕竟是你的故乡。'"伊仲史说。

"那画家怎么说?"戴长思问。

"画家说:'你说得对。他乡虽好,终非久留之地。我也早就想横下一条心回新加坡了。'"伊仲史说。

"看来,那位陈小姐为了给她的父亲厚葬花光了钱。"戴长思说。

这会儿,他的那张苍白的面孔变得更加苍白了,两条腿变得瘫软无力——仿佛它们再也无法承受住他身体的重量。他的脑瓜里,像是升腾起了一团污浊的气体,这气体似乎要将他活活地窒息致死。

为了让自己的心情平静下来,为了释放内心难熬的苦闷,他锁上房门后离开了住所。

他情绪低落地朝着不知什么时候被雨水浇淋过的大街走去,一边走一边默默地回味着在《红香炉》里看到的一句话:"男女之间的恋情,只不过是一场游戏,只不过是在用一种被希腊人称作'菲尔特龙'的迷药来暂时地麻痹自己的灵魂,只不过是迦摩神用来捉弄世人的圈套……"

没多时,一轮光影斑驳的月亮从迷蒙的云纱里露出半张脸来,并且用冷飕飕的目光窥视着他的一举一动。他恍惚觉得,在这月光下晃动的人影,就如同《聊斋志异》里的鬼魅一般,重重叠叠地挤压在他的心头;恍惚觉得,那一辆又一辆从他身边驶过的车子,就像是一头头疯牛相互追逐着。

当他不知不觉地走到一个电话亭前时,他发觉:这电话亭好似一个阔别已久的情人,在用期待的眼神凝视着他;早已淡忘的夏诗文的电话号码,须臾间神奇地闪现在他的脑海里。于是,他带着一丝残存的希望步入电话亭内,投币后哆嗦着手指拨起夏诗文的电话。

"喂,是哪位?"电话拨通后,有人问道。

"是我,戴长思。"他听出是夏诗文的声音。

"哦,是你啊。你现在还好吧?"夏诗文说。

"我今天出院了。我打电话给你是想感谢你提前帮我结了账。"他说。

"戴先生不必客气。是我的车把你给撞伤了,我怎么能丢下你不管呢?"夏诗文不冷不热地说,"现在,我该做的都做了,你就跟你的那位红颜知己过安稳的日子吧，把耽误了的花晨月夕再弥补过来。"

"我的红颜知己？"他一时不知道该跟夏诗文怎么说。

"是啊，就是你的那个陈乐君哪。"夏诗文说。

"别提她了，她现在已被人拐跑了。"他长吁短叹道。

"怎么会呢？"夏诗文说，"她可是铁了心要嫁给你的。为了嫁给你，她都快要跟我拼命了。"

"我也没料到会这样。"他顿感心头一片混乱和茫然。"要怪也只能怪我自己的命不好。看来，我生下来就是浪里行舟的苦命。"

"那你现在有什么打算？"夏诗文问。

"我现在已是个败落之人，你说我还能有什么打算？"他语气僵硬地反问道。

"别在我面前净说丧气话。依我看，你应该去警局报案，这样或许还能找到你的那个陈乐君。"夏诗文带着半戏谑的口吻说。

"看你说的，人家哪里疼你就朝哪里戳。"他不高兴地嘟哝道。

"难道我说错了吗？"夏诗文笑道，"难道你不想找到你的那个陈乐君？"

"你就别再拿我开玩笑了。"他突然抬高嗓音说，"人家也许早就远走高飞了。再说，我跟她的关系其实还没到你想象的那种地步。要知道，感情这种东西是很微妙、很复杂的，是很难把握或者用言语来表达清楚的。你目睹的也好，听到的也罢，都可能是一种幻觉，一种'白云映水摇空城'般的幻觉。"

"既然这样，我看，你还不如再找一位姑娘。"夏诗文脆快了当地说，"常言道：'天涯何处无芳草？'只要你戴先生——"

"先不说这事。"他打断了夏诗文的话，"我现在没有心情谈论这种事情，我倒是想听听你夏小姐有什么新的打算。"

"我呀，不瞒你说，我的父亲已经把我许嫁给英国的一个富商，我明天就要跟这位富商去伦敦了。"夏诗文说，"或许你会感到很意外，但我也是身不由己。婚姻大事，'父母之命，媒妁之言'嘛！"

"那好吧，"他红着脸无奈地说，"那我就祝你们百年同船渡，千年共枕眠，琴瑟相调，心心相印。"

"戴先生可真会说话。"夏诗文说，"难怪人家陈乐君会要死要活地喜欢你，会为你'梦啼妆泪红阑干'，赴汤蹈火也心甘。我看哪，要是还有哪个姑娘喜欢上你，她可是'凤凰头上插牡丹'，命中紫气绕周天了。……常言说得好：'人人都有难唱的曲儿。'我夏诗文本想嫁给一个 knight of the pen（文人雅士），可这只是我的一个梦想。现实生活中有许多 rebellious forces（反叛的势力）在阻挠着我的追梦，在给我划定另外一种生存的格局。你如果处在我的位置上，就不难理解我所说的一切……"

这会儿，戴长思的精神几乎要彻底地崩溃了。他不知道夏诗文还在说些什么，只觉得在他耳边有无数只蚊蝇在嗡嗡地叫，有无数根细针在刺痛他。这叫声，这刺痛，突然间窜到了他的后脑勺，使他眼前顿然一黑，什么也看不见了。

待他恢复视觉后，他觉得，自己像是被人锁在一间大牢里。电话亭外面的一切——五颜六色的霓虹灯、鳞次栉比的高楼、川流不息的汽车和来来往往的路人，好像都在向他这位天涯孤客投来轻蔑和嘲弄的目光。而当他走出电话亭时，这种奇怪的感觉非但没有消失，反而愈加强化了。

他拖着疲惫的身子行走着，仿佛不是行走在大街上，而是行走在浩茫无边的荒野里。祖露在他眼前的，仿佛是干裂的泥土、光秃秃的树枝和枯黄的杂草。随着一种可怕的、难以名状的凄惶之感涨潮似的漫过他的胸口，他的面孔如同涂上了一层粗灰泥，眼睛里弥漫着沉郁悲楚的暗光。

是啊，急景流月似一瞬，往日悲欢萦方寸，世事茫茫难预料，如烟情缘化粉尘，香径长洲尽棘丛，奢云艳雨只悲风。……这世上，其实只有被情魔玩弄的人而没有真心投入情爱的人，更不必说意投道合的生死之交和矢死不二的啮臂之盟了。

一切的一切，似乎印证了《情魔》里的那首诗：

> 情欲这东西是个可怖的妖魔。
> 就算你把它伺候得遂心如意，
> 它依旧会叫你屈跪在它的足下，
> 无奈且默默地沐浴着烈火的煎熬。
> 啊，世人都是情魔的孽障！

他们尽情追逐着那可怜的欢愉，

尽管它从一开始就是个骗子，

绝不会让你从它的怀抱中得到解脱。

短暂的欢愉终于像一滴墨水掉入海中，

留下的是一道道无力滋润大漠的泪渠；

而永无餍足的情魔就如同无底的深渊，

继续吞噬着一个个飞蛾赴烛般的生命。

星期四上午，消沉了两天的他去那所教会学校找老吉姆，想跟他谈谈自己的苦衷。老吉姆见到他后，跟头一回一样热情。他听了戴长思的述说后，不紧不慢地说道："现在，陈小姐去了新加坡，我这里正好需要人。你如果方便的话，下星期一就可以过来上班。至于联系内地教会一事，我们已经另有人选，而且事情已办得差不多了。待以后有机会再与你合作。"戴长思听后，感激地说："下星期一我一定来。以后你们想派我去内地做慈善，我也一定去。""OK."老吉姆高兴地说。

离开老吉姆后，戴长思的心情渐渐地好起来。他在街上闲逛着，直到中午时分才回到住所。

"这里有没有叫戴长思的人？"他刚要上楼，只听得有人在门外大声地喊道。

"怎么啦，我就是。"他打开大门后，见是一个瘦弱矮小的邮差，心想：这邮差一准是送稿费来了。

"这是你的汇款单。"邮差说着，将一张汇款单递给他。

他签收后，对着汇款单仔细一看，果然是那家小报寄来的稿费。

"还有。"邮差见他转身欲走，连忙叫住了他。

"还有什么？"他回过身来疑惑地问。

"还有一封挂号信。"邮差说。

"挂号信？"他觉得有点奇怪，心想：会不会弄错了？

"是的，是你的挂号信。"邮差说。

他签收后，看了看信封，见上面寄信人一栏里写着夏诗文的名字，寄信人地址是夏公馆的地址，心里顿时七上八下的，像是有一群蝴蝶在乱飞。

上了楼，进了自己的房间后，他打开信封一看，原来是一张 500 英镑的支票。

"这是什么跟什么啊？"他又惊又喜地自语道，"难怪有人说，女人就像是斯芬克司之谜，叫男人永远也猜不透。"

星期天上午，有些无聊的他，自己也不知道怎么会来到了圣约翰大教堂。或许在他的内心深处，仍旧残存着失去两位环珠岛小姐所带来的愁苦和压抑，因而他希望教堂里的氛围能稀释他的愁苦，希望牧师的布道能缓解他精神上的压抑。

他坐在前排，高昂着头注视着身穿宽袍的牧师。这位牧师看上去年纪在五十上下，头顶靠近前额的地方有点秃，高凸的鼻子两边是蓝幽幽的眼睛——好像有一道山梁横卧在两个碧水湖之间。他干瘪的嘴唇上方，蓄着两撮细软的胡子；这给他斯文的外表平添了几分威武的神气。他恭顺地站在诵经台和后殿的中间。诵经台向外的一侧，是用纯白底色加淡绿色细花纹作饰面的；饰面的正中央，镶着一个瘦长的十字架，远远地望过去有如一把金光闪闪的宝剑。后殿有一块很大的彩色玻璃，上面映现出圣灵的形象；这形象在跟十字架争抢人们注意力的同时，巧妙地弱化了欧洲古代先民图腾崇拜残留的痕迹。

牧师的神态看上去很稳重。他操着生硬的汉语慢条斯理地向众人解释《加拉太书》中所说的"灵与肉的关系"，最后总结道："只有把肉体及其产生的邪情私欲一并钉在十字架上，才能让自己的灵魂得到升华，才能得到神的庇护，最终进入天国。"

布道结束后，人们开始跟着牧师向圣灵祈祷，然后井然有序地离开了教堂。在离开教堂之前，戴长思跟这位牧师闲聊了几句，最后问他："你认不认识陈乐君？"

"哦，你说的是那个在教会学校当教师的陈小姐？"牧师目光炯炯地看着他。

"对啊，就是她。"戴长思回答道。

"我认识她已有多年了。以前，她几乎每个星期天都来这里做礼拜。"牧师说，"可现在，她已经去了新加坡。在去新加坡之前，跟一个叫刘石昌的画家结了婚。"

"是吗？"戴长思听后怔住了。

他倏忽觉得，牧师身后的背景一下子变成了五颜六色的海洋；这海洋里的水，好像被狂风吹得兜底翻动。

"怎么，你也认识她？"牧师鼓凸着俩眼珠子好奇地问道。

"她是我的朋友。"戴长思说。

"既然是朋友，她怎么没告诉你？"牧师接着又问。

"或许她事情太多，顾不上告诉我；或许她早已把我给忘了。"戴长思苦笑着说，"即便她还记得我，她不辞而别也在情理之中，因为她已经有了心仪的人。"

"看你的样子，你很在乎她。难道你也曾经追求过她？"牧师说话间，嘴角不觉撇出一丝淡淡的难以捉摸的微笑。

"没有啊。风雅不俗的陈小姐可是明媚的阳光，而不成大器的我只是躲在云里的雨，哪配得上啊？陈小姐属于她的那个世界，我属于我的那个世界。"戴长思说罢，神情凄然地望着牧师，而后接着说："再者说了，自古姻缘前世定，一星半点不由人。"

"是啊，一切都是命定的。而且，一个人是一个命。"牧师说，"然而，不管命好命坏，Everything turns to dust in the hand, to gall on the tongue（一切东西到手即成灰，到嘴即苦似胆汁）。哪怕是巍巍壮观的摩天大楼，在悟道者的眼里，就跟一片荒凉的墓地没有什么区别。哪怕是让人们充满希望的耶稣复活的四月，按照诗人艾略特的说法，也可以是最为残酷的——因为它将人们从宁静的'冬眠'中唤醒，激活他们对过去的回忆和对未来生存的向往，而过去再怎么美好也无法召回，未来只是'荒原'的代名词。"

"所以，还是让我们静静地躺在冬天的'温床'上吧。它也许是上帝给予人类的最美好的归宿。"戴长思面无表情地说，说完后转身朝着教堂的大门走去。

他觉得，自己能在这位牧师的话语中，隐隐地窥见自己的过去、自己的现在和自己的将来。

教堂大门外炫炫的强光，烘出他有如月食般黑蒙蒙的背影；这背影，随着他的向前移动，仿佛被一只看不见的手抛到了过道的地面上，渐渐地幻化成一条长长的临风摆动的帘子。

走出教堂后，他无精打采地在街上东逛西逛。他一边闲逛着，一边回味着《面具人生》里的一段话："那些习惯于戴面具的人，总是不愿意让别人看到自己的真实面目。他们的面具人生，对于想了解他们的人来说，永远是一个解不开的谜……"

没过多时，他来到了"福德源"饭馆的门口。他掀开从门框的上沿放下来的那道竹帘，朝里面探头探脑地张望了一会儿，发现里面还有两三张空桌，就趁便走了进去。

"先生想要些什么？"他刚在一张空桌旁坐下，那个矮墩墩、胖乎乎的堂倌满脸堆笑地走过来问道。

"来一碗加素鸡的青菜汤面。"他不假思索地回答道。

"好嘞，请稍等。"堂倌说。

不一会儿，一碗热气腾腾的汤面端上了桌子。

戴长思不紧不慢地从筷笼子里取出一双竹筷，正要拿起碗吃面条，只听得店门口传来一阵熟悉的说话声。他定神一看，原来是他头一回来这里用餐时见到的那几个人。他们一边说笑着，一边走进了饭馆。

在戴长思附近的一张空桌旁入座后，他们问堂倌要来了几碗云吞面，然后一面吃着云吞面，一面嘻嘻哈哈地闲聊着。

"今天是您洪哥的生日，这云吞面我请客。"

"还是我请客吧。"

"咱哥仨还谁跟谁啊。我看，你们俩都用不着客气，还是我洪哥请客。你们能陪我一块吃云吞面，也算是给我贺寿了。我洪哥感谢你们都来不及，怎么好意思让你们破费呢？"

"那我们就祝您洪哥大福大寿，鸿运高照。"

"祝您将来飞黄腾达，娶来娇娘得贵子。"

"嗳，我正想问你们一件事。你们知不知道汪虞肖原来的那个老婆现在在哪里？"

"您说的是那个叫罗迪菲的骚娘们？"

"没错，就是她。"

"听人说，她在她表弟开的夜总会当服务生。"

"你的消息也太闭塞了。她现在可是迎香楼的老鸨，财大气粗了。据说，原来的老鸨被一伙不明身份的歹徒给打死了。是罗迪菲表弟的父亲盘下了迎香楼，让她做了老鸨。"

"是吗？这下她只要一伸手，一投足就能勾上一个男人。不必像过去那样东躲西藏地养汉偷腥。"

"那汪虞肖现在怎样？有没有找到新的户头？"

"他这个屁鸟人还找什么新户头？能活着就算不错了。听人说，他为了躲债去了澳门，还投靠了某个帮会，并且在这个帮会开的一家赌场当差。"

"看来，这年头蟹有蟹的道，虾有虾的路。哎，我说洪哥啊，我们什么时候去迎香楼见识见识那个罗迪菲的功夫，尝一尝人们常说的那种'偎香倚玉，弄月搏风'的滋味？若是能跟她天雷接地火般地大战一百个回合，那才真叫一个爽。老是镜子里看花，太没意思了。"

"我看，你这枯柴细棍还没一个回合就被人家端到床底下去了。不但摔成了豁嘴，头上还顶着个大包。我不是说过，这野花野草再怎么诱人，还是少去招惹为妙？不知你脖子上顶着的是猪脑瓜还是人脑瓜，一点都不长记性。"

"是啊，这里只有洪哥的那根撑天石柱才能叫她爽得嗷然大叫。"

"你也别跟着他瞎起哄。你不是说女人是只魔盒吗？怎么连自己说过的话都忘了？"

"我是在逗您洪哥开心呢。要知道，过生日就是图个开心。"

"是啊，我们都是在逗您洪哥开心呢。洪哥的话我们记着呢。"

戴长思一面细嚼慢咽地吃着面条，一面聚精会神地听着，直到他们放下饭碗、付了账后钻出那道用细竹条编织的门帘。

他忽然觉得，这些人怪可爱的，甚至还有点羡慕他们。

是啊，他们单纯率直，无所忌惮，整天优哉游哉、毫无牵挂地过日子——有点儿像惟酒是务，焉知其余的"七贤"。他们好像从未跟忧愁沾过边似的，好像每分每秒都沉浸在节日般的喜庆气氛里。而忧虑重重的自己，却像是一条孤凄凄的小船漂泊在茫茫无边的海面上。

离开饭馆后，他朝着自己的住所走去，边走边回味着在环珠岛的这些日子。他觉得，发生在他身上的一切就像是一个传奇，一个富有梦幻色彩的传奇。或许，他寻思着，这个传奇会从此改变他对女人的印象，改变他对生活的态度，甚至于改变他的人生轨迹……

回到了自己的屋子，他从书桌的抽屉里翻找出那个小本，然后将路上的一些感想写了下来："人是一个奇怪的存在物，他应该自始至终地将情欲的大门堵得严严实实的。哪怕他留出一道缝隙，蜷缩在内心深处的情魔就会跑出来在他的头上盘旋，叫他心思迷乱、看朱成碧，叫他因丢失了自我而变得近乎偏执与疯狂。在许多情况下，人们不是不明白这简单的事理，只是无法抗拒那本能的冲动，只是心甘情愿地钻进情魔布下的罗网。"写到这里，他忽觉眼前灵光一闪，于是又写道："茫茫情尘淡如烟，悲欢离合过隙间；悟得人生真谛时，逍遥自在若神仙。"

放好了小本、关紧了房门后，他躺倒在床上，心里边不禁有一种飘飘然、醉醉然的感觉，仿佛真的成了逍遥自在的神仙。他幻想着，自己是个偎依在母亲怀抱里的婴儿，昏昏然、懵懵然，仿佛一切俗念都不翼而飞。窗外茂腾腾、绿沉沉的梧桐树叶，在微风中发出窸窸窣窣的响声，好似在跟他细语着什么，又好似带着醉人的柔情在哼着一首催他入眠的歌谣。他恍惚觉得，自己被颤动着的、叫他痴迷的树叶包围了，任凭它们戏弄着他、抚摸着他、拥抱着他，最后将他送进"千树梨花开"一般的妙境之中。

不长时间，他开始梦游起来。

在飘飘腾腾的梦游中，他先是觉得，自己像是被什么魔法带到了一个树荫匝地、烟雾缭绕的诡异的地方。在那个地方，一会儿细雨碎雪漫天纷飞，一会儿日月星辰纵横交错。

然后，他来到了灯光柔和温暖、到处飘荡着朱芳粉香的迎香楼。可他找遍了所有的地方都没见到芸儿的人影。回旋在他身前身后的，是一阵又一阵令人神乱心迷的淫声浪语，甚至是如狼似虎的嗷叫。

正当他感到如堕五里雾中，感到茫然不知所措时，芸儿幽灵似的出现在他的面前。她将他带进自己的房间，嘤嘤啜泣地诉说起自己的遭遇，还告诉他陈乐君在不久前留给他一本由卡罗尔撰写的名叫《神秘的黑衣人》的小说，要他好好一读。他拿到书后，匆匆浏览了数页，正要带着它离开，突然感到有一股灼热滚烫的气浪向他席卷而来。转眼间，芸儿不见了，站在他跟前的，是那个妖态惑人的罗迪菲。

"你怎么躲在这里啊？楼底下有个男人死活也要见你。他可是警局局长的二公子。你要是怠慢了他,这'芦花鸡'的金字招牌就得再易其主了。"罗迪菲一面晃动着珠光闪闪的耳坠,一面横眉怒目地对着他说。

"你是不是找错了地方?这里没有'芦花鸡'。"他说。

"没有'芦花鸡'?没有'芦花鸡'我就把你当作'芦花鸡'吃了!"罗迪菲说罢,两眼射出两道吓人的凶光,紧接着,她突然变成了一只身长尾大、臊气熏人的黄鼠狼⋯⋯

"哇——"他惊叫了一声,然后只觉得脚底下一空,随即跌入了一片漆黑之中。

当他慢慢地从噩梦中清醒过来时,已是薄雾冥冥的傍晚。

这会儿,窗外梧桐树叶碎细的低语声,早已被死灭一般的静寂所替代。在这片静寂里,四达无境、通于无边的大千世界仿佛变成了一具僵尸躺在冰冷的、毫无生气的寒冬里,整栋老宅变得出奇的空空落落,好像是一座孤立在群坟当中的荒庙。

望着窗外朦朦胧胧的轻纱一样的薄雾,他渐渐地回想起《神秘的黑衣人》中的几段文字:

　　我深信,一个成熟的女性必定要有三种男人相伴。第一种能满足她猎奇和冒险的心理;第二种能满足她对爱情与浪漫的追求;第三种能让她生儿育女,享受为人之母的快乐。而那个黑衣人却不在此类,他只是个假扮成天使的魔鬼。

　　他曾经像抓着了救命稻草一般紧紧地抱住那个燃烧着情欲之火的幻想之夜,沉迷于纵情泄欲的洞天之中,就跟中古时代的那些伪教士一样。直到夜色中渐渐析出黎明,我才见他松开了手脚,笔直地躺倒在地上。没过多时,他的肌肤长出了绵软的绒毛,两条胳膊变成了又粗又硬的羽翅,指甲和鼻子都变成了弯钩状。他突然间腾空而起,在半明半暗的空中飞翔着,嘴里吟唱道:

　　来呀,让我们永远翱翔在地狱般的黑暗之中吧!
　　让我们带着爱神的祝福飞向那个撒旦的狂欢之夜吧!
　　那条偃卧在山脚下的被芦苇丛包围的小溪,

在我的足下宛如轻拨琴弦似的汩汩地流淌着；
从水雾的朦胧中，透出震撼人心的骚动！
我要用我的锐翅去挑开那如网似棉的湿雾，
然后昏然沉睡在那个被禁忌的情巢里。
我要让天仙子给我带来忘怀的欢愉与享乐，
尽管它如同曼陀罗一样被神灵的魔咒打入了冷宫。
在情魔与死神的共同召唤下，
水一般柔软的花瓣里终于释放出深敛于其中的芳香，
就像刚修剪过的青草和经搓捏而升温的琥珀；
静悬于空中的星星开始摆动魅力四射的舞姿，
最后簇拥着我在交融混合的天地里旋转。
当我被簇簇纤柔的羽毛吞没时，
我只听得一个发自肺腑的声音：
但愿你赐给我一杯用石榴酿成的美酒，
但愿你把绞刑台变成初夜的床笫。
……

　　没多久，有如泥沙一般的黑暗透进了窗户，将沉浸在寂寞之中的家具窒息成一具具细如干柴的、冰冷僵直的枯骸。只有小书桌上的那盏台灯，好像还在拼死拼活地挣扎着。在黑暗的重围下，它时而忽闪着明灭不定的幽光，时而发出低沉无奈的哀鸣……

十一

　　为了打发空虚无聊的光阴，同时为了挣得一些稿费，一个月后，戴长思开始根据探险家莫里森的回忆构思一部小说。他觉得，只有当自己全身心地投入到小说的构思与写作中去，才能摆脱孤独与寂寞，才能填补精神与情感的空白，才能走出那苍白的、残缺的过去投下的阴影；只有当自己有了一个理想与目标，才能驱走盘踞在内心深处的抑郁，让自己的生活再度充满阳光，再度燃起希望的火焰。

　　随着构思的不断积累、拓展和深入，他时常感觉到，自己的灵感就像是轻盈的柳絮在碧蓝澄澈的天空中轻疾地飞舞着，然后在缪斯女神的助推下，借助于笔墨飘落到文稿纸上。不长时间，他完成了作品第一章的初稿。其内容大体上是这样的：

　　1894 年 2 月 5 日的傍晚时分，当西边的天空还浸染在霞光中的时候，坐落在黄浦江与苏州河交汇处、外白渡桥北堍东侧的礼查饭店已早早地亮起了电灯。酒吧、餐厅、舞厅、小剧场、棋牌室和弹子房里，渐渐地变得热闹起来。

　　饭店大门上的由铁架支撑的霓虹灯，像是刚从昏沉沉的睡眠中醒来，用无精打采的目光守视着小马路上的行人和车辆。而在离这儿不远的外滩，一批穿着裸露、脸上抹着脂粉的风尘女子，手里拿着洒过香水的手绢，三五成群地摆开了艳香诱人的阵势，像张着大口的巨蚌等待着愿意上钩的男人。她们大都习惯了白天在酒店茶馆卖笑，夜晚在码头边站街揽客的生活。一双双流盼的眼睛和一张张媚笑的面孔，在如锦似绣的着装的衬托下，在黄澄澄的路灯底下，仿佛更具有一种难以抵挡的魅惑，一种如同马鞭草之花一般的俘获男人的神力。要是有哪个男人从她们的身边走过，她们会争先恐后地跑过去跟他搭讪，或者一面频抛媚眼，一面变换着手型做着不雅的动作。在这些风尘女子中，有专做外国水手生意的"咸水妹"，也有来自东洋的"日妓"，还有来自瑞典、白俄和西班牙等国的"西妓"。她们都遵守着默认的规则，守着默认的位置，以防止不必要的冲突。如果站累了，她们便点上一支烟，然后一面吸着，一面遥望着礼查饭店，仿佛希望里边的客人能跑出来，与她们共度"春宵"。

那时候的礼查饭店，可以说是中国近代史上最为先进的场所，也是上海这个大都会的地标性建筑。据有关文献记载，该饭店是由英国商人阿斯脱豪夫·礼查于1846年（也就是在上海开埠之后的第三年）出资建造的。到了1867年，它已开始使用煤气；1882年安装了电灯——当时曾引来如潮的参观者；1883年，这里又成为全上海最早使用自来水的地方。

莫里森用过晚餐后，来到陈设豪华、灯光柔和的舞厅。他找了张供舞者休息的椅子坐了下来，然后将目光投向舞池。

在欢腾跳跃的旋律声中，他发现：在舞池里跳舞的那些舞女，都是些细个儿的亚洲小美人；她们的粉颊像是被醉意给染得通红，眼睛像是被飘飘腾腾的烟雾辣得迷迷离离；从两片有如花瓣一样的红唇间，时不时地挤出一串娇滴滴的说话声——当然，这声音只有在乐队演奏的间隙才能听得见。

"哟，你怎么一个人啊？"正当他看得入神的时候，一个眉目如画、娇艳欲滴的舞女不知什么时候走到了他的椅子旁。这舞女稚嫩的声音，在这宽敞的舞厅里显得尤为脆弱，就像是她那令人难以察觉的脚步声。

"怎么，不可以吗？"从腻腻依人的白日梦中醒转过来的莫里森，侧过身子毫无表情地说。说罢，他将舞女从头到脚地细看了一遍，然后目光久久地停留在她的那双漂亮精致的高跟鞋上，仿佛她的全部魅力都浓缩于这双鞋子。

"当然可以，我又没说不可以。"舞女柔声细气地说，海棠花般的香腮上映闪出一丝娇羞。

"好吧，那我就邀请你跟我跳支舞。"莫里森见她那副可爱的窘状，特别是她那深含着渴望的眼睛，一股怜香惜玉的冲动不觉从心头窜起。他边说边从椅子上站了起来，然后握住她的一只软绵绵的、散发着淡淡幽香的小手。

这时候，舞女的两眼忽闪着兴奋的光芒，脸上漾起了柔媚的微笑。这微笑，充满了梦幻的色彩。它就像映在湖水中的月光，就像挂在树枝上的翠叶凝露，就像洒下无数亮斑的点点烛火……

两人跳完舞后，莫里森见她的目光里流转着依依不舍的感伤的色调，好像"水光潋滟晴方好"转瞬间成了"山色空蒙雨亦奇"，便情不自禁地上前一步抱住她的肩头，然后轻轻地吻了一下她的前额。紧接着，他从衣袋里摸出一枚墨西哥鹰洋。

"来，你拿着。"他说。

"谢谢先生。"舞女说罢，接过鹰洋吻了吻。

离开舞厅后，莫里森来到小剧场看绍兴戏。当然，他跟大部分来自异国的观众一样，只是来凑个热闹，只是来感受一下轻松愉快的节庆一般的气氛，只是来消磨睡觉之前的那段无聊的时间。他一边"醉中逐月"般地、似懂非懂地看着戏，一边跟邻座的一个名叫威尔森的英国人闲聊着。舞台上的灯光，烘染出他的那张留着密丛丛短须的、前额和眼角都爬满了细纹的宽大而方正的脸。

"听口音，你好像是澳大利亚人。"威尔森说。

"没错，我是来自澳大利亚昆士兰州的莫里森。"莫里森笑道。

"昆士兰州可是个气候宜人的'阳光之州'啊，它拥有世界上最大的珊瑚礁群——大堡礁，吸引着不少潜泳爱好者和世界各地的旅行家。"威尔森说罢，停顿了一下，然后问道："那你怎么到中国来了？是来旅游的吗？"

"也可以这么说吧，但我更想尽一点传教士的职责，也就是想让更多的中国人懂得什么叫天国，什么叫圣洁，从而让他们沐浴在上帝慈爱的阳光下。你要知道，在许多西方人的心目中，中国是一个还没有被上帝眷顾的地方，这里的人似乎只知道去追求近在眼前的功德利益。如果我能跟其他的传教士一起改变这样的现状，那中国一定会别有一番景致。"莫里森说。

"如此看来，你是一个有理想、有抱负且坦率真诚的人。不过，你来中国宣教，往好的方面说，是文化交流；往不好的方面说，是企图输出西方人的价值观，从精神上控制中国人。"威尔森说。

莫里森听后，抿嘴一笑。他沉默不语地看了一会儿舞台上的表演后，悠然不迫地接着说："前不久，我去了日本的横滨。在回上海的途中，我忽然产生了一个有趣的想法，即打算溯长江而上，直达重庆，然后穿过傣族土司辖地，翻越克钦山，最后抵达缅甸的仰光。"

"看来，你的生活又有了新的亮点。不过，这听起来像是在冒险，也就是在做一件不大可能成功的事情。"威尔森说，"我记得，几年前，法国有一位精神病理学家对旅游爱好者做了一项调查，结果发现，其中有不少人是得了一种类似于神游的怪毛病。这些人难以遏制漫游的冲动。他们不厌其烦地穿越国境，乃至跨越欧洲大陆。有的甚至于乘坐远洋轮去遥远的美洲和马来群岛。经过研究后，他得出这样的结论：这些人的潜意识里藏着一个连他们自己都不知道的'自我保护装置'，也就是试图通过漫长而不间断的旅游来缓解自己的焦虑症和抑郁症。他把这种病症称作'漫游狂'症，把得了这一病症的人群称作集体无意识的'病理性旅行者'。"

"是吗？我才没你说的那般严重。再说了，那位精神病理学家提出的观点，仅仅是一种假设而已。"莫里森听后，觉得威尔森像是在有意无意地嘲笑他。他的脸色不觉由晴朗转为阴晦。

"据说，当时的法国是'漫游狂'的温床。这一切始于一个名叫阿尔贝的人。1872 年，刚满十二岁的他，才做了没几天的学徒就突然消失了。再次现身的时候，是在一个偏僻的村镇。当时，人们都认为这件事纯属偶然，因而没有太在意。可是，长大成人之后，阿尔贝经常漫游到更偏远的地方，以至于不得不靠打零工来挣得回家的路费。"威尔森继续说。

"那你怎样看'漫游狂'？"莫里森问。

"我觉得，所谓的'漫游狂'其实就跟写作癖差不多。你也知道，这世上总有那么一些人沉迷于写作之中不能自拔，特别是那个一天不写点什么就无法活下去的法国作家萨德。"威尔森说。

"可我不怎么喜欢萨德。"莫里森说。

"那是为什么？"威尔森问。

"因为他在 1782 年写了《神父与垂死者的对话》。在这篇作品里，那个凭空臆想出来的自由主义者居然能够在临终前说服牧师接受他的无神论思想。此外，萨德的不少作品还充满了性变态和性暴力等反道德、反社会的内容……"莫里森解释道。

威尔森没兴趣听这些。他心里明白：皈依上帝的传教士和萨德这类人原本就不在一个道上。这就好比一个在岸上走，一个在河里游；一个在天上飞，一个在地上爬。但他还是做出一副谦恭的样子耐心地听着。

听完后，他又回到"冒险"的话题上："有则寓言说得好：'池塘里的鱼只有跳出水才能看到池塘外面的世界，可是一旦跳出了水，它只能面对两个选择：要么跳回水中继续过原来的生活，要么待在岸上被野猫叼走。'我认为，人也是如此。不少人因厌倦了安稳平静的生活而试图去冒险，去探知不属于自己的世界，殊不知那个世界就像原始森林一样充满着恐怖。"

"你读过《鲁滨逊漂流记》吗？"莫里森问。

"当然读过。"威尔森说，"它是英国作家笛福写的长篇小说。据说，鲁滨逊的原型是一名叫亚历山大·塞尔柯克的苏格兰水手。他被船长遗弃后，在大西洋的一个荒岛上生活了四年。"

"而小说中的鲁滨逊，是个志在游遍世界的探险家。他遇险之后，漂流到一座无人岛上。在那里，他凭着顽强的毅力生存了二十八年。"莫里森说。

"你是说，为了你的理想你要跟鲁滨逊一样，不畏艰难险阻？"威尔森说。

"对啊，你总算明白了我的意思。"莫里森说着，眼睛里闪烁着被奔放的激情点燃的火焰。他不自觉地握紧右手，然后一面神采飞扬地继续往下说，一面时不时地挥动着："我个人认为，一个伟大的冒险家为了成就自己的理想，即便有什么意外降临到他的身上，他也无怨无悔。诚如某位作家所说的：'我们不仅要有理想，还要有不怕牺牲的精神。攀登悬崖的人都知道自己会面临危险，但他们为了理想还是要登上去。这就是一种精神，一种常人无法理解的伟岸高贵的精神。'"

"你这连说带比划的，简直可以去当演说家了。不，应该说你本来就是演说家，要不然，你怎么用你的那套说教去打动人们呢？"威尔森说，"我真诚地期待着，在不久的将来能看到你的副产品。"

"副产品，什么副产品？"莫里森不解地问。

"哦，就是你写的西行记。"威尔森说。

"是吗？那我就更要去冒一趟险了。"莫里森说到这，放松了一下坐姿，然后把目光投向舞台。

"哦，对了。既然你来中国传教，那你总要会一点中文吧？不然的话，除了像你我这样的'洋人'外，有谁会来听你的布道啊？"威尔森接着说。

"你说得没错。"莫里森说,"为了便于在中国传教,我来中国之前,特地跟一位旅居澳大利亚的华人学了两年的中文。你还别说,这发音跟文字几乎没有一点关系的中文实在是太难学了。不像英语,看着一个生词也能八九不离十地揣摩出它的读音。由于中文的这一特点,要想记住一个单词就必须反反复复地看,反反复复地念,反反复复地写。而英语就不一样了,你只要记住一个单词的发音,就能联想到它是怎么写的。"

"是啊,这世上最容易学的语言恐怕就是英语了。和其他的一些印欧语系的语言不同,它既没有名词和形容词的阴阳性之分,也没有动词的变位形式。"威尔森说罢,若有所思地停顿了片刻,然后问道:"那你有没有物色好伴你同行的人?"

"没有,而且我也不打算有旅伴,除了帮我扛行李的挑夫外。我只想独自一人去完成这一'壮举',就像当年约翰·谬尔独自一人攀登阿拉斯加冰川那样。你可要知道,我从小就怀揣着独自环游世界的梦想。在我十八岁的那年,我曾经沿着澳大利亚南海岸线徒步旅行了1000多公里。你不知道当我走完那段漫长的路程时,心里有多么的激动,有多么的自豪。和我同街巷的人们,都用一种含有敬慕之意的新的眼光瞧着我。"莫里森说着,悠然自得地抬起右手抹了一把嘴唇底下的胡须,一丝心满意足的微笑浮上了眉梢。

"你也太有个性了。不过,根据我的经验,我建议你在做这次探险之旅的时候穿着打扮要跟中国人一样,最好在脑瓜的后面续上一个长长的发辫。有必要的话,再戴上一副墨镜。尽管这样做也有可能被人识破,但总比穿一身西服好。"威尔森说。

"那是为什么?"莫里森问。

"你只有放下'洋人'的架子,把自己完完全全地融入到中国人的社会中去,才能在旅途中减少自己的开支,甚至于可以避免一些不必要的麻烦。照中国人的说法,这就是'入乡随俗';照我们西方人的说法,就是'到了罗马,就按照罗马人的习俗生活'。你要知道,三年前,在宜昌发生了两起针对'洋人'的事件。一次是海关所在地遭到乡民的袭扰,另一次是教堂的神职人员被围攻。中国人将这两起案件统称为'宜昌教案'。"威尔森说。

"恕我冒昧地问一句:你是做什么的,怎么对中国的情况这么了解?"莫里森说。

"我在怡和公司供职,是该公司旗下的'高升'号轮船上的二副。"威尔森说,"虽然我威尔森到过世界各大港口,但我在中国的时间最长,因而对中国的了解也最多。"

"如果你不嫌弃的话,那我们就交个朋友吧。"莫里森说,"什么时候方便,我就乘坐你的船周游世界,然后写一本和凡尔纳《八十天环游地球》相媲美的畅销书。我记得,有位散文家说过:'人应该追求三种生活——富裕的物质生活、充实的精神生活和完美的私生活。'除了宗教信仰和审美活动,这周游世界也算是充实的精神生活吧……"

两人谈着谈着,本来就不怎么长的绍兴戏落下了帷幕。接着,是江南民乐演奏。有吹笛子的,有拉二胡的,有弹琵琶的……那一曲曲优雅动听的旋律,时而如微风拂竹,时而如溪流穿石,时而如珠落玉盘。不消几分钟的时间,这旋律就把人们带入一个意境深远的、美妙无比的世界。连沐浴在凉意之中的黄浦江,仿佛也被这旋律感染似的,连成一片的点点波光,在音乐声中闪烁着、起伏着,远看像是有一大群金色的蝴蝶在翻飞。

几天后的一个清晨,黄浦江的江面上飘荡着一缕缕淡淡的、轻若细纱的雾气,一阵阵寒峭的北风裹挟着江水特有的水腥味嗖嗖作响地从树梢上掠过,在树枝的空隙间穿行。几条小小的木船,在江面上缓缓地移动着,远远地望过去恍若一簇簇轻轻荡漾在水面上的浮萍。偶尔还可以见到一只机动船划破泥水般黄浊浊的江面疾驰而过,激起的水花犹如蛟龙一般翻滚着。

在怡和码头的南侧,停着好几辆灰头土脸的大卡车。几十个身穿单衣、脸上挂着一道道汗水的搬运工,正在将卡车上的装满货物的麻包和木板箱运至一艘货轮上。那货轮,高耸着一只黑色的大烟囱;纷繁复杂的桅杆、吊杆和绳梯等,就像是摆放在大仓库里的各种工具,让人目不暇接、眼花缭乱。

搬运工有的背扛,有的肩挑;有的哼着富有节奏感的劳动号子,有的干脆高声地唱起"竹扁担,木棍棒,吃力多在肩头上。不怕苦,不怕累,每日扛挑把命养"。横在码头和货轮之间的厚实的木板,在他们的脚底下竟然发出嘎吱嘎吱的响声,仿佛是在替这些苦力悲叹着、哀嚎着。

几个手执皮鞭、口叼香烟的包工头,亮着大嗓门不停地吆喝着。如果发现有哪个搬运工的步子放慢了些,凑过去就是一顿鞭揍加拳打脚踢。

此番情景，跟文人墨客笔下的"黄浦江上风袅袅、烟浩浩，万顷波涛与天共一色；落日离旌楼上楼，暮雨帆樯舟外舟……"等闲逸的诗文形成了鲜明的对比。

莫里森吃了早餐后，换上一双结实耐穿的黑布鞋，穿上新买的前襟右衽、左右开裾的中式长袍和对襟加平袖端的马褂，再戴上一顶由六块绒布连缀而成的、底边镶着一圈绸缎的瓜皮帽，然后对着衣柜的镜子照了照。这时候，他忽然想起了墨镜，于是赶紧打开行李箱翻找了一阵子。找到后，他戴上墨镜对着镜子矜持地一笑。

办完最后一道手续——将房门的钥匙交给服务台之后，他提着行李箱匆匆忙忙地走出礼查饭店的大门。他先穿过一条小马路，而后沿着外白渡桥和一条大马路向怡和码头走去。

在怡和码头的北侧，全是等候上船的旅客。他们井然有序地排着队，两眼或注视着前方紧闭着的栅栏门，或朝着停靠在码头边上的一艘客轮张望着。

"喂，伙计。"莫里森刚来到这里，只听得身后有人在招呼他。

他转过身子一看，见是威尔森，于是停下脚步用风趣的口吻问道："你怎么也来了？难道你想跟我一起上'德和'号客轮？"

"看你说的，我是来给你送行的。同时，想跟你分享一个好消息。"威尔森一边笑吟吟地说着，一边凑到他的跟前。

"什么好消息？"莫里森迫不及待地问。

"昨天下午，我得到怡和公司董事长的允诺，一旦有空缺就立马给我提职。"威尔森兴奋不已地说，碧如翠玉的眼睛里忽闪着愉悦的柔光。他的那双毛茸茸的大手，可能是由于兴奋过度而不停地颤动着。

"那我就提前向你表示祝贺。等你提了职，你可要记得请我喝一杯。"莫里森微笑着说。

"那是一定的。我还期待着你坐我的船去世界各地旅游观光呢。哦，对了。等你实现了周游世界的梦想，准备静下心来写回忆录的时候，你可千万别把我给忘了。如果你能把我也写进你的回忆录，我这辈子再怎么辛劳，再怎么悲苦，也都值了。"威尔森说。

"这还用说？我的回忆录里总不能是我一个人唱独角戏吧？你来凑个热

闹，甚至于扮演一个像福斯塔夫一样的角色，一定会给我的作品增添不少的喜剧色彩。"莫里森用亲切而风趣的语气说。

"可现在的你更像是福斯塔夫。"威尔森说着，将莫里森上上下下地细看了一遍。"说真的，你的这身打扮都快让我认不出你了。"

"这还不是你威尔森的杰作？"莫里森说，"依我看，你不但是个航海家，还是个很有思想的实用主义者。"

就在这时候，栅栏门咣的一声打开了，旅客随即朝着"德和"号客轮涌去。

"好了，你也该上船了。别的话我就不说了，我由衷地祝你一路平安。"威尔森说罢，上前抱住莫里森的双肩，然后松开手深情地看着他。

"我也祝你每次航行平安。谢谢你来送我。"莫里森说，"我结束旅行返回上海之后，会在第一时间到怡和公司来找你，给你看我沿途拍的照片。"

"这太好了！到时候，我送你一本相册。如果装不下那些照片，我就再送你几本。哦，对了。我差点忘了。"威尔森说着，从衣袋里掏出一张名片，然后将它递给莫里森。"这是我的名片，上面有怡和公司航运部的地址和电话号码。虽然在多数情况下我因出航而不能接电话，但你不妨试试看。"

不知是激动还是伤感，他微红的两眼蒙上了一层水雾。

可过了不到半年的时间，当莫里森在缅甸的一家旅店小住时，他从当地的一张英文报纸上得知，"高升"号轮船在前往朝鲜的途中，被日本的"浪速"号巡洋舰击沉了，威尔森是其中的一名遇害者。

从那时起，莫里森常常在睡梦中见到威尔森，见到他落入大海，见到他在海水中挣扎，见到他被日军的枪弹打成筛子。

"德和"号客轮航行了三天三夜后，终于抵达了莫里森旅行计划中的第一站——汉口。

在抵达汉口之前，为了打发无聊的光景，莫里森时常拿出一本书翻阅着。它是由澳大利亚小说家亨利·金斯利撰写的《杰弗里·哈姆林的回忆录》。

金斯利出生于英国的一个牧师家庭，从小受家庭环境的熏陶，迷恋上各类书籍，尤其是宗教书籍和文学作品。他非常崇拜几位杰出的现实主义大师，如萨克雷和狄更斯等。他曾经就读于牛津大学，但还没有完成学业就跟随着家人移居澳大利亚。在澳大利亚这片既陌生又单调乏味的土地上，他做过淘金工、赶车工、放牧人和骑警等。这些生活经历为他后来的文学创作提供了诸多的灵感与素材。他写有长篇小说多部，其中最为著名的是以牧场生活为题材的《杰弗里·哈姆林的回忆录》——它被当时的批评界誉为"一部难得的、空前绝后的杰作"。

这部作品描写的是早期来到澳大利亚生活的英国人，其中有一位名叫玛丽的小姐。玛丽小姐之所以跟着一批没落的乡绅来到澳大利亚另谋生计，那是因为她在英国的时候曾被一个名叫乔治的恶棍玩弄了感情。这段不体面的经历，在她内心的深处留下了挥之不去的阴影。她想用不一样的新生活渐渐地治愈感情上的创伤。但让她没想到的是，乔治也偷偷地跟着来到了澳大利亚并且和出没于丛林的强盗为伍。这给她带来了新的不安和危机感。所幸的是，在警方不遗余力的追剿下，乔治等人终于一一落网。玛丽小姐在消除了心头之患后，最终跟她的表哥结了婚，众乡绅也都因经营牧场有方而发财致富，最后回到英国过上了上等人的生活。

莫里森看完这部小说后，觉得相比之下，金斯利撰写的另一部作品《旧游重记》更有味道，觉得后来的一些文学批评家，如弗菲等人将《杰弗里·哈姆林的回忆录》批评为"歪曲事实"也有他们的道理，因为早期丛林生活的险恶和牧场生活的艰辛都被金斯利有意无意地避开了，取而代之的是理想化的英雄和富有浪漫情调的乡绅生活。他还觉得，如果自己将来要写回忆录什么的，一定要努力呈现出时代的质感和讲究细节的真实可信。

在快要下船的时候，莫里森遇到了一个在汉口某教会学校教历史课的年轻女子。

这女子虽然衣着朴素，但相貌迷人，特别是她的那双温柔多情的眼睛和透出青春活力的言谈举止，它们叫莫里森着迷得像是中了魔法。莫里森在他的日记中写道："我从未见过如此温婉动人的东方女性。她言谈高雅，举止端庄，但又不失风趣和幽默。我真想变成一只乖顺的兔子偎贴在她的胸前，就像白云偎依在碧空的怀抱里那样。"

从她的口中莫里森了解到，汉口是周围八大省份的商贸中心，也是长江流域最重要的物资集散地，不过，自1886年以来，作为其主要出口产品的茶叶的贸易量一直在递减，而印度的烟土运到这里后，就不再沿江而上了。

这女子还告诉他说："武昌是湖北和湖南两省的首府。湖广总督张之洞，在所有的总督中是最排外的。这可能是受了他的私人秘书辜鸿铭的影响。众所周知，辜鸿铭所写的《为吾国吾民争辩》常常被引用来攻击外国人，尤其是来自外国的传教士。"

"可我听商界的朋友说，张之洞以总督中并不常见的公益精神，将巨大的财政经费用于湖北和湖南地区的资源开发。他在武昌建了一家织布局，在汉阳建了一家钢铁厂和铸币厂。"莫里森听后笑着说。

"是啊。说实话，张之洞确实为建造各种工厂花了不少钱。在许多人的眼里，他是中国最有实业家气魄的高官。"女子说，"但搞实业没有洋人的参与似乎是行不通的。你政治上排外也就罢了，经济上绝不能排外。不然的话，就会闹出类似于'宁可看儿子的屁股，也不看姑爷的面孔'这样的笑话。更何况，西方的工业革命毕竟给世界经济带来了意义深远的影响。"

"'姑爷'是什么意思？"莫里森问。

"'姑爷'就是女婿。女婿在女方家的人看来，就是一个外人。"女子解释道。

"哦，我明白了。你是用'姑爷'代指外来的洋人。"莫里森说。

上岸后，莫里森先在一家中餐馆吃了点东西，然后拜访了大英圣公会传教团总部的负责人赫伯特。

赫伯特的岁数已四十开外，但样子看上去要比实际年龄苍老些。他是属于那种为人谦逊随和、做事通情达理的老派绅士。说起话来，也是慢悠悠、文绉绉的，且充满着绅士特有的情趣。由于在中国待久了，他不仅能说一口流利的中文，还知道不少中国的名人轶事。

他把莫里森带进总部的一个宽敞明亮的大厅后，让人端来两杯产自牙买加的咖啡。两人入座后，一面喝着咖啡，一面畅所欲言地闲聊起来。

"你知道吗？"赫伯特说，"由于大清的一些官员公开反对基督教传入中国，像我们这样的传教士只能被迫待在汉口的租界。不过，这也好，因为传教团成员所居住的房子是汉口最漂亮、最舒适的建筑。汉口没有一处地方的建筑能够跟租界的建筑相媲美。"

"那目前在租界的地盘上总共有多少传教组织？"莫里森问。

"除了大英圣公会的传教团外，还有苏格兰长老会的传教团、美国圣公会的传教团、法国罗马天主教会的传教团、意大利方济会的传教团、丹麦新教教会的传教团和西班牙奥斯定会的传教团等等。"赫伯特说。

"我听说，在中国境内至少有2000名传教士在做着宣教的工作，可是在去年仅吸收了3000多名中国人入教，而传教所花费的资金却高达35万英镑——这个数目相当于伦敦10所大医院年收入的总和。况且，在那些入教者中间，还存在着一定比例的伪信者。"莫里森说。

"是啊，那些伪信者被中国人称作'吃教者'，也就是为了混口饭吃而皈依'洋教'。由于在中国有那么多的传教组织，有那么多不同的教派，而且教义也千差万别，这些'吃教者'往往从不同传教组织的纷争中获取利益，甚至于在时机成熟的时候背弃他们的'信仰'。"赫伯特说，"但尽管如此，对于神职人员来说，传教本身是一项有意义的工作，还是要坚持不懈地做下去。"

闲聊了一会儿后，赫伯特兴致勃勃地带着莫里森去参观总部周围的景观。

在总部的附近，有一条水位线已降至河床的小河；小河旁，长着一排碧绿常翠的冬青树。小河的对岸，矗立着英国领事馆的洋楼和工部局的大楼。这两座不同风格的建筑，被一个松柏森森、优雅恬静的小花园隔开。

"看来，汉口租界的环境确实不错。"莫里森说。

"照中国人的说法，这里就像是'世外桃源'。"赫伯特说。

两天后，莫里森登上了一艘叫"快利"号的中国商船——这是当时长江上唯一的一艘安装了三个螺旋桨的轮船。沿途停靠了几个码头后，这艘商船顺利地到达了宜昌。在那时，宜昌作为一个开放的通商口岸，是轮船所能抵达的最远的内陆港口。

诚如威尔森所说的，在宜昌曾发生过针对洋人的事件。关于事情的来龙去脉，虽然存在着各种各样的说法，但大致的情况是这样的：

1891年（清光绪十七年）的8月初，位于乐善堂街的罗马天主教女修道院的圣母堂开始筹办一所孤儿院，并且委托一个受雇于教会的杂役负责招收孤儿的工作，称"每收一个孤儿，即付给孩子的监护人 20 串铜钱"。于是，杂役到处奔波，四下打探。

一天，当他来到城外的小溪塔时，发现一个孩子正独自在河边玩耍，便走过去连哄带骗地询问其情况。从孩子的口中他得知，该孩子姓游，自母亲去世后一直由经营小饭馆的父亲抚养。杂役见周围没人，顿时起了拐走孩子、独吞 20 串铜钱的念头。他先把孩子诱至金家堤附近的一间无人居住的小屋里，然后寻思着该如何将孩子送到城内的圣母堂。

第二天，"兴隆轿行"的一乘空轿子，由两个轿夫从小溪塔抬至金家堤附近。杂役趁轿夫歇脚之际，跑过去跟他们讲，有个孩子需送至宜昌城内的圣母堂，如果能借用他们的轿子将其抬过去，就给他们每人一串铜钱。轿夫听后，一口答应了这门差事。

孩子的父亲发现孩子失踪后，四处寻人。但天高地远，人烟茫茫，除了附近的几处地方，还能上哪里去找呢？所幸的是，没过多久，他从圣母堂的一个女佣那里了解到孩子的下落。于是，他来到圣母堂交涉，要求圣母堂交出孩子。可圣母堂的主事人却矢口否认收留孩子这件事。

几天后，当圣母堂不愿交出被拐孩子的消息传开后，许多人自发地聚集在圣母堂的附近。他们张贴标语，高呼口号，甚至于用人墙拦住外国人的车辆，不让它们通行。据上海《申报》记者的描述，当时"有喊打者，有喊烧者，势如潮涌，声若山崩"。另外，还有十来个盘辫扎腰、手执木棍的人在前面不停地吆喝着，引领众人冲击圣母堂。

就在事情闹得越来越凶的时候，与圣母堂相邻的美国圣公会的大门里边，走出手拿短枪的传教士苏卫白。他见街上已乱成了一锅粥，便举枪向人群胡乱射击，结果打伤了一人。

这一举动，非但没有起到警示的效果，反而使得局面变得更加难以控制。在朱发金、赵宗雅等人的带领下，数千人围住美国圣公会。有人趁此机会放火焚烧了它的后院和邻近的圣母堂。与此同时，另有一批愤怒的人群涌向洋人的居住区，见到传教士和商人就打。不少洋人纷纷逃到二马路江边的外事衙门，然后登上法国"福泰"号商船暂避锋芒。

该事件发生后，停泊在宜昌港的美、英、法等国的军舰立即实行紧急戒备。多国的公使联合起来向清政府施加压力，要求宜昌知府捉拿凶犯并且赔款致歉。当时，担任湖广总督的张之洞，在接到宜昌知府的呈奏和朝廷的指示后，立刻责令庞润古等人迅速查处肇事者。数月之后，朱发金、赵宗雅等十余人被逮捕，分别处以笞杖和发配充军；而宜昌知府则赔了洋人 17.5 万两白银。

其实，在这年的 6 月，受长江流域其他地区反洋教运动的影响，宜昌的街头曾出现过"定期 15 日毁女教堂及洋税关"之类的张贴。张之洞知晓后，遂责成镇守宜昌的罗缙绅等人"务须严切提防，万勿大意。遇有闲杂人等同聚一室，立即驱散，以免滋事"，并且发给宜昌税务司火药 10 磅、子弹 12 磅、铜帽引火 2000 个。但酝酿已久的动乱，在数月之后还是发生了。在这之中，圣母堂不愿交出被拐孩子只是整个事件的导火索。

从宜昌到重庆有 600 多公里，长江上的大部分航程会遇到一道道激流险滩。虽然有人说如果使用大马力的轮船可以克服艰险，但从未有人亲自试一下。一只溯江而上的舢板，若要通过整段水路，需要至少一个月的时间；其中绝大部分的时间，需要纤夫在岸上牵拉。考虑到这些因素，一开始就打算走水路的莫里森，最后决定放弃水路，改为步行去重庆。

"我劝你还是走水路吧，但不要坐舢板，而是坐五板船。"他刚物色了一个身强体壮的挑夫，一位名叫沃顿的美国朋友对他说。

"这是为什么？"莫里森问。

"假设我们两人同时出发，你坐五板船走水路而我走旱路，我可以肯定地说，在你到达重庆的时候，我最多只能走到距离重庆还有一半路程的万县。"沃顿解释道。

"好吧，那我就听你的。毕竟你在航运业做过，经验比我丰富。"莫里森说。

"再说，坐五板船的话，陪伴你的人也多。这样，你在旅途中就不会感到孤单和寂寞了，大家相互间也有个照应。一觉醒来之后，你也不会有茫然而无所归依的那种伤感。"沃顿说。

沃顿是个精力充沛的热心人。他替莫里森雇了一条五板船，还亲自挑选了一名口碑不错的船老大和四个身板结实的年轻的船工。

动身的前一天，在一位精通中英文的中间人的帮助下，船老大跟莫里森签订了一份协议。该协议一式两份；一份是中文，一份是英文。中文的那份是这样写的："船老大杨欣中就送莫里森去重庆一事与莫里森达成如下协议：杨欣中保证在 12 天以内到达重庆，莫里森必须在上船之前一次性支付给杨欣中 32000 文。如果晚一天到达重庆，杨欣中必须返还给莫里森 2000 文；再晚一天，再返还 2000 文；递减方式以此类推……"

当时，一两银子可以换 3000 文，大米的价格是 45 文一斤。码头搬运工将布匹从厂房直接扛到码头，一次至多能拿到 15 文；路途较短、东西较轻的话，搬运一次顶多到手 6 文。

动身的那天早晨，虽然一轮红日早已悄悄地跃出了地平线，但余寒犹厉。带着潮湿气味的凉飕飕的风儿，一阵紧似一阵地刮着，将路边的杂草吹得东歪西倒的。

莫里森在宜昌的海关码头上了五板船。那船从船头到船尾的直线距离约 30 英尺，中段的最大宽度约 10 英尺，吃水至少有 8 英寸。要是从远处的山顶望过来，五板船的船帆就好像是低翔在水面上的白鹭，船尾则像是敛翅的飞燕。

解开缆绳后，船先是在水波闪动的河面上缓缓地前行着。当船绕过宜昌城、驶入宽广的长江时，水流变得有些放纵不羁了，或有如流矢一般疾驰，或有如野马一般狂奔。船身的周围，哗啦哗啦地腾起雪团一样的浪花，使人联想到蹦跳撒欢的驹子将雪地上的雪踢得高高的。

站立在船头的莫里森，心旷神怡地极目远望。他很快发觉，在仿佛跟悠悠苍天相连的远处的水光里，时不时地映现出灰蒙蒙的山影。

"好一幅诗意盎然的现实版的山水画啊！"他自言自语地说。

写完了初稿之后，意兴未尽的戴长思拧着眉头陷入了沉思之中。

他开始反思近代中国的历史，反思为什么半殖民地半封建社会的中国老是被外国列强欺负——外国人不仅向中国派遣传教组织，而且在中国驻有军队、停靠军舰。他还反思为什么日舰击沉"高升"号英船后，英国没有向日本索赔，而是向中国索赔，而清政府又不得不向"高升"号的船东怡和公司交付了巨额的赔偿款。

他觉得，清政府在应对"高升"号事件和其他事件时表现出来的软弱无能，实在是太可笑了。他还深有感触地喟叹："人类的文明发展到今日还没有摆脱战争这一古老的魔咒，实在是太可悲了。"

是啊，眼下日本侵略者正在中国的大地上烧杀掳掠、无恶不作，中国正面临着亡国的危机。可我戴长思为什么对这一切熟视无睹呢？为什么要躲在天涯的一隅苟且偷安呢？这跟清政府的软弱无能又有什么区别呢？倘若每一个中国人都跟我一样逆来顺受地苟活，岂不是古人所说的"图得一日之苟安，必有百年之大患"？

十二

1941 年 12 月 7 日，日军航母的舰载机突袭了夏威夷瓦胡岛南海岸边的珍珠港，摧毁或重创了美军太平洋舰队的近 20 艘舰船和约 200 架飞机，点燃了太平洋战争的导火线。第二天，日军为了给南进东南亚诸国创造有利的条件，同时切断向中国内地输送物资的渠道，开始进攻英国在远东的重要军事基地之一——环珠岛。两个星期后，环珠岛基本上被日军控制。

这天下午，天空开始变得分外的阴沉。低垂的乌云，好似庞大而凶狠的怪兽，用阴森可怖的目光贪视着天底下的每一寸土地。不长时间，空气变得越来越潮湿闷热，潮湿闷热得叫人有点透不过气来。远处峰峦起伏的山脉，转眼间笼罩在迷蒙的轻霭淡雾之中。

环珠岛的大街小巷，都无一例外地换上了太阳旗。在太阳旗的下面，有脸上洋溢着微笑的身穿和服的日本人，有神态紧张的衣装不整的中国人，也有神情麻木的西装革履的欧洲人。

宽阔一点的大马路上，弥漫着令人不安的混乱的气氛。塞满日本兵的卡车飞也似的行驶着，笨重的装甲车有如甲壳虫一般缓缓地爬动着，一队队日军的宪兵端着三八大盖吆喝着……

傍晚时分，天色显然比平常更早地暗了下来，临海的那片天空还一度黑得像是被泼了墨。湿热的空气，没有一丝一毫的缓解的迹象，而是像漂浮在水流中的暗沙，越聚越多，越聚越沉了。

在薄雾和路灯灯光的交织下，一个鼻子和上唇间留着一撮牙刷胡子的中年男子，高视阔步地行走在一条日商集聚的小街上。他身穿一件做工粗糙的西服，斜戴一顶半旧的毡帽，嘴里叼着一根由日本协和烟草株式会社生产的"大陆"牌香烟。他一面行走着，一面转动着一双精气外露的小眼睛看着街头的风景。

"哎呀，这不是相田君吗？"一个身穿小振袖礼服的年轻女子，站在人行道上招呼道。

她刚从附近的一间闷热难熬、空气混浊的屋子里走出来，想在树荫底下凉快凉快，同时呼吸呼吸外面的新鲜空气。

"哟，是绫子啊。瞧你这身打扮，简直像是在过什么盛大的节日。"相田走到她的面前后，摘下嘴上的香烟笑着说，边说边用饱含着情欲之火的目光贪婪地看着她鼓起的前胸。

"你就别嘲笑人家了。如果我穿中振袖礼服，你一定会说我是在准备给天皇祝寿呢。"绫子见他两眼火辣辣地盯着自己，仿佛恨不得直接将她的礼服看破、看透，便故意闷哼了一声，然后娇声娇气地说道。

"哦，对了。我们俩有些日子没见面了，你想不想我啊？"相田觍着脸直言道。

"不想。"绫子不假思索地说。

相田发觉，她说话时的语调和神态似乎都含有一丝调情的意味，于是一边美滋滋地想着这回该怎么跟她玩一把，一边吧嗒着嘴唇抽他的烟。

"你呀，什么都好，可就是像浪花一样让人摘不到。"绫子接着说。

"先不说这。"相田说，"我倒是想知道，近日来你的生意怎么样。"

"说好也不好，说坏也不坏。马马虎虎过得去吧。你呢？我记得，你曾跟我说你是《东京日日新闻》的记者。这几天，有没有把你累趴下的时候？"绫子说。

"你看你，都快把我说成是一只弱不禁风的'红蜻蜓'了。"相田说。

"本来就是嘛。"绫子说着，脸上显露出一丝猥亵的微笑。

这时候，附近的那间屋子里传出杂乱的喧嚷声，好像有许多人在争论着什么。

"里边的人在议论些什么呀？"相田问。

"还不是在议论眼下的时局？"绫子说。

"眼下的时局有什么好议论的？一切都木已成舟了。"相田说。

"他们在争论日军占领环珠岛后究竟对我们这些日商是有利还是不利。要不，你也进去听听？"绫子说。

"好吧，既然是你绫子要我进去听听，那我就进去听听。"相田言罢，将香烟往路边一丢，然后搂住绫子的腰走了过去。

他俩刚进屋就被里边的人围住了。

"怎么，你们俩是来宣布什么重大的消息？"有人问。

"对啊，是不是来请我们喝喜酒啊？我说绫子今天怎么会打扮得这么漂亮。"有人说。

"哪有啊？我们只是进来听听各位的高见。"相田很不自在地笑道。

"高见谈不上。我们都知道，你相田君的消息比我们灵通。你就给我们透露一点吧。"有人说。

"是啊，你就给我们透露一点吧，最好给我们分析一下未来行情的走势。"有人附和道。

"消息是有的，但我不能在登报之前随随便便地告诉你们。这是干我们这一行的规矩。不过，既然我来到你们中间，那我就借此机会谈谈本人对时局、对行情的一些看法。"相田说到这里，侧转身子用得意和自信的目光看着身旁的绫子。

"看我干吗？你赶紧说说你的想法吧。"绫子说。

于是，相田装模作样地清了清嗓子，然后慢悠悠地对着众人说道："有些历史的碎片虽然被掩埋于荒烟蔓草之中，但你若是将它们搜寻出来，然后耐心细致地擦拭一下，再把它们重新拼凑起来，就一定会有所收获。比如说，在 1626 年，也就是在日本的宽永三年，满族的努尔哈赤去世后，皇太极继承了汗位。即位之后，他励精图治，在加强中央集权的同时，推行一系列的改革措施。他采纳了汉族降官的建议，一方面实行满汉一体化，一方面减轻农民的负担。随着生产的发展，皇太极的兵力大增。到了 1636 年，满汉蒙等民族的代表共呈劝进表，皇太极也就顺理成章地正式称帝，改国号为'清'。"

"你是说，我们日本人应该效仿皇太极的做法，不能光靠穷兵黩武？"有人问。

"对啊。"相田说。

"那环珠岛未来的经济你怎么看？我们生意人更关心经济问题。你刚才讲的是政治，应该去找政治家们推销你的观点。"有人说。

"那我就说说经济问题吧。据我所知，自从 1937 年日中正式开战以来，有不少人从中国的内地逃往环珠岛，其中包括一些文化名人和帮会老大。大量难民的涌入，一方面给环珠岛的食品供应带来了巨大的压力，另一方面又为环珠岛提供了廉价的劳动力。然而，粮食等食品供应的短缺，很可能会引发大恐慌，甚至严重影响社会的治安和日军的南下作战计划。加之各种抗日武装力量的兴起，时局会愈加动荡。而所有这些因素，对于经济的发展无疑是不利的。"也许是过于激动，相田说着，说着，脸色不觉变得像甘薯一样红彤彤的，额头上冒出了清亮的汗珠。

"照你的意思，随着行情走势的衰弱，我们这些小商人的日子会越来越不好过？"有人问。

"那是肯定的。"相田说罢，转过身来搓了搓手。

众人随即向两边散开给他留出一条通道。于是，他不紧不慢地走出屋子，回到先前与绫子相遇的地方。他想再跟绫子说几句话，可是绫子没再出来，好像是为了不让别人说闲话而故意躲着他。

无计可施的他，只好继续行走在小街上。

没多时，天色变得更加昏暗了，而且整个天幕像吸足了水分的海绵一般，显得沉甸甸的，但吹在脸上的风儿依然是热乎乎的。一道道探照灯光，在天空底下来来回回地纵横交错。偶尔还可以看到几架警戒的飞机在头顶上盘旋；投下的耀眼的照明弹，使得几幢高楼的外墙像抹了层泛白的厚霜。

当他拐进一条弄堂时，他不经意间想起，这些天来各种大大小小的新闻，就如同雪片似的满天地飞，想起自己的新闻稿是写也写不完，顿然觉得自己应该找点乐子补偿补偿自己。而当他想到那个楚楚可人的绫子，特别是她的那双顾盼之间秋波涌动的眼睛和周身散发出来的醉人的香气，他原本平静的心湖上渐渐地起了微细的波浪；这细浪又很快地变成奔腾的激流。他恍惚看到了绫子洁白如玉的身躯，听到了从她口中发出的颤丝一般的娇吟。于是乎，他又走出弄堂，像丢了魂似的朝着迎香楼赶去，想在那里找到绫子的"替身"以解攻心烧肠之欲火。一想到马上就能跟迎香楼里的女子玩"双飞"，玩"风火轮"和"钻地龙"，他嘴角边不觉流出了口水，身子骨不由自主地抖颤了一下，眉梢和眼角之间拧出了一丝沉醉入迷的笑意。

是啊，在没有绫子的情况下，迎香楼对于他来说，着实是一种带有野味的、掺着陌生感的诱惑，也是一种夹杂着探险色彩的诱惑。它就像一道奇异的幻景，能激起他狂热无比的驰思遐想。

可是，当他来到距离迎香楼还有 50 来米的地方时，他惊讶地发现：迎香楼前已经挤满了日本兵；这些日本兵并不是来查封迎香楼的，而是跟他一样来找个乐子，或者更确切地说，来发泄一下难耐的欲火。他们个个有如发了情的公牛，见到艳妆艳服、倚门卖笑的妓女就冲上去将她抱起。迎香楼的那两扇沉重的大门，似乎根本经不住他们的左拥右挤，时不时地发出吱呀吱呀的响声。

他像一棵萎蔫的矮树，一动不动地斜靠在一根电线杆上。原先灵动的、被迷狂的冲动照亮的眼睛，转瞬间变得有点钝涩和黯然了。

"看来，我只能改天再来了。"他一边看着这拥堵得"针插不进、水泼不入"的迎香楼，一边嘟嘟囔囔地说着。

此时此刻，意兴全消的他，除了失落和怅恨外，再也无法找回一个轻松惬意的自我。好像刚要抓到手里的一只蝴蝶，猛地扑扇了一下翅膀，而后安闲自在地飞走了。

"不过，这倒是一条不能见报的有趣的新闻。只可惜我没带照相机。要是能用照相机拍下这一壮观的场面，将来或许还可以赚上一笔钱。"在往回走的路上，他低垂着脑瓜喃喃自语道。

没过多时，不知从哪里飘来一阵歌声："幽兰深处逸芬芳，绮云连天似无穷；游龙翻腾赛惊涛，银光纵横壑谷中……"这歌声，就像是扑扇着粉翅翩翩飞舞的蝴蝶，在半空中悠扬着，回旋着。

而几乎在这个时候，戴长思已绕过日本宪兵的哨卡，走小路来到詹姆士的住宅。

这是一栋具有岭南建筑风格的小楼房。它有一个精致美观的露台；露台上，整整齐齐地摆放着几盆鲜花。楼房里边的高峭狭窄的楼梯旁，是一间舒适的客厅。客厅里，三把雕花木椅之间分插着两张茶几。木椅和茶几后面的墙壁上，挂着一幅宏伟壮观的山水画；画的两旁是笔力柔中寓刚、风格清逸洒脱的对联。这对联的上联为"明月自行千百里"，下联为"孤峰独耸云涛间"。客厅里最为引人注目的，是摆放在一张长桌上的由亚美公司生产的"五灯"收音机。它在当时是有钱人身价的一种象征，也是有地位的绅士家中必有的摆设。

詹姆士打开临街的那扇大门后，戴长思不紧不慢地走进了客厅。说真的，这么多年来，这还是他头一回来到詹姆士的住所。眼前的一切，既显得陌生和新鲜，又让他感到有点神秘。

詹姆士关上门后，拧亮了客厅里的那盏吊灯，然后让戴长思坐到一把椅子上。紧接着，他用关切的口吻问道："这路上还顺利吧？"

"还算是比较顺利吧，只是为了避开日军的宪兵多走了一些路。"戴长思回答道，一边回答一边好奇地看着犹如梦幻一般映现在窗玻璃上的山水画和山水画两旁的对联。"您呢？我的意思是，这些天您的心情一定是糟糕透了吧？"

"是啊，不能再糟糕了。"詹姆士边说边坐到离戴长思最近的那把椅子上。

一想到日本人打进了环珠岛，一想到不堪一击的英军节节败退，他那双目光倔强的眼睛里不觉平添了几分无奈。

"不瞒你说，自从教会学校因战事而临时关闭后，我的心里一直闷得发慌，好像失去了自己唯一的精神寄托，失去了生活的目标和动力。两天前，我实在是郁闷难耐，于是吃了晚饭后就去找一个朋友下国际象棋，想以此来排遣内心的愁闷，可是下着下着，就不知不觉地下到了深更半夜。我本想赶紧回来休息，但抵不过那位朋友的劝说，于是就干脆在他那里过了一夜。"

"后来呢？"戴长思问。

"你别急，你先让我把话说完。"詹姆士说。

"好，您说。"戴长思说。

"你可能还不知道吧？我的这个朋友跟陈小姐很熟，他是圣约翰大教堂的史蒂文斯牧师。他下完棋后，风趣地对我说：'能在此起彼伏的枪炮声中和你老吉姆下棋，是我一生中最难得的洒脱，也是平平淡淡生活中的一种奢侈。'还说：'虽然我们都是上帝的仆人，但我们决不能像过去的苦修者那样对自己过于苛刻。我们需要的是及时行乐，哪怕是在最危险、最困苦的时候。'"

"是吗？"戴长思侧过脸来随口一问。

说心里话，这会儿他不想听到有关陈乐君和史蒂文斯的话题。之前发生的一切，对于他来说，只是漫长的人生道路上的一个小小的插曲，只是转瞬即逝的过往，就像刚刚腾空而起就随风飘走的气球，就像在中世纪的神秘剧或道德剧的幕间表演的滑稽短剧。他没想到，在战乱的当下，命如苇草的平民百姓多半过着"柳絮逐风，忽西忽东"的漂泊不定的生活，而那些酒足饭饱的英国绅士却过着"云雾生衣上，山泉入镜中"的自在逍遥的生活。难不成这位曾经组织人员接济内地抗战的校长，在环珠岛战役爆发之后开始变了，变得因愁闷而消极，因消极而以游戏的态度面对人生？难不成那个本该将自己的整个身心奉献给上帝的牧师，不再如痴如醉地宣传"走向天国"的道理，不再带领众信徒跪倒在十字架前诵祷文、做忏悔？也许，他的"天国"就在地上，就在"及时行乐"的地上；也许，在他的心目中，"圣洁"就是"洒脱"的同义词……

"哦，对了。你想不想喝点咖啡？"就在戴长思陷入漫无边际的思考之中时，詹姆士边说边抬起右手轻抚着额头的右侧。

"不想。"满腹心事的戴长思，心存疑虑地看着他说。

当詹姆士放下右手时，戴长思这才发现：他额头右侧隆起了一个小小的肿块，于是问道："您的额头是怎么回事？"

"哦，是这样的。"詹姆士说，"我在史蒂文斯的住所过夜。第二天的一大早，正当我还在熟睡的时候，我隐隐约约地听到了飞机的嗡嗡声。起初，我还以为是在做梦，但这嗡嗡声越来越响，最后终于把我给闹醒了。我睡眼迷离地从床上爬起，然后来到屋外的一个草坪上，想看个究竟。我抬头一望，只见有架飞机紧贴着阴森森的云幔飞行着。它时而直飞，时而盘旋，像是在搜寻着什么东西。过了好一阵子，它总算是飞走了。于是，我回到屋里继续睡觉。可万万没想到，我躺上床还不足10分钟，又听到了飞机的嗡嗡声，而且声音比之前响，就像是滚动的雷鸣。我再次起床来到屋外。这回，我见天空的东北角有几架飞机一边吼叫着，一边朝着我站立的位置俯冲下来。当它们掠过我的头顶时，我清晰地看到那机身上的太阳标记。"

"那后来呢？"戴长思问。

"后来，我慌忙跑进屋里。这时候，我见牧师已躲在一张桌子底下；他紧闭着两眼不停地在胸口画着十字。不知是受了惊吓，还是在祈祷着什么，他的嘴唇微微抖颤着。我二话不说，也钻到一张桌子底下。没过多时，只听得机枪声连珠似的响了起来。伴随着枪声的，是炸弹爆炸时发出的巨响以及玻璃震碎时发出的呼呼啪啪声。过了20分钟的样子，声音渐渐地消停了。于是，我急忙钻出桌子。在钻出桌子的时候，我不小心将额头撞上了桌子下面的横档，结果就起了这么一个肿块。"詹姆士说。

"您也真是的。在这非常时期，人家一听到飞机的声音都唯恐避之不及，而您却往屋子的外面跑。"戴长思说。

"可让我感到奇怪的是，当时怎么没有人拉响防空警报？"詹姆士说。

"可能是防空警报的装置出了故障，也可能是有人故意破坏。"戴长思说。

"哦，对了。我请你来主要是想跟你谈两件事，一是有关日本人对环珠岛实行海陆封锁，二是有关教会学校。"詹姆士沉默了片刻后，神情严肃地说道。"你看啊，由于日本人的封锁，药品和其他的一些物品已无法送往内地了。库存的那些也有可能随时被他们当作违禁品查封。我想让你想办法把这些物资暂时转移到地下，也就是找一个不易被日本人发现的安全的地方。实在不行的话，那就只能暂时转移到圣约翰大教堂的地下室。"

"那第二件事情呢？"戴长思迫不及待地问。

"前一阵子，迫于战乱的严峻态势，教会学校不得不临时关闭。我想，在不久的将来，日本人一定会采取在殖民统治台湾时的那种做法，实行奴化教育，强迫所有的学校开设日语课。但是，在这之前，我们总不能无所作为，总不能让我们的学生失学吧？你看看，有没有这种可能，那就是化整为零，找一些地处偏僻的废弃的厂房或仓库什么的，让学生能够继续念书。"

詹姆士说。

"您的这个想法固然不错，但孩子的家长也许会放心不下，因为没人知道在往返的路途中会发生什么样的意外。"戴长思说。

"你说的也是，但我们可以采取'自愿的原则'，有一个算一个，绝不勉强。必要的话，可以跟家长签订协议。"詹姆士说，"另外，我打算让每一个教学点都有专人负责。"

"如果找到了合适的教学点，又如何把学校的课桌椅搬过去呢？"戴长思问。

"是啊，我也在想这个问题。"詹姆士说，"如果用卡车搬，肯定会闹出很大的动静。如果用人力车搬，目标虽小但由于操作次数频繁也会引起日本人的注意。"

"以我之见，我们干脆让学生席地而坐，只要有一块黑板就行了。"戴长思说。

这时候，他忽然感到有点自责。是啊，自己还没有摸清詹姆士的真实想法就在心里边错怪他了。他觉得，虽然詹姆士的想法有点不切实际，但它却能够让他戴长思重新回到之前的那种充满着工作热情的状态。

离开詹姆士的住宅后，戴长思心事重重地往自己的住所走去。

一路上，他无意间发觉：有几家英国人开的商店的门口，摆放着顶端饰有伯利恒之星的圣诞树；玻璃橱窗内闪烁着"Merry Christmas（圣诞快乐）"的字样，仿佛刚刚过去的"黑色圣诞"又恢复了它原来的样子并且散发出绚丽的光彩，仿佛这些商店的主人都过着与世隔绝的生活。他觉得，眼前的这一切太匪夷所思了。

难道英国人都像史蒂文斯所说的那样，"需要的是及时行乐，哪怕是在最危险、最困苦的时候"？难道他们生来就这般心地开阔，随遇而安？难道他们早已养成了一种根深蒂固的习惯，那就是：不管遇到什么情况，都必须以喜庆的方式轻松而又随便地消磨掉一年的最后几天？他边走边寻思着。

没多时，豆大的雨滴从天上零零星星地落了下来。转眼之间，这雨滴变成了一束束密织的银线在空中飘洒着、扬落着。最后，只见一道道白厉厉的水柱像鞭子似的肆意抽打在枝叶上，抽打在撑着雨伞的行人的腿上，也抽打在过往车辆的车轮上；时而卷起轻烟一样的碎花，时而有如龙腾鱼跃一般连成一片。

站在一家咖啡店门口躲雨的戴长思，一边看着这铺天盖地的大雨，一边想着这承载着艰辛的、正在悄悄溜走的一年。他觉得，这一年就好比是一个难熬的炼狱的过程，就好比是从他的生命里硬生生地夺走了什么东西。一想到那还撕剩两三页的日历，一想到这流落天涯的岁月不知什么时候是个头，一想到自己的漂泊人生还要继续下去，他心里不觉浮起了无限的惆怅。

十三

十多天过去了，戴长思没有找到废弃的工厂和仓库，而是在近郊的一个地势低洼的地方找到了一座建于明末清初的小庙。

这小庙满庭荒草，檐壁破损；用彩画装饰的横梁和柱子，早已褪尽了颜色。一处青砖铺就的地面，不知什么原因坍陷了一大块，而且在砖块的缝隙间长出了一簇簇小草。庙内的一尊金粉脱落的佛像，兜着厚厚的灰尘和纵横交错的蛛网。在佛像的前面，有一只刻着偈颂的香炉。由于年久月深，香炉已长出了斑斑铜锈，但偈颂的字迹依稀可辨："信为道元功德母，长养一切诸善法。断除疑网出爱流，开示涅槃无上道。"

"看来，詹姆士的计划要搁浅了。"在返回的路上，戴长思自言自语道。

是啊，尽管这小庙因地处偏僻而不容易被人发现，但若是用作教书的场所，空间狭窄且不说，从居民集中的地段跑到这边光一个单程至少得花去半个时辰。况且，一下起大雨来，那地势低洼的地方会有积水。这积水一定会流到庙里边。至于将它用来存放药品等物资，似乎也不行。一是没人看管，二是东西容易受潮……

正当他耷拉着脑瓜心绪缭乱地疾步匆匆地行走的时候，忽然听到前方有人在招呼他。他神思恍惚地抬头一看，见是一个模样周正、打扮入时的女子。

这女子做了一头偏分的波浪纹短发，短发的下沿与肩齐平，发梢略微内扣。一抹微卷的前刘海，半掩着光洁清秀的额头。脖子上的珍珠项链和俩耳垂底下的由三圈衔接而成的耳环，给她娴静妩媚的脸庞增添了一丝高贵与典雅。她下身穿一条浅蓝色的长裙，上身穿一件白玫瑰色的法式飘带衬衣，衬衣的外面罩着一件小腰身的淡灰色马甲。她脚蹬一双小巧玲珑的、乳白色的半高跟皮鞋，左手提着一只很时髦的"海水云崖锦缎竹节"手拎包。

"哎哟，这不是舒亦婕吗？你怎么也来环珠岛了？"看着女子的模样，戴长思先是一愣神，然后一边说着，一边慢慢地走到她的跟前。

"看你这话说的，好像你能来我就不能来似的。"舒亦婕面带微笑地说。

虽然这微笑有点矜持，甚至含有一丝羞涩，但难掩她内心的激动。

或许是由于在念中学的时候两人都曾经暗恋过对方，或许是由于多年没见面难免会产生一种疏远和陌生的感觉，或许是由于在这内忧外患、战事频繁的年代泥沙俱下、鱼龙混杂，每个人都很自然地会对他人有一点戒备的心理，或许是由于两人分别后经历的事情实在是太多太杂，难以理出个头绪来，也不知道从何说起，两人简单地对话后竟然默默无语地对视着，不知接下来该怎么说。

"我真没想到，多年没见，你还是那么年轻，还是那么漂亮。"最后，是戴长思找了一句无关痛痒的话，打破了有些沉闷的气氛。

在他的印象中，舒亦婕是个衣着朴素的姑娘。在学校的时候，她跟其他的女生一样，喜欢穿倒大袖上衣跟长裙搭配的套装，喜欢梳一头端庄大方的倒扇形短发。而如今，她却打扮得像雍容华贵、光彩照人的贵族小姐，好像跟他戴长思是分属不同的阶层。

"你也没变，还是那副书卷气十足的样子。说真的，一见到你，那充满青春活力的学生时代又宛然在目，让人在欣慰之余还有一种浓郁的感伤。"舒亦婕说。

"那时候，我们天真活泼、渴求知识、追求真理，天天生活在对未来的美好憧憬之中。"戴长思一面说着，一面目不转睛地看着舒亦婕的站姿。

她宛若一棵垂丝袅娜的柳树玉立着，身后的背景衬出她肩膀和腰部的弧线。

"你还记不记得，有一回你为了在女同学面前逞能，攀爬到一棵大树上抓知了，结果还没抓到知了就从树上摔了下来？"舒亦婕问。

"当时你也在场啊？"戴长思反问道。

"是啊。"舒亦婕说，"看着你那副狼狈相，我禁不住暗自偷笑，心想：这跟泥娃子跳进河里摸鱼没什么两样。"

"没想到，你的记性那么好，什么东西都像长了根似的记在你的脑瓜里。"戴长思说，"你一定还记得，在毕业典礼上，有一个名叫文颖的女生模仿着周璇给大家唱《五月的风》。"

"当然记得，当时我还拉手风琴给她伴奏呢。"舒亦婕说。

"你们俩一个是柔润的歌喉，一个是欢快的琴声，配合得天衣无缝、心契神合，都快赶上专业艺人的水平了。"戴长思说。

"你什么时候也学会了谄媚奉承？"舒亦婕说罢，环顾了一下四周。

"哦，对了。我想冒昧地问一句，你来到环珠岛之后在做些什么？"戴长思说。

"在一家茶楼做。你呢？"舒亦婕说。

"我在一所教会学校教书。"戴长思说。

"我记得，令尊是位牧师。你在教会学校工作，也算是子承父业了。"舒亦婕说。

"但要论宗教信仰，我可差远了。"戴长思率直地说。

"那他老人家还在上海做牧师？"舒亦婕问。

"他已经过世了。"戴长思说着，心里不觉泛起了一阵酸楚。

"怎么会呢？"舒亦婕蹙着眉头问道。

"还不是日本人造的孽？"戴长思说。

接着，他干脆把事情的经过原原本本地告诉了舒亦婕。

那是 1937 年 8 月上旬的一天。

这天的天气特别热。当空的烈日，照得大地跟火炉似的发烫。熬不住滚滚热浪的知了，躲在树叶底下频频地尖叫着。

戴长思应几个朋友的邀请，来到高桥海滨浴场游玩。之前，他早就听说高桥海滨是消暑却热的好地方，它有数十里平坦的沙滩和一望无际的海空，若是能在炎风酷日的盛夏进入海边的浅水区一浴，会有一种如沐神泉般的舒爽的感觉；可他本人还从来没有体验过。说真的，那天他玩得非常开心。他和朋友在海水中游泳，游累了就躺在沙滩上欣赏周围的美景。

然而，他万万没想到，当他回到自己的小镇时，刚走下长途汽车就遇到了日军的空袭。几颗炸弹在离他不到百米的地方炸响了，震得他像走浪桥、荡秋千似的摇晃起来，然后重重地摔倒在地上。不一会儿，一梭子子弹从他附近的树枝间吱吱地飞过，树叶随即有如被利剑削了一般，纷纷飞洒飘落下来。

敌机飞走后，他从地上爬了起来，而后沿着小街朝自己的家宅走去。

一路上，他发现：被炸弹炸坏的房屋，零零落落地倒塌在弥漫着硝烟味的焦土上；烧毁的房梁和柱子以及残缺不全的衣被等，混杂在一堆堆瓦片和砖块之中；惨不忍睹的横七竖八的尸体，在残垣断壁中随处可见。

而他的家宅，也在这次空袭中被炸得面目全非。那触目惊心的一片狼藉，就好像是被盗墓者发掘过的陵墓。他的亲人，竟然无一幸免于难。无家可归的他，只好暂住在一个朋友的家里。可几天过后，日本人的飞机一夜间又飞临了他家乡的上空。

舒亦婕听后，只觉鼻子一酸。她强忍着眼泪对戴长思说："既然你身背血海深仇，那你为什么不想办法给你的家人报仇雪恨？"

"我当然想报仇雪恨，可就是没有合适的机会。我总不能操起一把菜刀见日本人就砍吧？"戴长思一想到自己的家人死在日本人的手里，心头就像被一只利爪牢牢地捏住似的。他一面神情哀伤地说着，一面两眼茫然地望着舒亦婕身后的背景。

倏忽之间，他觉得这话题有点沉重，好像跟周围平静而安详的氛围有点不协调，跟舒亦婕温文尔雅、娇媚动人的形象也有点不搭调，再说，他不想看到舒亦婕为他戴长思的不幸而伤心落泪，于是扇开笑脸说道："这都是过去的事情，我不想再提起它们。要知道，人生就像是在海边散步，海里随时会毫无征兆地掀起滔天的巨浪，然后毫不客气地向你兜头盖脸地砸过来，甚至于把你卷入海水之中。遇上不幸的事就权当是'历练'吧。"

"看来，也只能拿这样的话来宽宽心了。"舒亦婕说，"常言道：'死者长已矣，生者当节哀。'"

"哎，对了。舒小姐什么时候方便，我们可以一起吃个饭。我请客。"戴长思接着说。

"我看，还是你到我的茶楼来吧。我们可以一边喝茶，一边叙叙旧。"舒亦婕说。

"也好，可我不知道你的茶楼在哪里。"戴长思说。

"哦，我给你一张名片。名片上有茶楼的地址和电话号码。"舒亦婕说着，从手拎包里拿出一张名片递给戴长思。"你呢？我的意思是，你的那所教会学校在什么地方？"

"别再提它了。"戴长思神态沮丧地说。

"怎么啦？"舒亦婕疑惑地问。

"由于战乱的原因，它被迫关闭了。"戴长思说。

"既然这样，往后你打算做什么？"舒亦婕问。

"写写小文章。像我这样的不入流的小文人，只能靠写写小文章弄点微薄的稿费。不过，你用不着替我担心。教会会不定期地给我发一些救济金。再说，几年前，我的一个友人在去英国之前给我留了一笔钱。"戴长思说。

"是吗？那就好。"舒亦婕说。

要说这舒亦婕，她现在是环珠岛地下交通线上的一名交通员。其掩护身份，是"碧兰轩"茶楼的店主。

上海沦陷后不久，还没有读完大学的她，回到了自己的老家常熟。当时，她看到了与往常不一样的景象：大街小巷都贴满了"坚决不做亡国奴""打倒日本帝国主义"的标语和抗日的宣传画，平日里人们谈论得最多的是抗日的话题；工厂的工人和商店的店员自发地组织起歌咏队，演唱抗战的歌曲或者朗诵宣传抗日救亡的诗歌；回乡的大学生组织了演讲团，在体育场和寺庙前的大街等处开展宣讲活动，鼓舞当地的民众团结起来一致抵抗日本侵略者；知识界、文艺界的人士组建了文艺宣传队，以活报剧和评弹等形式到农村的各个集镇巡回演出；学界的耆宿名流、工商界的大佬和广大市民踊跃为前线捐款捐物；饭馆和点心店不分昼夜地为前线将士做菜做汤，蒸糕点蒸馒头；医务人员开办了战时救护速成班，吸收妇女同志参加培训。总之，这座原本平静的小城，似乎一下子变得沸腾起来。人们都在激情满怀地、紧张而有秩序地忙碌着。

不久，她听说在返乡的大学生里有自己的校友姜大成，而且他在刚成立的抗日后援队里担任干事，便主动去找他，想让他给自己安排一份工作。姜大成见到她后，高兴地说："抗日后援队下设组织科、宣传科和劳工科等多个部门，其中宣传科的任务是组织文化界的知名人士和民间艺人在城乡之间开展抗日救亡的宣传，并且筹办一些新的报纸和期刊。眼下最紧缺的，是记者和文艺创作者。我记得，你是读文科的。如果你愿意的话，可以为我们写些稿子。"她听后，满口答应。

她先是写新闻稿，后来在写新闻稿之余，尝试着写剧本。剧本中的主人公，大多是智斗或勇斗日寇的平民英雄。曾有人把她的笔比作"摄影机"，摄下了一幅幅真实而生动的画面；在这些画面里，可以看到饱受压迫和战乱之苦的中国人是怎样觉醒和奋起的。

那时候，她一面勤于笔耕，一面如饥似渴地阅读；尤其是阅读优秀的文学作品。用她自己的话说，就是"边学边干"和"摸着石头过河"。

两年后，在姜大成等人的推荐下，舒亦婕成了《大众报》和《江南》半月刊的撰稿人。不久，她受组织委派来到环珠岛开展抗日救亡工作。

一个月后的一个上午，戴长思按照名片上的地址，找到了"碧兰轩"茶楼。

这是一栋青瓦灰砖的两层楼的传统建筑。大门的上方，高悬着一块墨绿色的匾额；匾额上面用淡黄色的颜料写着"碧兰轩茶楼"这几个大字——字体疏放俊逸，饶有别致。茶楼里边布置得舒适而富有情调。每张紫檀圆桌的周围，有三张紫叶藤椅绕桌而立。挂在墙上的，有优美恬静的山水画，也有勾描得十分细致的仕女图。

"你也真是的。"舒亦婕见戴长思手里捧着一束花朵饱满的粉玫瑰，半嗔半喜地说。"我请你来喝茶，你送什么花呀！这不是生分了吗？"

"有道是'来而不往非礼也'。我也是顺道买的。你别那么认真。"戴长思笑着说。说罢，他径直走到舒亦婕的跟前，将花递给她。

"那我就收下了。不过，你头一回来我这里就这般讲究，那往后我还怎么好意思请你来？"舒亦婕接过花后，微红着脸说。

"你别想那么多。我送花给你，除了礼仪外，主要是希望它能给你带来好心情。"戴长思说。

"这倒也是。"舒亦婕说，"见了这些笑颜迎人的花朵，我的心情也变得跟它们一样美好。但只许这一次，下不为例。"

"行，听你的。"戴长思说。

他本想买红玫瑰。但人们通常认为，红玫瑰是用来表达炽热奔放的爱情，它的花语是"深深地爱着你"。他觉得，自己跟舒亦婕的关系还没有到这火候，如果送给她红玫瑰有点过于夸张。而粉玫瑰的花语是"送给我心目中的女神"，它相对于红玫瑰来说，要低调些、含蓄些。

舒亦婕把那束粉玫瑰插入一只放满水的花瓶后，让戴长思坐到一张圆桌旁，然后亲自沏了一壶尖叶茶。将茶壶和茶杯放在能照出人影的、光滑而洁净的桌面上后，她神态安闲地坐到戴长思的对面，接着将茶壶里的茶水慢慢地倒入茶杯中。

"既然你在茶楼做，那你一定对茶文化很有研究。"戴长思喝了一口茶后，没话找话地说。

"研究谈不上，只是略知一二。"舒亦婕谦虚地说。

"那你就跟我随便讲讲。"戴长思接着说。

"你要知道，中国素有'礼仪之邦'的称谓，而茶文化的内涵就是通过沏茶、赏茶、闻茶、饮茶和品茶来体现礼仪。这种礼仪也可以看成是以茶修身的生活方式。"舒亦婕喝了一口茶后，悠然不迫地说道。

"那茶道跟茶文化有什么区别？"戴长思问。

"茶道是沏茶和饮茶的讲究。它就和这墙上的绘画一样，给人以陶冶情操的美的享受。"舒亦婕解释道，"茶道起源于唐朝，南宋时期传入日本。中国茶道的创始人是《茶经》的作者陆羽和《茶谱》的作者卢仝。"

"卢仝好像是诗人。"戴长思说。

"是啊，卢仝写有诗歌《七碗茶》。在他看来，喝茶要比喝酒来得高雅，它能把你提升到一种非凡的境界，也就是忘却世俗、抛弃名利、羽化成仙的境界。用他的话说，即是'生清风''通仙灵''归蓬莱'。"舒亦婕说。

"这卢仝真可以说是清而不傲，淡而不孤，乐而不纵啊。"戴长思说。

"这正是茶道的精神所在，要不然他怎么会被人尊称为'茶仙'呢？"舒亦婕说，"我个人认为，卢仝的性格跟豁达不羁、喜欢饮酒作诗的李白形成了鲜明的对比。"

"是啊。一个是茶仙，一个是酒仙；一个是无茶不能成诗文，一个是有酒诗兴如喷泉。"戴长思说罢，又喝了一口茶，然后将话题一转："你这里的生意还好吧？"

"自从日本人侵占了环珠岛，民生凋敝，万象萧条。除了几家赌场和妓院外，像茶楼酒店之类的场所能够勉强地维持下去不亏损，那就不错了。"舒亦婕说。

"那你就不想念自己的家乡？我记得，你的老家在常熟。那可是一个物产丰富、山清水秀的好地方。尤其是 7 月的阳澄湖，苇叶青青，稻谷飘香，鱼虾肥壮。还有暮春时节莺飞燕舞的水抱之地虞山，以及星罗棋布的港汊水网——它们就像是《水浒》里描写的梁山泊。"戴长思说。

"我当然想念自己的家乡。难道你不想念自己的家乡？"舒亦婕说罢，稍稍停顿了一下，然后接着说："没想到，你才喝了没几口茶就文思泉涌，语吐珠玑。要是再喝下去，你就成了茶仙第二了。"

"你就别嘲笑我了。"戴长思说，"常言说得好：'他乡纵有当头月，不及故乡一盏灯。'我怎么会不想念家乡呢？我恨不得现在就插上翅膀飞到阔别已久的家乡。"

"哎，对了。我在常熟的时候，见那里的抗战运动搞得轰轰烈烈、如火如荼，而这边的环珠岛却笼罩在完全不一样的沉闷的气氛之中，甚至有些人就像是《孽海花》里描写的那班醉生梦死的达官贵人，成天陶醉在歌舞升平之中，用寻乐的方式来麻痹自己的灵魂。"舒亦婕说。

"是啊。还有一些人照样在暗香浮动的青楼里听歌赏曲、饮酒作乐。这使人不由得记起杜牧的那句'商女不知亡国恨，隔江犹唱后庭花'。"戴长思说。

"难道你不觉得像你我这样的知识青年应该做点什么？"舒亦婕旁敲侧击地说。

她想借着这一话题探摸一下戴长思的心思。

"内地是内地，环珠岛是环珠岛。内地有国军和新组建的八路军、新四军，还有各种公开的和秘密的抗日组织。老百姓有了可以依靠的力量，也就有了盼头，也就无所畏惧了。"戴长思说。

"说的也是。"舒亦婕说，"但我们总不能袖手旁观，无所作为吧？"

"那你干脆给我指一条明道，告诉我咱俩能做些什么。"戴长思说。

"比如说，我们可以先印发传单，张贴标语什么的。"舒亦婕说。

"好吧。"戴长思沉思了片刻后说，"什么时候你需要我做你的助手，就跟我言语一声。我随时听候你的安排。就凭我们俩是曾经的同窗，这点小事还不是一句话？"

"你能这么说，我太高兴了。"舒亦婕喜形于色地说。

"不过，我建议：为了安全和稳妥起见，事情要一件一件地慢慢做，不能操之过急，不能闹出太大的动静。俗话说得好：'一根麻不乱，十根麻扯成团。'几件事一起做容易出乱子。"戴长思说。

"你看你，还是过去那副谨小慎微的样子。什么时候你能拿出攀爬大树抓知了的勇气？"舒亦婕说。

"这叫'大事清楚，小事糊涂'。"戴长思说罢，又喝了一口茶，然后接着说："哦，对了。上回我忘了问你。"

"问我什么？"舒亦婕急切地问。

"你是什么时候来环珠岛的？"戴长思说。

"三个月之前。"舒亦婕说。

"是不是跟我一样，来环珠岛避难的？"戴长思说。

"也可以这么说。"舒亦婕说。

"什么叫'也可以这么说'？"戴长思笑道。

他寻思着，莫非舒亦婕有什么只能藏在心里的隐情和不得已的苦衷？

"哦，是这样的。我本来就打算在大学毕业后来环珠岛发展，也就是想在这里开个商铺什么的，因为内地实在是太乱了。"舒亦婕见戴长思两眼直视着她，像是要看破她的心思，便急中生智地说道。

"看你说的，好像来环珠岛做生意是件很容易的事情，容易得就好比在一块空地上搭一个苇席篷子。"戴长思说。

"你先听我把话说完。"舒亦婕说，"不瞒你讲，在环珠岛我有个远房亲戚，她是我母亲的表姐。我想，有了她的照应和帮衬，事情就会好办些。"

"原来是这样。"戴长思说。

"哎，对了，我也想问你一件事。"舒亦婕接着说。

"问我什么？来环珠岛我肯定比你早。"戴长思说。

"你有没有听说过一个叫伊仲史的人？"舒亦婕问。

"怎么啦？"戴长思感到有点意外。

"我从几天前的《南洋新闻报》上得知，他已当选为'大东亚共荣圈'投资与贸易促进协会环珠岛分会的副会长，而且在当选的第二天就配合日军宪兵的侦缉队对环珠岛所有的违禁商品进行突击检查，还查封了储存在圣约翰大教堂地下室里的一些药品，抓走了教堂的牧师。"舒亦婕说。

"是吗？这真是人心叵测，世事难料啊！怪不得我见他乐得不是哼小曲就是吹口哨。"戴长思说，"依我看，像他这号人就跟一条毛毛虫似的。你给它一根竹竿，它就不顾一切地顺着竹竿往上爬，最后连自己是怎么摔下来的都不知道。"

"你们俩认识？"舒亦婕好奇地问。

"岂止是认识。实不相瞒，我曾在他经营的夜总会里做过。而且，他还是我现在的房东呢。"戴长思说。

"是吗？你怎么不早说呢？"舒亦婕听后，感到很意外。

"之前你又没问我，叫我怎么早说啊？"戴长思说。

"那他多大岁数了？"舒亦婕问。

"这我没问过他，也不好问。我估摸着，他应该跟我一般大。"戴长思说。

"那你对他的印象如何？"舒亦婕接着问。

"他精明能干、为人圆滑，所以财运亨通、宦途顺利也在情理之中。"戴长思说，"哦，对了。前不久，他要涨我的租金，我还跟他吵了一架。你看看，这么有钱的阔少对蝇头小利也不放过，也会锱铢必较。"

"生意人多半是这样的习性。哪怕是一根小小的稻草，也要榨出二两油。哪怕是一座断垣残壁的破庙，也要想方设法地抠出些砖瓦来。"舒亦婕说。

"即使是为了发善心、积阴德而从别人手里买下一只蟋蟀，在放生之前，也要从它的腿上刮一层皮。"戴长思说。

"那他的夜总会叫什么名字？"舒亦婕问。

"叫'一夜风流'。"戴长思说。

"这好像是一部美国电影的名字。"舒亦婕说,"我记得,该电影讲述的是一个离家出走的富家女跟一个穷困潦倒的记者之间发生的爱情故事。"

"是啊,它还荣获了第七届奥斯卡的多项大奖。"戴长思说。

"看来,这个伊仲史还真有经商的头脑,居然不失时机地利用一部走红的电影带来的'广告效应'来为自己的夜总会招揽顾客。"舒亦婕说。

"而且,他自己就是个风流倜傥的花花公子。"戴长思说。

"既然你们俩是熟人,那你什么时候带他过来喝杯茶?"舒亦婕说。

"什么意思?难道你想跟他交朋友?我看算了吧,没这个必要。像他这样的人,肯定是为了自保而投靠了日本人和汪精卫的那帮人,肯定会被军统的人盯上,甚至于已经被列在抗日锄奸队的黑名册上。你跟他打交道还不是沙滩里晒谷子,自找麻烦?"戴长思说。

"是这样的,"舒亦婕想了想后说,"你看啊,我来环珠岛时间不长,也不知道这商业世界的深浅。我一直以为,在环珠岛开业如果没有黑势力的保护,那是很难经营下去的。可我又不知道去找谁做我的保护伞。"

"我也曾经听说,在环珠岛开业要给黑道上的人交保护费。但你找谁也不能找这个伊仲史做靠山。常言道:'请神容易送神难。'"戴长思说。

"那好吧,那就当作我什么都没说。"舒亦婕说。

十四

日军宪兵侦缉队的审讯室里,寒光四射,阴气袭人。一扇用粗铁条焊接而成的门跟一扇圆形的、高不可及的窗口,隔着约 40 平米的水泥地板相互对视着,给整个房间增添了一种威骇与震慑的气氛。圆窗上,安装了一个小小的换气扇,用来给房间排放污浊的空气。布满粗细不匀的裂缝的墙面上,隐隐约约地可以看到斑斑血迹。

审讯室的隔壁，是临时关押犯人的房间。里面阴暗潮湿且弥漫着难闻的霉烂的气味。外面有两个全副武装的宪兵看守。他们时不时地通过门上的一扇小窗，朝里面张望着。

史蒂文斯被拘捕的那天，就关押在这间屋子里。

那天，他应环珠岛圣公会理事的邀请，去参加一个宗教活动。在回教堂的路上，无意间发觉有一个个头不高，体型瘦小的人在跟踪他。这人身穿一件黑色的风衣，头戴一顶宽边的礼帽。由于礼帽的帽檐半掩着面孔，他无法看清那人的相貌。不过，那人走路的样子是标准的内八字。

这个黑衣男会不会是日本人？日本人常常跪坐且喜欢穿木屐，久而久之走起路来就会不自觉地迈开内八字步……他一边继续往前走，一边在心里边思忖着。

当他走到离教堂不远的一个花园式弄堂的大门口时，见里边没有人影，便敏捷地闪了进去。没一会儿工夫，黑衣男东张西望地跟着走进了弄堂。这时候，躲在暗处的他，猛地飞起一脚踢在黑衣男的小腹上。只听得"扑通"一声，那黑衣男仰面跌倒在地上。由于跌倒时头部偏巧砸在窨井盖上，黑衣男当即昏迷了过去。

回到教堂后，惊魂未定的史蒂文斯刚要给詹姆士打电话，不料日军宪兵侦缉队的人突然闯了进来。他们手脚忙乱了一阵后，搜出了藏在地下室里的药品和他的一把布朗宁 M1910 式手枪。

经过几天的审讯，侦缉队队长工藤新一没能从他的口中获得任何有价值的东西，于是打算跟他来硬的。

这回，史蒂文斯被两个凶眉恶眼、满脸杀气的日军宪兵绑在审讯室里的一根柱子上，不远处的火炉里烧着烙铁和火箸。

一个身穿便衣的翻译官，神情冷漠地站立在一旁。

"看在你是教徒的份上，前些天我答应给你一个反省的机会，所以在审讯你的时候没有动刑。现在，我允诺你的时间已过，想必你也反省得差不多了。"工藤新一纠紧着两道密丛丛的眉毛，圆瞪着一双闪烁着暗火的黑豆小眼，一边不紧不慢地说着，一边走到史蒂文斯的跟前。

"你到底想干什么？"脸色发灰的史蒂文斯，两眼无神地看着他说。

"我想再次问你，你一个牧师哪来的枪？"工藤新一说。

"我已经说过了，它是我从黑市买来的。"史蒂文斯说。

"你一个以博爱为怀、以散布福音为天职的神职人员，本该守着本分诵经布道，要枪干吗？"工藤新一说，"这不是和尚庙里藏着杀猪刀，多此一举？"

"我的枪是用来防身的。"史蒂文斯解释道，"自从你们进攻环珠岛，环珠岛的治安状况一天不如一天。有抢金银首饰的，有打劫路人的，还有绑票的。我是迫不得已才购买了那把布朗宁手枪。"

"哟，编理由就像是编故事一样。可依我看，这抢也好，这劫也好，这绑也罢，怎么看都不会落到一个牧师的身上。"工藤新一说。

"话也不能说得那么绝对。"史蒂文斯说，"有备才能无患嘛！"

"那么，我再问你，藏在教堂里的那些药品是怎么回事？"工藤新一一面说着，一面眼神咄咄逼人地凝视着他。

"我也不知道。"史蒂文斯说。

"你也不知道？难道这些药品是长了翅膀飞到了你的教堂？"工藤新一说罢，狠狠地抽了他一巴掌。"看来，你这头英国猪还没有睡醒，还在继续做着你的梦。我这一巴掌就是要你清醒清醒。"

"我的意思是说，这些药品是一个我素不相识的陌生人送来的。"史蒂文斯解释道。

"那我问你，那个陌生人长什么样？"工藤新一说。

"个子高高的，眼睛大大的，皮肤黑黑的，头发长长的。"史蒂文斯说。

"就这些？"工藤新一问。

"赤红脸，高鼻梁，粗眉毛，短胡须。"史蒂文斯说。

"你就不觉得你回答得太快、太顺溜反而露出了马脚？人们都说真话好说，假话难编，而你却刚好相反。还没有睡醒都能把假想出来的东西描绘得有鼻子有眼，而且，说起谎话来就跟背经文似的，神态从容自然，毫无羞愧之色。看来，之前我是小瞧你了。"工藤新一说。

"不知你有没有听说过中国的一句老话'宁可信其有，不可信其无'？"史蒂文斯说。

"没有。但我现在想说的是，就算有这么一个送药品的人，他总不会把

东西往教堂里一扔就走人吧？再说了，他又凭什么相信你？"工藤新一说
罢，将两臂合抱于胸前。

"他说——"这回，史蒂文斯刚开口就哽住了，好像有根刺扎在他的喉
咙里，既吐不出又咽不下。

"他说什么？"工藤新一瞪着火炬般的眼睛看着他，仿佛要看穿他的五
脏六腑。

"他说，他所在的那家医院的仓库在日本人的空袭中坍塌了，这些药品
是他好不容易从废墟堆里扒拉出来的。我见他神色慌张且急着要离开，也就
没有多问。至于他凭什么信任我，那我就不知道了。或许是因为我牧师的身
份，或许是因为——"史蒂文斯说。

"少废话。快告诉我，除了药品以外，还有哪些东西？"工藤新一说。

"你们侦缉队的人不是都检查过了？没有别的东西了。"史蒂文斯说。

"没有别的东西了？可根据我们侦缉队的调查，在英军撤离环珠岛的前
一天，你去了一趟他们的军营。难道他们就没有跟你说起过什么？"工藤新
一说。

"他们撤离都来不及，还能跟我说什么？"史蒂文斯说。

"比方说，他们要你暂时保管他们无法带走的军需品。"工藤新一一边
说着，一边将身子往前探了探，然后像秃鹫发现猎物似的死盯着史蒂文斯的
眼睛。

"你有没有见过建筑物上的'狮头羊身蛇尾'装饰？"史蒂文斯有意把
话题岔开。

"怎么啦？"工藤新一问。

"那叫'吐火女怪凯米拉'。"史蒂文斯说。

"这跟我们现在的话题有关系吗？"工藤新一捏着嘴唇下面的短须
问道。

"有，当然有。"史蒂文斯说。

"哦，我明白了。你是想说，我就是那个怪物。"工藤新一说。

"都说你是个一点就通的人，这会儿怎么七拐八拐的拐不过来了？看
来，你的智商也不过如此，甚至还不及凯米拉的一半。"史蒂文斯讥诮道。

"你有屁就直接放，有话就直接说，别跟我绕圈子、打哑谜。"工藤新

一听后，像是被人卡了脖子，七窍生烟，五官挪位。他又狠狠地抽了史蒂文斯一巴掌。

"我是想说，你不但生性多疑，而且想象力也太丰富了。就像古希腊人，见了狮子的脑袋，就联想到羊的身体和蛇的尾巴，并且将它们组合成'吐火女怪'。"史蒂文斯解释道。

"你也不是一样？"工藤新一说罢，抬起左臂看了看手表，然后接着说："别再跟我说这些无用的，我没有时间听你的无稽之谈。快告诉我你为什么去英军的军营。"

"我去那里主要是给那些阵亡的官兵主持安葬仪式。你就别再捕风捉影、凭空臆想了。要是有这闲工夫，还不如喝杯咖啡或者抽一支上好的雪茄烟。"史蒂文斯说罢，微微转动了一下有点发硬的脖子。

"你别跟我耍花招、磨时间。不是我说得夸张，你这头英国猪，我只需随意地瞥视一下你的眼睛就知道你心里边在想些什么。而且，你肢体的每一个细小的动作，都能帮助我解读你的心理状态。实话告诉你，我早就听说英军的每个军营里都配有一到两名随军牧师。用得着你大老远地跑过去主持安葬仪式？"工藤新一说。

"可军营里的牧师已在战火中身亡了。"史蒂文斯解释道。

"你就继续编吧！"工藤新一听后，再度十分恼火地扇了他一巴掌，然后挺直身躯在各种刑具上溜了一眼。这些刑具有鞭子、电刑椅、水刑池、老虎凳、压杠床、夹指器和扎指甲缝的竹签等。

这时的史蒂文斯，恍惚觉得，站在他面前的是一头杀气逼人的、张着血盆大口的狮子。

"看来，不用刑你是不会说实话的。难道你想把这里的每道'菜'都尝一下？"工藤新一若有所思地站立了一会儿后，言语尖刻、声调阴沉地说，脸上不禁流露出十分倔强和自信的神气。"我就不信你吃下去这些'菜'后还能保持现在的状态，还能继续跟我兜圈子、磨时间。"

"我都成了你的阶下囚，成了你砧板上的一条鱼，我哪有什么兴致跟你兜圈子、磨时间？要不是你提审我，我还懒得跟你说话呢！"史蒂文斯说。

"那好，那你就别怪我不客气了。我倒要看看，到底是你的嘴硬还是我的刑具硬。"工藤新一说。

"你干这些卑鄙的事情，上帝不会饶恕你的，他一定会把你送进地狱的。"史蒂文斯说。

"上帝连你都救不了，还怎么把我送进地狱？倒是你自己已经爬到了地狱的门口。"工藤新一诡笑道。

史蒂文斯听后，低垂着脑袋没再说什么。他觉得，自己该说的都已经说了。

工藤新一见他低头不语，便心烦意乱地、来来回回地踱了几步，然后斜签着身子看着他问道："难道你真的不怕死？"

"不怕。"史蒂文斯说。

"那是为什么？"工藤新一问。

"因为死亡只是回归到出生前的那种混沌的状态。按照圣经的说法，就是'从尘土中来，到尘土中去'。按照古代智者的说法，就是'生是本真的丧失，死是本真的失而复得'。按照音乐家莫扎特的说法，就是'我们每个人都是向死而生的。当上帝的召唤到来的时候，我已准备好去安安静静地休息'。"史蒂文斯说罢，停顿了一下，然后接着说："对了，我现在突然想起我的前辈在一次布道的时候说过的话：'一个信仰坚定的人是无所畏惧的，他甘愿用自己的生命去祭奠自己的信仰，去铺就通往福音之门的道路。当最后的那一刻即将来临时，他的脸上没有一丝一毫的恐慌，也没有一丝一毫的悔恨，他会想到被主迎接的荣耀，会闻到天堂里的气息，会感到无比的平静和愉悦。'"

"看来，你的悟性不错，都赶上禅宗的文盲高僧了。不，应该说，你是个老顽固，是吃石头长大的煮不烂、蒸不熟的老顽固。"工藤新一讥笑道。

就在这时候，一个军服外面套着白大褂的女人，拧着眉头走了进来，好像她不愿看到审讯室里的令人作呕的场面。她是日本军部派来的药剂师，名字叫宫下顺子。

宫下顺子长着一张桃花瓣似的俊俏的面孔和一双水汪汪的晶亮而迷人的眼睛。横卧在眼睛上方的，是两条笔直的淡淡的眉毛。一头乌黑的长发，很随意地拢在脑后束了个马尾辫。

史蒂文斯两眼直愣愣地看着她，仿佛能透过她的衣服看到她娇美的身段。他无法将她跟日本的军人联系起来，跟残酷的战争联系起来。他甚至还有点替她感到惋惜，好像她是一幅挂在牛棚里的约翰·康斯太勃尔的风景画。

"报告工藤大尉，你要的 LSD 注射液已经准备好了。"宫下顺子看了一眼史蒂文斯后，面无表情地对工藤新一说。

"那就快去把它拿来吧。"工藤新一冷冷地说。

宫下顺子提到的 LSD，是麦角酸二乙基酰胺的简称。它是一种致幻剂，仅注射 100 微克（相当于一粒沙子重量的十分之一）就能使人的感官功能，尤其是人的意识和视觉发生明显的变化。

说起这种致幻剂的由来，还有一个鲜为人知的故事。

1938 年的某一天，瑞士化学家艾伯特·霍夫曼在进行一项有关麦角碱类复合物的实验时，无意中将原本分装在两支试管里的溶液混合在一起，结果发生了神奇的反应，即一种完全不同的物质被合成了出来。这种物质无色、无嗅、无味，看起来就像是清澈的纯水。它后来被命名为 LSD。

这天快要下班的时候，霍夫曼怀着好奇心服用了 250 微克 LSD，想看看它对人体会产生什么样的效果。起初，并没有任何反应，于是他在下班之后跟自己的助手一起骑单车回家。可是，在半道上药性开始渐渐发作。助手发觉，他说起话来不仅表情异常、情绪激动，而且思维也显得非常凌乱，最后是吭吭哧哧、磕磕巴巴，直到干瞪着两眼吐不出只言片语。但尽管如此，霍夫曼还是把车骑得飞快，快得就像是一列狂奔的小火车。

到家后，视物昏花、头脑发晕的霍夫曼，如同烂泥一般瘫倒在地上。据他事后的回忆，骑车的时候，他感到天旋地转，感到周围的景物完全变了形、变了色；他甚至觉得，自己的灵魂飘了出去，悬浮在半空中，在半空中看着自己骑车回家。

二战初期，为了高效率地审讯战俘和间谍，日军情报部门专门成立了一个研究团队，着手研究所谓的"审讯药"。他们先是从大麻中提取有效成分，然后将它制成注射液。可是，后续实验表明：虽然这种注射液会让人产生强烈的倾诉欲，但稍稍过量使用的话，就会让人崩溃到说不出话来的地步；况且，有效的剂量也因人而异。由于实用价值很低，他们开始把研究的重点转向 LSD。

不久，试验的结果出炉了：LSD能让被审讯者先放松戒备心理，然后在审讯人员的不断提问下，毫无保留地说出深藏在内心的秘密；而且更为奇妙的是，药劲过后被审讯者对自己在审讯的过程中说了些什么完全失去了记忆。

LSD注射液拿来后，工藤新一皮笑肉不笑地对史蒂文斯说："你知不知道这注射液是用来干什么的？"

"不知道，我也不想知道。"史蒂文斯说。

"这是我们大日本帝国刚刚研制出来的致幻剂，它或许比这里的任何一件刑具都更管用。"工藤新一说，"它会让你在梦幻一般的状态中渐渐地失去意志，失去自我意识，而后按照我们的指令行事。换句话说，我们想要你做什么，你就会做什么；我们想要你说什么，你就会说什么。不过，在使用它之前，我想仿效你们英国人的绅士风度，再给你最后一次机会。你要是再不开口说出实情，那就别怪我事先没有提点你。"

"那就请便吧。"史蒂文斯神色不动地说。

"看来，你顽固得就像是千年不化的极地冰川。看来，水温过低是沏不出好茶来的。"工藤新一说罢，长嘘了一口气，然后向宫下顺子使了个眼色。

宫下顺子会意地点了点头，然后走到史蒂文斯的身后，在他脖子的后面猛扎了一针。紧接着，她不自觉地低下头来，好像不想看到接下来会发生的事情。

史蒂文斯被注射后不久，先是出现了知觉障碍。呈现在他眼前的物体，不是带有五彩缤纷的光晕就是带有移动的轨迹。而那个走到一边的宫下顺子，一会儿变成长发飘舞、肢体扭曲的裸女，一会儿变成狮头羊身蛇尾的吐火女怪凯米拉，一会儿变成一道忽明忽暗的剪影，一会儿变成毕加索画中的"哭泣的女人"。至于工藤新一，他除了扭曲变形外，说话的声音也变得怪怪的，像是从一口深井里冒出来的。接着而来的，是极度的焦虑和狂躁，最后是不可逆转的抽搐，直至全身瘫痪。

"这是怎么回事？"工藤新一问宫下顺子。

宫下顺子因过度的紧张和惶恐，一时间说不出话来。面对工藤新一鹰一般锐利的目光，她瑟瑟缩缩地后退了一步。

"怎么，你哑巴了？"工藤新一沉下脸来说，"我看，这回你就是想哭也找不到地方。"

"我——我也不清楚，可能是——可能是过敏反应吧？"宫下顺子吞吞吐吐地说。

"那你还愣着干吗？赶紧送医院。"工藤新一心急火燎地说。

于是，宫下顺子急忙去打电话叫救护车。而那两个凶眉恶眼、满脸杀气的日军宪兵，则手忙脚乱地解开捆绑史蒂文斯的绳索，然后让他平躺在地上。

可是，让工藤新一万万没想到的是，史蒂文斯经过抢救后，命是保住了，但成了一个只会吃喝拉撒睡的植物人。

为了躲避上头的追责，工藤新一先是用金钱收买了知情人，随后干脆将史蒂文斯给秘密地"处决"了。他在给上司的报告中称："史蒂文斯在注射了 LSD 之后，出现了难以制止的暴力倾向。他挣脱绳索后扑向宫下顺子，然后死死地卡住她的脖子不放。情急之下，工藤新一为了保护自己的下属只能将史蒂文斯就地正法。整个事件纯属意外。"

"要不是我帮你把这事遮掩过去，你可是要上军事法庭的。"明面上摆平这件事后，工藤新一对宫下顺子说。

这天，他把宫下顺子约到一家豪华的酒店。在酒店顶层的包房里，他想跟自己垂涎已久的宫下顺子来一出"温柔乡里戏鸳鸯"。一来可以松弛一下多日来一直绷紧的脑神经，二来可以将憋足的春兴疏泄净尽。

"为什么要让我上军事法庭？"宫下顺子听后，心里顿然起了一团疑云。

"因为你调制出来的 LSD 注射液浓度过高，或者是混入了杂质。"工藤新一说罢，从一个矮柜里拿出两只玻璃酒杯，然后将它们搁在沙发前的茶几上。接着，他将矮柜上面的一瓶酒拿到茶几前。

当他来来回回地走动时，心神不定的宫下顺子目不转睛地看着他那马蹄般奔忙的手脚。

"坦率地说吧，办完史蒂文斯的案子后，我们俩也没有好好地待在一块说说话。这是岩井隆志少佐在半年前送给我的澳洲'黑晶白兰地'。我一直没舍得喝。今天，我趁着难得的喜兴把它带过来，想跟你共饮一杯，一边共饮美酒，一边聊聊轻松愉快的话题。"工藤新一一面说着，一面拧开酒瓶的盖子，然后将瓶子里的酒水慢慢地倒入酒杯中。

工藤新一过于平顺温和的态度，反而让宫下顺子愈加感到不安。她趁工藤新一倒酒之际，摸了摸藏在衣服下面的手枪。

工藤新一倒好酒后，将酒瓶放在茶几上。紧接着，他往沙发上一坐，然后神色怡然地跷起二郎腿。

他见宫下顺子像橱窗里的模特似的一动不动地站立着，目光呆然地看着茶几上的东西，便微笑着对她说："来，别不好意思，快过来坐。"

这会儿，一种占有宫下顺子的强烈而疯狂的欲望，已经从他的心头悄然升起，但他尽力地敛抑着、控制着。

可宫下顺子还是一动不动地站立着。她忽然间有一种预感，那就是：在这看似其乐融融的平静之后，一定会有一场暴风雨来袭。

工藤新一目光含蓄地看着她，还不自觉地吸了吸鼻子。他仿佛看到了那春情勃发的、如瓷似玉的娇躯，闻到了那让人心动不已的芳体之香。看着，看着，他再也耐不住性子了，于是猛地站起身来一把将她搂到沙发上。

"你不就是想和我一起喝杯酒吗？急什么？"宫下顺子一边说着，一边推开了他，然后拿起一只酒杯。

"这就对了。"工藤新一说罢，也拿起了酒杯。

两人沉默不语地喝了一会儿酒后，不约而同地将酒杯往茶几上一放。不多一会儿，心痒难熬的工藤新一，借着酒力突然扑到宫下顺子的身上，然后一面将酒气熏人的嘴唇压在她的脸上，一面用右手揉捏着她的前胸。

"你这是要干什么？难道你请我来就是为了这？"宫下顺子强忍了片刻后，本能地使出全身的力气把他推到一边，然后站起身理了理被弄乱的头发。

恰好在这个时候，从窗外吹来一阵风儿。这风儿掀起了宫下顺子上衣的一角。工藤新一无意间发现，她腰间的皮带上别着一把精致的小手枪，于是又一次像饿狼一样地扑到她的身上。

正在寻思着接下来该怎么对付工藤新一的宫下顺子，还没来得及反应过来，就被工藤新一制服了。无可奈何的她，只好暂时乖乖地听命就范。

　　下了宫下顺子的枪后，工藤新一带着淫荡的微笑不紧不慢地解开她上衣和衬衫的纽扣，然后又不紧不慢地撸下她那围得跟铁桶似的宽大的抹胸——好像这一故意放慢了的过程，对于他来说，是一种难得的、别有一番情趣的享受。而当他将挂着汗珠的鼻尖凑到那鼓溜溜的雪峰之间并且来来回回地挪蹭时，宫下顺子恍惚觉得，自己变成了一截没有感觉的木头，任由奔腾的、一浪高过一浪的激流摆弄着。

　　工藤新一见她没有任何反抗的意思，防备的心理一下子解除了。他开始沿着她白嫩光滑的脖子搜寻着她的嘴唇，呼吸随着心跳的加快而变得越来越粗重急促了。

　　可就在两人的嘴唇相遇的瞬间，宫下顺子趁他不备，不动声色地拔出藏在皮靴里的匕首，然后毫不迟疑地将它插入工藤新一的胯裆。鲜红的血，顿时顺着匕首的把柄流淌下来。

　　工藤新一先是惨叫了一声，然后像一尊被疾风刮倒的蜡像，"扑通"一声摔在地板上。他躺在血泊之中。变形的脸上，凝聚着痛苦和遗恨；颤动着的嘴，像是要说什么却说不出来。

十五

　　环珠岛上的密琊山，是一座岩石嶙峋、崖高万丈、方圆数百里的山脉。在流云飞渡的晴空底下，这座广阔无垠、逶迤起伏的山脉时不时地露出其傲睨苍穹、俯瞰大地的雄峰。这些雄峰，有的像一尊令人望而却步的石像仁立天表，有的如一把长长的利剑直指霄外。即便是被灰蒙蒙、湿漉漉的雾气包围了，也能隐隐约约地看到它们的峥嵘。

　　在远古时期，密琊山曾是一座活火山，因而现在的它主要由火山岩组成，山谷中也存有大面积的沉积岩。附近的观堞山、七公岭等也是因火山活动而形成的。它们从半山腰开始渐渐裸露出由耐风化的火成岩组成的山脊。

而源自密琊山和观堞山的林甫子河，是一条又长又宽的低地河流。如果站在高处望过去，这林甫子河的河水就像是从九天挂下来的白练，在若断若连的群山之间飘然而动，使人不禁想起王安石《桂枝香·金陵怀古》中的"千里澄江似练，翠峰如簇"。

一个天气晴朗的中午，舒亦婕按照上级事先的通知来到一家叫"席德莱"的西餐馆。

这餐馆门口的两边，各摆放着一盆枝叶翠绿的红石榴，看上去有一种清新而不柔媚的动人的神采。餐馆内的每张餐桌上，铺着由红白相间的格子花布做成的桌布；搁在桌布中央的，是一个插着春黄菊的小花瓶；花瓶的周围，是闪着柔光的刀叉碗碟。

她一进门就闻到啤酒散发出来的淡淡的清香，看到两个男人正在一边喝着啤酒，一边神神叨叨地说着什么。她找了个临窗的座位坐了下来，然后把手拎包放在桌子上。

由于餐馆内的人不多，窗外街面上也没有什么响动，那两个男人的说话声便显得格外的清晰：

"不瞒你说，我记忆中的最美好的东西早已不复存在，笼在我心头的那片阴影正在悄悄地吞噬着我的灵魂。"

"你别那么悲观，别什么事情都往坏处想。再说了，生活本来就是这个样子。哪有事事一帆风顺的？"

"但不管怎样，你永远无法改变一个见异思迁的人，就像你永远无法唤醒一个已经作古的人，除非山移水倒转。"

"其实，我们每个人都有喜新厌旧、见异思迁的心理倾向——这就好比当充满幻想的服装设计师把诸多的富有浪漫情趣的元素添加到一件晚礼服上面的时候，这件晚礼服便注定是要被淘汰的，因为一旦这件晚礼服做好了，被人穿过了，它也就渐渐地失去了魅力。所以，服装设计师总是不厌其烦地推陈出新，以便不断地唤醒人们的新奇的感受。"

"你是过来人，能不能跟我说说你对婚姻的看法？我很想知道，婚姻是不是一件晚礼服？"

"至于婚姻，男女双方自从结婚生子后，都会把精力和注意力集中在孩子的身上，集中在繁杂的家庭事务上，没有时间去重温过去的美好岁月，更没有时间去浇灌所谓的'爱情之树'。随着往日的浪漫渐行渐远和现实的平凡日益凸显，夫妻间的情感世界就像是一面蒙上了尘埃的镜子，再也找不到通透明亮的感觉。这样一来，贪求新鲜感的婚外恋情，作为一种有效的心理补偿，便开始大显身手。而婚外恋本身，即是喜新厌旧、见异思迁的天性的发作。在这个意义上，婚姻也可以说是一件晚礼服。"

"听你的意思，我们每个人都注定要被喜新厌旧、见异思迁的天性玩弄一番，被五彩缤纷的幻象所迷，被虚无缥缈的美梦所惑。"

"用一个时髦的词语来形容，这就叫'集体无意识'。'集体无意识'就像一个魔咒，会在你的不知不觉中悄悄地改变你的人生格局。它甚至还能掌控人类的生存与毁灭。"

"你也说得太邪乎了。依我看，'集体无意识'可以让你的思想和情感像一匹撒欢的野马驰骋在辽阔无疆的天地里，也可以让你在看破红尘之后变得自暴自弃、不思进取。"

…………

舒亦婕听着，听着，不由得沉浸在烦乱而缠绵的思绪之中，直到他俩结完账后走出了餐馆。

不长时间，一个身材魁梧、相貌威武的男人走进了餐馆。他身穿一套浅灰色的西装，头戴一顶深灰色的呢帽，脚穿一双擦得锃亮的黑皮鞋，手里拿着一张卷起来的《华南日报》。

"小姐，我能不能坐在你的对面？"男人走到舒亦婕的桌旁，微笑着问道。

"可以啊。不过，你得先回答我一个问题。"舒亦婕面无表情地说，一面说一面用右手转动了一下左手腕上的紫罗兰飘色玉镯。

"什么问题？"男人问。

"你有没有听说过'谁言寸草心，报得三春晖'？"舒亦婕说。

"哦，那是孟郊《游子吟》中的诗句。意思是：子女像小草一般微薄的孝心，怎么能够报答如同春晖普泽一样的母爱？"男人眉毛一扬，镇定自若地说。

两人对上接头的暗号后，舒亦婕的脸上渐渐地漾开了一圈笑纹。于是，男人坐到了她的对面。

这男人不是别人，而是环珠岛地下交通线的负责人之一，代号为"老鹰"。

他刚刚坐下，一个容貌纤秀端庄的服务生小姐拿着一本菜单走到他的跟前。这姑娘线条俏丽的身子，充溢着一种柔美的光彩；配上那轮廓清晰的饱满的前胸，仿佛穷尽了人世间所有的美；脸庞两边的涡形鬓发，给她的整个形象巧添了一丝典雅的风韵。

"在点正菜之前，你们俩要不要先喝点什么？"姑娘将菜单放在桌上后，彬彬有礼地问道。

"先来两杯清茶吧。"男人说罢，将报纸放在窗台上，然后摘下头上的帽子将它压在报纸的上面。当然，这张《华南日报》也是接头的信物之一。

没过一会儿工夫，两杯清茶端上了桌子。

或许是出于长期做地下工作养成的习惯，男人待服务生小姐走开后，将目光投向窗外看了一阵，而后再仔细地观察了一下餐馆内的动静。见没什么异常，他拿起杯子喝了一口清茶，然后对着舒亦婕轻声低语道："我来这儿是想告诉你，不久前环珠岛游击支队找到了一批被英军遗弃的武器装备。由于日本人查得紧，他们无法及时地将这些武器装备转移到内地。于是，他们就请我们地下交通站的同志想想办法。我们经集体讨论，最后决定让你去一趟密琊山。"

"为什么去密琊山？"舒亦婕疑惑地问。

"我们早就听说，密琊山上的土匪首领骆德彪虽然是个斗大的字不认得几个的粗人，但为人正直、深明大义。日本人几次想在他的地盘安营扎寨都被他拒绝了。可能是考虑到密琊山的地形复杂、易守难攻，小鬼子也没敢跟他刀兵相见。我们不妨主动跟他联系一下，看看他愿不愿意暂时替我们保管这批物资。如果他愿意的话，我们就把这批物资先运到密琊山，待将来时机成熟了，再将它们运送到内地。"男人说。

"但把这么重要的东西托付给一个我们素不相识的人，似乎存在着一定的风险。"舒亦婕说。

"你说得没错。"男人说，"然而，有句俗谚说得好：'事到万难须放胆，情急之下马行田。'在没有其他可行的办法的情况下，我们不妨撑大胆量，放开手脚赌一把。我们不能做任何事情都按照常规出牌。只有剑走偏锋、另辟蹊径，才能开创出新的格局。"

"听你刚才的意思，是要我舒亦婕先去密琊山探探骆德彪的口风？"舒亦婕喝了口茶后，拧着眉头问道。

"对啊。"男人说。

"可我没有跟土匪打交道的经验啊。"舒亦婕觉得有点为难。

"没有经验可以慢慢地摸索、慢慢地积累嘛。谁一生下来就有办事的经验啊？"男人说，"当然，你刚接触他的时候，先不要暴露自己的意图和身份。你只要给他留下有教养、明事理、懂礼仪的印象就行了。之后再相机行事。"

"但一个知性女子平白无故地去接近他，一定会引起他的怀疑。"舒亦婕说。

"那你就编一个理由。"男人说。

"什么理由？"舒亦婕问。

"比如，你可以跟他说：'我是个来自内地的落魄的知识青年，本想在环珠岛混口饭吃，可没想到，自从日本人占领了环珠岛，日子过不下去了，于是就打算在密琊山寻找一条生路。等什么时候方便，就坐船返回内地。'或者先演一出'苦肉计'，让他对你产生怜惜之情，然后再把你的'身世'告诉他。"男人说。

"'苦肉计'？什么样的'苦肉计'？"舒亦婕问。

"经多次探查，我们发现，骆德彪在林甫子河附近的一家木材加工厂有个秘密的住处，他每个星期六都要坐船去那里宿夜。"男人说。

"那是为什么？"舒亦婕又问。

"据说，经营木材加工厂的老板在去年突然病故了，留下的产业由他的老婆打理着。这女人长相迷人，性情浮荡；特别是她的那双关不住春色的眼睛可会勾人了，一瞧见合乎自己心意的男人就向他频抛媚眼、摆姿弄色，以此来表露自己内心的渴求。由于她的姓名邵富丽和'骚狐狸'是谐音，因此熟悉她的人都在背地里称她为'骚狐狸'。"男人说。

"听你的意思，骆德彪经不住她的诱惑，跟她好上了？"舒亦婕接着又问。

"或许是吧，要不然骆德彪怎么会每个星期六去她那里过夜呢？"男人说。

"如此看来，他俩虽不是夫妻，但行夫妻之事已不是一两天了。"舒亦婕说。

"都说淫浪风骚的女子就好比无隙不钻的尘霾，叫你难以提防；就好比闻到了异味就扑飞上来的苍蝇，叫你甩也甩不掉。我想，对此骆德彪一定是深有体会。不过，以我的推断，这邵富丽很可能是为了找一个有实力的男人罩着她，才主动勾搭骆德彪，而既贪财又贪色的骆德彪当然是来者不拒。你也知道，江湖上的英雄好汉，有哪个在石榴裙下不气短？"男人说罢，又喝了一口茶，边喝边溜了一眼餐馆内外的动静。紧接着，他继续说道："当然，我们跟骆德彪之间不是单做一锤子的买卖。如果这次合作顺利的话，我们还可以借骆德彪的地盘转移一些被日本特高课和汪伪文化稽查署搜捕的文化界人士。这些文化界的人士是国宝级人物，是国家的栋梁之才，是抗日的精神脊柱，也是中华民族未来的希望。目前，我们已经初拟了一份名单，接下来的任务就是找到并且一一甄别名单上的人。"

"看来，交通线上的每一个人的担子都不轻啊。"舒亦婕说。

"谁说不是啊？"男人说，"哦，对了。如果骆德彪愿意的话，我们还可以将他旗下的人收编为抗日的武装力量。据可靠情报，眼下汪伪的所谓'和平建国军'也在打他的主意，而且已派人上山跟他磋商，还说什么倘若磋商成功，即可委任他为'和平建国军'环珠岛纵队的司令。"

"以我之见，'和平建国军'的这一招也可以说是'项庄舞剑，意在沛公'，也就是想利用骆德彪的势力牵制和打压我们。"舒亦婕说。

"是啊。如果让他们得手，我们面临的环境会变得更加恶劣，斗争会变得更加艰苦。换句话说，骆德彪要是倒向'和平建国军'，必然会加强亲日派的力量，使我们多一个对手。"男人说。

"那我们就来它一个针锋相对，寸步不让。"舒亦婕说。

"所以呢，我们要稳住骆德彪，拖住他、争取他，使他能向我们靠拢。必要的话，也可以给他一个职务，分他一些武器装备。可眼下，我们必须先找个方式接近他，然后慢慢地打开局面。有句老话说得好：'交人要交心，浇花要浇根。'你舒亦婕要想尽一切办法跟他'交心'，从而赢得他对你的好感和信任。"男人说。

一个星期后，擅长水性的舒亦婕按照"老鹰"事先的安排，上演了一出"苦肉计"。

这是一个宁静的傍晚。随着太阳的西沉，苍茫的暮色悄悄地降落到大地上，远处的山影变得朦朦胧胧。

打扮成学生模样的舒亦婕，坐着一条小篷船来到木材加工厂附近的河面上。

不长时间，她隐隐约约地听见随风飘来的马达的嘟嘟声，闻到了一丝柴油的气味，于是起身走到船头纵目远望。她很快发现：有一条挂着"骆"字旗的大木船正朝着小篷船疾驶而来；这大木船，远看就好似一只急扇翅膀的大鸟，一边扑打着水面，一边随着起伏的波浪而起伏。

当大木船将要撞上小篷船时，她毫不犹豫地纵身跃入河水之中。而跟大木船擦边而过的小篷船，则像是为了躲避海盗船的打劫，自顾自地弃她而去。

这时的骆德彪，正捧着紫砂壶坐在船舱内的一把竹椅上。他听到外面的动静后，对着手底下的人大声道："外面是什么声音？"

"好像是有人落水了。"船老大闻声跑进船舱说。

"谁落水了？"骆德彪接着问。

"是一条小篷船上的人。"船老大说。

"那还不赶紧救人？"骆德彪说着，放下手里的紫砂壶站了起来。

于是，几个人七手八脚地忙活起来。

当舒亦婕被救起时，浑身都湿透了的她连打了几个喷嚏，然后又打了一阵寒噤。

"你是什么人？为什么要跳河？难道那条小船上有人要加害于你？要不是我们及时地出手相救，你恐怕早就没命了。"骆德彪把她带进船舱后，一面打量着她，一面慢条斯理地说。

"你们的船开得也太快了。我是生怕我们的小船被你们的大船撞翻，才不得已跳进河里的。可让我没想到的是，那小船上的人竟然见死不救，把我丢弃在河中。"舒亦婕边说边将眼前的这个身穿印花绸布衫的男人细看了一遍。

他瞧上去有四十来岁，高约六尺的身躯硬朗结实得像是一根竖立起来的石柱子，中分头上的头油晶亮欲滴，胖鼓鼓的圆脸好似一只打满了气的皮球，一双深藏在浓眉底下的大眼平射出威严的目光，鼻子底下是半掩着嘴唇的穗子须，下巴上的赘肉犹如枝头上的果实沉甸甸地往下垂着。这身材和模样，配上斜挎着的驳壳枪，真有一种叫人发憷的霸气。

"这也太过分了吧？"骆德彪说着，往竹椅上一坐，然后用带有酱紫色瘢痕的左手捻着穗子须。"你船上的人，看来都是些吃饭不剩、做事不利的饭桶。一遇到危急的情况就只顾着自保，就慌张得有如落网之鱼和丧家之犬。"

"要是我不及时地跳进河里，很可能会被压在掀翻的小船的下面。到那时，你们就是想救人也救不了。"舒亦婕说。

"这倒也是。真没想到，你一个弱女子还有这等胆量，都可以去当惊险大片里的替身演员了。依我看，你一定是猫魂附体，命比生铁还要硬。"骆德彪说，"不过，听你的口音，你不是环珠岛人。难道你是从内地来的？"

"是啊，本想在环珠岛苟且偷安，可没料到自从日本人打进了环珠岛，日子是越来越不好过了，于是就打算投奔密琊山。"舒亦婕说。

"你是说你坐小船是要去密琊山？"骆德彪问。

"对啊。"舒亦婕说，"我早就听说密琊山当家的骆德彪是个有良知和正义感的人，是条侠肝义胆的好汉。他打劫富豪，接济平民。"

"你看你，说着说着就给人家戴上高帽子了。"舒亦婕的这几句话，说到了骆德彪的心坎里。他听后，半眯着眼睛笑着说。"不瞒你讲，这一阵子，我密琊山来了不少骗吃骗喝的吃货。如果这些人都能跟你一样伶牙俐齿，拿好听的话来塞我，我也就涵而容之了。说句实实在在的话，像我这样的眼鼻朝下的大俗人，虽然贪图一些小财小利，但做人最起码的良心还是有的，决不会像你船上的那些人，看着别人跳河也不伸出援手，看着别人家的房子起火还谈笑风生。有道是'救人一命胜造七级浮屠'，能在危难时刻助他人一臂之力，怎么说都是件功德无量的事情。"

"这么说来，你就是密琊山的骆德彪？"舒亦婕目光游移不定地看着他。

"对啊，我就是你说的那个骆德彪。好吧，既然你我能在这里偶遇，也算是一种天赐的缘分吧。依我看，你就干脆和我一起去离这里不远的木材加工厂。在那里，我可以让你舒舒服服地洗个热水澡，然后换上一身干净的衣服。"骆德彪边说边用右手转动了一下戴在左手拇指上的那只翡翠扳指。

"那就有劳你了。常言道：'大恩不言谢。'你对我如此怜惜和礼遇，来日我定当厚报。"舒亦婕说。

从下船的地方到木材加工厂有一条直达的小路。这小路的两边，长着各种茂密成荫的树木和相互拥塞、攀缠的野草。这些树木和野草，不时地散发出只有在非洲原始森林里才能嗅到的那种神秘的气息，并且使经过此处的人幻觉迭生，甚至于陷入难以自拔的诡异的迷网之中。到了夜晚，这些神奇的树木和野草又会让人产生一种别样的恐惧感，好像传说中的昏现晨趋的山鬼就在你的周围来来回回地穿行着。

骆德彪一行人没走这条近路，而是走树林外围的一条用碎岩石铺就的弯弯曲曲的远路。他曾听住在密琊山里的一个隐士说，在那片树林里常常会出现一个女妖，她白天是齿皓唇红、眼如黑莓、乳丰臀满的模样，夜晚是口舌血喷、目光电闪、朱鬃似火的样子；而且所到之处，会起一阵又一阵妖吟一般的邪风，你若是被这邪风吹到，会得一种治不好的类似于癫痫的怪毛病。

"哟，这是谁家的女仔啊？怎么跟一只落汤鸡似的？是不是被秃鹰追赶得无路可逃才落到这步田地？"

快要走到那条远路的尽头时，骆德彪只听得从不远处传来一个熟悉的声音。他抬眼一看，见是他的相好，也就是木材加工厂的老板娘，便不自觉地放慢了脚步，目光呆然地凝视着她。

这是一个身形富态的女人。肥腻肉感的嘴唇上，涂着鲜艳欲滴的口红；晒成古铜色的脸上，抹了一层细腻滑爽的白粉；压在两道宽眉底下的，是一双什么都藏不住的机灵而有神的眼睛；乌黑油亮的长发，以无可挑剔的方式梳得顺直而溜滑，仿佛苍蝇掉在上面也会像坐滑梯似的滑落下来。她双手叉腰地站在一棵盘根错节、枝繁叶茂的榕树底下；挂在脸上的怨气，沉重得好像随时会掉落在地上。

"没想到，这牙尖嘴利的老板娘，说来醋劲就来醋劲。"骆德彪自言自语地说。

他忽然觉得，依老板娘的性格，她应该做梨花式刘海偏分头。

"女人嘛，天生就有一种相互排斥的脾性。"不知是谁在他身后说了一句。

"要我说，她一定是刺猬转世，生下来就喜欢扎人。今天我倒要看看，是她的刺管用还是我的枪管用。"骆德彪说罢，将眼珠子猛地一瞪，然后快步似飞地走到老板娘的跟前："你抽什么风啊，嗓门还不小啊！"

"想不到，我无心的一句说笑也会让你动了气性。想不到，我还没说你，你就急眼了。要打要骂，去找日本人，跟我来什么劲？"老板娘不甘示弱地说。说罢，她目含敌意地斜睨了舒亦婕一眼。

"少废话，快去准备洗澡的热水，然后找一身干净的、适合这姑娘穿的衣服。"骆德彪横眉竖眼地看着她说。

"我又不是你的下人，你凭什么使唤我？"老板娘气呼呼地说。

"就凭这。"骆德彪边说边拍了拍腰间的驳壳枪。

还想数落他的老板娘，话还没到嘴边就吞进了肚子。

这会儿，站在一旁的舒亦婕已感觉到从老板娘的脸上蒸腾出来的暄乎乎的热气，感觉到她呼吸的节奏正在加快——而且，随着呼吸的加快，她的胸脯在剧烈地起伏着。

"怎么，你没听见吗？"骆德彪见老板娘虎着脸兀傲地站立着，叉开十指的双手在身体的两侧轻微地抖颤着，便上前一步道。

"好好好，我去，我去。"被逼退一步的老板娘，无可奈何地说。"什么时候你才能收敛收敛这不讲理的刁蛮劲儿？"

然后，她用幽怨的眼神凝望着灰蒙蒙的、阴气浮悠的天空，心里边偷偷地嘀咕道：这真是路边捡来的脏鞋也要我帮着洗，这真是吃了猫屎还以为是尝了河豚鲜。

"来，跟我到客厅里去喝杯茶。一来压压惊，二来润润嗓子提提神。"舒亦婕洗完澡，换上干净的衣服后，刚从洗澡间走出来，站在门口等候的骆德彪嘻着嘴对她说。

于是，舒亦婕跟随着他来到了客厅。

这是一间不大不小的房间，里面摆放着一些制作粗糙的、没有上漆的家具。房梁正中的下方，悬着一盏造型别致的油灯；从油灯里弥散出来的黄晕晕的光线，绝大部分投照在底下的一张八仙桌和围在八仙桌周围的椅子上。一处壁龛内，放着一只做工精致的、古朴端庄的座钟。它的上端呈弧形，下端是平直的底座。钟面两边的木框上，镂有"双龙戏珠"的图案。玻璃面板的下半部分，绘有素净淡雅的菱形花纹。来回摆动的钟摆，发出有节奏的"嘀嗒嘀嗒"的响声。

或许是由于那灯光在令人昏昏欲睡的同时，也会使人产生某种幻觉，看着这只座钟，舒亦婕恍惚觉得，它就像是一张饱经风霜的老妇人的面孔——干巴巴的，刻满了岁月的年轮，一条条纹路无一不溢出凄苦和悲凉。

沿着墙根而立的，是一个用花梨木做成的博古架。摆在博古架上的，是几件古董。有青花瓷双耳瓶，有纯铜龙龟仙鹤，还有蓝陶瓷冰裂釉茶杯等。它们在微弱的光线中不甘寂寞地相互攀比着。

两人在八仙桌旁坐下后，骆德彪让手底下的人去沏一壶苦丁茶。待茶水端来后，他笑着对舒亦婕说："这是我托朋友从四川的峨眉山带来的小叶苦丁茶。它虽然有点苦涩，但能生津解渴、清火消炎。至于提神醒脑，那就不用说了。"

说罢，他将客厅里的闲人全都打发走。

接着，两人一边喝着茶，一边天南海北地闲聊起来。

聊着，聊着，舒亦婕渐渐地感到，尽管骆德彪看上去很有男人味，特别是脑门上的几丝细纹和两鬓上的几抹银发给他轩昂的气度平添了几分老成和干练，但他说话的那种轻浮油滑的腔调实在是叫人不敢恭维。更令她感到不自在的是，他竟然趁着渐起的兴头大谈特谈民间流传的英雄救美的故事，什么赵匡胤路过华山时，曾从一伙强盗的手里救下苦命女子赵京娘啦，什么吴三桂从李自成的军营里救出被掳走的陈圆圆啦，等等，好像他自己的故事也会被载入野史，供后人传扬称颂。

"俗话说：'好人做到底，送佛送到西。'那我能不能跟你一起上密琊山？"在交谈中，舒亦婕得知骆德彪明日一早就得赶回密琊山，于是用探询的口吻问道。

骆德彪没有立刻作答。他捻着胡须沉思了一会儿，然后慢悠悠地说道："不是我不让你上山，而是这密琊山上除了我的压寨夫人外，都是些站着撒尿的男仔。你一个女人家的，恐怕不太方便吧。更何况，我的那位压寨夫人是个多疑且凶悍的女人。她要是耍起性子来，连我这个大当家的都不得不跪地求饶。我看，要不这样吧，你干脆待在这里帮老板娘干些杂活，我包你的吃住穿用。时间长了，你们之间即便是有什么误会，也都自然而然地消除了。"

"你没见老板娘的那张嘴尖利得像把剑？"舒亦婕说，"我若是在哪方面没称她的心，那一串串尖酸刻薄的话还不像飞镖似的往我身上扎？"

"她就是那个样子，经常跟吃错药似的乱说话，而且说起话来阴阳怪气的。有时候还会说些晦涩不明、让人摸不着头脑的话。可时间久了，你也就见怪不怪了。"骆德彪耐着性子说，"再说了，每个人都有自己独特的性格，就像每个人都有自己独特的长相一样。有的人长着一张肉鼓鼓的胖脸，有的人长着一张三扁四不圆的寡骨脸；有的人是一张光洁无瑕的瓜子脸，有的人是一张七横八岔的核桃脸。有的人喜欢笑，好像天生就是张笑脸；有的人从来不笑，好像在娘胎里就是一张不会笑的苦瓜脸。"

"听你的意思，我应该对她宽而容之？"舒亦婕说。

"对啊，就像你能接受不同的脸相那样。"骆德彪说。

"不行。"舒亦婕说，"我实在是看不惯她那副拿着口条当鞭使的德行。你要我隐忍而不抗争，我实在是做不到。再说了，毫无底线地一味地宽容，不仅会失去自己做人的尊严，还会助长他人得寸进尺的心态。"

"那你说我该怎样安置你？"骆德彪目眙不禁地看着她。

"你不用安置我。既然你有你的难处，那我就从哪里来回哪里去。"舒亦婕顺水推舟地说，"不过，在我回去之前，我有一件事情想顺便请教你。"

"什么事情？"骆德彪急切地问。

"我听我的朋友说，他们有一批英军丢弃的武器装备，但不知道寄存在什么地方比较安全。"舒亦婕说。

"如果你的朋友信得过我骆某人的话，那就寄存在密琊山的山洞里。我可以用自己的人格向他们保证，我决不会'黑'了它们。"骆德彪说罢，环顾了一下四周，好像生怕有人在偷听似的。

当他四顾的时候，舒亦婕不经意间发觉，他粗短的脖子就像是一个缺油的车辖辘，艰难地扭过来、别过去。

"此话当真？"舒亦婕说。

"我骆德彪向来是行得正、站得直，向来是说出去的话落地砸坑。我可以对着青天白日发誓：我决不会收回承诺，决不会失信于你的朋友。要不然，我还怎么在道上混？"骆德彪说。

"好吧，那我就把你的话带给他们。"舒亦婕说。

"有句老话：'要想做佛事，须有敬佛心'。我想，人同此心，心同此理。再说了，我也是遇方便时行个方便。"骆德彪说罢，喝了一口茶，然后接着说："不过，我想冒昧地问一句，你的那些朋友都是些什么人，他们怎么会弄到英军丢弃的武器装备？"

"这我也不清楚。"舒亦婕说罢，也喝了一口茶，然后继续说道："我记得，有一本阐述方道之理的古籍，里面收录了一些很能启迪心智的名言名语。其中，有句话的意思是'知潭中有鱼者凶多吉少'。不该知道的事情最好还是别知道。"

"说的也是。可即便你的朋友信得过我，他们总不能把东西一直放在密琊山吧？"骆德彪说。

"听他们的意思，等日本人放松了海上封锁就把东西运到内地。"舒亦婕说。

"而据我所知，眼下虽然出岛的通道都被日本人封锁了，但西岸码头与广东的番禺码头之间，每天都有少量的货船来往。这些由潮州帮经营的货船，主要是将内地的农副产品运到环珠岛。当然，在这些货船中，偶尔也混杂着走私船。"骆德彪说。

"你是说，那些货船在返回番禺的时候是空舱？"舒亦婕问。

"应该是吧。"骆德彪说。

"那有没有这种可能，就是买通潮州帮的人，让他们把东西运出去？"舒亦婕接着问。

"不是没有这种可能，但运输违禁品，特别是军火，是要冒杀头的风险的。即便他们愿意去冒风险，没有十来条'大黄鱼'怕是无法成交的。"骆德彪说罢，顿了一下，而后接着说："不过，我倒是有一个跟我'祸福与共、生死不弃'的拜把子兄弟。他是专门做走私的。如果你们能分我一些武器装备，我可以让他为我冒一回风险。但这也要等到日本人放松了海上封锁。你也知道，目前没有良民证加特别通行证是无法离开环珠岛的。"

几天后，回到"碧兰轩"茶楼的舒亦婕，把整个事情的经过，包括她跟骆德彪的交谈详尽地向"老鹰"作了汇报。"老鹰"跟其他的负责人商量后决定：先把武器装备混在拉煤的车辆上运到密琊山，然后等待时机把它们运往内地。

十六

自从日本人占领了环珠岛，伊仲史经营的夜总会常常有日本的军人和商人光顾。而伊仲史本人就是在跟日本人的接触中，结识了新上任的行政长官崎润一郎。不久，经崎润一郎的举荐，当上了"大东亚共荣圈"投资与贸易促进协会环珠岛分会的副会长。

为了讨好日本人，伊仲史的夜总会特意招来了一批会说日语的舞女和会唱日本歌曲的歌女。这些容颜迷人且打扮得花枝招展的舞女和歌女，见了日本客人就搔首弄姿地卖弄风情、故作媚态。而站立在暗处的专门提供特殊服务的侍女，对日本客人是有求必应、从不怠慢。

舞女当中，有一个在环珠岛出生和长大的日本人。她的名字叫栗原静子。伊仲史在跟她的交往中，对她渐生情愫、疼爱有加。他想，现在有权势、有地位的男人都以追求日本女子为时髦，自己何不乘着顺风骑顺驴，尝一尝东洋美人的滋味？

可是，他做梦也没有想到，有个叫松田嘉一的日本商人也在追求栗原静子。于是，他干脆以绅士的姿态把松田嘉一请到自己的夜总会，一面用上好的日本玄米茶招待他，一面跟他商量这事该怎么办。在交谈之前，他做好了两种心理准备：如果松田嘉一态度强硬、不肯让步，自己就索性退出，因为跟日本人争风吃醋肯定是没有好果子吃的；如果松田嘉一对栗原静子的追求不是很执着，换句话说，他只是为了满足自己一时的冲动，图得一时的新鲜感才勾搭栗原静子而并没有长久的打算，那他伊仲史还有一线希望。

松田嘉一倒是个颇具骑士风度的性情中人。他听了伊仲史的一席话后，提出了两个方案：要么用比试剑法的方式来决出雌雄，要么以比拼酒量的方式来做个了断。

伊仲史觉得，自己的身板没有松田嘉一那般健壮结实，再说，也没有学过剑法，如果用第一种方式比输赢，自己肯定不是他的对手，但自己的酒量不一定比他差，于是接受了第二个方案。

最后，是松田嘉一输给了他。他没料到，松田嘉一才喝下没几杯酒就醉倒了，而且，在醉倒之前，居然借着酒劲耍了一阵酒疯，又是砸杯骂娘又是掀桌子的，闹得颜面扫地。

但是，他最终能不能把栗原静子追到手，那就得看天意了。他琢磨着：如果自己能得偿所愿，喜获静子，也算是给自己留了一条后路——将来要是局势有变、风水倒转，自己大不了变卖了财产去日本。

一个天气晴好的周末的傍晚，晚霞将天空映得红澄澄的，微风像柳丝一般飘拂着。

戴长思受舒亦婕之托，来到夜总会。一来是想了解光顾夜总会的都是些什么人，二来是想跟伊仲史套近乎，消弭两人之间的误会和隔阂——照舒亦婕的说法，就是"情面留三分，日后好商量。这人将来可能用得着"。

舒亦婕通过组织了解到，戴长思只是一个给小报写写连载小说，尤其是花边艳情小说的自由作家，没有什么政治背景。她想借戴长思跟伊仲史的关系，特别是让戴长思进一步接近伊仲史，来间接地刺探日伪的情报。而戴长思则想以夜总会为突破口，找到那批被收缴的药品的下落。毕竟詹姆士对他不薄，在他最困难的时候向他伸出援手。如果能找到的话，也算是为詹姆士而尽力了。

进门后，戴长思无意中发现：酒吧台旁边的那扇小门前多了两道屏风，屏风上的图案是相映成趣的鲜花和蝴蝶——这些鲜花和蝴蝶，使他不禁想起《江畔独步寻花》中的"千朵万朵压枝低"和"留连戏蝶时时舞"；而那些服务生小姐，虽然在长相上跟之前的不分上下，但个个都是生面孔，而且无一例外地穿上了绘羽花纹鲜艳夺目、底色光彩照人的和服——跟和服搭配的，是刺绣精美的腰带。当她们来来回回地走动时，恍若一挂挂颜色深浅不一的花缎，在人们的眼前悠然飘动着。

"这真是年年花相似，岁岁人不同啊！"他一面自言自语，一面找了个邻近舞池的座位坐了下来。

没一会儿工夫，他的目光不经意地落在摆放在桌子上的一本杂志。

这是谁的杂志？难道这座位已经有人了？管它呢，先看看这杂志再说，不看白不看。他寻思了片刻后，拿起杂志心不在焉地翻阅起来。翻阅了几页后，他的注意力被一篇题为《性游戏与战争》的文章所吸引。这文章的开篇处写道：

> 性压抑是现代人经常面临的一个问题——尽管在数百年之前甚至更早，性压抑就已经存在了。伴随着性压抑的，自然是焦虑和狂躁，于是乎就产生了各种各样的带有自慰和自残特点的游戏。比如说，一边欣赏着美人，一边将如同美人肌肤一般柔软的绳子绕扎在自己的脖子上，兴奋的时候就将绳子收紧一点，更加兴奋的时候就将绳子收得更紧一点，直至产生窒息或濒死的感觉。这就是心理学家所说的"诱惑和折磨"与"死亡和欢乐"相组合的游戏。心理学家从这个看似简单的游戏中悟出一个惊世骇俗的道理：深受潜意识控制的人类，是世界上最难以驾驭的，也是最可怕的动物；而从古至今的一切战争，实际上都是上述游戏的延伸和放大。

"先生想喝点什么？"就在戴长思边阅读边思考的时候，一个眉清目秀但略显青涩的服务生小姐，扭动着娇细的柳腰袅袅婷婷地走到他的身旁，然后轻扬着两弯细细的长眉问道。

"来一杯清咖啡吧。"戴长思仰起脸来，轻声低语道。

这时候，他发觉：这位小姐的脸蛋就像是成熟的苹果，透出红润润的光泽；她的身子宛若一棵纤巧的小树，闲散而恬静地玉立着。

"好的。"服务生小姐粲然一笑道，面颊上现出两点小小的、让人感到十分亲切的酒窝。

她刚要转过身去，戴长思突然间叫住了她。

"怎么啦？"服务生小姐问道。

"请问这本杂志是夜总会提供的吗？"戴长思说。

"夜总会不提供杂志。我想，应该是哪个顾客忘在这里的。"服务生小姐说罢，迈着轻盈而舒缓的步子走开了。

没过几分钟，她端着放着一杯清咖啡的盘子走到戴长思的面前，然后一面将咖啡杯搁在桌上，一面微笑道："先生，请慢用。"

"谢谢。"戴长思放下手里的杂志说。

待她离开后，戴长思一边喝着咖啡，一边半眯着两眼看着在舞池里跳舞的人。看着，看着，他的目光不知不觉地集中在一个能激起他无限遐想的娇美动人的舞女身上。

这舞女长着一张近似椭圆形的鹅蛋脸，脸上凸着一只挺翘而匀称的鼻子；蔷薇花苞似的嘴唇间，半露着几颗珠贝般洁白的牙齿；宛如鲜桃皮色的水嫩的肌肤，在灯光的映衬下透着柔美晶亮的光泽。她微笑时，一双明艳秀媚的眼睛会眯成月牙状，而且那甜蜜而妩媚的笑意会从嘴唇的四周荡漾开去，就像是从湖水的中央散开的涟漪。她身穿一套非常时髦的裙装，欧式宫廷卷发上斜插着羽毛发饰，耳朵上挂着银白色的叶子形耳环，左手腕上戴着中间嵌有珠宝的链状手镯。

这舞女不是别人，她就是伊仲史正在追求的栗原静子。

戴长思两眼一动不动地看着她，就像一位收藏家在聚精会神地欣赏着一件稀世珍宝。正当他看得出神的时候，伊仲史悄无声息地走到他的身后。

"你不是手头拮据吗？怎么还有兴致来夜总会消费？"伊仲史嗯哼了一声后，硬邦邦地甩出一句话，眼睛里平射出两道冷漠的寒光。

"哦，是你啊。"戴长思转过脸来对他说，边说边将捧在手里的咖啡杯轻轻地搁在桌面上。"我虽然经济窘迫，但还没到衣不蔽体、食不果腹的地步，来这里喝杯咖啡的钱还是有的。再说了，我从来就认为，越是经济窘迫越是要找一点快乐，不然的话，你就会患上抑郁症。借用一句老话来说，那就是'万事不如杯在手，人生几见当头月'。"

"是吗？"伊仲史边说边坐到他的身旁。"毕竟是喝墨水长大的文人，说出来的话就是不一样。"

"我只是个穷酸文人。虽然每天吃干的、喝稀的，但也不至于脑瓜冥顽不灵得像是被什么东西给夹了，净干些有玷清誉、有损名节的事情。"戴长思旁敲侧击地捎带着他说。说罢，他忽然觉得，自己为了讨嘴皮子便宜，为了图得一时的痛快，很可能会耽误舒亦婕交代的大事，于是连忙将话题一转："哦，既然你纡尊降贵地来和我交谈，那我就借这个机会跟你说个事。"

"什么事？"伊仲史敛容肃听之后，语调低沉地问道。

"上回我因房租的事而跟你发生了一点不愉快。事情过去后，我经过一番深思熟虑，终于想明白了一个道理。"戴长思说。

"什么道理？"伊仲史急着问。

"我有我的苦衷，你有你的难处。我不能光从自己的角度看问题，而是要设身处地地替别人着想。自从日本人占领了环珠岛，物价是一路飙升。你涨一点租金也是合情合理的，我没有理由跟你胡搅蛮缠。我借此机会给你赔个不是，希望你不要介怀。"戴长思态度诚恳地说。

"你看你，都快把我想象成鼠肚鸡肠的小人了。实话告诉你，我才不是你想象中的那种心胸狭窄之辈。我如果是心胸狭隘的人，早就把你撵走了。不是我成心要自吹自擂。在我圈子里混的人，哪怕是没学问、没见识的白丁，也没有一个不佩服我宽宏大量的气度。"伊仲史说着，原先冰冷的目光转瞬间变得有如青烟一般蒙蒙松松。

"所以，你做起事情来总是左右逢源，一呼百应。"戴长思说，"哦，对了。我从报纸上得知，你已经荣升为'大东亚共荣圈'投资与贸易促进协会环珠岛分会的副会长。我还没来得及向你表示祝贺呢。"

"我也只是滥竽充数，挂个虚名罢了，或者说是个打打外围、跑跑龙套的人。祝什么贺呀。"伊仲史说着，眉宇之间不觉兜上了一派踌躇满志的神气。"说句实话，在这世道凶险的当下，我做这个副会长也是身不由己。就像当年明朝的重臣洪承畴在松锦之战后被皇太极器重，后来又被顺治帝提拔为大学士。俗话说：'风不来，树不动；船不摇，水不浑。'乱世中的人，都免不了会被乱世捉弄一番。有些人在还没完全了解事情起因的情况下，喜欢胡猜乱想，甚至于往人身上泼脏水，也属于正常。但我坚信，这天底下的是非曲直皆有公断，事久之后一切将自然明晓。"

"是啊。冰炭不言，冷热自明。坊间传闻归坊间传闻，你做你应该做的事。有道是'是非来入耳，不听自然无'。闲言碎语淹不死一头大象。"戴长思一边说着，一边在心里思忖着：日本人给你一件破马褂，你就感激涕零、矢死不二，就以为穿上它后能够风风光光地当一回"新郎官"了，而且当了汉奸还不思悔改地装正经，还底气十足地直起腰板说话，真可谓不知道天底下还有"羞耻"二字。"再说了，现在的环珠岛是日本人的天下。有日本人给你撑腰，就算你是打打外围、跑跑龙套，哪有你摆不平的事情？要是有什么人胆敢跟你作对，那就是在太岁头上动土，在大佛脸上刮金。除掉他就跟捻死一只蚂蚁似的。"

"你也讲得太俗气、太吓人了。好像我伊仲史是个仰人鼻息的可怜虫，是唯日本人马首是瞻的没有主见的人，是黑道上的那种杀人不眨眼的大奸大恶的活阎王。"伊仲史面露不悦地说。

"如果我说得不对，那就当我没说。"神情平和坦然的戴长思，微笑着说。

"不过，我倒是有个想法，就是不知道当讲不当讲。"伊仲史纠紧眉头思考了一会儿后，不紧不慢地说道。

"你跟我又不是第一次打交道。你想说什么就直说，不必吞吞吐吐、遮遮掩掩的。"戴长思说。

"我想请你担任我的二秘书，不知你能否屈就一下？"伊仲史用试探的口气说道，然后从衣袋里摸出一盒"三炮台"和一只打火机。

"为什么？"心存疑虑的戴长思，用钝滞的目光看着他。

"因为在我的日常工作中，有许多公文、书信、契约等需要处理。我担心我现在的秘书一个人忙不过来。再说，你是胸藏翰墨、思虑深远的读书人，有着不同于常人的想法。在某些场合还能给我提提建议，装装门面。俗话说得好：'识时务者为俊杰。'难道你这位饱学之士不想借此机会发挥一下你的聪明才智？难道你就甘心做一条不得舒展的、盘曲着的龙？"伊仲史说罢，点燃了一支"三炮台"，然后使劲地吸了一口。

"感谢你的赏识。但我不是什么'饱学之士'，也没你说的那么神，恐怕难以堪当重任。"戴长思说。

"跟我你就不必谦虚了。自古有训：'因天时，与之皆断。当断不断，反受其乱。'"伊仲史说，"更何况，富贵功名有如春兰秋菊，各有时度。过了这个村就没有这个店了。"

"看来，我这个靠笔墨吃饭的人还不如你这个生意人潇洒豁达啊。要不这样吧，这事情容我考虑考虑。等我考虑成熟了再给你答复。"戴长思微皱着眉头说。

"还考虑什么呀？你不是手头紧吗？给我当秘书，我发给你的薪酬要远远地超过你的稿酬。这么简单的一道算数题，连小学生都会做。再说了，在我的印象中，你是个菩萨心肠的人，只要有人求助于你，你总是会尽力相助的。"伊仲史说。

戴长思听后，两眼直勾勾地看着咖啡杯。他真有点茫然不知所措了。他没想到，自己给伊仲史留了"三分情面"，而伊仲史却还给他"七分情面"，套近乎变成了身体贴着身体的零距离。一时间，他觉得自己就像是一只被赶进铁笼里的兔子，找不到脱身的法子。

就在这时候，栗原静子步态款款地走到伊仲史的跟前，然后略微佝偻着身躯对他说："不好意思打扰一下，请问你什么时候能陪我跳支舞？"

她说话的声音，听着舒缓且富有韵律感，仿佛是从一架古琴的琴弦上轻揉慢抹出来的。

或许是被她极富有魅力的声音所迷，或许是被从她身上飘逸出来的栀子花一样的气味所惑，戴长思用飘忽且充满着柔情的眼神看着她。

"怎么，你没见这会儿我有客人？你们日本人不是最讲究礼节和待客之道的吗？"伊仲史不耐烦地对栗原静子说。说罢，他又吸了一口烟，然后对着桌上的一只烟灰缸剔了剔烟灰。

"恕我无礼了。"栗原静子红着脸说。

但她并没有离开的意思，好像是在期待着什么。

"这位小姐是——"戴长思将目光投向伊仲史。

"哦，她是这里的 top dance-hostess（舞女皇后），名叫栗原静子。"伊仲史说，"你别看她身子骨瘦小得跟弱柳娇花似的，气力可大着呢。不瞒你说，她曾经跟她的父亲学过'神道无念流'剑法。"

"是吗？"戴长思的目光，不经意间落在栗原静子的纤纤玉指上。

他怎么也无法想象，这纤纤玉指的小手能提得起一把清霜逼人的剑并且一招连一招、一式接一式地劈砍削刺。

"你要是不信的话，可以跟她比试比试，见识一下她到底有多大的劲力。"伊仲史说。

"比试什么？"戴长思问。

"当然是比试剑法。"伊仲史说。

"你也太会开玩笑了。"戴长思笑道，"我一介书生，一没有学过剑法，二连看到剑都会吓出一身冷汗，怎么能跟她比试剑法？你这不是要蛐蛐斗公鸡，要麻雀跟老鹰打架吗？不过，我倒是想请教一下，为什么她学的剑法被称作'神道无念流'？"

"这你要问她了。"伊仲史说罢，将脸转向栗原静子。

"'神道无念流'是平右卫门于18世纪末创立的剑术流派。平右卫门最初是练习'一円流'剑法，后来在此基础上创立了自己的剑法。由于是在敬拜神道和万念俱空的状态下悟得的剑法，因此他把这剑法称作'神道无念流'剑法。这一剑法的特点是：或以攻为守，或以守为攻；攻中有守，守中有攻。平右卫门最得意的门生是户贺崎熊太郎。他的剑术在当时堪称一绝，曾引来无数的敌手要和他较量。"栗原静子目含羞意地说。

"那你父亲现在也在环珠岛？"戴长思问。

"几年前，他在日本的北海道开了一家武馆，现在还在那里招收弟子，传授剑法。"栗原静子边说边细细地端量了戴长思一番。

她觉得，戴长思的容貌，如果按照自己的标准，称不上特别的俊美，也缺乏一种英武、豪迈的气概，但他温文尔雅的风度有如一株清幽的兰花，和悦柔顺的目光有如一缕透进她心房的阳光，让她充满了甜蜜的幻想。

戴长思头一回像个小姑娘似的，被她看得脸上不觉透出一丝窘迫的红晕。

"有句老话说得好：'人多一技有益，物裕一备有用。'既然栗原静子身怀绝技、武艺不凡，我们俩不妨拜她为师。你看怎么样？"他没话找话地对伊仲史说。

"好啊。眼下的世道这么乱，我也想学一点武功。"伊仲史说，"不过，有了你们俩一文一武的辅佐，我就算是什么都不学也可以高枕无忧了。"

伊仲史说罢，见栗原静子正在用游移不定的目光看着他，好像在向他暗示着什么，便如梦初醒地微笑道："哦，不好意思，我忘了给你介绍。他是我的朋友，名叫戴长思。"

　　一个星期后，戴长思来到"碧兰轩"茶楼找舒亦婕，将伊仲史要他当二秘书的事情告诉了她。舒亦婕得知此事后，于第二天向"老鹰"作了汇报。"老鹰"觉得，这是一个打入敌方阵营的难得的好机会，要舒亦婕利用自己跟戴长思的关系说服他，劝他无论如何都要把这门差事应承下来。

　　舒亦婕随即按照戴长思留下的联系方式找到了他，然后把他带到一条寂静无人的小巷子。

　　"我来找你，是想给你推荐一份差事。"舒亦婕说。

　　"什么差事？"戴长思问。

　　"写文章的差事。"舒亦婕说罢，从手拎包里拿出一份《东江民报》的副刊《民声》。

　　"你是说，我可以给《民声》的编辑部投稿？"戴长思接过报纸后，随意地翻阅了一下。

　　"不是投稿，而是人家跟你约稿。而且，据我所知，稿费还不薄呢。"舒亦婕说。

　　"他们怎么会知道我，怎么会平白无故地跟我约稿？难道他们当中有你认识的人，是你把我推荐给他们的？"戴长思好奇地问。

　　"对啊。"舒亦婕说罢，停顿了一下，而后接着说："我思来想去，觉得让你跟着我去印传单、贴标语有点大材小用，此外，在目前的形势下，你写你的那些个'小文章'也无法为抗战做贡献。所以，我就把你举荐给《民声》的编辑部，这样，你就可以用你的笔宣传抗日的道理，让更多的环珠岛人行动起来，投身到抗日的激流中去。"

　　"你还替我想得挺周全的。"戴长思说。

　　"我建议，你先把这张报纸上面的内容仔仔细细地阅读一遍，看看他们都需要什么样的文章，然后用笔名写，写好后就交给我。"舒亦婕说。

　　"好的。"戴长思欣然地应从了她。

　　"哦，对了。"舒亦婕接着说，"昨天听你说伊仲史要你做他的二秘书。"

　　"对啊，怎么啦？"戴长思微皱着眉头看着她。

　　"你真的没答应？"舒亦婕问。

　　"我怎么会答应呢？这不是要我跟着他当汉奸吗？"戴长思说。

　　"不过，我倒是有个想法。"舒亦婕说。

"什么想法？"戴长思问。

于是，舒亦婕把自己的设想告诉了他。

戴长思在担任伊仲史二秘书的期间，接触到不少绝密的文件和有价值的情报。他将它们及时地传递给舒亦婕。而他给《民声》写的文章，一发表后，他就拿到了丰厚的稿费——这稿费，其实是舒亦婕和"老鹰"等交通线上的同志一道凑起来给他的。最后，戴长思与舒亦婕成了一对在抗战中患难与共、恩爱情长的恋人。

戴长思在自己的《随想录》里写道：

在流落天涯的岁月里，我曾蜗居斗室，过着小文人特有的那种看似悠闲清净的生活；我也曾犹若一叶沉舟的残片，在奔腾翻卷的激流中起落漂浮；我还曾经像一个幽灵，在一片漆黑中漫无目的地飞舞旋转，或者与其说是活在这个地球上，不如说是活在遥远的彼苍之外，用冷漠的目光看待天底下的一切。

但自从倭寇的铁蹄踏入环珠岛的那一刻，我和众多逃难到异乡的同胞一样，被逼到了山穷水尽的角落。而舒亦婕的出现，使我看到了一线生机和希望。她就像远方的一座灯塔，照亮了黑漆漆的海面，指示着我航行的方向。她在追求自己的理想时所表现出来的可爱的执着，她那"裙钗不让须眉"的精神，最终深深地打动了我、感染了我，把我从无聊的、半封闭的状态中解救了出来。于是乎，我不想再沉沦下去了。我要和那些心里装着铁马金戈的爱国志士一样，骑上一匹战马奔驰在晚霞嫣红的原野里。

古人说得好："玉可碎而不可改其白，竹可焚而不可毁其节。"

往事不远近在咫尺，国仇家恨岂能不报？除了擎起大旗、奋起反抗外，我还能做什么呢？

爱之墙

我要你的爱有纯钢似的强，
在这流动的生里起造一座墙；
任凭秋风吹尽满园的黄叶，
任凭白蚁蛀烂千年的画壁；
就使有一天霹雳震翻了宇宙，——
也震不翻你我"爱墙"内的自由！

——徐志摩《起造一座墙》

一

　　1982 年 8 月的一个早晨，当噪晓的鸟雀打破了大地的静寂，渐强的曙光驱走了缠绕在景物上的雾纱时，郑绍良从昏昏沉沉的睡梦中醒了过来。他揉了揉还粘着睡意的惺忪的两眼，看了看放在床头柜上的那只新买的闹钟，见时针已快指向五点了。

　　"一枕馀甜昏又晓，凭谁拨转通天窍。"他朦朦胧胧地想起明代汤显祖《邯郸记·渔家傲》中的名句。

　　昨天，为了准备行李，他跟奶奶去了几里之外的小镇；从小镇的店铺买来了蚊帐、凉席、脸盆、热水瓶等杂七杂八的东西。今天，吃了早餐后他就得动身去一所新建的大学报到。这所大学位于远郊的一处荒地，而且靠近海滩。听人讲那边的工作和生活条件都十分艰苦。

　　这一切似乎都是命运的安排，他琢磨着。他相信命运，是一个地地道道的宿命论者。他在 70 年代初就开始自学古代哲学，不管是西方的还是中国的。他从书本里了解到，早在远古时期西方人就开始相信命运了，认为人世间的一切都是由神乎其神的天命操控的。古希腊神话中有三位司掌命运的女神。其中，克洛托专事编织生命线；拉克西斯负责决定生命线的长度；阿特洛波斯负责斩断生命线。相传，共享感官的她们一起决定着人类的命运；即便是她们的父亲天神宙斯也无法抗拒她们的安排。至于中国的佛家、儒家和道家，尽管它们在某些问题上存有歧见，但在命运的问题上是一致的：佛家言"随缘任运"，儒家言"顺受其正"，道家言"安之若命"……反正，一句话，相对命运而言，人的主体选择往往显得那样的苍白无力，就像是一片随风飘荡的落叶，或者像是一只行进在渺茫无际且幽深莫测的大海中的小小的舢板。

　　起床之后，他先忙着刷牙洗脸，而后吃起奶奶烙的葱花饼。他打小就喜欢吃奶奶烙的葱花饼——这饼薄薄的，油而不腻，葱香扑鼻。他一边吃着，一边继续想着心事。

刚念完大学的他，本打算在附近（近郊）的一所中学教书，可没承想竟然被分配到僻远的大学，而且更糟糕的是，他的户口也得迁过去——因为那所大学想用这个法子来圈住人。建校的想法，据说是当地的一位已退休的教育局局长提出来的，而且他就是现任的校长。因此，这所新大学与其说是"计划经济"的产物，不如说是那位还想"发挥一点余热"的老局长的奇思妙想。现如今，奇思妙想既然已成为现实，老局长自然会想尽一切办法去保住它，让它跟一棵树苗似的一点一点地成长起来，一点一点地变成盘根错节的参天大树。负责毕业分配的领导，为了动员他郑绍良去那边工作，找他谈了三次。但每次谈话都没有提起户口的事情，只是一个劲地往好的方面说："你业务那么好，去中学教书似乎有点大材小用。更何况，你也是知道的，中学要比大学忙，而且当了一名中学教师后你就别想再有出头之日了，很可能一辈子就那样了。而当一名大学教师就完全不同了，将来可以晋升为讲师、副教授、教授，还有机会到国外去深造。这多风光，多叫人羡慕啊！你们这一届的毕业生中，有不少人在打这所大学的主意，但他们的成绩都不如你。要知道，在大学教书是有业务要求的，哪能随随便便的想去就去？"可事后他问了好几个同学，他们都说那所大学只有傻瓜才会去。他总算是看明白了：不管自己同不同意，领导的决定是不会改变的；谈话也好，动员也罢，只是走走形式而已……

"你怎么不喝点稀饭？今天外头可热了，我特意在稀饭里添了些绿豆，好解解暑。"正在帮他清点行李的奶奶，打断了他飘忽不定的、凌凌乱乱的思绪。

她是个手脚利落、勤快能干的女人，每天天刚蒙蒙亮就起床了，先是做饭，接着就是洗衣服或者收拾屋子里的东西。她说，她九岁起就这样，习惯了。

"今天我不想喝稀饭。"郑绍良看了看摆在饭桌上的饭锅和碗盏。

"为什么？"奶奶用诧异的目光看着他。

"因为路途太长了，万一在车上想撒尿就麻烦了。"郑绍良说罢，淡淡地一笑。

"我看，还没等你想撒尿，吃下去的稀饭就变成汗水了。"奶奶皱纸般的脸上，显露出一丝不悦，好像受了委屈似的。

"行，那我就喝一点吧。"郑绍良连忙将手里的饼往嘴里一塞，然后用勺子从饭锅里舀出半碗稀饭。紧接着，他吃一口饼喝一点稀饭，喝一点稀饭再吃一口饼。

"别忘了还有煮鸡蛋，吃了煮鸡蛋可以多攒点力气。"奶奶说着，把一只放着十来个煮鸡蛋的小匾篮儿放到他面前的饭桌上。

这些鸡蛋，都是自家养的几只母鸡生的，个大且圆实。

"不早了，我该走了。"郑绍良吃了俩煮鸡蛋后，背上挎包，提起行李匆匆忙忙地走出了屋子。他寻思着，幸好眼下是夏季，要不然自己还得跟头毛驴似的驮上沉甸甸的被褥。

"你等一下。"奶奶突然叫住了他，然后从围裙的口袋里摸出一张十元的钞票。她拿着钞票不紧不慢地走到他的面前："这钱你拿着，万一这几天学校发不了工资——"

"奶奶您——"郑绍良的眼眶有点湿润了。他知道奶奶身上没几个钱，就是有也是卖蔬菜的钱。可那块小小的自留地里种不了多少菜，够自家几口人吃就算不错了，难得有剩余的。

"快拿着。"奶奶见他一动不动地傻站着，语气坚决地说。

"不了，我身上带着钱。"郑绍良放下装着脸盆、热水瓶的网兜和卷着蚊帐的凉席，把奶奶的手推了回去。

"这回你必须得听我的。"奶奶说着，把钱塞到他的手里。"这是你第一次出远门，不多带点钱心里怎能踏实？"

"那也好。"郑绍良犹豫了一下后，轻声轻气地说道。"等我领了工资就还您。"

奶奶似乎没听见他在说什么，只是跟一尊木雕似的站立着。她宽广的前额沁出几颗豆大的汗珠；两弯稀溜溜的眉毛底下，是一双有点昏花的饱含着深情的眼睛。她的手，尽管粗硬得像是长出了一层鳞甲，但却是那么的美、那么的耐看，仿佛从上面可以看到她辛苦的人生和勤劳忘我的品质。

郑绍良不想再多说什么。他把钱往挎包里一塞，而后提起行李朝远处的车站走去。

一路上，正在田间捕捉小虫的鸟儿扑扑噜噜地飞向天空，又从空中洒下一串串令人心醉的鸣啭，仿佛是在给他送行，给他祝福。

"绍良，路上小心点，累了就歇歇脚。"奶奶站在门口目送着他，眼睛里闪动着些许泪光；风儿把她鬓角上的几根银发吹得飘舞起来。她突然间想起了煮鸡蛋，于是赶紧转身去拿。可是，等她捧着匾篮儿回到门口时，郑绍良的身影已消失在远方的人流中。

要说郑绍良这孩子，他打小就住在奶奶家。父母不知是什么原因，只将他哥哥和妹妹留在身边。或许他们怕孩子多了忙活不过来，或许他们觉得十几平米的房间太挤了，容不下他这个老二。不过，这倒也好，他自然成了奶奶最怜爱的对象，不用跟哥哥和妹妹去争父母之宠。况且，乡下的一切都比城里好。开门就能看到绿油油的蔬菜地和长在小河边的垂柳，随时能呼吸到清新怡人的空气，还有就是自由自在的生活——自由自在得就像是居住在瓦尔登湖畔。

这天早上，住在隔壁的叔叔和婶子都没露脸。郑绍良本想去招呼他们一声，但考虑到他俩可能是有意躲着他，也就作罢了。郑绍良曾听奶奶说，叔叔和婶子住的那间屋子原本是她的大儿子（也就是郑绍良的父亲）结婚时的新房，是沿着老房的一堵砖墙加盖的。由于郑绍良的祖父死得早，她身上又没几个私房钱，所以盖房用的都是大儿子的钱。后来，大儿子拿了单位分给他的公房（那时候郑绍良还没有出生），于是就带着老婆和郑绍良的哥哥住到了城里。

上了一辆长途汽车后，郑绍良找了个靠窗的座位坐了下来。为了不影响其他的乘客上下车，他将凉席放在车窗的边上，将网兜放在座位底下。

车子开动后不久，他忽觉车内的气氛有点让人感到沉闷，于是索性把目光投向窗外。

望着车窗外面的风景———一片片农田，一条条河流和一间间农舍，他不经意间回想起几天前发生的一幕：

"绍良啊，我看你就干脆在那边找个姑娘落户吧。"婶子听说他要到远郊去工作，笑盈盈地对他说。"我有个表妹就住在离你学校不远的一个小村子里。要不，我让她给你介绍一个？"

"是啊，这来来去去的多不方便哪，且不说车费也是一笔不小的开支啊。"站在婶子身旁的叔叔说道，"我听说我们这一带很快就要动迁了。你的户口迁到新的学校后，说不定就分不到住房了。"

"可不是么。"婶子抢过话头说，"你大学毕业后本来可以将户口迁到这边的。不过，在那边落户也挺好的。只要你找到了称心如意的姑娘，办了结婚登记，学校迟早会分你房子的。"

"我年纪还小，还不打算结婚。再说，有谁会嫁给我这么一个体弱多病的穷书生呢？"郑绍良当时面无表情地说。

他不知道眼下叔叔和婶子在打什么算盘。他只是觉得，自从叔叔把婶子娶进了门，人开始一点一点地变了，变得跟原来不一样了。

二

"同志，新海大学往哪儿走？"下了车后，郑绍良问一位跟他一起下车的乘客。

这人看上去四十来岁，穿一件半旧的灰色短袖衬衣，手里拿着一顶草帽。

"顺着前面的那条小路一直往南走。"那人回答说，一边回答一边将草帽往粗短的发茬上一扣。草帽挡住了高照的日头，草帽的阴影使他那张紫铜色的脸膛变得有点漆黑和模糊，只有未闭拢的两唇间露出一道窄窄的亮光。

谢过他后，郑绍良朝前走了约莫一百米，然后沿着一条高低不平的小路朝南面走去。走累了就放下行李歇一歇。他发现：展现在他眼前的，除了向前方蜿蜒伸展的小路外，便是一片原野；原野里除了有几块地方长着稀稀疏疏的杂草外，几乎是光秃秃的一片；深褐色的泥土在烈日的照射下蒸发出一种奇怪的味道，这味道有点像腐烂的树叶，又有点像鱼腥，还有点像从某类昆虫身上散发出来的臭气。

走了两里路的样子，他来到挂着"新海大学"牌子的大门前。不经意间，他发觉有一条银灰色的大狗蹲在门房的一边。这狗昂着头、竖着耳朵看着他，从张开的嘴里伸出血红的舌头。

"你别怕，这狗不会咬人的。"就在他止步不前的时候，从门房里走出一个身穿蓝色制服的身材魁梧的男人。他问明情况后，让郑绍良进了校门。

郑绍良在校园里转悠了好一阵子，才找到人事处处长的办公室。这间办公室在一幢青砖灰瓦的三层楼房的二楼，门口是一条长长的走道，走道朝北的一侧是用水泥柱子做的栏杆。站在栏杆前可以望见几排朱瓦盖顶的低矮的平房。方才，在经过这些平房时，郑绍良发现窗户里边不是放着课桌椅就是放着做实验用的仪器。

"欢迎你来我校工作。"人事处处长靳大弓看了介绍信和户口迁移证后满脸堆笑地说。

这人瞧上去五十岁左右，一副憨厚老实的模样。他矮墩墩的身材，在紧巴巴的衣着的勾勒下，显得有些臃肿；刻着几条浅纹的棕黄色的脸，好像是一只经过风吹后缩了水的苹果；架在鼻梁上的眼镜后面，是一对炯炯有神的大眼，转盼之中不时地流泻出几分踌躇满志的神气。

他向郑绍良简单地介绍了一下学校的情况，然后让手下的人赶紧去安排宿舍。

学校的教工宿舍位于这幢办公楼的西边，是几排长溜溜的黑瓦白墙的平房。每栋平房有十多间屋子；屋子的门前，有一个露天的、安着几只水龙头的浅浅的水池。平房与平房之间，是长着野草的空地；空地靠近走道的一边，竖着几根上端拉着钢丝的铁杆——这是为了方便教职工晾衣晒被。

郑绍良的屋子在第一排平房。这排平房的前面，也就是房门的南面，有一片视野宽广的开阔地。开阔地往西有一个很大的池塘。在微风的吹拂下，池塘里的水泛起一层又一层涟漪，像是有无数条光带在悠逸地飘动着。

他打开房门后，只觉一股淡淡的霉味钻入他的鼻孔。他发现：这屋子没有平顶的天花板，"人"字形的屋顶的衬料是用木板固定的厚厚的油毛毡，上面不是长出了白色的霉斑就是挂着破絮一般的蛛网；有点潮湿的水泥地板上，很对称地摆放着两张书桌、两把椅子和两张单人床；书桌上积着厚厚的灰尘，床架上用铁丝绑着用来挂蚊帐的竹竿；南北两扇窗上，挂着藏青色的粗布窗帘，它们使得屋子里的光线暗了不少。

进屋之后，他先把手里的东西放在一张空床的上面，然后拉开窗帘，打开窗户，让空气流通一下。接着，他从一张书桌底下拉出一把椅子，用抹布稍稍擦拭后，便静下心来坐了一会儿。随后，他开始有条不紊地忙活起来。支好了蚊帐、铺好了凉席、放好了脸盆和热水瓶等物品后，他看了看左腕上的手表，见时间已过了十一点半，于是赶紧去教工食堂吃午饭。

在去食堂的路上，他忽然觉得口中有点干涩发苦，肠胃正在咕噜咕噜地翻动着。

教工食堂非常简陋，简陋得就像是兵营里的伙房。可能是由于还没开学的缘故，在里面用餐的人不多。

他将十块钱兑换成餐券后，买了一碗番茄蛋汤和几个馒头，然后找了一个靠近吊扇的座位坐了下来。看着这碗汤，他愈发觉得口渴难耐，于是迫不及待地大口大口地猛喝起来；略微发红的脖子上，不时地鼓起几条斜楞楞的软筋。

"你是新来的吧？"坐在他附近的一位中年人，微笑着看着他问道。

这人身穿一件白得有些扎眼的短袖衫。方方正正的"国"字脸上，疏密不匀地分布着几条细细的皱纹。两只目光谦和的眼睛中间，耸立着一道笔直的鼻梁。刷子一般的短发，给他的容貌增添了一种端庄而刚毅的气度。他微笑时，眼角的纹路像是两把打开的小小的折扇，又像是被风儿吹起的水面上的细波。

"是的，"郑绍良放下手里的碗说，"上午刚来报到。"

"你是教——"中年人的目光，不经意地落在郑绍良的那只老式手表上。这手表，是郑绍良的祖父留下的，看着就像是一件古董。

"我是教英语的。"郑绍良不亢不卑地说道。

"是吗？那咱俩今后是同事了。"中年人突然间显得有点兴奋。他端起碗坐到郑绍良的身边。

"您也教英语？"郑绍良好奇地问。

"不，我教俄语，是两年前的这个时候来这所学校的。"中年人说，"请问你怎么称呼？"

"我叫郑绍良。哦，就是郑成功的'郑'，绍兴的'绍'，良好的'良'。"郑绍良回答道。

"你这名字起得好。绍良，绍良，那就是'继承优良的革命传统'。"中年人风趣地说，"看来，你的父亲在你还没有出生的时候就给予你殷切的期望。"

"或许是吧。"郑绍良说罢，顿了一下，然后问道："这里的外语专业已开设了至少两年吧？"

"是啊，第一批来这里念书的学生这学期是大三了。随着学员的不断增加，我们急需像你这样的大学毕业生来充实教师队伍。"中年人说。

就在两人交谈时，一个身着白色连衣裙的年轻女子步态轻盈地走到他们的饭桌旁："蔡主任，您今天怎么在食堂吃饭？"

"今天就我一人在家。因懒得做饭，所以就——"中年人咧开厚厚的嘴唇笑道，"来，我给你介绍一下，这位是刚来的英语教师郑绍良。"

女子闪动着水灵灵的眼睛看着郑绍良，目光中流露出一丝羞色。她迟疑了一下后，怯声怯气地说道："欢迎，欢迎。"接着，她不知道该说些什么。

"她跟你一样，也是教英语的，名叫李秋如。"中年人见女子有点羞怯和窘迫，赶紧转过脸来对郑绍良说。

"你好，李老师。"郑绍良彬彬有礼地对她说，但话音听上去有些硬生生的，好像只是为了一时的应酬。

女子这会儿使劲地抿着嘴，不敢正视郑绍良的两眼。

"哎，对了。你怎么这么早就返校了？"中年人见李秋如和郑绍良都显得不自在，便把话题一转。

"马上就要开学了，我来学校备备课。反正闲着也是闲着。"女子说，"再说了，这儿比家里凉快些，也清净些。"

"是吗？"中年人笑道，"看来，你是要在这里当'扎根派'了。"

听了中年人的这番话，女子没再多说什么，只是淡淡地一笑，而后朝着打菜的窗口走去。

郑绍良趁她买菜的工夫问身边的中年人："她刚才称呼您蔡主任，那您一定是外语系的系主任了？"

"我叫蔡天成，过去在部队当俄语翻译，转业后被安置在这里。我来报到的那天，校方就让我担任外语系的系主任。我是想推也推不掉。"中年人说，"刚才那位叫李秋如的老师比我晚来几天，你可别小看她，她是你们英语专业教研室的主任呢！"

"是吗？这么说来，你们俩都是我的领导？"郑绍良说罢，不自觉地眨了眨眼睛。

"什么领导不领导的，不都是来这里混口饭吃？"蔡天成爽直地说。说罢，他看了看郑绍良的碗，然后接着说："行了，快吃你的饭吧，咱俩有空再慢慢聊。"

吃过午饭后，郑绍良返回自己的宿舍。他忽然间觉得身子骨有点酸痛，于是就躺倒在铺着凉席的床上。他刚闭上眼睛就听见麻雀在屋顶上叽叽喳喳、纵纵跳跳，还听到从开阔地那边飘来的手扶拖拉机的响声。自己的新生活就在这样的一个环境里拉开了序幕，他不知道等待着他的是什么。是啊，从一所熟悉的学校到一所陌生的学校，从一个普普通通的大学生到一名大学教师，这一切似乎来得挺突然的，有点让他转不过弯来，也有点让他心地茫然，但仔细想想也在情理之中。望着床边的书桌和椅子，他不由得回想起自己念大学时的生活，觉得这生活就像一场梦，一场飘飘忽忽的充满着喜与悲的梦。

中学毕业后，他是揣着无比美好的理想步入大学校园的。他念大一时，各门课的成绩都位居全班的第一，而且还通过了由外语系统一组织的托福模拟考试。之后，他曾萌发了去美国留学的念头，但父母怎么说都不同意，理由是：资本主义社会是一口大染缸，再纯洁的心灵也会被染得漆黑漆黑的。无奈之下，他只好放弃了出国的打算。在他念大二的时候，整个年级组织了一次英语水平综合测试，他又名列前茅，随后就被安排在提高班学习。在提高班任教的都是外籍教师，其中有美国作家弗罗斯特和英国资深媒体人弗里曼特。这对于酷爱英语的他来说，简直是犹鱼得水，如鸟入林。可是，他怎么也没想到，在念大三时自己患上了乙肝，康复后不久又在实习期间复发。从此他便背上了一个沉重的心理负担。出院后，为了躲避室友们的冷淡嫌弃的目光，他在学校附近租了一间房，每月的租金是父母给他的生活费的一半。现在，他总算是熬到了大学毕业，但这大病就像一场暴风雨浇灭了他心头的希望之火。他曾在日记里写道："一夜之间，我似乎变成了一堆没有一点星火和一丝残烟的灰烬，我的生命仿佛提前走到了尽头，展现在我眼前的仿佛是没有一丝一毫生趣的万木凋零的冬季。"

眼下，尽管他的病情已经稳定了，但他总觉得自己还没有完完全全地走出病魔的阴影，总觉得自己的前途早已被一道看不见的屏障给堵塞了，剩下的只是"当一天和尚撞一天钟"式的消沉与糊涂。

三

时间过得飞快，一转眼燥热的夏天变成了气候宜人的晚秋。

每天，郑绍良只要闲着没事，就埋头读书或者跟同寝室的姚顺帆聊天。姚顺帆也是刚毕业的大学生，读的是心理学专业。他比郑绍良晚两天报到，说是在旅游的归途中遇到了山体滑坡，险些丢了性命，铁路停运了两天后才恢复了通车。两人第一次见面就谈得很投机，之后越谈越觉得对脾气。

"今天下午你有事吗？"一天午休的时候，姚顺帆问郑绍良。

"没什么事。"郑绍良回答说。

"那你想不想跟我一块去海滩看看？"姚顺帆又问。

"行，就去看看吧，老待在屋里也不是个事儿。不过，你得先让我睡一会儿觉。"郑绍良说罢，躺上了床铺。

说心里话，他早就想去海滩玩玩，只是不愿一个人去，因为一个人去心里难免会有几分孤独或凄凉的感觉。现在，既然姚顺帆提起去海滩的事，那就不妨跟他一起去。

见郑绍良上床后不久就打起了酣畅的呼噜，姚顺帆也干脆上床休息。他起先是东想西想的睡不着，于是从堆在枕边的杂志中翻找出一本刚买的《大众电影》杂志，然后聚精会神地看起来。或许是由于郑绍良的鼾声具有难以抵挡的催眠的神效，他看着，看着，忽然觉得眼皮有点沉重，便放下手里的杂志，让悄然袭来的困意把他带入睡梦之中。

两人起床后，先洗了一把脸，然后肩并肩地朝着位于学校南边的海滩走去。一路上，他俩有说有笑的，好像睡过午觉后不仅精神倍增，而且人生中最酸苦的东西也变得甜丝丝的。

姚顺帆问郑绍良在读大学期间有没有恋爱过，郑绍良说自己读大学时功课太紧了，根本没有时间去考虑恋爱的事，况且自己也不想早恋。姚顺帆听后笑道："功课归功课，恋爱归恋爱。一个人要学会满足自己情感上的需求，过分地压抑情感会使自己的神经功能紊乱。"他还说，他不认同罗洛·梅在

《爱与意志》中提出的一个论点，即 20 世纪的危机在于爱的全面异化和意志的普遍沦丧。

"什么叫'爱的全面异化'？"郑绍良问。

"'爱的全面异化'是指现代人把性从性爱中分离出来，用它来取代爱，从而导致性行为的放纵和爱的压抑。"姚顺帆解释说。

"那什么叫'意志的普遍沦丧'？"郑绍良又问。

"'意志的普遍沦丧'是说由于现代人越来越深信技术决定论和无意识决定论而丢弃了个人的道德责任感，丧失了自己应有的理想和意志。"姚顺帆解释道。

"罗洛·梅的观点或许只是一种假设，或许他只是想对西方社会性行为的特点作一番别样的总结。"郑绍良说，"我记得弗洛伊德说过，历史多半是人类非理性的一种投影，即使文明（包括爱情在内）也只不过是人类本能结构的浅薄的虚饰。"

"那你赞不赞同弗洛伊德的观点？"姚顺帆问。

"当然赞同啦，"郑绍良回答说，"不要说历史，就拿最能引起人们心灵共鸣的文学艺术来讲，那是典型的非理性的投影。"

"文学艺术是非理性的投影？"姚顺帆听后，用惊奇的眼神凝视着他。"我在心理学的著作里好像看到过这样的说法，但书中所举的例子仅限于绘画艺术。你能不能从文学的角度讲得具体些？"

"别的不说，就说 19 世纪的美国作家爱伦·坡和法国浪漫主义诗人波德莱尔。在他们的作品里，我们很容易发现一种病态的心理。比如，爱伦·坡喜欢将自己的怪癖与哥特式的传奇故事结合起来，在其作品中时不时地流露出他对女性的憎恶和对尸体和坟墓的偏好。我记得在他的《厄舍府的倒塌》里，半腐烂的、礼服上沾满血迹的玛德琳小姐用她致命的拥抱毁掉了一个男人。而波德莱尔在他的诗歌里，也常常把女人同死亡、腐烂等联系在一起。他还喜欢用女性的'嘴唇'作为死亡的象征，甚至把女人描写成追杀男人的豹子——酷似一只豹子，弓着身子去寻觅食物……一个躺在龙须草和芦苇深处的男人，闻到了豹子吃食的异味，便循着这异味追踪而行。可是，他忽然间被豹子诱人的嘴唇挡住了去路，紧接着他的头颅被那滚烫的嘴唇所吞入。总之，在他们有点变态的下意识的宣泄与满足的背后，我们似乎可以隐隐约约地窥见貌似理性主义的非理性主义。"

"你说得太棒了。"姚顺帆说,"如果你有兴趣的话,可以把你了解的有关这方面的内容全都整理出来,我们俩联手写一本专著,书名可以叫作《文学艺术中的变态心理》……"

就这样,两人在闲谈中不知不觉地来到一座水闸——这水闸的北边是一条淡水河,南边是海滩。他俩站在水闸的护栏旁向海滩纵目望去。映入眼帘的,是一大片看似平铺的细沙,它好似一块偌大的金黄色的缎子伸向遥远的天际。在海滩的岸边,有用岩石砌成的长长的斜堤;它绝像一道雄伟的、延绵不断的城墙,守卫着临近海滩的一方土地。

"我看,我们还不如到下面的斜堤上坐一会儿。"沉默了片刻的姚顺帆,突然对郑绍良说。

"你就不怕受了日照的岩石把你的屁股熨红了?"郑绍良笑道。

"我不怕,再说都已经是深秋的季节了,日头没你想象的那么厉害。"姚顺帆说罢,理了理被海风吹乱的头发,而后朝着斜堤走去。

他是个举止有点怪诞的人——人们都说学心理学的人大多有这样或那样的怪癖,而且总喜欢戴上心理学的有色眼镜来观察自己周围的人和事物,说起话来也往往喜欢把什么东西都往心理学上扯。不过,他的相貌还行。无论是那浓眉大眼,还是那丰满白净的脸蛋,无论是柔软而有光泽的黑发,还是一开口说话就裸露出来的齐整雪亮的牙齿,还有那和悦且很有风韵的笑容,只要看上一眼就会很自然地将他跟某个影星或歌星联系起来。难怪在他读大学的时候,有好几个女生追过他。

郑绍良跟在他的后面来到岸边。两人在斜堤上坐定后,先是对着空旷静寂的沙滩看了一会儿,然后又没话找话地闲谈起来。

"你瞧这蓝天底下的沙滩,多么柔和,多么坦荡,多么沉静!"姚顺帆兴致勃勃地说,"它使我想起雨果说过大自然的创造力是卓越非凡的,是绝不亚于人类的。大自然借助于它所创造出来的东西来表现自我,进而使人类对它产生敬畏之感。"

"是啊,雨果还说大自然是属于灵性的世界,而人类的社会则属于物质的世界。"郑绍良说。

"所以,在灵性世界的面前,人类就好比是海洋里的一粒沙子,常常会有'皆若空游无所依'的那种感觉。"姚顺帆说。

"哎，对了。你听说了没有？"郑绍良接着说。

"听说什么？"姚顺帆问。

"在三十年前，这里根本就没有什么海滩。从这里往北约六里路的样子都是一片汪洋大海。"郑绍良说罢，抬眼凝望着天上的一溜薄纱似的淡云。

"是啊，连我们学校的那块地也是由不知从哪里漂流而来的泥沙冲积而成的。"姚顺帆说着，摸了摸斜堤上的岩石，然后问道："你下车后有没有注意到那条长长的公路比路边的地儿高出至少两米？"

"这我倒没留意。"郑绍良回答说。

"如果我没猜错的话，那条公路就是从前的海堤。"姚顺帆扑动着灼亮的眼睛看着他。

"是吗？"郑绍良说，"看来，心理学家的眼力就是不一样，不但能察觉到普通人无法察觉的事物，还能凭借着自己的想象力探究事物的前因后果。"

"行了，不谈这些了，还是谈谈你自己吧。"姚顺帆说罢，顺手拔起一棵从岩石缝里长出来的小草。

"谈谈我自己？"郑绍良似乎没听明白他的意思。

"我是说，你总不会把自己的一生交给这所学校吧？"姚顺帆一边说着，一边不自觉地捏着小草的软茎。

"难道被关在笼子里的小鸟还能飞出去？"郑绍良不紧不慢地躺倒在斜堤上，然后将两只手交叉着垫在后脑勺的下面。

"看来，你还没打算用考研的方式来逃出这只笼子，那你就安安心心地做一只笼中鸟吧。"姚顺帆说。

"学校不是有规定，必须在这里干上五年才能报考研究生吗？"郑绍良的两眼盯上了正在他头顶上飞翔的一群海鸟。

"是有这条规定，但考研不是你想考就能考取的，总得做好充分的准备。"姚顺帆说，"我是决不会打无准备之仗的，不考则已，要考必中。不然的话，一旦你暴露了不想在这里干的想法，评职称也好，出国进修也好，都会受到影响，而且这影响或许会跟随你一辈子。"

郑绍良听后，没再作声。他只是对着天空发呆。

　　他深知，考研对他来讲是一种如同上天揽月般的奢望，因为他毕竟跟别人不同，身上的肝病随时都可能发作。他决不会将自己的身体当作赌注押在一场很可能会输得精光的游戏上。

　　正当他发呆的时候，不远处飘来了那群海鸟的鸣叫声，仿佛在对他说："你别那么悲观消沉好不好？只要有毅力，有决心，总有一天你会跟我们一样，自由自在地翱翔在属于自己的那片天地里。"

　　"你在想什么呢？"看着他发呆的模样，姚顺帆轻轻地推了推他。

　　"没想什么。"郑绍良连忙从斜堤上站了起来，然后垂下视线看着自己的脚。

　　他不想让这位"心理学家"从他忧郁的眼神里猜出些什么。是啊，"心理学家"们自打念心理学专业的那天起，就养成了窥测他人心灵的习惯，好像别人都是他们的实验对象。

　　他在斜堤旁弯下腰脱去鞋子和袜子，而后朝着那片细沙慢慢地走去，尽可能地抛开令他烦恼的心事，同时也尽可能地抛开他室友的那两道有些叫人讨厌的探询的目光。

　　来到沙滩上后，他发觉那细沙是极柔软的，踩踏下去会有行走在毛毯上的感觉，会使脚掌有一种无法言说的舒适感。夹杂在细沙中的，是晶亮的贝壳和光滑的卵石；而在大一点的石头旁，可以看到正在爬动的小螃蟹。

　　郑绍良很快被这里的一切迷住了。他从未感到如此的轻松和惬意，从未感到如此的超逸和洒脱，好像自己成了这里的一粒沙子或一只贝壳，好像宇宙第一回向他敞开了自己的胸怀。

　　他情不自禁地默诵起一首诗来：

> 这是一处幽静迷人的沙滩，
> 衬着金色的背景贝壳散射出奇光异彩；
> 轻纱般的云影迤逦在庄严的天穹，
> 宇宙的呼吸拂着嫩绿的野草。
> 当我以景仰者的姿态凝眸远望，
> 我恍觉自己被眼前的景象所吞没，
> 耳边响起了游吟诗人的歌谣。

"别走得太远了，我的朋友，当心海水突然涨潮。"姚顺帆见他独自一人不停地朝南边走去，大声地呼喊道。

"没事的，这里不是钱塘江。"郑绍良举起右臂朝他摇了摇。

四

西沉的太阳将它柔和的余晖横照在沙滩上；静悬在天空中的云儿像染了色的白纸，弥散出令人神往的斑斓。池塘边的青蛙呱呱地高唱着，蟋蟀和其他的昆虫用曼声低吟给它们伴奏。有几只肥壮的甲鱼，竟然抵不住这美妙音乐的诱惑，从池塘旁边的草丛里爬了出来，适意而自在地散着步。

这时的郑绍良，已经回到了宿舍。

晚饭后，他坐在自己的书桌前，一边听着从窗外飘来的由学校广播台播放的轻音乐，一边看着英文版的《我的大学》。这书是他大舅在外交部当翻译时买的，是一册小巧玲珑的布面精装本；淡黄色的封面上印着高尔基的头像，大红色的书脊上印着用艺术体书写的书名。大舅50年代末毕业于某省会城市的外国语专科学校，他精通俄语和英语等多种外国语，足迹遍及大半个欧洲。70年代初从外交部调到当地的一所国际问题研究院后，他得知郑绍良喜欢英语，于是就把这本书送给了他。当时，郑绍良还在读小学，看英文版的小说就像读天书似的。而现如今，他不能说全读懂，也至少可以不像过去那样感到艰涩了。郑绍良打小就把大舅当作自己心目中的偶像，把他在莫斯科、索非亚、布达佩斯和布加勒斯特等地拍的照片装在镜框内挂在墙上，希望自己有朝一日也能跟他那样，穿上西装革履，配上一条好看的领带，再戴上一副能彰显文人气质的眼镜，气度轩昂地行走在国外的大街上。

《我的大学》的开头，描写的是主人公去喀山上大学的情景。其中有几行文字引起了郑绍良的共鸣，也引起了他的伤感：

> 离别时，外祖母对我说："千万别跟人耍性子，你总爱跟别人耍性子。你现在变得太不宽容、太苛求了。这是从你外祖父身上遗传下来的……"紧接着，她抹去挂在黝黑松弛的脸颊上的几颗泪珠，说："你这一走，我们恐怕不会再见面了。你这个好动好强的人会越走离我越远，而风烛残年的我不久就会死去。"

是啊，祖辈是最了解也最疼爱孙辈的。这一点他郑绍良深有体会。在他的生活里，奶奶是最亲的亲人，简直可以用"so much a part of him（无法割舍）"来形容了。他心里明白，奶奶不可能伴他一世，就像书中的那句叫人伤痛不已的话——"我不久就会死去"，但他还是希望她能活得长久，活得比任何人都长久。

学校的广播结束后，隔壁不时地传来姚顺帆的说笑声，他好像又在跟体育系的那帮人打牌了。他这人老是想着玩。虽说心里边装着考研的计划，但眼下似乎还没到静下心来复习功课的时候。

看了一会儿书后，郑绍良忽然听见有人在敲门，于是赶紧放下书跑去开门。

"郑老师，不好意思，我有件事想问问你。"站在门口的是李秋如。

她身穿一件精致漂亮、整洁大方的驼色竖条纹毛衣和一条厚实的、浅蓝色的牛仔裤。门外的光线烘染出她细挑的身段。

"我下午来过，可你不在。"她接着说。

"我下午去海滩了。"郑绍良说，"你有什么事情请进屋说吧。"

李秋如见屋里没有旁人，便从容不迫地走了进去。进屋后，她环顾了一下整个房间，然后神态沉稳但语气略显羞怯地说道："是这样的，中文系打算在下学期给学员开一门'欧美文学选读'课，可一时半会找不到合适的教师，于是他们的系主任就请蔡天成想想办法，看看外语系有没有谁能够开这门课。"

"有现成的教材吗？"郑绍良见她说完后脸上透出淡淡的红晕，水灵灵的眼睛里好像有美丽的蝴蝶在翻飞，故意用一本正经的口气问道，以此来掩饰内心的慌乱。

"暂时还没有，据说任课老师可以自编讲义。"李秋如回答说，边说边将两手抄到耳根后面，将覆披在脸旁的长发往后顺了顺。

"我倒是有一本《欧美文学史》，要不，先用起来再说？"郑绍良的目光，不经意地落在她额前齐眉的刘海上。"你也知道，编讲义需要花一定的时间，少则两三个月，多则半年甚至是一年。"

"那我就跟蔡主任说一下，看看能不能照你的意思做。"李秋如脸上的红晕，又跟落潮似的退去了。剩下的，是那双波光盈盈、闪闪溜溜的眼睛，端庄中透着秀气的鼻子和棱角分明、色泽红润的嘴唇。

"那就麻烦李老师了。"郑绍良说罢，无意间发觉她的胳膊特别长，以致两只纤巧荏弱的手连同手腕荡在袖口的外面。

"说什么呢，我只是履行公事。"李秋如微笑着说，"更确切地说，是我们来麻烦你郑老师。"

"李老师言重了。你们来问我，不正好说明你们没把我这个新来的给忘了？"郑绍良说，"哦，对了。我一直想问你。"

"问我什么？"李秋如问。

"你住在哪一栋宿舍？"郑绍良说。

"我就住在你这屋北窗的斜对面。我刚才看到你的屋子里亮着灯，所以就过来了。"李秋如说罢，转身朝门外走去。

"那你跟谁一起住？"郑绍良望着她轻盈舒缓的步态，顺口问了一句。

"跟数学系的一位教师住。不过，她这学期没来，据说是生了什么大病在家休养。你如果有什么事情，可以过来找我。"李秋如停下脚步，侧过脸来说。

"好的，我有事就去找你。"郑绍良说。

李秋如离开后，郑绍良的心情就跟被风儿吹皱的湖水似的再也平静不下来。说实话，他才不愿意多上课呢，特别是上自己不怎么熟悉的课；但是考虑到自己刚来，给领导留下的第一印象很重要，所以他只能硬着头皮应承下来。再说，是李秋如前来探询，自己总得摆出一点"骑士"的风度，不能让她觉得他郑绍良是一个瞻前顾后、裹足不前的人。

而李秋如与其说是前来询问，不如说是找个理由接近郑绍良。

她比郑绍良大几岁，是"文革"中最后一届工农兵大学生。她是自愿从城里的一所半工半读的技校调到这边工作的，因为她厌倦了城里的生活，尤其是不喜欢父母对她的管束。她觉得，这里是一个既能让她安下心来工作又能给她自由的地方。当然，这种自由并不是放任自己的天性，而是摆脱妨碍自己的追求与理想的事物，使得自己的人生在不断的进取中走向完美。她很赞赏塞万提斯在《堂吉诃德》里所说的"自由是天赐的无价之宝，地下和海底的一切宝藏都不能与之相比"。在念大学之前，她还不怎么爱好文学，认为文学只是作家无病呻吟、孤芳自赏的东西，是用来逃避现实的。但自从在大学看了一些原版的英美文学作品后，她渐渐地迷上了文学，特别是诗歌。除了英文诗外，她还喜欢看中国的古诗和现代诗。有时候，她还试着将英文诗翻译成中文，或者将中文诗翻译成英文。

回到自己的寝室后，她忽然觉得自己好像少了什么东西，觉得有一股夹杂着寂寞和失意的暗流正朝着她的内心深处涌来。她仿佛变成了一轮孤悬于浩渺夜空的月亮，一叶漂泊于茫茫大海的小船，一缕盘旋在树梢上的轻烟。然而，在这寂寞与失意之中，她又隐隐地体验到一种莫名的骚动与快感。这是出于本能的骚动与快感，似乎不需要什么东西来发酵，也不需要什么外力来助推——就像一场不召自来的温柔的梦，使人全然忘记了自我，飘然登陆到另外一个世界。

这会儿，她终于彻悟了《希波吕托斯》里的那段歌词：

> 因为爱神的心是那般的迷狂，
> 他的羽翅闪烁着耀眼的金光。
> 当他创造出神奇的春天，
> 众生即拜倒在春的魔力之前。
> ……

神思恍惚之中，她看到一只色彩艳丽的蝴蝶正顺着一股柔和的风轻飘飘地朝她飞过来。当她闭上眼睛时，只觉得这只蝴蝶在用毛茸茸的细足抚摩着她的脸颊，触碰着她的嘴唇。她赶紧睁开眼睛，想把它抓在手里，但眼前除了冷冷清清的房间外，什么也没有。

五

一个月后的一个星期天的早上，李秋如在教工食堂买早餐时遇到了郑绍良。于是，两人买好早餐后，坐到同一张餐桌旁，然后一边吃着早餐一边闲聊起来。

"你周末怎么没回家？"李秋如问。

"我从小就跟奶奶一块住，她现在年岁大了，我不想让她为我忙这忙那的。不瞒你说，我一回去她不是煲鱼汤就是炖鸡汤，还做我最喜欢吃的葱花烙饼，有时候还买些新鲜的水果让我带到学校。"郑绍良回答道。

"谁让她是你的奶奶啊。"李秋如笑道，"她做奶奶的，总不能让你回到家冷灶冷锅、没吃没喝的。"

"还有，我来报到的那天，她硬塞给我十元钱。我领了工资后还她，她怎么说都不要。"郑绍良继续说。

"没想到，你还有这么一个疼你爱你的奶奶。"李秋如用羡慕的目光看着他。

"那你怎么也待在学校不回家？"郑绍良神情疑惑地问。

"我呀，家里本来就很挤，现在我哥正准备结婚，正在把家里的单间分成两间，所以就更挤了。再说了，我父母向来重男轻女，什么事儿都向着我哥，而且老让我干家务活。我如果回去的话，免不了又是给他们洗衣做饭。你说，我好不容易盼到一个周末，能就这么给稀里糊涂地消磨掉？"李秋如说。

"是啊，现在做长辈的不容易，做小辈的也不容易，能相互间多一点理解和体谅就好了。"郑绍良说罢，脸上隐现出一丝清冷的苦笑。

"我觉得，在这里过周末挺好的，挺自在的，想干什么就干什么。就是有时候会有那么一点孤独的感觉。"李秋如说罢，瞥了一眼打她身边匆匆走过的身穿深蓝色工作服的建筑工人。

"我跟你一样，也有这样的感受。"郑绍良说，"不过，只要你拿起一本自己喜欢看的书，一门心思地看下去，孤独就淹没在字里行间了。"

"那你寝室里的那位也没回家？"李秋如突然用十分专注的眼神看着郑绍良。

"他呀，还没到星期六就等不及了，就偷偷地溜回去了。"郑绍良说。

他无意间从李秋如清水一般的瞳孔里窥见到她心底的波澜。这波澜颤动着，起伏着，摇荡着。

"这也好，可以让你一个人清净清净。"李秋如说，"哦，对了。我刚买了一个煤油炉。什么时候我们一起到海滩去，抓些螃蟹什么的，改善改善伙食。要知道，这食堂里的伙食我都吃腻了。"

"行，"郑绍良说，"我们还可以去池塘那边逮些青蛙。我寝室里的那位，隔三岔五地跟体育系的那帮人到池塘边去捉青蛙，然后将捉来的青蛙活剥了，放在油锅里煎煮，作为下酒的一道菜。有一回，他让我品尝了一只。嗨，这味道还真不错，就是肉太少了点，吃起来跟大象嗑瓜子似的不过瘾。"

"我才不会吃青蛙呢。"李秋如听后，蹙起了眉头。

"为什么？"郑绍良俩眼珠子一动不动地凝视着她。

"不为什么，就是不会吃。"李秋如说罢，沉思了片刻，然后继续说："你寝室里的那位怎么会跟体育系的人搞在一块？要知道，体育系的那些人常常喝醉了酒就惹是生非。有一回，我见他们在学校的大门外殴打一个卖鱼的人，幸好保卫科的张科长路过那里，要不然——"

"是吗？"郑绍良说，"我看，他们上完课后实在是没事可干，实在是无聊得很，所以不是打牌下棋就是喝酒聊天。不像我们学外语的，还能找些原版的书看看，解解闷。哦，对了。前几天，他们一直闹到半夜还不消停，我差点忍不住想冲到他们的屋里臭骂他们一顿。"

"我劝你千万不要去招惹他们，能忍就忍着点。"李秋如说，"我记得，《红楼梦》里有句名言叫做'忍得一时忿，终身无恼闷'。"

"是啊，马克吐温也说：'忍耐的尽头就是天国。'但这些话说起来容易，做起来可就难了。我想，这天底下能真正做到忍耐的大概就是佛教徒了。"郑绍良说。

"那你知不知道佛教是怎样形容忍耐的？"李秋如微笑着问。

郑绍良神情茫然地摇了摇头。

"佛教把忍耐比作泥土和门槛。"李秋如说。

"这是什么意思？"郑绍良问。

"你看，泥土免不了遭人践踏，门槛免不了藏垢纳污，但它们总是逆来顺受，毫无怨尤。"李秋如解释道。

"你怎么连这都知道。"郑绍良觉得有点不可思议。

"我爷爷信佛，这是他告诉我的。"李秋如说，"要知道，在我还没有上学的时候，我的父母将我寄养在爷爷家。他一有空就给我讲佛教的道理或者讲佛教的故事。你还别说，这儿时的记忆就跟刻凿在石头上的图案似的，怎么抹也抹不掉。"

"没想到，你还有这么一个给你灌输佛教思想的爷爷。"郑绍良笑着说，"他该不会想把你培养成吃斋念佛的尼姑吧？"

"去你的，"李秋如说，"你这人怎么也喜欢不着调？"

"哦，对了。我差点忘了问你一件事。"郑绍良接着说。

"什么事？"李秋如问。

"还不是'欧美文学选读'？"郑绍良回答说。

"哦，是这事。这事已经定了，蔡主任讲他已经跟中文系的系主任沟通过了，最后决定就照你说的做。"李秋如说，"到时候，我来听你上课，你可别拒绝啊。"

"我看，你还是别来听为好。"郑绍良沉下脸来说。

"为什么？"李秋如不解地问。

"你来听课，我就会紧张，一紧张课就上不好。"郑绍良解释说。

"是吗？那我就更要来听你的课，而且是突然袭击，看看你到底会紧张到什么程度，看看你会不会把尿撒在裤裆里，或者把托尔斯泰说成是伏尔泰。"李秋如说罢，忍不住呵呵大笑起来，一面笑一面用左手半掩着嘴。

一个星期忽忽地过去了，又迎来了一个宁静的周末。

清晨，一道淡淡的霞光才从东边的地平线探出脸来，郑绍良就在鸟儿悦耳的歌声中醒了过来。一想到今天要跟李秋如一道去海滩玩，他心里是既高兴又担忧。高兴的是，他的生活因有了一位女性的陪伴与关注而变得充满了浪漫的气息——这位女性聪慧、漂亮、率直、幽默，像是上帝特意恩赐给他的。担忧的是，自己是个情感与体魄都十分脆弱的人，万一卷进恋爱的漩涡中去，到时候遇到了什么纠葛还真不知道该如何化解。他无意间想起《将军吟》中的一句话："感情是一个女妖，是具有无限诱惑力的妖化美女。在任何情况下，她都不让你看清她的面目，只让你看见背影。"他的思想顿时陷入了惶惑与徘徊，好像有一片树叶悄无声息地飘落到他的心湖上面，这片树叶忽而被风儿吹到这边，忽而又被风儿吹到那边。

"行了，别再想那么多了，还是赶快去吃饭吧。"他最后对自己说，"事到如今也只能跟着感觉走，跟着命运之神走，走到哪里算哪里。"

李秋如这天也醒得特别早。她可不像郑绍良想得那么多，想得那么复杂，只是把去海滩当作一次游玩。起床后，她轻轻地拉开窗帘，先是梳妆打扮了一下，而后就去食堂买了两个包子。她刚返回寝室准备洗漱，只见郑绍良站立在窗外。

"你——"她赶紧凑了过去。

"我在校门口等你。"郑绍良没等她开窗就性急地说，说完举起一只帆布袋朝她晃了晃。

"好的，我一会儿就到。"她笑着说。

没多时，他们来到了夜寒犹存的梦境般的海滩。这里，一切都笼罩在寂静之中，仿佛还没有从漫长而深沉的睡眠中苏醒过来。一轮已挣脱紫色雾霭缠缚的红日，像攀爬云梯似的，正在慢慢地、一步一步地往上拱。被它烘染的黄沙，散逸出柔和的、幻影一般的光晕。他俩先坐在斜堤上，一边欣赏着眼前的美景，一边谈论着文学。

"你读过高尔斯华绥的《苹果树》吗？"李秋如问。

"读过，那是一个带有悲剧色彩的爱情故事。"郑绍良回答说。

"你觉得它的主题是什么？"李秋如又问。

"这部作品似乎在告诉人们，年轻人往往因怜悯和青春期的冲动而铸成大错。"郑绍良很不自然地笑着说，"你看，男主人公艾舍斯特明明知道乡下姑娘梅根并不属于他的世界，但为了不伤害她的情感——我记得，梅根曾对他说'如果我不能跟你在一起，我会死的'——为了满足所谓'心头春天的要求'，竟然随随便便地跟她在苹果树下定了情，之后又将她给抛弃了。"

"是啊，这说明怜悯也可以是一种非理性的冲动，盲目的怜悯往往会给他人造成伤害，也会给自己造成伤害。我记得，艾舍斯特的一位朋友说过这样一句话：'现代的一切不幸，大都来自怜悯。'然而，严格地说，这世界又不能没有怜悯，就像艾舍斯特所说的那样，怜悯是'蚌里的明珠'。"李秋如说。

"不过，艾舍斯特是个极其虚伪的人物。他所谓的'怜悯'，无非是为了满足自己一时的情感上的需求而去同情一个孤立无援的弱者，更确切地说，去同情一个可以暂时满足他情欲的异性。这种掺杂着自利的怜悯必然会铸成大错，甚至于酿成悲剧。再说，即便是纯粹的怜悯，也不能滥用。我记得，茨威格在《同情的罪》里告诫人们：'我们要善于控制怜悯，不然的话，怜悯比冷淡无情更有害。'"郑绍良说。

"有人断言，和高尔斯华绥同时代的哈代之所以喜欢《苹果树》，是因为在这篇小说里弥漫着宿命论的气氛。"李秋如说。

"是啊，不过高尔斯华绥很可能是出于技巧上的考虑而有意给他的作品添加了这种宿命论的色调。比如，他不厌其烦地、反反复复地描写春天的气息，以此来暗示人的春情就跟大自然一样无法抗拒，从而在某种程度上为艾舍斯特不负责任的行为寻找依据；而关于吉普赛鬼的传说，则很可能是用来暗示之后发生的悲剧。"郑绍良说，"现在，我突然想起姚顺帆，也就是我寝室里的那位。他曾经跟我提到'爱的异化'和'意志的沦丧'。在艾舍斯特的身上，我们似乎可以找到这种理论的例证。"

"行了，别越谈越深奥了，还是下去抓螃蟹吧。人类说到底是动物，是靠其他生物来生存的可怜虫。"李秋如说着，从斜堤上慢慢地站了起来。

或许是由于两只脚一下子无法适应脚底下的倾斜的坡面，或许是由于跟郑绍良的交谈分散了她的注意力，她还没移动半步就歪歪斜斜地跌倒在郑绍良的身上。

就在这时候，有十来个瞧上去土里土气的人从水闸那边走过来，肩上扛着带竹竿的渔网。他们边走边谈论着什么，叽叽嘎嘎的说话声在空中东飘西荡。

"快起来，叫人看见了多那个——"郑绍良顿时羞得满脸通红。由于紧张的缘故，他的话音听上去有点颤、有点沙。

但这会儿不知是怎么回事，李秋如就是想爬也爬不起来。她突然感到四肢都不听她的使唤了，好像都在故意地捉弄她，要她难堪。

郑绍良不知道如何是好。将她推开吧，怕伤了她的自尊；让她这样吧，又觉得怪不自在的。于是，他干脆合上两眼，心里边默默地数着一、二、

三、四、五……直到她能爬起来。

没一会儿工夫，那群人开始在距离斜堤约三百米的地方忙活起来。渐渐地，一条长龙般的渔网将海滩分割成两半。

"他们这是要干什么？"已捉到二十来只螃蟹的郑绍良，一边看着他们一边问李秋如。

"这还用问？他们是来抓鱼的。"李秋如漫不经心地朝那群人看了一眼，"如果我没猜错的话，今天中午或下午海水会涨潮。这不，他们先把渔网拉好，待退潮时来收鱼。"

"是吗？"郑绍良笑着说，"毕竟比我早来两年，长了不少见识。"

"这就叫'近水知鱼性，靠山识鸟音'。"李秋如说着，脸上绽出微细而天真的笑容。"哎，对了。我们能不能问他们要几条鱼？说实话，我还没吃过这片海里的鱼呢。"

"依我看，这些螃蟹就够你吃的了。"郑绍良目光闪烁地说，"难道你爷爷只给你讲忍辱而没有给你讲灭除贪欲的道理？"

"又来了，"李秋如半嗔半娇地说，"哪天我找块胶布把你的这张贫嘴给封上！"

六

那天晚上，天突然下起雨来。这雨时大时小的，把整个校园都罩在氤氲的水雾之中。

晚饭后，郑绍良感到有点困乏，于是早早地躺在床上。可他怎么也睡不着，一闭上眼睛李秋如的身影就浮现在他的脑海里。他回想起李秋如倒在他身上的情形。当时，尽管他有点窘迫和羞腆，有点措手不及，还有点故作正经，但李秋如软绵绵的身躯，热气腾腾的脸蛋，特别是那双泉水般清澈见底的明亮照人的眼睛，使他不免有点心动，甚至是有点晕眩。从海滩归来后，他俩煮了整整一大锅螃蟹，吃了近两个小时才吃完。他俩边吃边滔滔不绝地闲聊着，好像两人都有一肚子的话；这话就跟山间的涓涓溪水似的流不完，淌不尽。回到自己的寝室后，他备了一会儿课。但备课时他的心潮犹如波涛汹涌的海水，怎么也平息不下来。他恍惚觉得，李秋如就站在自己的身后，恍惚觉得自己的每条血脉、每根神经都连结成一张网，李秋如的容貌和身姿变成了从这张网的网眼中来回穿梭的鱼儿。而现在，当他聆听着窗外的雨声时，他忽觉这富有乐感的、时强时弱的声音是那么的悦耳，那么的扣人心弦。是呀，他寻思着，这位热情开朗的姑娘就像从天上飘落下来的雨滋润着他的心田，涤荡着郁积在他胸中的苦闷。

就在他深陷于美好的回忆与多情的想象之中时，他听到一阵轻轻的笃笃笃的敲门声。他心头突然一热：会不会是她？

"来了。"他激动不已地风快地从床上爬起，披上一件外衣后便去开门。

"哟，怎么是你？"他打开房门后，见是一位女生，脸上顿时现出有点失望的表情。但他还是努力做出热情的姿态说："来来来，有什么事情进屋谈。"

"这雨伞放哪儿？"女生走进屋子后，半垂着眼帘朝左右两边看了看。

"就搁在这铅桶里吧。"郑绍良说着，从她手里拿过雨伞，然后将雨伞竖立在一只铅桶里。这铅桶是总务科发的，每个寝室配备一只。

可他才转过身子，这雨伞就沿着墙壁倾倒了下来，将铅桶打翻在地上。于是，他赶紧将它们放正。

"不好意思，郑老师，给您添乱了。"女生见他有点慌手慌脚的样子，便怯声怯气地说道。

"没什么，你请坐。"郑绍良边说边指了指姚顺帆的那把椅子。待她坐定后，又接着说："我没记错的话，你叫蔡晓露。"

"郑老师的记性真好。"女生胖乎乎的脸上，顿然漾起柔和的笑意。

"今天是星期天，你怎么没回家？"郑绍良坐到自己的椅子上，心不在焉地问。

"我星期六下午就回家了，今天上午我听天气预报说傍晚会下大雨，于是吃过午饭后就返校了。"蔡晓露见他娴静随和的神态，有点紧张的心情放松了许多。

"但我听你的口音不像是本地人。"郑绍良拿起书桌上的一支钢笔，下意识地拨弄着。

"我小时候生活在黑龙江，所以现在讲普通话时难免会带有东北口音。"蔡晓露说罢，目光不经意间落在那支正在转动的钢笔上。

"照你这么说，你父母都是黑龙江——"郑绍良还没有把话说完，钢笔突然从他的手里飞了出去，降落到坐在他对面的蔡晓露的身上。

蔡晓露急忙低下眉眼，去捡夹在她双腿间的钢笔，微微颤动的嘴唇上现出一丝窘迫。

"对不起。"郑绍良接过钢笔后，轻声轻气地说道。白皙的脸颊上，涨潮似的涌起一层淡淡的桃红。

"我父母不是黑龙江人，是大学毕业后被分配到黑龙江的。"蔡晓露笑吟吟地说道，以此来解除郑绍良的尴尬。"几年前，国家给他们落实了政策，所以他们又回到了自己的出生地。"

"那现在他们在什么单位工作？"郑绍良问。

"在城里的一家医院工作。我爸是内科大夫，我妈是妇产科的大夫。"蔡晓露回答说。

"这么说，你也算是知识分子家庭出身。"郑绍良把笔放在一本书上，然后将披在身上的衣服穿好。"哎，对了。我一直想问问你们同学，这一学期下来，你们觉得我教的'英国文学'课怎么样？有没有收获？"

"您教得挺好的，我们觉得收获挺大的。只是——"蔡晓露黑晶晶的两眸，突然由流动变为呆钝。

"只是什么？"郑绍良急切地问。

"只是我们的英语词汇量还很有限，看原著有点力不从心。"蔡晓露回答说。

"你说的我自己也深有体会。我读大二时看原著就像蚂蚁啃骨头，特别是那几部现代派的作品。"郑绍良微笑着说，"严格地讲，应该在大三才开设文学课。"

"哦，对了。我来您这儿正是想请教您一个文学方面的问题。"蔡晓露说。

"什么问题？"郑绍良问。

"自然主义。您在课堂上提到毛姆的作品，说毛姆的作品是自然主义。"蔡晓露回答说。

"今天我怎么又碰到了一个文学迷？"郑绍良自言自语地说。

"是吗？难道在我之前也有同学来过您这儿？"蔡晓露疑惑地问。

"那倒不是。"郑绍良局促地说，边说边把目光对着靠门的那扇已拉上了窗帘的窗户，好像生怕蔡晓露从他的眼睛里发现什么秘密。他顿了一会儿后，又转过脸来对蔡晓露说："这么跟你说吧，自然主义跟现实主义有着渊源，严格地讲，它是从现实主义分离出来的一个文学流派。它是从法国传入英国的。"

"从法国传入英国？"蔡晓露全神贯注地看着他。

"对啊，难道你没听说过法国有一位自然主义文学大师，名叫左拉？"郑绍良问。

"没有。"蔡晓露边说边摇了摇头。

"按照左拉的说法，自然主义意味着回到自然。说得具体一点，就是文学家应该效仿自然科学家的做法，通过细致的观察、精确的剖析和客观直接的描述来展现作品的现实性。"郑绍良解释道。

"照这么说，在自然主义作家看来，浪漫主义的想象、夸张和抒情等都是不可取的？"蔡晓露问。

"可以这么认为，但广义的自然主义还探讨人与自然的关系等问题。"郑绍良说，"自然主义的创作方法从法国流入英国后，出现了几位具有代表性的人物。例如：19世纪后期的乔治·摩尔，他的《伶人之妇》糅合了福楼拜的《包法利夫人》和左拉的《小酒店》这两部自然主义名著的特点；后来的托马斯·哈代也或多或少地受了自然主义的影响，如他把人的命运看作是自然的安排，认为人类在自然力量的面前是无能为力的。在20世纪初的英国作家里，毛姆相对来说是比较纯正的自然主义作家。"

"我觉得，毛姆在写景方面尤为出色。"蔡晓露说，"比如，他在《雨》中写道：'雨下着，一个劲儿地发泄它的淫威。你也许会觉得天上的水已经全部倾空了，但雨还是下着，铺天盖地下着，发疯似的不停地敲打着铁皮屋顶……'"

"但这段描写似乎是在烘托自然主义的主题。也就是说，人的原始生命力就像暴雨一样不可抗拒，人完全是受生物学和生理学规律摆布的动物。即便是故事中的那个道貌岸然的传道士也不例外。"郑绍良说。

"我还记得，毛姆在《月亮和六便士》中写道：'一个人若是坠入了情网，就可能对世上的一切事物都听而不闻，视而不见了。这时候的他，就像是被锁在木船里摇桨的奴隶一样，身心都不是他自己所有的了。'"蔡晓露说。

"这两句话也可以从自然主义的角度来分析。"郑绍良说，"真没想到，你这么喜欢毛姆的作品，而且记忆力又是那么的惊人……"

就在他俩谈论着毛姆的作品时，待在自己屋里的李秋如闭着两眼斜靠在床头的棉被上。她先是神情痴滞地听着屋顶上的雨落声；这声音一会儿嘶嘶沙沙的荡人心肺，一会儿滴滴沥沥的似幽幽古曲。而后，她想起自己跌倒在郑绍良怀里的那一幕，顿觉一丝难以形容的羞意透进她的心房，顿觉浑身热腾腾的有如着了火。此时此刻，她隐隐地感受到异性对她的吸引力，感到有一种神秘的力量正在悄无声息地把她带向一个无比美好的童话一般的世界。她恍觉自己偎依在天使的翅膀底下，沉浸在霓虹一样的斑斓之中；恍觉自己变成了一朵刚刚开放的花儿，在妩媚的暖风中轻扬着。她有点陶醉了，有点迷失了自己。最后，她不知是怎么回事，只觉有一股狂热的情潮正在她的内心深处激荡着，像是随时会震碎她的内脏，撕裂她的肌骨。她真想奔出这屋子，让外面的雨水浇灭正在她胸中燃烧的情欲，让外面的凉风吹走她的痴迷与惶惑，从而找回她自己。

她尽力地克制着，尽力地将自己的注意力集中在无关紧要的别的事情上。但越是想克制，情绪就越亢奋；越是不去想它，它就越纠缠着她不放。她终于受不了了，于是从床上霍地站了起来，急溜溜地走到窗前。她掀开窗帘的一角往外看了看，只见这会儿外面正下着如烟似雾的牛毛雨。

"太棒了，这毛毛细雨会让我清醒的，会将我浮躁的心情抚平的。"她一边自言自语，一边神志恍惚地走出了屋子。

她跟着自己的感觉漫步在蒙蒙雨丝之中；带着凉意的风儿，时不时地吹拂起她的头发。没一会儿工夫，她竟然不知不觉地来到郑绍良的房门前。

这时候，恰好从屋里边飘出郑绍良的说话声和蔡晓露的笑声。这声音，先是像一杆看不见的扫把搅动着她四周的空气，而后随着飘荡的细雨消散在清冽的夜空。

她急忙将耳朵凑到门板前，凝神倾听着屋里的动静。

"让我来形容的话，我会说'无边丝雨细如愁'。"

"毕竟是女孩子，喜欢用'愁'这个字。可我觉得，用'雨送黄昏花易落'来形容更好。"

"别逗了，这还不是一回事？"

"我看不是一回事。你仔细体会一下：你说的'无边丝雨细如愁'，意在将绵绵不断的雨丝比作人的愁绪，这似乎太直接明了、太简单了；而我说的'雨送黄昏花易落'中，虽然没有一个'愁'字，但通过'雨''黄昏'和'花落'来烘托出这个藏而不露的'愁'字。"

"听您这么一说，还真觉得挺有道理。"

"清代的王国维说，诗分'有我之境'和'无我之境'两种，前者以我观物，'故物我皆著我之色彩'，而后者以物观物，'故不知何者为我，何者为物'。他所说的以物观物，有点类似艾略特的'客观对应物'，也就是美国诗人麦克利什讲的诗歌中的每个字只能是意象的暗示而不能直接道破其意义。麦克利什有句名言：'A poem should not mean but be.'意思是：诗歌应该是一种客观存在，而不该有所意指。"

李秋如再也听不下去了。她只觉得脑瓜里突然间变成了一片空白，只觉得自己的心像是被什么东西击碎了一样。她气恨得牙根直痒痒，正想冲进去看看到底是谁把郑绍良的魂给勾了去，看看这人究竟有几分姿色，但很快又转了念头："何必呢？或许人家早就有了意中人，自己这么一进去，不但自讨没趣，而且还会让人觉得自己是在自作多情呢！"想到这，她倒抽一口凉气，然后心灰意冷地朝着自己的寝室走去。可她才走出几步远，只听得一阵开门的声音。她回头一看，见蔡晓露从郑绍良的屋里走了出来，左手拿着一本书，右手提着一把雨伞。于是，她赶紧闪到一处阴暗的地方。

"郑老师别出来了，外面还下着小雨呢。"

"行，那我就不送了。我借给你的那本书，你考完试后慢慢看。眼下最要紧的，是静下心来复习迎考。"

"好的。再见，郑老师。"

"再见。"

她用十分忌恨的目光盯视着蔡晓露的背影，直到打着雨伞的她消逝在茫茫夜色之中。接着，她继续朝着自己的寝室走去；白森森的面孔罩上了一层幽暗的色调，嘴唇在不由自主地突突地发颤，眼里闪着碎银般的泪光。她顶着一阵阵凉风和绵绵细雨走着，走着，希望这风儿能刮走积聚于她心头的晦气，希望这雨能洗净她的灵魂，冲淡方才还令她陶醉的而现在却显得多余且荒唐的回忆。

回到寝室后，她站着也不自在，坐着也不自在，躺着也不自在，好像变成了一只被逼到绝境的困兽。她真想扑到什么东西上面狠狠地咬一口，又想放声大哭，但喉咙像被扼住似的哭不出声。最终，她暗暗地下定决心：从今往后不再奢望从郑绍良那儿得到什么，不再用美好的梦来欺骗自己，让一切都回到原点。

不经意间，她想起乔叟说过的一句话："爱情本是风波险恶的海。"又想起《罗密欧与朱丽叶》中的一句名言："要是爱情虐待了你，你也可以虐待爱情；它刺痛了你，你也可以刺痛它。这样，你就能战胜爱情……"

想着，想着，她不知什么时候倒在自己的床上，迷迷糊糊地睡去了。

七

两个星期匆匆地过去了，学校就要放寒假了。

一天中午，校工会办公室的门前挤满了人。他们大多是系工会的负责人，前来替自己系里的教职工领年货。刚吃过午饭的郑绍良，在路过工会办公室门前的篮球场时，见那儿停着一辆装满货物的大卡车，于是好奇地走了过去。

"我看，你们还是抓紧时间卸货吧。"从驾驶室里探出一张紫铜色的脸，对着站在车旁的一个小伙子高门大嗓地说。"我得先把车开回车队，然后去吃饭。"

"饭我已经给你准备好了，就放在办公室里。要不，你先下车去吃饭？"小伙子仰着脸对他说，"我过来就是招呼你去吃饭的，不然，饭一会儿就凉了。"

"那也好，我早已饿得快撑不住了。"司机推开车门，从驾驶室里跳了下来。

他头戴一顶草绿色的鸭舌帽，身穿一套半旧的深灰色的咔叽中山装。

这时，郑绍良才将他认了出来。原来，他就是那个曾经给自己指路的人。

"你怎么也在这里？"司机也认出了他。

"我是来这里教书的。"郑绍良说。

"是吗？难怪那天你提着那么多东西。"司机说。

"你是——"郑绍良用探询的目光看着他。

"我刚来车队，是人事处的靳处长把我招来的。"司机笑着说。

"你认识靳处长？"郑绍良问。

"我本来不认识他，是我的一个朋友介绍的。好了，我得去吃饭了。改天再跟你聊。"司机把车门推上后，跟在小伙子的后面朝工会办公室径直走去。

这小伙子的个儿跟司机差不多，只是衣着比较讲究一点，肤色白净一点。他上身穿一件浅棕色的皮夹克，下身穿一条米黄色的灯芯绒喇叭裤，脚蹬一双款式时髦的红色运动鞋。一头时下流行的"烟花烫"卷发，衬出一张稚气未脱的圆脸。他走起路来趾高气扬的，仿佛不把任何人放在自己的眼里。

"哟，这不是小郑吗？"就在郑绍良望着他们的背影时，身后传来蔡天成的说话声。

"哦，是蔡主任。"郑绍良连忙转过身来说。

"你现在有没有空？"蔡天成问。

"蔡主任要我做什么尽管吩咐。"郑绍良不假思索地说。

"今天系里负责工会工作的老刘去城里办事还没回来。这不，我正想找个人帮一下忙。"蔡天成边说边从衣袋里拿出一张纸。"这是我们全系教职工的名单，一共七十八人。待会儿分年货时，你就把这名单交给校工会的人，然后把领到的东西放在篮球场的一边。我现在去总务科借三轮车，去晚了怕借不到了。"

"行，您忙您的，这里有我看着呢。"郑绍良接过那张纸后，微笑着说。

待蔡天成离开后，他面对着乱哄哄的人群站立着，想找个机会将手里的名单交给工会的人。

"郑老师，您在这儿啊。"这时候，蔡晓露悄悄地走到了他的身边。

"哦，是你。你怎么也在这里？"郑绍良看着她问。

"我刚吃好饭，路过这里。"蔡晓露笑吟吟地说。

"是吗？那你们什么时候离校？"郑绍良随口一问。

"快了，今天是星期二，过了明后两天就可以离校了。"蔡晓露回答说。

"那你在寒假期间有什么打算？"郑绍良接着问。

"打算多看几本英文版的经典小说。我想，只要天天泡在文字里，总有一天会突然开悟的。"蔡晓露说。

"是啊。只要功夫深，铁棒也可以磨成细针。"郑绍良说，"再说了，小说是一辆运载灵魂的马车，搭乘这辆马车可以去遥远的地方旅行。其中的乐趣不是物理世界的旅行所能比拟的。"

"哦，对了。我正想问您呢。"蔡晓露迟疑了一下后，神情凝重地说道。

"问我什么？"郑绍良说。

"我这次考得怎么样？"蔡晓露直言探询道。

"如果我没记错的话，你考了八十六分。"郑绍良说。

"那我们班里最高的分数是多少？"蔡晓露接着问。

"最高的我可记不起来了，反正没有九十或九十以上的。"郑绍良说，"怎么，你对自己的考分不满意？"

"我怎么会不满意呢？"蔡晓露说，"不过，您出的最后一道题也太难了。要我们在这么短的时间里看完一篇散文，然后用英语写一篇评论。"

"难才能分出成绩的档次嘛！"郑绍良笑道。

"可我的'精读'课程，据说只考了六十分。我觉得自己做得还行，会不会老师把成绩给弄错了？"蔡晓露说罢，目光变得有点呆滞。

"是哪位老师教你们'精读'？"郑绍良问。

"李老师，李秋如老师。"蔡晓露回答道。

"要不要我替你问一下？"郑绍良又问。

"不用了，我已托人去核实了。"蔡晓露说。

正当两人交谈着，那个小伙子从校工会办公室里走了出来。他见到蔡晓露后，朝她看了一会儿，好像有什么话要跟她讲。

"这人你认识？"郑绍良趁有人跟小伙子说话之际，问蔡晓露。

"谁啊？"蔡晓露顺着他的目光望去。

"就是那个穿皮夹克的年轻人。"郑绍良说。

"哦，是他呀。这人好讨厌哪！"蔡晓露说。

"怎么啦？"郑绍良疑惑地问。

"他是我们班里的一个女生的男朋友，三天两头来我们寝室找她。"蔡晓露说，"有一回，他还在我们的寝室过夜呢！"

"是吗？能不能告诉我那个女生叫什么名字？"郑绍良用专注的眼神看着她。

"叫余采薇。"蔡晓露压低嗓音回答道。

"余采薇？"郑绍良拧着眉头想了想，"哦，我想起来了。她好像经常旷课，而且这次考得不是很理想。"

"我听人说她的男朋友叫赵南山，只有初中学历，是校工会副主席，他的父亲是主管学校后勤工作的副校长。"蔡晓露接着说。

"原来是这么回事。真没想到，现在的年轻人只要有老子做靠山，没什么大的本事也能混个一官半职。"郑绍良说。

"您怎么不说现在的女大学生思想够开放的，不比查特莱夫人逊色？"蔡晓露说。

"嗳，人家毕竟是我的学生。"郑绍良说，"是我当老师的没有尽到教书育人的责任。换句话说，我光顾着教文学课，没有关心学生的思想状况。"

"郑老师还真会替别人'顶缸'。"蔡晓露说。

"哎，对了。赵南山这名字，我好像在校报上见到过。没想到，他是这么一个风流倜傥的年轻人。"郑绍良说。

"可不是么，"蔡晓露说，"就是太过分了一点。"

"嗳，人家是前世修来的缘分。"郑绍良说着，调皮地眨了眨眼。

"此话怎讲？"蔡晓露没理解他的意思。

"你看啊，古人云：'陟彼南山，言采其薇，未见君子，我心伤悲。'"郑绍良解释道。

"您也太会联想了。接下去您该不会用'紫燕双飞，珠联璧合'来形容他们吧？"蔡晓露说。

"哪儿的话？"郑绍良微笑着说，边说边不经意地朝工会办公室那边望去。

他发现，那个小伙子已经走开了，取代他的是人事处的靳大弓——他正在跟一个打扮有点轻浮、模样有点俗气的年轻女子交谈着什么。

"行，那就这样吧。我还得去忙我的事。你如果方便的话，晚上可以来找我。"郑绍良看着蔡晓露说。

"找你干吗？"蔡晓露说着，脸上不觉一红。

"继续探讨英国文学。"郑绍良说。

八

待年货大都分到每位教职工的手里时，天早已下了黑。

这时候，人事处长的办公室还亮着灯光。靳大弓正坐在一张单人沙发上，一边看着《金瓶梅》，一边抽着烟。

今天中午，他在去工会办公室的途中，遇到了总机房的接线员丁毓秀，于是两人边走边闲谈了起来。在闲谈之中，他隐隐地察觉到这女子为了工调的事情有些等不及了，而且说话的时候，眼睛里不是飘浮着一丝淡淡的愁云，就是流露出耐人寻味的渴求。不知是为她的愁容所动，还是被她性感的外表所吸引，靳大弓用半开玩笑半试探的口吻跟她说："你什么时候方便，我抽空到你那儿坐坐，顺便跟你详谈工调的事情。"丁毓秀听后，急切而又欣喜地说："学校就要放假了。我看，您要来就今天晚上来吧，今晚就我一个人在总机房值班。""是吗？"靳大弓感到有点意外，又感到有点兴奋。稍稍迟疑了一下后，他不慌不忙地说："那好吧，不过晚上我还有一些文件要整理一下，一忙活起来就会把别的事情给忘了。我看这样吧，你九点钟左右给我办公室打个电话，提醒我一下。""行，我九点给您打电话。"丁毓秀说着，眼睛里突然一亮。

现在离九点还差一个钟头呢，靳大弓似乎也有些等不及了。他一面看书，一面回忆着丁毓秀的那双突然一亮的眼睛，觉得在这双眼睛里好像深藏着只能意会而不能言传的东西——这东西使他好奇，使他心动，还使他有点神魂颠倒。

"在这偏僻的地方谁管谁啊？机不可失，时不再来啊！"他放下手里的书沉思了一会儿后，哑然失笑道。

接着，他翻到《金瓶梅》的第十三回"李瓶姐墙头密约，迎春儿隙底私窥"，即刻被开头的引语打动了——"绣面芙蓉一笑开，斜飞宝鸭衬香腮。眼波才动被人猜。一面风情深有韵，半笺娇恨寄幽怀。月移花影约重来。"他猴急地往下看。看着，看着，他突然感到眼跳耳热，感到体内有一股难以驾驭的能量在荡漾着、冲激着。过了约莫半盏茶的时间，他看了看手表，见时针就要指向九点了。

"她怎么还没来电话呢？"他焦躁的心情，一下子变得跟油煎火燎似的。

就在他性急难耐的时候，办公桌上的电话终于像一颗准时炸响的定时炸弹，发出一阵阵揪魂撼魄般的叮铃叮铃声。他赶紧撂下书，风快地跑过去接电话。

"喂，我是靳大弓。"他对着话筒急促地说。

"我刚洗完澡，没让您久等吧？"电话里是丁毓秀的声音。

"哪儿的话？我刚忙完我的事。"他嘻着嘴笑道，"我现在可以过来了吗？"

"行。"丁毓秀说。

于是，靳大弓叼着一根新点的香烟，心神飞扬地走出了办公室。

总机房离办公楼约有十分钟的路。他一边走着，一边回味着方才在书中读到的一段话："潘金莲这妇人，青春未及三十岁，欲火难禁一丈高。每日打扮的粉妆玉琢，皓齿朱唇，无日不在大门首倚门而望，只等到黄昏。到晚来归入房中，絮枕孤帏，凤台无伴，睡不着……"是啊，他琢磨着，女人三十如虎，四十如狼，更何况像丁毓秀这样的还没到三十的女人！她一定跟潘金莲一样，春情萌动，难耐寂寞。可让他靳大弓想不明白的是，这总机房为什么不设在办公楼里，而偏偏设在校园的一个偏僻的角落，而且还是一栋单间的、被一片小小的树林环绕的瓦房。

他借着朦朦胧胧的月光，恍恍惚惚地走进那片静寂的小树林。很快，那栋瓦房现出模糊的、黑黢黢的轮廓。他突然间有一种异样的感觉，仿佛闯入了一块不属于他的领地，仿佛这树林、这瓦房，还有这阴森森的氛围构成了他提心吊胆、悬而未决的心情的一部分。他将手里的烟头扔在地上，用脚掌踩了踩，然后挡开一根根在他面前晃动的小树枝，向那扇神秘的门走去。到了门前，他先嗯哼了一声，而后轻轻地敲了敲门，但很快发现这门是虚掩着的。于是，他索性推门而入。

这是一间约二十平米的屋子，被几张偌大的纤维板分成了两半；外面的一半稍大些，是接线员连接电话线路的地方，里面的一半是供值夜班的人休息的卧室。卧室内，靠墙放着一张单人床，床边是一把椅子；靠窗沿摆着一张旧书桌，桌上是凌凌乱乱的生活用品。一条又宽又长的暗红色的绒布窗帘，像一挂瀑布似的，从一根粗长的铁丝上垂落下来，使得卧室的空间愈加显得局促。

"靳处长请里边坐。"站在门口的丁毓秀，微红着脸笑着说。

"不客气。"靳大弓说罢，悠然不迫地朝着亮着灯光的卧室走去，然后在床边的那把椅子上坐了下来。

"您要不要喝点茶？"丁毓秀把房门关严后，走到他的跟前问道；湿漉漉的长发，散发出好闻的香皂的气味。

"不用了，我今天喝了一天的茶，再喝下去怕是要被茶水给淹死了。"靳大弓耸动着眉毛风趣地说。

"靳处长可真会说笑。"丁毓秀说着，不紧不慢地坐到床沿上。"您看我，刚洗完澡，还没来得及把头发弄干。"

"这样看上去挺好的，更精神些。"靳大弓说，"哎，对了。学校这么晚还有澡洗？"

"是啊，告诉您还真怕您不信呢。"丁毓秀趁他问起洗澡的事，干脆把憋在肚子里的话全都倒腾了出来："浴室太小了，而且一星期只开放两次。下午是男的洗，晚上是女的洗。您看，这男女用的是同一个浴室，让外人知道了恐怕一定会笑话的。不像你们这些当干部的，都住在装有洗澡设备的'干部楼'里。什么时候你们能替我们群众着想就好了。"

"有什么法子呢？"靳大弓皱起眉头说，"不过，眼下的困难只是暂时的，将来学校的基本建设一定会搞上去的。不瞒你说，最近上面给我们学校拨了一笔数额较大的经费。接下去的日子会慢慢地好起来。"

"我怕是看不到那一天了。"丁毓秀蹙额感叹道。

"你这话是什么意思？"靳大弓的眼睛里流露出一丝疑惑。

"我是说，我再也等不及了。"丁毓秀说着，随意地甩了甩头发。

"就为了洗个澡？"靳大弓用挑逗的目光看着她。

"看您说的，又在逗我玩了。"丁毓秀一本正经地说，"实话跟您说吧，我的未婚夫已给我发了'最后通牒'，声称如果我不把户口迁到城里，我们俩的事就算完了。"

"事情有这般严重？"靳大弓神情凝重地看着她。"不就是一个户口吗？"

"您说得倒轻巧。您主管人事的应该知道，孩子的户口按规定是跟母亲的。我的未婚夫当然不希望我们将来的孩子在这儿上户口。您看，这儿的生活条件实在是太差了。且不说买菜要跑好几里路，就连像样的托儿所和幼儿园都没有，更别说小学和中学了……"丁毓秀说着说着，像吐丝似的诉起苦来。

"那我想办法给你们弄一套住房怎么样？你看，学校校门对面的那片空地上正在开土动工，估计在今年年底就能建好教师新村。"靳大弓说。

"教师新村就能彻底改变我刚才说的现状？"丁毓秀圆瞪着两眼，神情茫然地看着他。"说句心里话，我现在只想着能早日调到城里去工作。"

"那你总得给我一点时间吧。"靳大弓面露难色地说，"像调动工作这样的事情，光着急是不能解决问题的。要耐下心来等候上面的处理结果。"

"我在这学期的开学就打了报告，现在都快放假了，还没见事情的眉目。您说我能不着急吗？您说我还能耐得下心来吗？"丁毓秀一连串的牢骚话冲口而出，双颊不由自主地抽搐了一下。

她心里明白，现在当领导的几乎都是一个腔调，看上去做事循规蹈矩、稳稳当当，其实心里头都藏着一本难念的经，说起话来就跟刮风似的不着地。

"你的工调报告我们已经研究过了，正准备往教育局送呢。但工调的理由不是很充分，所以操作起来有一定的难度。假如你现在已经结了婚，而且还有需要照顾的孩子或老人，事情可能会好办些。"靳大弓一边说着，一边骨碌碌地转动着两眼。

"但现在的问题是，如果我不能调到城里去工作，连婚都结不成。难道您想眼睁睁地看着我变成一介'望夫石'？"丁毓秀说到这里，眼圈忽地一红，差点哭出声来。"要知道，我现在都快二十八了，实在是等不起啊。再说，我在这儿已经做了四年了，先是在总务科打杂，后来学校知道我在部队的机关当过接线员，就让我做这个。我是亲眼看着你们的那幢'干部楼'建起来的，也算是这儿的第一批'开拓者'吧？就算没有功劳也有苦劳啊！"

"你说的这些我都知道。"靳大弓垂下眼帘说，"那你新单位联系好了没有？"

"联系好了。我妈今年上半年就要退休了，我打算去顶替她的工作。而且，她单位的领导已经同意了。"丁毓秀说罢，稍稍挪动了一下身子。

"你妈是做什么工作的？"靳大弓突然抬起眼皮问道，一边问一边用轻佻而诡异的目光瞄了一眼她饱满坚实的前胸。

他心里边琢磨着，这只快要煮熟的鸭子自己一定要尝一尝，不然的话，一旦它飞走了，你就是用天罗地网也捕捉不回来。

"在城里的一所职校做后勤。"丁毓秀回答说。

她无意间察觉到，这位人事处处长并不像是在认认真真地听，而是在想着什么心事。她的那颗悬着的心，顿时犹如一只没有了压舱石的船，开始变得漂流不定；眼睛里浮动着疑云忧影。

"你再让我好好考虑考虑。要知道，这种事情一旦有了先例，其他的人都会'跟风'的。到时候，你是一走了之，而我却会面临越来越大的工作压力，甚至于还会遭到别人的猜忌和非议。"靳大弓说。

这时候，丁毓秀忽然觉得，靳大弓的目光变成了一把锋利的剑，仿佛能剔开她的衣服看到她的羞体。她有点不知所措了，又有点神思恍惚，还有点为自己感到庆幸。她的脸涨潮似的变得更红了，脊梁骨透出了一片冷汗。她干脆低下头来，让纷披的长发半掩着正在燃烧的脸膛。

"既然别人会猜忌，那还不如——"她呆坐了片刻后，轻声轻气地说道，然后闭上两眼，咬着嘴唇躺倒在床上。

没一会儿工夫，她忽觉有一只手在慢慢地解开她衣服上的纽扣，接着，这只手拱到了她的内衣底下，开始轻轻地抚弄着。

不多时，心神飘荡的靳大弓终于把持不住了。他摘下眼镜后，一下子抱住了丁毓秀，然后像崩云倾雨般地亲吻着她，一边亲吻一边寻思着：有了今晚的这出"韩寿偷香",将来遇到再大、再麻烦的事情也都值了。

在他狂热而又煽情的亲吻下,丁毓秀感到胸腔里的心脏有如密集的鼓点在咚咚咚地乱跳,感到自己的整个身躯被一阵阵神秘的、令人眩晕的脉冲所操控。她的手在身体的两侧狂抖着,胸脯随着呼吸的加快而剧烈地起伏着。

望着她心醉神迷、酥胸荡漾的样子,靳大弓血脉偾张的兴奋很快被一种迫不及待的占有欲所取代。他在那热气腾腾的绵软的躯体上忽左忽右、忽上忽下地移动着。周围的一切,仿佛变得像死一般的寂静,只听得床在摇动时发出的有节奏的声响。这声音,就如同一把看不见、摸不着的锯子,一来一回地锯着丁毓秀绷紧了的神经。

一阵风翻浪滚般的情欢之后,靳大弓放开了他的"猎物"。

羞潮掩面的丁毓秀,急忙将棉被扯在自己的身上,而后用双手蒙住自己的眼睛。

"人家连人都给你了,你再装傻充愣真是不得好死!"她在心里边偷偷地骂道。

"好了,我也该回去了。你早点休息,千万别冻着。你工调的事情我一定会放在心上的。"靳大弓戴上眼镜后,见她一动不动地躺着,顿觉有点尴尬。他轻声轻气地说了一通后,惶急地朝着房门走去。

他刚走出屋子,一阵带着凉意的风儿扑面吹来,使他顿感心清神爽。

"真是'春宵一刻值千金,花有清香月有阴'。"他自言自语道。

九

这天晚上,李秋如看了一会儿书后,忽觉眼睛有点疲劳,于是就躺在床上歇着。可她翻来覆去睡不着,脑瓜里不是想着郑绍良就是想着蔡晓露。她还想起蔡天成下午给她发苹果和年货时跟她说的话："听说蔡晓露这次精读考得不是很理想，才过了及格线，我很是为她而担心哪。你要知道，她是我的侄女，是我好不容易把她弄到我们学校的。我本来不想告诉你她跟我的关系，怕你知道了会有心理上的压力。可是她现在考得那么差，我不得不给你交个底。我之所以跟你讲这些，倒不是要你给她加分，因为随随便便地给她加分数意味着对其他学生的不公。我只是想请你平时对她严格一点，多督促督促她，不要让她在学习上松劲。"

她把蔡天成的这番话咀嚼了好几遍，总觉得这位系主任看似直抒胸臆、坦言相告，其实是隐约其词，话里有话。如果让她李秋如处在蔡天成的位置上，她也会跟他一样用隐晦曲折的方式来掩饰自己的真正意图。现在看来，蔡天成是在暗中给她施压，至于具体怎么做则要她自己去琢磨。好吧，常言道："赶晚不如赶早。"我李秋如明天就给教务科打个报告，说成绩登记有误，同时把蔡晓露的成绩改过来，而且分数还不能低于85。不然的话，蔡天成下回再见到自己，脸上准会挂不住。她本来只是想拿蔡晓露出出气、解解恨，可没料到事与愿违，自贻麻烦。

她这会儿才算是真正明白了"与人方便，自己方便"这句话的意义，打算从今往后做人随和一些，不要为了摆不上桌面的个人恩怨而跟他人作蜗角之争。爷爷不是一直给她讲"忍"的道理吗？这道理其实很简单，但为什么做起来就比登天还难呢？再说，眼下蔡晓露或许只是对郑绍良有好感，还没到心仪于他的地步，一切都是自己的胡思乱想，一切都是女人的妒忌心在作怪。莎士比亚说得好："妒忌是一个绿眼的妖魔。谁做了它的牺牲品，谁就要受它的玩弄。"

我或许还有机会，是的，我还有机会！我李秋如还没到山穷水尽的程度！如果等到蔡晓露坠入爱河不能自拔，那就太迟了，就来不及了！更何况蔡晓露要比我年轻！佛教虽然讲忍耐，但佛教同时又主张圆融无碍和善权善变，反对执着于事物的一端。一切真理都是相对的，都不可能也不应该成为一种束缚人的教条！再用长远的、发展的眼光看待这件事情，郑绍良与蔡晓露如果真的好上了，郑绍良很可能会被提拔到领导层，蔡晓露也很可能会在留校之后得到重用，到那时，我李秋如的职位就不一定保得住，更别谈晋升了。现在的社会是讲关系的社会，讲人脉的社会，没有任何背景是很容易被排斥、被边缘化的……

　　想到这，她干脆从床上爬了起来，然后拿起书桌上的一面镜子照了照。她无意间发现，自己的那张面孔太严肃了，好像是要去找谁打架似的，于是又对着镜子勉强地笑了笑。放下镜子后，她穿上外衣急匆匆地走到房门前。她正要开门，脑瓜里突然闪过一个想法：蔡天成会不会已经知道他侄女跟郑绍良的关系？要是他已经知道了，我再去找郑绍良不是又在给自己制造麻烦吗？更何况蔡天成也许正在暗中给他的侄女使劲儿呢！算了，别把娄子越捅越大了，到时候怕是不好收拾。有许多事情往往在一开始不怎么起眼，到后来却会酿成意想不到的后果，就像破了个洞的堤坝会被水越拱越大……

　　她越想心里越是烦乱，越想越感到自己像是被无数根绳索缚住了手脚。犹豫，不安，焦急，惶惑，茫然……就像一只只看不见的虫豸咬啮着她的五脏六腑；交错于心灵深处的各种矛盾的情绪，一会儿把她拉到这边，一会儿把她推到那边，一会儿又将她固定在某个地方。她的那张木然且迷茫的面孔，不知什么时候又变得严肃起来，就像是一潭突然遇到寒流的水，一下子冻结成了冰块。最终，她恍惚觉得，"人"字形的屋顶在转瞬之间变成了一块偌大的麻布，兜脸儿地将她罩住，使她透不过气来。于是，她心急火燎地跑出了屋子。

　　她在校园里漫无目标地转悠着，时而抬头呆视着死水般沉寂的夜空，时而望一眼被清凉的月光涂抹的草木。夹杂着水和泥土气息的冷风，不时地在她的脸上轻轻地掠过，使她不由得瑟缩了几下。这冷风仿佛携着她腾骧而去，这瑟缩仿佛让她从苦闷之中渐渐地挣脱了出来。她的步子开始由沉重无力变得轻松自在，好像展现在她眼前的一切都过滤掉了积淀在她胸中的尘滓。当她不知不觉中来到总机房附近的那片小树林时，她忽见一个人影从树丛中摇摇晃晃地钻了出来。她定神一看，原来是靳大弓。

　　"你好像是外语系的李秋如。"靳大弓见了她，先是一怔，而后嬉皮笑脸地说。

　　"是啊，靳处长怎么在这里？"李秋如用疑惑的目光打量着他。

　　"哦，是这么个情况。学校快放假了，保卫科的人手不够，所以我就帮他们出来转转，看看哪些地方还存在着安全隐患。"靳大弓故作镇定地说，边说边溜转着眼睛环顾了一下四周。

"靳处长真是个热心人。"李秋如说。

"怎么，你这么晚了还不休息，还有兴致出来散步？"靳大弓说。

"我自己也不知道怎么会跑出来瞎转悠。"李秋如无意中发觉，靳大弓正在用冷森森的、有点咄咄逼人的眼神看着她，便耷拉下脑袋说。"或许是看书看得太久了，或许是觉得一个人待在屋里有些郁闷，所以——"

"你别说了，我什么时候有机会给你介绍一个男朋友，这样你就不会感到孤独和郁闷了。"靳大弓眉毛一扬，煞有介事地说。

"不用了，我已经有男朋友了。"李秋如红着脸说。

"是吗？能不能告诉我他是谁？"靳大弓的眼神，突然变得温蔼柔顺，仿佛能让人联想到从一棵老槐树上落下来的一串香花。

"这我暂时保密。"李秋如说。

"好吧，等你什么时候想告诉我再告诉我也不迟。"靳大弓边说边推了推鼻梁上的眼镜。"如果你的那位'白马王子'也在我们学校工作，我现在就可以打包票：到时候分一套一室一厅给你们，而且楼层让你们自己来选。我靳某人说话向来作数，绝对不是那种'嘴上春风'的人。"

"我还没想那么多。"李秋如羞答答地说，"再说，事情到底成不成我心里边也没个底。"

"如果你有难处，不妨告诉我，让我去做他的工作。如果做通了，你可别忘了我这个'月下老'。"靳大弓说罢，见李秋如低头不语，于是抬起左手看了看手表："好了，时间不早了，我得回我的办公室了。以后有机会再跟你聊，你也别在外头待得太久了。"

"行，我这就回寝室。"李秋如慢慢地抬起头来，柔声细气地说。

她望着靳大弓离去的背影，心里头暗暗地嘀咕着：难道他真的是在帮保卫科排查安全隐患？就算是来查安全隐患，怎么不带手电筒，也不带手下的人？况且，他的头发有点乱，衬衣的领子有一角从外衣的领口翻了出来，说话时的表情看似镇定自若，但难以遮掩内心的局促不安。莫非他是来找总机房的那个大龄姑娘？她早就听说总机房有个大龄姑娘想调离学校，难道这姑娘想用自己的色相来勾引靳大弓，让他在关键的时候帮自己一把？或许，这又是自己的胡思乱想！或许，在这荒僻的地方，他俩早已开启了暧昧的情感之旅，今天只是想在放假之前找个乐子解解闷，没别的意图。但为了寻求一点刺激和浪漫而出卖自己的人格，对于一个女人，尤其是还没有结婚的女人来说，也太下作了，简直是贱到家了……

想着，想着，她不知不觉地来到一条水沟旁。这水沟的边上，长着蔓子草和三棱草，但茎叶都已经有些枯黄了。她蹲下身去，若有所思地观看着在月光下潺潺流动的清水，觉得自己渐渐地融入到这水流的节奏之中，变成了水的一分子。蹲久了，她忽觉两条腿有些酸胀发麻，于是慢慢地直起身来。可她才走出两步就崴了右脚脖子，而后身不由己地摔倒在地上。

"哇——"她尖叫了一声。

在这宁静得连小草颤动的声音也能听得见的夜里，她的叫声显得特别的脆响，酷似拍岸的海涛发出的呼啸，向着四周震荡开去。

"前面好像有人摔倒了，我们过去看看。"正在不远处散步的郑绍良，对陪在他身边的蔡晓露说。

"不就是摔了一下，有什么好看的？"蔡晓露说。

"如果摔倒的是你，我也这么说，你会怎么想？"郑绍良看着她问道。

"去你的，你这人好坏！"蔡晓露抡起拳头打了他一下。

当他们走到水沟旁时，郑绍良忽然觉得前面的人影有几分眼熟，于是对蔡晓露说："好像是李老师哎。"

蔡晓露听后，二话不说，扭头就跑。

"你这人怎么这样？"郑绍良愣愣地戳在原地看着她。但转念一想，他又觉得这也好，省得引起别人的误会。

李秋如看到这一幕后，赶紧将两条胳膊合抱在膝盖上，将脑瓜埋得低低的。

郑绍良鼓起勇气走到她的跟前，先是沉默了一会儿，然后开口问道："是李老师吧？"

李秋如没有回答，于是他又问："你是不是李秋如老师？"

这会儿，李秋如总算仰起脸来瞥了他一眼。

"你没事吧？"郑绍良蹲下身子关切地问。

"我没事，你们去散你们的步。"李秋如黑着脸冷冷地说。

郑绍良知道她在生他的气，便态度诚恳地说："蔡晓露只是我的学生，我们俩只是师生关系。你可千万别想那么多。"

"只是师生关系？你什么时候学会了说谎话连嘴唇也不哆嗦一下？"李秋如说罢，朝着他翻了翻白眼，然后接着说："要是我早知道她会死贴烂贴地缠着你不放，我就——"

"我说的都是真的，信不信由你。"郑绍良平心静气地说，"我看，这事先搁在一边不谈，现在最要紧的是让我看看你有没有摔伤了。要是摔伤了，我背你到医务室去。"

"我没摔伤，只是走路时不小心，把右脚给崴了。"李秋如一边说着，一边试图站起来。可歪歪扭扭的她，还没站稳就觉得右脚像绞筋似的疼得难受。

"哇——"她忍不住又尖叫了一声。

"我看，你还是赶快把鞋脱了。"郑绍良说。

"什么意思？"李秋如问。

"好让我给你捏捏脚。"郑绍良说，"要知道，我小时候很调皮，常常在河边或田间玩耍，一崴脚就招呼奶奶给我捏脚。后来稍稍长大了一些，我就不再招呼她了。"

"为什么？"坐在地上的李秋如问。

"因为我已学会了自己捏自己的脚。"郑绍良说。

李秋如听后，不由得噗嗤一笑："你还真会编故事哄人。"

见她笑了，郑绍良绷紧的心弦变得松弛了。

李秋如脱去鞋子后，郑绍良捏了一会儿她的右脚，然后问道："你感觉好些了吗？"

"还不行，还有点疼。"李秋如皱紧眉头回答说。"看来，你这捏脚的功夫不怎么样。"

"是啊，捏脚时手里得拿着点劲儿。可我不知怎么回事，见了你，我手里的劲儿就是想使也使不出来。"郑绍良坦率地说。

"或许，你是头一回给女孩捏脚，生怕下手太重了会伤及脚筋。"李秋如像是道破了他的心思。

"你快别说了，还是让我背你到医务室去吧。"郑绍良说罢，松开两手，呆呆地看着她。

"也好。"李秋如犹豫了一下后说。

十

医务室位于学校门房的西北角。它是一栋简陋的平房，盖顶的朱瓦因受到海风的袭击而变得有些破损和脱落；生了绿苔的屋檐上悬挂着鸟巢一般的枯藤，经风儿一吹会发出窸窸窣窣的声响。这栋平房与门房之间，有一片重重叠叠的竹林。这竹林，在风高夜黑的晚上酷似披头散发的老道姑子，手舞足蹈地念着咒，做着法，时不时惹得那条银灰色的大狗猘猘狂吠。

郑绍良背着李秋如小心翼翼地走上门诊室前的水泥台阶；台阶两侧疏密不匀的冬青，在路灯的照射下犹如蒙上了一层薄薄的玉屑似的银霜，散发出令人忧郁的气息。他见门诊室的门半掩着，里边亮着灯，便推开门走了进去。

"什么不好？"一个身量矮小、肤色黝黑的女大夫，看见有人进来，赶紧撂下捧在手里的《猎人笔记》，然后从椅子上站了起来。

她看上去四十多岁的样子。穿在身上的那件白大褂，显得有点宽、有点长。

"她的右脚崴了。"郑绍良气喘吁吁地说。

"让她躺在那张床上吧。"女大夫指了指靠墙角的一张钢床。

于是，郑绍良将李秋如背到钢床的床沿上，然后帮她脱去鞋子，再脱去右脚上的袜子。李秋如躺下后，觉得高悬的日光灯照得她有点睁不开眼。

"疼不疼？"女大夫轻轻地捏了捏她的右脚脖子。

"不碰它还行，一碰它就疼得厉害。"李秋如说。

她知道，这位女大夫姓王，是蔡天成的老婆。这时，她担心的倒不是自己的脚，而是郑绍良的在场会不会引起她的猜疑。

王大夫拧亮床边的一盏灯后，弯下身来仔细查看脚的伤势。

郑绍良趁她给李秋如做检查的当儿，转身瞥了一眼桌子上的那本《猎人笔记》。他心里边琢磨着，这位女大夫怎么会有兴致读屠格涅夫的作品？或许，她只是消遣而已，只是用它来打发有些无聊的值班时间。可就在他回过身来的一刹那，他看见门口闪过一个人影。这人会不会是蔡晓露？他忐忑不安地寻思着。

"你的脚有点红肿，但问题不大。我先给你敷点药，估计明天就可以走动了。"王大夫检查完毕后，对李秋如说。"万一不行，明天再过来做理疗。"

"行。"李秋如半眯着眼睛说。

"我没记错的话，你是外语系的李老师。"王大夫一边敷药，一边笑吟吟地说。

"你说得没错，她在外语系教英语，而且还是英语专业的负责人呢。"站在一旁的郑绍良微笑道。

"你好像是第一次来这儿。"王大夫不经意地看了他一眼。

"不，我来过好几回呢。"郑绍良说，"可能我来的时候你不在，或者你没留意。"

"那你也在外语系教英语？"王大夫随口一问。

"是啊。"郑绍良不假思索地回答道。

"英语专业好啊，现在各行各业最紧缺的就是英语人才。"王大夫说，"你看，我老公学的是俄语。这俄语在50年代还算吃香，可现如今除了教教书几乎派不上什么大的用场。"

"我大舅也是学俄语的。"郑绍良舒展着眉毛说。

"是吗？那他是哪所学校毕业的？"王大夫好奇地问。

"外国语专科学校。"郑绍良回答说。

"这太巧了，我老公也是那所学校毕业的，说不定他俩还是同学呢。"王大夫显得有点兴奋。

"那你老公叫什么名字？"郑绍良说，"我什么时候问问我大舅。"

"叫蔡天成。"王大夫回答道。

郑绍良听后，心里一震。他好像突然间被什么魔法变成了一块石头，僵立在原地。这时的李秋如，差点儿笑出声来。

"你大舅怎么称呼？"王大夫又问。

"哦，他呀，他叫苏中齐。苏州的'苏'，中国的'中'，齐心协力的'齐'。"郑绍良缓过神来后，局促地回答说。

"苏中齐？嗯，这名字起得好。我待会儿回去问他。"王大夫敷完了药，直起身来说。

"为什么说这名字起得好？"郑绍良感到有些惑然。

"你看，'中'有'中正'的意思，'齐'有'齐整''和谐'的意思。而这两点恰好是中国古代文化所倡导的。"王大夫说罢，见李秋如还躺在床上，于是对她说："好了，你可以下床了。"

"还是让我来帮她吧。"郑绍良边说边凑到李秋如的身边。

这时候，正在外面偷窥的蔡晓露跟一阵风儿似的跑开了。

方才，她离开郑绍良后，一直在暗中监视着他，想看看他在李秋如的面前到底会做些什么。见郑绍良背着李秋如朝医务室走去，她便悄悄地跟在后面。"怎么摔倒的偏偏是李秋如而不是我？"她一边跟着，一边嘟哝道。

她心神不宁地朝自己的宿舍走去，只觉得两只脚不知什么时候变得软绵绵、飘忽忽的，仿佛踩在梦幻一般的云雾之中。凉飕飕的风儿，吹拂起她额前的发丝，像一把看不见的刷子轻轻地蹭着她的脸，也蹭着她的心。当她不知不觉地走到一栋五层楼房的前面时，突然又止步不前了。她感到心里有点堵、有点沉，感到有一种无边的烦乱与悔恨吞没了她，叫她像一个溺水者在一片望不到尽头的水域之中挣扎着。她稍稍迟疑了一下后，拖着有些疲惫且麻木的身躯来到附近的池塘边。她绕着池塘走了一圈又一圈，想借此来稳稳神，静静心。池塘里的水，有如一块偌大的起了皱的绸子，在风中不停不住地颤动着；叠叠波光之中，时不时现出那栋五层楼房的影子。

可奇怪的是，她越是想稳稳神、静静心，心神就越发烦乱。

"李秋如会不会早已觉察到我跟郑绍良之间的微妙关系？会不会因为这而故意给我六十分？"她自问道。

尽管蔡天成已经答应帮我去说一下，但这样做无疑会暴露我跟蔡天成的关系，从今往后我再上李秋如的课就会感到很不自在。再说，让蔡天成出面替我说情，不管他用什么方式来表达自己的意思，都或多或少地会让他丢些颜面，暂且不说会落下一个小小的把柄捏在别人的手里——这把柄，现在瞧上去或许不怎么显眼，但将来就很难说了。

她猛然间记起父亲对她说的话："现在你已经长大了，要走什么样的路完全可以由你自己来做选择。但我想提醒你的是，上了大学后，要把精力多多地花在学习上，千万别过早地谈情说爱。将来等你毕业了，爸给你找一个高干子弟或者把你许配给一个富人家……"

长辈的话是对的，天底下的父母都是为自己的子女着想的。可眼下，自己不知是怎么回事，竟然跟着了魔似的放不下郑绍良。

这位帅气十足的年轻人，实在是太有魅力了。他个高膀宽，肤色白净；一张清秀的脸上，是一只匀称好看的鼻子和一副玉石般透亮的牙齿，特别是那双黑而有神的眼睛，好像永远带着嬉怡的微笑——这微笑会让你感到甜美，感到暖意融融，甚至还感到有点陶醉。

她想起郑绍良在介绍英国诗人弥尔顿时说的话："弥尔顿赞美纯洁，赞美柏拉图式的爱情。他曾经说过：'许多人看待某些事物时缺乏敏锐的目光，比如他们会急不可耐地点燃婚姻的火炬。……其实，与另一个肉体的结合并不能完全消除你的寂寞感，而只有另一个与你和谐一致的思想才能做到这一点。'弥尔顿写过，亚当和他的配偶夏娃天真无邪，他俩只是并肩挨膀地躺着，两性间的神秘仪式被拒于千里之外。"

是啊，她寻思着，从郑绍良的身上似乎可以隐隐约约地察觉到一种纯洁高雅的气质，这气质或许是天生的，或许是受了弥尔顿的影响。他在跟她交谈时，往往喜欢把什么东西都扯到文学上去，好像不谈文学男女之间的交往就会显得是无聊的、不体面的，甚至是多余的。而且，正是由于这一与众不同的气质，他似乎跟任何喜爱文学的女性都谈得拢，并且可以滔滔不绝地谈上一整天。一旦偏离了这个预先设定的话题，他的激情也就枯萎了，想象力也就衰竭了。这会不会是一种心理上的障碍？她蔡晓露说不上。但有一点是可以肯定的，那就是：在评论弥尔顿时，他有意避免使用"厌女症"这个词。事实上，弥尔顿在他的《斗士参孙》中掺入了他对女人的厌恶感和恐惧感。他写道："我中了那貌美却徒有其表的女人的圈套，佚乐荒淫无度的岁月将我软化，使我力竭。我的头颅和我的全部神力，都枕在那狡诈的荡妇妖淫的膝上。她剃光了我宝贵的头发，使我变成了一只温顺的阉羊，可笑又可怜……"而郑绍良会不会在用这种回避的方式来掩盖他自己的厌女症？若是这样，还不如早点放弃对他的幻想，不要再用美好的希望来欺骗自己……

正当她在胡思乱想的时候，宿舍的电灯突然熄灭了，而后又亮了——这是在提醒学生再过十分钟就要熄灯了。于是，她神情迷惘地朝着那栋五层楼房走去。

她刚要上楼，只见赵南山跟一阵旋风似的从楼上直奔下来，险些将她撞倒。

"都什么时候了，你怎么还在这儿？"她嘟噜着脸对他说。

"我中午就想问你，这几天怎么没见余采薇的人影？"赵南山停下脚步后，神色慌张地问道。

"她这星期没来。"蔡晓露冷冷地回答道。

"这星期你们不是要考试吗？"赵南山又问。

"你搞错了，考试安排在上星期。"蔡晓露说，"要不，你给她家里打个电话？"

"打过了。她母亲说，她来学校了。"赵南山挺着脖子，瞪着眼睛说道。"可我刚才问了问她寝室里的同学，都说这星期没见到她。"

"这就奇怪了，难道她失踪了？"蔡晓露拧起眉头，僵着脸说。

"好了，不说了。你还是赶紧上去吧，一会儿要熄灯了。"赵南山说罢，疾步如飞地朝宿舍的大门走去。

十一

郑绍良将李秋如背到她的宿舍后，让她坐在床上，然后帮她脱下鞋子。紧接着，他给李秋如倒了一杯热开水并且将热气腾腾的茶杯送到她的手里。

"好了，我也该回自己的寝室了。"他对李秋如说。

"你就不能陪我说说话？"李秋如喝了两口开水后，将茶杯递给郑绍良，然后将上半身斜靠在一条折叠得方方正正的棉被上。

"我是看时间不早了，怕影响你休息。"郑绍良回答说，一面回答一面将茶杯放在李秋如的书桌上。

"我不想这么早就睡觉。要知道，这些天来我晚上看书都要看到半夜呢。"李秋如说。

"什么书能让你这般着迷？"郑绍良问。

"《荆棘鸟》，考琳·麦卡洛写的《荆棘鸟》。"李秋如回答说。

"是不是从图书馆借的？"郑绍良又问。

"是啊，"李秋如说，"不过是本影印版的蓝皮书。"

"看来，学校穷得连购买原版书的经费都没有。"郑绍良说，"那你能不能跟我简单地介绍一下这书的内容？如果不错的话，我也去图书馆借一本。"

"这是一部家世题材的爱情小说。它的时间跨度长达半个多世纪。故事的主线围绕着梅吉和拉尔夫神父的情感纠葛而展开……"李秋如说。

"那为什么书名叫《荆棘鸟》？"郑绍良问。

"这我也不清楚。"李秋如说，"不过，据有关文献记载，荆棘鸟是古代神话中的一种美丽的小鸟。它一生中只歌唱一次，而且唱得比云雀和夜莺更甜美动听。这种鸟的奇特之处在于：从离开巢窝的那一刻起，它就一直在寻找一棵荆棘树；找到后便扑向最长、最尖利的那根树枝，一面自由自在地欢唱着，一面在浸染着鲜血的枝丛中作着痛苦的挣扎，直至死去。"

"哦，我明白了。"郑绍良说。

"你明白什么？"李秋如问。

"该书的作者是想告诉人们：这世上最美好的东西，是以最痛苦的方式和最伟大的牺牲换来的。"郑绍良说。

"那我就接着往下看，看看故事的结局和小说的主题是不是像你说的那样。"李秋如说罢，停顿了一会儿，而后接着说："哎，对了。再过几天你我都要回家了。我倒是很想听听你的寒假规划。"

"我没什么规划。"郑绍良说着，不紧不慢地坐到她床边的一把椅子上。"说句心里话，放假对我来说其实是一种折磨。"

"怎么会呢？"李秋如蹙起了眉头。

"无所事事啊。"郑绍良解释道。

"无所事事也就把心放宽了，怎么会是折磨？"李秋如大惑不解地问。

"因为当你无所事事的时候，你就会感到空虚和无聊，进而觉得自身的存在是一种重负。"郑绍良说。

"哪来的奇谈怪论？"李秋如听后，淡淡地一笑道。"那你就多读点书。你不是说过只要拿起一本自己喜欢看的书，一门心思地看下去，孤独也好，空虚也罢，就自然而然地淹没在字里行间了？"

"但这样做又会出现一个新的问题。"郑绍良说。

"什么问题？"李秋如两眼呆直地看着他。

"书看得越多就离现实生活越远，甚至于容不下现实生活。"郑绍良说。

"这种体会怕是只有像你这样的书呆子才会有。"李秋如说着，将两手垫在脑瓜底下。"依我看，书是要认认真真地读，日子还得稀里糊涂地过。有一句老话叫做'难得糊涂'。"

"是啊，水至清则无鱼，人至察则无徒。这些个道理我都懂，但做起来就不行。"郑绍良说罢，轻微地叹了一口气，然后接着说："对了。我记得，英语中有这样一句俗谚：'Idle hands are the devil's workshop.'意思是：无所事事是魔鬼的工场。"

"你想借它说明什么？"李秋如问。

"我是想说，如果方才你不是无所事事、无聊之极，就不会跑到外面去散步，不去散步就不会把脚给崴了。而我呢，如果不是感到空虚和无聊，就不会和蔡晓露一块到外头闲逛，不闲逛就不会看到你摔倒，更不会背你去医务室。"郑绍良巧舌如簧地说。

"你能不能把舌头伸出来？"李秋如听后，一本正经地问道。

"为什么？"郑绍良没理解她的意思。

"让我瞧瞧上面沴了多少油水。"李秋如说，"依我看，无所事事是贫嘴的加工厂。"

"不是加工厂，而是炼油厂。"郑绍良笑着说，边说边站起身来。"好了，不跟你瞎扯了。明天我再过来看你。"

这会儿，李秋如没再说什么。她只是闪动了一下浓密的睫毛，微微地一笑。

郑绍良似乎从她的微笑中探觉到一种隐秘的、难以捉摸的东西。这东西，就像是虚浮于水面上的月影，时而半明半暗、如梦如烟，时而带着颤动的幽光沉没于水中；就像是从茂密的树林里边扑飞出来的蝙蝠，时而在他的周围作无声无息的回旋，时而在他头顶的上方嗖的一声划过。他没工夫去深究它，也不想去深究它。

郑绍良离开后，李秋如忽觉自己的那颗渐渐转暖的心在怦怦地乱跳。她先是痴呆呆地望着屋顶，而后闭上两眼回忆着刚才发生的一切，特别是郑绍良背着她去医务室的情景。

小时候，她喜欢爷爷背着她走，因为爷爷总是一边背着她，一边给她讲故事。她清楚地记得：在一个下着细雨的傍晚，爷爷一只手打着雨伞，另一只手抄到身后托住她，边走边绘声绘色地说道："有一回，梁武帝叫一位画家为宝志禅师画像。画家拿起笔后，对着宝志禅师看了又看，就是不知从哪里画起。于是，宝志禅师用手指将自己的脸划成十二面，每一面都是一位观音菩萨的模样。这些观音菩萨，有的现出慈悲的样子，有的摆出威严的神态，有的姿容秀丽、美若天仙……"这种令人神往的亲情，似乎早已成为遥远的东西，成为一种虚无缥缈的梦幻，一种远离现实的奢望。然而，就在今天，就在刚才，郑绍良让她重温了儿时美好的那一幕，使她觉得仿佛又回到了无忧无虑的儿童时代。她发现：郑绍良并非她原来想象的那样结实有力，因为当她的身体压在他身上时，他就像席梦思床垫一般沉了下去，而且还摇晃了几下；而当他背着她行走时，他就像一条在河面上慢慢前行的驮重的船儿。当时，她未作多想，只是幻想着自己随着这船儿向一碧无垠的大海漂去，一直漂到一个迷人的、空蒙奇幻的小岛。

而郑绍良回到自己的寝室后，似乎把刚才发生的事情都忘得一干二净。他一边哼着"在那桃花盛开的地方"，一边整理起下午发的年货和自己的一些个人用品。接着，他坐到自己的书桌前，捧起一本中文版的《绿荫下》看了起来。这是哈代写的长篇小说，描写了英国农村的恬静景象和生活在美好理想中的人们。看了一会儿后，他见姚顺帆从外面急溜溜地跑了进来。

"你又去打牌了？"郑绍良放下书，随口一问。

"是啊。晚饭后我本想看书的，但看到你和一个女孩在聊天，也就没好意思进来打扰你们，就去找人打扑克了。这一打就不知道时间了。再说，我没想到今天的手气那么兴，所以就越玩越来劲儿了。"姚顺帆说。

"毕竟是学心理学的，就是会体谅别人。"郑绍良笑道。

"能告诉我那个女孩是谁吗？"姚顺帆边问边坐到自己的书桌前。

"她是我的学生，来问我一些问题。"郑绍良悠然不迫地说。

"看来，还是你比我潇洒啊。"姚顺帆说。

"这话怎么讲？"郑绍良问。

"有女孩陪你聊天哪。"姚顺帆说。

"我不是说了，她只是来问我一些问题。"郑绍良神情严肃地看着他。

"嗨，这你就不懂了。"姚顺帆说，"当一个女孩对你有意思，她总会想方设法地找一些借口来接近你，比如说，向你讨教一些问题或者问你借书等等。"

"那我该怎么办？"郑绍良顺水推舟地问道。

"那还不容易？"姚顺帆说，"如果你对她也有好感，就约她出去玩，给她拍几张照，或者找个地方跟她跳跳舞，唱唱歌。要知道，女孩比男孩更讲究浪漫的情调，更渴望得到爱情。当她堕入情网时，她的脑瓜里只想着你，希望能天天跟你在一起，时时刻刻跟你在一起。当你对她说一声'我爱你'或者亲她一下时，她会沐浴在幸福而甜蜜的幻想之中。当你紧紧地搂住她时，她的情感就像开了闸的激流哗哗哗地往前冲，非把你淹得半死不可。"

"看来，你对这方面很有研究啊。"郑绍良笑嘻嘻地说。

"谁让我学的是心理学啊。"姚顺帆说，"不过，这只是说说而已，我还没有验证过。"

"那你什么时候找个女孩验证一下你的说法？"郑绍良边说边调皮地朝他眨了眨眼。

"我现在还不打算跟女孩交往。"姚顺帆说，"我记得，我曾经跟你讲过，我要做好考研的充分准备，一门心思地复习功课。凡是跟异性或情爱相关的事情，一概不准进入我姚某人的脑瓜里。有句老话，叫做'临渊羡鱼，不如退而结网'。从下学期开始，我要慢慢地戒掉打扑克的习惯，正儿八经地读书了，不能玩物丧志。"

"是啊，青春是宝贵的，幸福生活是靠自己去创造的。"郑绍良说。

"那你知不知道什么样的生活才算是幸福生活？"姚顺帆问。

"幸福生活，按我的理解，就是符合自己本性的生活。"郑绍良回答道，

"就像《绿荫下》里描写的那种充满着田园气息的生活。"

"那么，自己的本性又是什么呢？"姚顺帆接着问。

"就是个人的气质、脾性、爱好等。"郑绍良说。

"你都快成为心理学家了。"姚顺帆笑道，"要知道，你刚才说的那句话是出自古罗马哲学家塞涅卡的《论幸福生活》。他说：'我们要尊重自然。明智的意思就是不违背自然，按照自然的规范进行自我修养。幸福生活是顺应自己本性的生活。但要想做到这一点，必须精神健全，而且要经常保持健全。'"

"这有点像道家的说教。"郑绍良说。

"是啊，"姚顺帆站起身来说，"塞涅卡所讲的'自然'和'本性'，可以概括为：人类生存于其中的自然界是被理性（相当于老子所说的'道'）所操控的，而人又是自然界的一部分，因而在人的身上必然体现出理性的精神；'顺应自己本性的生活'就是顺应自然法则（即理性）的生活。"

"照这么说，现代工业文明是违背自然法则的非理性主义的表现。这恰好诠释了《绿荫下》的主旨。"郑绍良说，"不过，塞涅卡的那番话似乎带有一点宿命论的味道。"

"没错。塞涅卡认为，世界上的一切事物都是命定的，因为事物的规律性事实上就是理性的必然性。换句话说，规律即理性，理性即神的意志。而服从本性，说到底就是服从神的意志和神所安排的命运，只有这样才能过上幸福的生活。"姚顺帆说。

"看来，你还对西方哲学做过一番研究啊。"郑绍良说，"而且，看的书比我多。"

"哪儿的话？我只是在贩卖课本里的东西。再者说了，心理学跟西方哲学本来就有着渊源，是从西方哲学中分离出来的学科。所以，学点西方哲学有助于更好地掌握心理学，特别是在认识论与方法论方面。"姚顺帆说罢，走到靠近门口的那扇窗户前。他拉开窗帘后，对着窗外的景色看了一会儿，然后转过身来说："哎，对了。你什么时候回家？你看你，老待在这里也不觉得腻味。不了解情况的人还以为你是外乡人呢。"

"我打算在这个星期五的中午回家。你呢？"郑绍良说。

"我跟你一样。"姚顺帆说。

"那你打算怎么过你的寒假？"郑绍良问。

"我准备跟着父母到我的老家去过年。你要知道，我已经有六年没见我的爷爷和奶奶了。这回，我就是不想去也得去。你知道，我老家在四川的绵阳，那里的腊肠可好吃了，还有地道纯正的茉莉花茶。要不，我给你带一些，让你品尝品尝？"姚顺帆说。

"不用了，我不喜欢吃腊肠，也不喜欢喝茶。"郑绍良说。

"那你喜欢什么？"姚顺帆问。

"喜欢过符合自己本性的生活。"郑绍良回答说。

"你也太幽默了。"姚顺帆笑道，"毕竟是学外语的，老外的那些幽默感都被你学得烂熟于心了。"

十二

星期五那天，气候突然变得愈加寒冷。西北风呼呼地刮着，天色阴沉沉的。

郑绍良回到奶奶家后，凳子还没有坐热，动迁组的那几个人就像野猫闻到了腥味似的找上门来。

"你就是郑绍良，郑伟栋的儿子？"动迁组长带着一副骄慢的神气问道。

这人个头不高，看上去还不到四十岁。腮肉鼓鼓的脸上，长着一只两孔微微向上掀着的、像一坨面疙瘩似的鼻子；猪鬃一般粗黑的眉毛底下，是一对细小而尖利的黑溜溜的眼睛，仿佛看你一眼就能把你扎得生疼。他头戴一顶护耳翻上去且打了一个结的剪绒皮帽子，身穿一件裹着棉衣的鼠灰色的中山装和一条厚厚的黑颜色的呢子裤，脚蹬一双沾着些许灰尘的大头鞋。

"没错，我就是。"郑绍良一边回答，一边站起身来，而后心神不宁地走到他的跟前。

"我是专门负责你们这一带动迁工作的曹方若。"这人自我介绍道。

"您好。"郑绍良说。

"我想，你也该听说你们这块地儿的房子年内就要拆迁了。"曹方若说。

"拆迁的事情我倒是早就听说了，但没想到这么快。"郑绍良说。

"我们来找你是想问你几个问题。"曹方若说罢，朝郑绍良的身后看了看。

"你们还是进屋慢慢聊吧。"正在里屋替郑绍良整理床被的奶奶说，"绍良，你也真是的，怎么可以让动迁组的干部站在门口说话？"

于是，郑绍良将曹方若一行人请进屋子，然后让他们坐在一张老式的长椅上。曹方若坐在中间，他的两边各坐着一个女人。其中的一个女人，坐下后不久，就从手提袋里拿出一个文件夹，再从衣袋里掏出一支钢笔。

"你们慢慢聊，我一会儿给你们送热茶来，暖暖身子。"这时候，从里屋走出来的奶奶，微笑着对这三人说，说罢便到外面的灶房去烧水。

"你们想问什么问题？"郑绍良边说边在他们对面的一把竹椅上坐了下来。

"听你奶奶讲，你从小就住在这儿。"曹方若说。

"是啊。我从小就一直跟着奶奶，是奶奶把我拉扯大的。"郑绍良说。

"那你的户口是怎么回事？"曹方若问。

"户口最先是在我父母那里，后来我读大学时，按学校的规定把户口迁到了学校。毕业后，又按规定把户口迁到了新海大学。"郑绍良解释说。

"那新海大学有没有给你分配住房？"曹方若接着问。

"我在那里才干了半年，而且又没成家，他们怎么会分我住房？"郑绍良回答说。

"你能不能让你的单位写个证明？"正在做笔录的女人，抬起头来问道。

"行，这没问题。我开学后让他们写个证明给你们。"郑绍良说着，不经意地朝她手里的文件夹看了看。

"另外，我想顺便把动迁的政策大体上给你讲一讲。"曹方若说，"现在的政策是：在分配住房之前，先是看人口，然后再看现有的住房面积。再有，由于你们的房子是私房，所以如果符合分房条件的话，你还可以选择不拿房子，而是拿一笔拆迁补偿金，也就是通常所说的'动迁款'。当然，在拿拆迁补偿金之前，得先让我们把属于你的那间屋子作个价。"

"如果我不想要拆迁补偿金而是要房子呢？"郑绍良问。

"这样的话，你就只能跟你的奶奶，还有你的叔叔、婶子、堂弟在一块参加分房，也就是说，只能参与'统分'，不能独自一人拿一套房。"曹方若回答说。

"为什么？"郑绍良问。

"因为你没有户口啊。"曹方若解释道，"没有户口，房管所就无法给你办理公房的租赁证。"

"那你们能不能给我的单位发个公函什么的，说明一下这个特殊的情况，同时建议他们把我的户口暂时迁到这里？"郑绍良问。

"这恐怕不行，更何况为了保证动迁工作的顺利进行，这一带的户口早已冻结了。"曹方若解释说。

"来，你们先喝点茶，别光顾着说话。"这时，奶奶端着一只放着四个茶杯的托盘走了进来。她把托盘搁在长椅附近的一张春凳上，然后又走了出去。

"现在，你们这户人家的情况是这样的，"曹方若喝了一口茶后说，"你跟你的奶奶住在这儿，总共两间房，居住面积加在一起大约有三十平米；你的叔叔、婶子和堂弟住在隔壁，那儿也是两间，居住面积加在一起跟这儿差不多。当然，这只是目测，准确的面积到时候我们会派专人过来测量。"

"还有一间灶房。"空手坐着的女人补充道。

"对了，外面还有一间灶房，面积约十六平米。"曹方若说，"按现在的政策，如果'统分'，你们每人平均能够分到十平米的居住面积。也就是说，顶多能拿一套小两室和一套小三室。"

"那能不能稍微多分一点？"郑绍良问。

"这不是我一个人说了算的，是集体研究的结果。再说，你们现有住房面积的基数不是很大。"曹方若解释说。

"那能不能我跟奶奶办一张租赁证，叔叔他们另办一张租赁证，也就是两套房各办一张租赁证？"郑绍良问。

"这倒是可以的，"曹方若说，"但这样做的前提必须是有两个户口本。可你们现在只有一个户口本，而且户口本上没有你的名字。"

"那么，能不能现在就将一个户口本分成两个？"郑绍良问。

"你也想得太简单、太天真了。"曹方若说。

"什么意思？"郑绍良疑惑地看着他。

"一是你的叔叔和婶子怕是不会同意的，二是我已经跟你说了，现在户口处在冻结的状态，没有操作的可能性。"曹方若说。

"那么，叔叔和婶子为什么不会同意分户？"郑绍良问。

"听你叔叔讲，他们主要是怕你奶奶老了以后，她名下的那套房因注销了户口而被国家收回。因此，即便是将来分到了两套房，他们也不会同意分户。"曹方若说罢，抬起左手看了看手表，然后对做笔录的女人说："你们两位还有什么问题或者有什么要补充的？"

"没有。"俩女人异口同声地说。

"好吧，今天就暂且跟你谈这些。你如果有什么事或有什么想法也可以来动迁组办公室找我们。我们的办公地点你叔叔知道。"曹方若说。

"行，我有事情就来找你们。"郑绍良说。

郑绍良送走动迁组的人后，来到灶房帮奶奶做晚饭。

"你们单位发的年货还真不少。"奶奶说，"如果你爸什么时候来看我，就让他带一些回去。"

"行，可就是不知道他会在哪天来。"郑绍良说。

"不瞒你说，他上星期来过。"奶奶凑到他的耳旁说，"而且，还跟你叔叔吵了一架。"

"为什么？"郑绍良听后，心里一沉。

"还不是为了房子的事情，"奶奶说，"你爸认为，你叔叔住的那两间屋子原本是他的，要你叔叔搬走，或者给你爸一点钱作为补偿。"

"您不是说过，盖那两间屋子用的都是我爸的钱？"郑绍良说。

"话是这么说，但你叔叔都住了那么久了，你要他一家子搬到哪里去住？就算和咱俩挤在一起，让外人见了还不笑话？"奶奶说。

"这倒也是。这真是'家家都有一本难念的经'啊！"郑绍良说罢，不由得叹了一口气。

"你爸和你叔叔都是我的孩子，手心是肉，手背也是肉啊。"奶奶说着，眼圈突然一红，眼睫毛上罩上了水雾。"他们这么一闹腾，我这个当娘的心里能好受吗？"

郑绍良见她闪着泪光的眼睛里网着些许红丝，一种难言的伤感涌上心头。他连忙安慰她说："从古至今，谁家没个碟大碗小、磕头碰脑的事情？就算是高门显贵、金屋银榻的大户人家，也免不了你争我斗。说破天，人都是自私的，都是在为自己着想。您老人家也别太在意，就权当这种事是正常的。"

"我琢磨来琢磨去的，总觉得这不像是你爸的主意。"奶奶说，"他这人我还是了解的，打小就疼弟弟。有什么好吃的，总让给弟弟吃；有什么好玩的，总让给弟弟玩。要是有谁敢欺负他弟弟，他就会找谁讨个说法，甚至揍他一顿。"

"您的意思是，这一切都是我妈在背后挑灯拨火？"郑绍良很不高兴地说。

"是不是她我就不知道了。"奶奶说，"不过，现在的男人娶了媳妇后，大多失去了自己的主见。就像人们常说的那样：'女人是枕边的风，不听也得听。'不像我跟你爷爷那会儿，不管遇到什么样的事情，都由他做主。"

"您说的这种情况，也可以用在我叔叔的身上。"郑绍良说。

"是啊，也可以用在他的身上。不是我说得夸张，你叔叔其实就是一不折不扣的'妻管严'。在喜欢撒泼使性的老婆面前，连大气都不敢出，简直就像一个奴才。"奶奶说，"不过，一会儿吃饭时，你见了他们千万不要把什么都搁在脸上。该称呼他们时就称呼他们，要装作什么都不知道。"

"这个我懂，不用您教。"郑绍良说，"称呼他们不就是舌头上面打个滚？"

十三

　　难熬的寒假终于过去了。说它难熬，不全是因为它让郑绍良感到有点空虚和无聊，更是因为在寒假期间叔叔和婶子见了他就像见了陌生人似的说不上几句话——即便说上几句，也是不阴不阳、不冷不热的，叫他心里不是个滋味。奶奶为了尽量不去想烦心的事，天天一做完家务就默默无语地埋头给郑绍良打毛衣。平时爱唠唠叨叨的她，仿佛突然间变成了闷葫芦罐儿。大年初一，郑绍良的父亲来过一趟，可还没坐半袋烟的工夫就走了。临走时，他塞给奶奶一百元钱。奶奶要给他一些年货和自己种的蔬菜，可他好说歹说都不肯收下，说这些东西家里都有。

　　到了学校，郑绍良见离吃晚饭还有些时间，于是就来到李秋如的寝室，一来是想跟她聊聊天，以此来排遣心头的愁闷，二来是想顺便问她要一张自己的新学期的课表。

　　"你的假期过得怎么样？"坐在床沿上的李秋如，笑容满面地问道。"是不是被空虚和无聊折磨得快不行了？"

　　"是啊，"坐在椅子上的郑绍良说，"还有比这更磨人的。"

　　"什么事能比空虚和无聊更磨人？"李秋如问。

　　于是，郑绍良把寒假里发生的事情一五一十地告诉了她。

　　"我呀，比你更惨。"李秋如听后，唉声叹气地说。"家里的单间已分割成两间还不算，现在又多出了一个难缠的嫂子。"

　　"怎么，你哥已经结婚了？"郑绍良问。

　　"可不是么，"李秋如说，"他俩还特意去了一趟观音庙，给送子观音上了一炷香，说什么只有给观音菩萨烧烧香，才能求得'绿叶成阴子满枝'。"

　　"看来，他们俩是求子心切啊。"郑绍良说。

　　"为我哥嫂张罗婚庆的那几天，他们倒是成了供奉的小佛主、小菩萨，而把我给累得不是腰酸背疼就是两眼发花，好像随便往哪里一坐都能合上眼皮睡上一觉。"李秋如借题发挥地说。

"那你为什么不逃回学校，暂时避一避？"郑绍良问。

"这哪成啊？"李秋如说，"你也想得太单纯了。"

"那你是什么时候返校的？"郑绍良接着问。

"你猜呢。"李秋如微笑道。

郑绍良环视了一下整个屋子，然后说："你一定是前天返校的。"

"你凭什么这么说？"李秋如问。

"凭直觉。"郑绍良说。

"还真让你给猜对了，"李秋如说，"我比你早来两天。"

"是吗？那你在这两天里做了些什么？"郑绍良问。

"没做什么，只是东走走西逛逛，或者躺在床上睡大觉。"李秋如回答道，"总之，是充分享受自由，享受宁静，享受这里的一切。"

"在这之中你就没有一点空虚和无聊的感觉？"郑绍良接着又问。

"没有，根本没有。"李秋如说罢，用右手指捋了捋额前的发丝，摆头看了看窗外。而后，她突然间记起了什么，于是压低嗓门神秘兮兮地说道："有件很诡异的事，你可能做梦也不会想到。"

"什么事？"郑绍良问。

"昨天，我去小卖部买牙膏，买好牙膏后听旁人说外语系有个女生卧轨自杀了，尸检的时候发现她肚子里还怀着一个孩子呢。"

"是吗？"郑绍良听后，惊讶得犹如莫名其妙地挨了一棍子。

他忽然间觉得，自己的整个身子像是被什么东西给箍住了，一动也不能动。他两眼发直地看着李秋如，手心里不觉沁出了一把冷汗。

"那这个孩子的父亲是谁？"他缓过神来后，轻声轻气地问道。

"据说是校工会的赵南山。不过，这只是人们的猜疑，还没有最后证实。"李秋如说。

"这也太吓人了！"郑绍良说。

"没想到吧？"李秋如用沉涩中带有一点凄凉的目光看着他。

"那卧轨自杀的女生一定是余采薇了。"郑绍良嗓音微颤地说道。

"你凭什么说是余采薇？"李秋如听后，把眼珠子瞪得溜圆。

"有一回，蔡晓露跟我说，她和余采薇住同一个寝室，她经常看见赵南山来她们的寝室找余采薇。她还告诉我说，赵南山曾经在她们的寝室过夜呢！"郑绍良解释道。

"又是蔡晓露，你怎么老是忘不了她！"李秋如一听到郑绍良提起蔡晓露，顿然火冒三丈，脸色陡变。

"我这不是在回答你的提问吗？"郑绍良觉得很委屈。

"行行行，你接着说。"李秋如目不转睛地看着他。

"接着说什么？"郑绍良问。

"蔡晓露是在什么时候跟你说这些的？"李秋如突然间抬高了嗓门，好像生怕郑绍良会听岔似的。

"哦，是在分年货的那天。"郑绍良想了想后说。

"那你为什么不早点告诉我，或者告诉她们的辅导员？"李秋如用责备的口气说。

"我哪想那么多？"郑绍良说着，将眉头蹙成了一堆。"再说了，人家是副校长的儿子，我就是告诉辅导员又能拿他怎么样？"

"行了，行了，都是你的道理。"李秋如面露不悦地说，"现在人都死了，再怎么议论也已经晚了。"

"不过，我在想，既然余采薇的男友是副校长的儿子，她根本就用不着害怕处分或者害怕被开除学籍。可她为什么偏偏要自寻短见呢？"郑绍良感到事情有点蹊跷。

"依我看，只有两种可能。"李秋如低眉垂眼地寻思了片刻后，抬起眼皮慢悠悠地说道。"一是她怕在同学面前丢脸或者怕父母的责备，二是那个赵南山突然变了心，把她给抛弃了。"

"你分析得很有道理。再加上她期末考试的成绩不是很理想，或许她感觉到学业的压力实在是太大了，超出了她的承受力。不过，在事情还没有调查清楚的情况下，一切都是假设。"郑绍良说。

"是啊，但愿这事能早日查个水落石出，尽管余采薇在自杀前是怎么想的我们永远无从知晓。"李秋如说罢，稍稍停顿了一下，然后接着说："另外，我还听说总机房的那个姓丁的调走了。"

"谁是姓丁的？"郑绍良问。

"就是那个看上去有点轻佻浮浪的女子。"李秋如回答说。

"我怎么一点印象也没有？"郑绍良早已把在校工会办公室门前跟靳大

弓谈话的年轻女子给忘了。"更何况我们做教师的谁会去跟一个在总机房工作的人打交道？"

"你说的也是。"李秋如说，"我也只是在一个很偶然的场合认识她的。"

"那她在这里做了几年？"郑绍良又问。

"据说做了四年。"李秋如回答说。

"学校不是有规定，要做满五年才能考研或者调离吗？"郑绍良说。

"话是这么说，"李秋如笑道，"可人家自有人家的门道。"

"什么门道？"郑绍良疑惑地问。

"这我可说不上，只是我的猜测而已。"李秋如忽然觉得，自己不该谈论这类敏感的问题，于是将话题一转："哎，对了。你在假期有没有和谁一起去玩？"

"没有啊，看你这话问的。"郑绍良说。

"那你有没有想过她？"李秋如的目光，突然间变得尖利而灼热。

"想过谁？"郑绍良一时摸不着头脑。

"你的蔡晓露啊。"李秋如说。

"没想过。"郑绍良垂下眼帘说。

"没说实话。"李秋如边说边霎了一下眼睛。

"没想过就是没想过。"郑绍良抬起眼来说，"光拆迁这件事就够我烦的了，哪有工夫想她呀？再说，我已经跟你说过，她只是我的学生，我们俩只是师生关系。"

"那你有没有想过我？"李秋如边问边用探询的眼神看着他。

"你——"郑绍良顿觉有点尴尬。他不自觉地挠了挠脑瓜，嘴唇抖颤了一下。

"行了，先不谈这。"李秋如见他那副窘迫的样子，差点笑出声来。"我倒是惦记着你对我的好。"

"我对你的好？"郑绍良听后，两眼直瞪瞪地盯视着她。

"难不成你把背我上医务室的那件事给忘了？"李秋如红着脸说。

"哦，是那事。"郑绍良一笑道，"那是我应该做的。要是换成别人，我想他也会这么做。"

"看来，你有心理问题。"李秋如一本正经地说。说罢，她从书桌的抽屉里拿出两大包巧克力糖："给。"

"请我吃糖？"郑绍良一时间脑筋转不过弯来，"吃糖就能解决心理问题？"

"这是我哥的喜糖。"李秋如说，"不过，我可不是用它来还你的人情债。"

"行，那我就带回去好好品尝品尝。"郑绍良接过喜糖后，从椅子上站了起来。他正想转身去开房门，突然间想起了课表，于是问："你什么时候能把课表给我？"

"现在就可以啊。"李秋如说。

十四

郑绍良打开寝室的房门后，扑鼻而来的是一股淡淡的霉味，而且这霉味中还掺混着被褥等物品受潮后散发出来的气味。他先推开窗户，让屋内的空气流通一下，然后开始打扫卫生和整理自己的东西。打扫和整理完毕后，他便去食堂吃晚饭。

吃饭的时候，他想起自己故意忘了拿奶奶让他带到学校的吃的东西，顿时觉得这样做有些不妥，因为这无疑会使奶奶感到失望和不安的。

"算了，下不为例就是了。"他对自己说。

吃过晚饭之后，他觉得肚子有点饱胀，于是来到池塘边散步。

他一边散步，一边回味着方才李秋如跟他讲的那些话——"那你有没有想过我？""看来，你有心理问题。"他隐隐地感觉到，李秋如是在向他发出某种暗示；这暗示，虽然好似一股新清舒爽的春风抚慰着他的那颗孤冷的心，甚至有如一道破空而下的飞流冲走了他的烦恼和忧愁，但同时也使他沉浸在复杂而矛盾的深思之中。他现在明白，只要自己稍微主动一点，就能将他跟李秋如的关系往前推进一步。是啊，自己为什么不主动一点呢？为什么要让她说自己有心理问题呢？有心理问题的人，通常是不知道自己的心理在哪方面出了错，除非经他人提示后好好地反省一番。

他想起弥尔顿说过，借助黄根白花草的魔力可以远避瑟斯。是的，弥尔顿赞美贞洁，认为不论是男是女，都应该保持自己的高尚的情操。他在诗剧《科马斯》里，描写了一位贞女被科马斯俘获的情景。科马斯对她说："听着，小姐，不要羞怯，不要被童贞的虚名迷惑住了，也别太傲慢，目中无人……你我都是人世间的过客，应该好好地享受美带来的愉悦。不然的话，你那含情的秋波、殷红的樱唇和朝霞似的金发，不都失去了意义？"但那位贞女并没有为他的诱惑所动。现在看来，有心理问题的是那位贞女，更确切地说是弥尔顿，因为他是一个铁杆的清教徒！我不想做清教徒，不能因为崇拜弥尔顿而重走他的生活之路，进而被人视作一个心灵扭曲的人，一个被所谓的理性阉割了情欲的人。我也不想尝试精神恋爱，尽管我在跟女性的交往中似乎已经在不知不觉地借着谈论文学来尝试精神恋爱。斯特林堡在《女仆的儿子》中说："精神恋爱是一种极其不真实和复杂的情感，实际上是不健康的。"我要证明自己还行，还有点男子汉的气概！

想到这里，他忽觉有一只无形的巨手正在推动着他，将他从池塘边一直推到李秋如的房门前。他先是呆立在门前犹豫了片时，随后鼓起勇气轻轻地敲了敲门，不想门悄无声息地打开了，于是他像幽灵似的走进已经拉上了窗帘但还没有开灯的屋子。

"你来得正好，我正想去找你呢。"李秋如把那扇虚掩的房门关严后，回到自己的座位上。

"找我干吗？"郑绍良问。

"我刚才忘了给你讲两件事。"李秋如说。

"什么事？"郑绍良急切地问。

"你先坐下，我慢慢跟你讲。"李秋如说。

于是，郑绍良坐到她对面的那把椅子上。

"前天，也就是我刚到学校的那天，我去医务室配药。没想到，当班的又是那位王大夫。你猜她跟我说了些什么？"李秋如说。

"我又不是周瑜转世，哪猜得着？"郑绍良神情木然地看着她。

"她跟我说你大舅苏中齐和她的老公蔡天成是同班的同学。"李秋如说。

"是吗？"郑绍良的眼睛忽地一亮。"这事我都忘了呢！"

"我还想告诉你的是——"李秋如说到这，不觉迟疑了一下。

"还想告诉我什么？"郑绍良问。

"你喜欢的那个蔡晓露是蔡天成的侄女。"李秋如说。

郑绍良听后，一时怔住了。他惊讶得口舌像是打了结，半晌说不出话来。

"没想到吧？"李秋如目光含蓄地凝视着他。

"这我倒是真没想到。"郑绍良说。

"你没想到的事情还多着呢。"李秋如说罢，微笑着眨巴了一下眼睛。

"那你为什么要告诉我？"郑绍良问。

"还不是为你着想？"李秋如边说边拿起书桌上的镜子照了照，好像是在掩饰着什么。

"为我着想？"郑绍良不解其意。

"是啊。"李秋如放下镜子说，"你想想，如果你真的跟蔡晓露好上了，万一将来又觉得她不是你理想中的那种人，那你该如何处置？"

"你说呢？"郑绍良反问道。

"你就是想从火炉边上跳下来，也跳不下来啊。"李秋如说，"还不如——"

"还不如什么？"郑绍良问。

"还不如现在就跟她了断哪。"李秋如干脆利落地说，"再说了，就算你跟她是挡也挡不住的'金玉良缘'，将来你还不是跟一个下人似的顺从她？而且做什么事情都要先征求蔡天成的意见，看蔡天成的眼色。这样的生活你能接受吗？你是学文学的，应该知道做人贵在有自己的尊严和自由意志。"

听李秋如这么一说，郑绍良觉得，虽然她讲得有点夸张，甚至于还带有一点偏见和私心，但分析的基本思路还是正确的。但碍于颜面，他仍旧不愿意承认自己和蔡晓露有那么一点情感上的瓜葛，于是说道："我和蔡晓露之间从未发生过什么，你是多虑了。"

"那就好，那就当我什么都没说。"李秋如说。

接着，两人不言不语地对视了片刻，好像都找不到合适的话题。

"哦，对了。你来找我是想——"最后，是李秋如打破了僵局。

"是想和你一起去吃晚饭。"心神不定的郑绍良，急不择词地说。

"吃晚饭？"李秋如感到有点奇怪。"都什么时候了？"

"如果你已经吃过了，那我就走了。"郑绍良说罢，脸刷地一红。

"不对，"李秋如说，"你肯定有别的事。"

"没别的事，就这事。"郑绍良故作镇定地说，"我回寝室收拾了一下东西后，觉得吃晚饭还有些早，再说，我肚子又不饿，于是就躺在床上看起书来，这一看就把吃饭的事给忘了。"

"如果你现在想吃东西的话，我这儿有茯苓饼，这茯苓饼可好吃了。"李秋如说着，从书桌的抽屉里拿出一盒茯苓饼。"这是我姑妈从北京带来的。"

"好吧，"郑绍良犹豫了一下后说，"那我就不客气了。"

"跟我还摆什么斯文？"李秋如笑道。

于是，两人一边慢慢地品尝着茯苓饼，一边继续闲聊着。时间不知不觉地过了十点。

"我看时间不早了，你也该休息了。"郑绍良看了看手表后说。

"没事，我现在不困。"谈兴正高的李秋如说，清水般的眼睛里荡漾着柔和而温情的波光。

郑绍良似乎从她的眼睛里觉察到一种期盼与渴求；这期盼与渴求，时而像缓缓流淌的溪水，时而似挂在天上的云霓，时而如拂过树梢的轻风。看着她的眼睛，看着她窈窕动人的模样，郑绍良忽然感到自己的心在咚咚地跳跃着，感到周身的血液在奔腾，在唰唰唰地往头顶上涌。他甚至有一股抱住她亲她一下的冲动。

李秋如见他默默无言地、聚精会神地看着自己，不觉羞得两颊绯红。她将目光移向书桌上的那面镜子，好像那面镜子能告诉她该怎么做。

"看来，你有心理问题。"这时候，李秋如的话在郑绍良的耳旁一遍又一遍地回转着。声音一会儿由高而低，一会儿由低而高；一会儿像一根根看不见的细丝缠缚着他的身躯，一会儿如激越的鼓声叩击着他的心扉。好像神话故事里的"小精灵"在暗暗地向他施展着法术，在一点一点地拆除他的心理屏障。

最终，他抵不住这"法术"的神力，不自觉地从自己的座位上站了起来，而后不紧不慢地走到李秋如的身边。

李秋如顿时感觉到，从他身上散发出来的热气一下子飘洒在自己的脸上，感觉到自己仿佛被投进一种神异的磁场之中。当郑绍良用右臂挽住她的肩膀时，她心慌意乱地挪动了一下。而就在这瞬间，郑绍良给了她一个飞快的吻。

她正想说什么，但话刚到嘴边就咽下去了。

郑绍良见她低垂着眼帘不作声，也没有责怪或拒绝他的表示，便干脆坐在她的身旁，然后将她拥入自己的胸怀。

李秋如紧闭着两眼尽情地享受着他的搂抱，倾听着他的心跳和呼吸，幻想着有一只毛茸茸的幼鸟从鸟巢里边探出身来……

这时候，时间仿佛停止了，空气仿佛凝固了。透过窗帘的月光，使得屋内的一切变得有些朦朦胧胧，好似罩上了半透明的轻纱。他俩就像是大仲马笔下的爱德蒙和梅瑟苔丝，难舍难分地紧紧地搂在一起。极度的快乐和沉迷，把他俩和周围的世界隔离了开来。

十五

郑绍良回到自己的寝室时，已是深更半夜。他见不知什么时候返校的姚顺帆正躺在床上蒙头大睡，便轻手轻脚地走到自己的床边，然后宽衣解带。

熄了灯，上了床之后，他久久不能入眠，脑瓜里还飘荡着李秋如的容姿。他没想到，在男性面前女性是那样的温顺随和，那样的豁达开朗，那样的毫无保留；也没想到，今天自己竟然会鬼使神差地直往李秋如的心怀里撞，甚至还撞开了她的那道最隐秘、最脆弱的防线。那令他销魂的一刻，完全可以用"清月出岭光入扉，金蓓展香人沉醉"来形容了。是啊，当他的弥尔顿情结全然消融于听凭感性摆布的情爱之中时，当恪守"快乐法则"的原始力量出卖了高贵的灵魂时，柏拉图主义似乎一下子蜕尽了神圣的光环，变成了一件褴褛的衣裳。

他现在终于明白了"人是半神半兽"这句话的含义，终于理解了劳伦斯在《查泰莱夫人的情人》中所描述的：她仿佛变成了大海。暗沉沉的波涛，一面膨胀着，一面翻腾着……在最幽深的地方，那海底不住地分开，而且是在起伏与摇摆的运动中分开……潜水者轻柔地探摸着，越探越深，越探越触着底部……忽然间，在一阵醉人的痉挛中，那最敏感的内核被探摸到了。她也知道自己被探摸到了，随后被一种美妙无比的感觉所吞没。她已完完全全地失去了自我而融入了大自然的流变之中。

是啊，作为一个有血有肉的自然的人，他应该是自由的，应该随时随地融入"大自然的流变之中"，而作为一个受各种规则和规范约束的社会的人，他又不得不舍弃一部分自由，而且做任何事情都要瞻前顾后、慎之又慎，不然的话就有可能犯错，甚至于身败名裂。他开始对英国维多利亚时代的文学作品产生了怀疑，觉得这些作品太"社会"化了，没有把握人性中最深层、最本质的东西；而20世纪以劳伦斯为代表的"新自然主义"作品，却能以毫不掩饰的、实事求是的态度直面自然与人性的主题。他也开始对弥尔顿的《失乐园》产生了怀疑，因为在这部作品里女人被描写成地狱之门的守护者："门口的两旁，各坐着一个可怕的怪物。它们上半身酷肖美女，下半身却裹着一层层硕大的肮脏的鳞片……"

想着，想着，他渐渐抵挡不住生理上的疲倦而进入了梦的世界。在睡梦里，他像一朵浮云似的轻步捷移地行走着，一会儿行走在散发着幽香的花木之中，一会儿行走在被云雾缠绕的山峦间，一会儿行走在空旷无人的田野里，最后，眼前的一切都变成了模模糊糊的似有似无的幻影。

当他醒来的时候，腻腻依人的睡意还未消退，曾在梦境里出现的幻象又重重叠叠地交织于他的眼底，而且变得愈加迷离恍惚，愈加令他感到神奇。

"在花香与绿荫织成的春夜里，谁曾在梦里摘取过红熟的葡萄似的第一次蜜吻？谁曾梦过燕子化作年轻的女郎来入梦，穿着燕翅色的衣衫？谁曾梦过一不相识的情侣来晤别，在她远嫁的前夕？一个个春三月的梦啊，都如一片片你偶尔摘下的花瓣，夹在你手携的一册诗集里；你又偶尔在风雨之夕翻见，仍是盛开时的红艳，仍带着春天的香气……"不知是谁在他的耳边吟诵着。

他慢慢地睁开两眼，只见姚顺帆站在他的床边，手里捧着一本书在念。

"哟，是你啊，我还当是谁呢。"他对姚顺帆说。

"昨晚有一个女生来找你，见你不在就把这本书留下了。"姚顺帆边说边将书放到郑绍良的书桌上。"我现在想说的是，在你们两人的身上，我总算看到了这样一个真理：这世界再大也大不过一个'情'字，就像古人所说的'青青子衿，悠悠我心'。"

"你在胡说些什么呢。"郑绍良没好气地瞪了他一眼。

"难道我说得不对吗？"姚顺帆笑道，"你看，你借给她的那本书里净是花香啊，春夜啊，蜜吻啊，风雨啊，还有什么花瓣与诗集啊，等等。真是万缕情丝似絮飘，只差化作连理枝。如果让我把这些代表情爱的词汇重组一下，那就是：春夜花香似蜜吻，落瓣如诗风雨中。"

"行了，行了，别再瞎扯了。"郑绍良说着，从床上坐了起来。他一边穿衣服，一边问："现在几点了？"

"快七点了。"姚顺帆看了看手表后说，"哦，对了。你昨晚什么时候进来的？我怎么一点都没察觉到？"

"我进来的时候，你睡得跟一头猪似的，怎么会察觉到？"郑绍良说。

"我是问你什么时候进来的？"姚顺帆紧追不舍地问道。

"大概十点吧。"郑绍良不假思索地回答说。

"肯定去找那个女生了。"姚顺帆的脸上，隐隐地透出一丝讪笑。

"没有啊，"郑绍良一本正经地说，"我在办公室看电视呢。"

"看电视？看什么电视？"姚顺帆又问。

"你烦不烦啊？"郑绍良下床后，使劲地推了他一把。"我看什么电视关你什么事？你也管得太多了吧？"

"我这不是在关心你吗？"姚顺帆说，"说不定什么时候我还能给你提供免费咨询服务呢。"

"你这是以'提供免费咨询服务'为名，行窥探他人隐私之实。"郑绍良说。

"别以小人之心度君子之腹。"姚顺帆说，"你如果不是和我住在一起，我才懒得管你这种闲事呢。"

"行了，别老是把目光盯在别人的身上。"郑绍良说，"还是谈谈你自己吧。我倒想知道你的假期是怎么过的。"

"我本来是要跟父母去绵阳的，可没想到火车票是那样的难买，结果就没有去成。"姚顺帆唉声叹气地说。

"后来呢？"郑绍良问。

"后来就天天跟媒婆打交道。"姚顺帆说。

"跟媒婆打交道？"郑绍良一时没听明白他在说什么。

"可不是么，"姚顺帆说，"我回到家后不久，母亲就跟我说：'你老大不小了，也该结婚成家了。你早一天成家，我们就早一天抱孙子。'你看看这些做父母的，脑瓜里只装着这种事情，真叫我不知道说什么好。而接下来发生的一切，更是叫我大倒胃口。今天来一个说媒的，明天来一个提亲的。我家门口的那张毡垫都快叫她们给踏破了。你还别说，那些说媒提亲的人还真不怕碰钉子，越是碰钉子面皮就越厚。"

"那你是怎么打发她们的？"郑绍良问。

"出去啊。"姚顺帆回答道，"三十六计，走为上计。"

"这大冷天的，你能去哪里呢？"郑绍良神情专注地看着他。

"上电影院去看电影，或者去逛书店，或者去图书馆的阅览室看杂志。"姚顺帆说。

"看来，你这个学心理学的自己也有心理问题。"郑绍良笑着说。

"这不叫心理问题，这叫'顾全大局'。"姚顺帆解释道，"你看啊，现在我们的户口被学校捏着，评职称这事又给冻结了，不考研是没有出路了。而要考研就必须静下心来，不能受外界的干扰，尤其不能受儿女情长之类的事的干扰。俗话说得好：'儿女情长，英雄气短。'"

"你听谁说评职称这事给冻结了？"郑绍良急切地问。

"还不是听靳大弓说的？"姚顺帆回答说，"昨天我进校门时正好遇到他，就和他聊了几句。我问他我现在算不算助教，他说还不能算助教。我问他为什么，他说上级的有关部门目前正在搞职称改革，职称解冻不知道要等到什么时候。"

姚顺帆的这番话，如同朝郑绍良的身上泼了一盆冷水。顿感无比失望的他，脸上的肌肉不觉绷得紧紧的。片刻之间，他恍惚觉得，自己就像是一个掉进海水中的无助者，连触手可及的仅有的一块木板也被浪涛卷走了。

"是吗？"过了好一会儿，他才控制住自己的情绪。"这样的话，将来一旦解了冻，肯定是论资排辈，肯定是先照顾那些从外地调来的工农兵大学毕业生。我们这些恢复高考后的本科毕业生不知道要等到何年何月才能有出头之日。"

"说的就是啊，且不说每月的收入会少了许多。"姚顺帆长叹了一口气后，神情严肃地说道。"所以，这更加坚定了我考研的决心，也坚定了我用理智去战胜情感的决心。"

"但过分地压抑情感会使自己的神经功能紊乱。"郑绍良微笑着说，"这话可是你自己讲的。"

"没错，但有句老话不知你听说过没有？"姚顺帆说。

"什么老话？"郑绍良问。

"'有情者不一定就是大丈夫，无情者未必不是人中豪杰。'"姚顺帆说，"你要知道，情感这玩意就如同一把双刃的剑，有着双重的意义和效果。它既能创造你的浮躁，也能过滤你的浮躁；既能创造你的安宁，也能破坏你的安宁。我记得，有位作家说过这样一句话：'情感这东西就像一个害羞的姑娘。她戴着遮遮掩掩的神秘面纱朝前奔跑着，让经不住诱惑的你身不由己地去追她。等到你快要追上她时，她突然间止步不前了。她一下子掉转头来揭去自己的面纱，然后用可怕的目光看着你。紧接着，她就像紫藤绕梨树一般地缠住你不放。'"

"这就更说明你有心理问题了。"郑绍良笑道。

十六

时间过得很快，转眼之间又一个学期过去了。

在这个学期里，发生了不少的事情。一是人事处的靳大弓刚过了五一节就被当地的司法部门扣押起来。司法部门在扣押他之前，先在学校张贴了一则公告，责令有违法乱纪行为的人必须在规定的期限内自首坦白，否则一经查明就严惩不贷。看到公告后，做贼心虚的靳大弓就像是惊弓之鸟，惶惶不可终日。经过一番激烈的思想斗争，他主动向司法部门交代了自己的问题，如利用职权玩弄女性员工，以受贿的方式引进外地和本地的人员（包括那个司机）。同时被扣押的，还有一个曾获得"优秀教育工作者"称号的名叫李建斌的物理系教师。他也是在看了公告之后主动投的案。据他交代，他曾经多次猥亵女生，甚至用自制的工具虐待她们，强迫她们与他发生性关系。至于那个赵南山，他因涉嫌余采薇的自杀案而被免除了校工会副主席一职；其余的事情还在进一步的调查和审理之中。二是郑绍良和他的奶奶于6月初搬进了新居——他俩住底楼的两室一厅，他的叔婶和堂弟住二楼的三室一厅（据奶奶说，之所以多分了两厅，是因为婶子的二哥在法院供职，是他帮的忙）。三是郑绍良与李秋如在放暑假的前两个星期订了婚，准备在国庆节办喜事。

"我曾跟你说过，我几年前得过肝炎，而且还复发过一次。"在订婚的那天，郑绍良对李秋如说。

这天的天气非常好。万里无云的天空，仿佛被清洗过似的，显得格外的澄澈、碧蓝和深邃。他俩又来到海滩，光着脚站在软绵绵的、热乎乎的细沙上。

"既然你已经跟我说过，现在为什么还要重提它？"李秋如疑惑地问。

"我是想说，我原本没打算这么早就恋爱和结婚。"郑绍良解释道。

"为什么？"李秋如目光呆然地看着他。

"我是想再好好调养调养身体，把病彻底根除了。"郑绍良说，"我担心万一我旧病复发会拖累别人。"

"嗨，不就是得过一回肝炎吗？实话告诉你，我在念初中时也患过肝炎。"李秋如呆滞的两眼，又开始变得灵动起来。

"是吗？"郑绍良惊讶地问，"你患的是甲肝还是乙肝？"

"这我记不起来了，好像是甲肝吧。"李秋如回答道。

"如果是甲肝，问题还不大，恢复后一般不会复发。"郑绍良说，"可我患的是乙肝，很容易复发的。"

"那你就多加小心，好好保养，这样不就可以防止旧病复发了吗？"李秋如说，"我劝你别想那么多，别生过一次大病就背上了思想包袱。再者说了，以后我会好好照顾你的，把你养得胖一点，更精神一点。"

听了李秋如的这番话，郑绍良直撅撅地站立着，一时不知道说什么才好。他从李秋如滋人心田的明亮的眼睛里看到了她的温存、善良和耿直。他觉得，这双眼睛就如一道金灿灿的阳光，驱散了笼罩在他心头的那片乌泱泱的阴云。

"秋如——"他噙着热泪，想说什么，但嘴唇只是抽搐了一下，没说出口。

这时，李秋如一下子投进他的怀里，把他紧紧地抱住。

郑绍良闭上眼睛，享受着她的拥抱，不时地将滚热的、挂着两条泪水的脸压在她的秀发上。他感到了她的体温，感到了她的心跳，甚至感到她的身体就像是一堵墙阻隔了他和外面的世界，使他忘掉了一切。

李秋如不知什么时候稍稍松开了双手，仰起脸看着他。于是，他干脆把嘴唇贴在她的前额上，给她一个长时间的吻。而当他的嘴唇移到李秋如的嘴唇上时，李秋如突然又紧紧地抱住他，然后用那双纤巧茌弱的手抚摸着他的后背。她半睁着的眼睛里，荡漾着甜美的醉意。一切与幸福相关的回忆与期盼，在她的眼前徐徐地展开；一切烦恼和忧愁，都消泯于令她眩晕的情感的波澜之中。

"你有没有读过徐志摩的《起造一座墙》？"两人的嘴唇分开后，郑绍良问道。

"读过，这是我最喜欢的一首诗。"李秋如圆睁着眼睛看着他。"你怎么想起了它？"

"是你让我想起了它。"郑绍良说。

"我？"李秋如一时没反应过来。

"当你紧紧地抱住我时，我觉得你就是那座墙——一座保护我的墙，一座哪怕是天塌地陷、五雷轰顶也不能摧毁的墙。"郑绍良说。

"你的想象力也太丰富了。"李秋如笑道。

"不是想象力，而是实实在在的真真切切的感觉。"郑绍良说，"你抱着我的时候，我已经分不出什么是现实，什么是幻觉。就像在专心致志地读着一首诗，观赏着一幅画；就像看到一个美丽的天使从天而降，用她的翅膀庇护着我……"

"好了，别说了。什么时候你能带我去见见你的奶奶？"李秋如说。

"就这个星期天吧，这个星期天是我奶奶的生日。"郑绍良说。

"行，我们给她订一个超大的奶油蛋糕，上面写上'福如东海，寿比南山'，让她老人家高兴高兴。"李秋如说。

可让郑绍良万万没想到的是，当他在星期六晚上回到奶奶家时，只见奶奶屋子里的东西都撤空了，只剩下一张掉了漆色的八仙桌——桌上靠墙放着一只框着奶奶遗像的镜框；镜框前摆放着香炉、烛台和祭品。看着这张遗像，看着正在燃烧的两支白蜡烛，看着桌旁的花圈以及随风飘动的挽联，郑绍良先是像中了雷击似的一动不动地戳在原地，然后跪倒在地上大哭起来。

"你总算回来了。"正当他哭得死去活来时，叔叔走了进来。

"这——这到底是怎么回事啊？"郑绍良摇摇晃晃地站起身来，抽抽搭搭地哭着问。

"前天，你奶奶突发心肌梗死，送到医院后因抢救无效去世了。"叔叔说。

听叔叔这么一说，郑绍良又忍不住跪倒在地上，扯起粗拉拉的嗓门使劲地干嚎起来。直到哭成了一个傻人，半张着嘴，半合着眼，似看非看地瞅着被泪水与鼻涕浸湿了的前襟。

这天夜里，他不知是怎么回事，肚子空空的也不感到饿，喉咙燥燥的也不感到渴。他坐不稳，立不安，浑身好像是抽掉了筋骨一样绵软无力，于是干脆躺倒在床上。然而，他一合上有点涩胀的眼皮，跟奶奶在一起的一个又一个春夏秋冬就像在放映机上滚动的胶片，被投映到他内心的屏幕上。是啊，他的那件厚厚的毛衣是奶奶编织的，床上的被子是奶奶缝的，小木匣子里放着的那对金耳环是奶奶留给他未来的媳妇的……无论是巨涛大浪还是微风细雨，无论是如流的岁月还是人生的潮起潮落，都不能冲淡他对奶奶的深情怀念。

"给。"暑假的第一天，当李秋如来到他的新居时，他拿出那只小木匣子递给她。

"这是什么？"李秋如问。

"这是我奶奶留给你的。"郑绍良说。

"留给我的？留给我什么？"李秋如又问。

"你自己看吧。"郑绍良说。

于是，李秋如不紧不慢地打开匣子："哟，好漂亮的一对耳环！不过，这是你奶奶的遗物，应该交给你的父亲，我不敢要。"她说罢，合上小木匣子，然后将它放回到郑绍良的手里。

"没事的，你拿着，这是我奶奶的一片心意。"郑绍良说，"奶奶听说我已经有了未婚妻，高兴得直抹眼泪。她说，这对耳环是她的娘亲留给她的，我爸和我叔都没见过，也不知道有这件东西。她还说，她本想将它留给我妹妹的，但考虑到我妹妹有我爸疼着爱着，结婚时不会缺什么，于是就决定把它留给你。如果你不想戴，就当作一个念想收藏着吧。"

"可我还没见过她一面，她就——"李秋如说着，脸上不觉显露出忧伤和尴尬的神情。

"那好吧，那我就替你保管着。"郑绍良说罢，将小木匣子放回一只盛满衣物的箱子内。

"哦，对了。你奶奶过世后，这住房的户主是谁啊？"李秋如忽然间问道。

"户主当然是我的叔叔。"郑绍良说，"怎么，这要紧吗？"

"当然要紧啊。"李秋如说，"你想想，万一他不让你住，你该怎么办？"

"不会吧，他再怎么样也不至于跟他的哥哥恩断义绝吧？"郑绍良说。

"你想得太天真了。"李秋如说，"这世上什么样的事情都有可能发生。就算是手足之情，在利益面前也是脆弱得如同一棵枯草，一折就断。"

"那我该怎么办？"郑绍良问。

"你应该先去房管所打听一下，问清楚你叔叔是不是已经过户了。"李秋如说，"如果他还没有过户或正在过户，你就赶紧让住宅办或动迁组给你出具一张证明，证明你有同住权。然后，你把证明的副本交给房管所，劝他们不要轻易地让你的叔叔过户。"

"要是他已经更新了户口本和租赁证，那该怎么办？"郑绍良问。

"那就只能看你的运气了。"李秋如说。

"什么意思？"郑绍良神情凝滞地看着她。

"我先问你，你的叔叔他有没有孩子？"李秋如一边说着，一边走到一扇开着的窗户前。

"他有一个儿子，眼下正在念高二。"郑绍良走到她的身旁说。

"你看啊，他儿子再过几年就有可能考虑娶媳妇的事，做父母的不会不替他着想。"李秋如说，"如果你的叔叔和婶子不长歪心眼那还好办，如果他们起了贪心那就麻烦了。"

"你说话小点声，别让他们给听见了。"郑绍良急忙将她从房间拉到厨房。"行，就照你的意思做。我明天就去房管所问个明白。"

"还有，"李秋如说，"你奶奶的那间房将来怎么处置？"

"听我爸说，在分房之前他们兄弟俩达成了协议。"郑绍良说。

"什么协议？"李秋如问。

"就是奶奶一走，她的那间房归我爸。"郑绍良回答说。

"是口头协议还是书面协议？"李秋如接着问。

"是口头协议。"郑绍良回答说。

"口头协议怎么靠得住？"李秋如听后，淡淡地一笑。

"当时我也这么想。我还劝过我爸，要他叫我叔叔立个字据什么的。"郑绍良说。

"那你爸答应了没有？"李秋如两眼一眨不眨地看着他的脸。

"他说他可以试试看。"郑绍良说。

"结果呢？"李秋如将目光移到他的胸前。

"结果就没了下文。"郑绍良垂下眼帘说。

"那你为什么不主动问问他？"李秋如说着，微微皱起的眉头轻轻地一跳。

"问过他了。"郑绍良说。

"他怎么讲？"李秋如心急火燎地问。

"他说：'大人的事情小孩子少掺和行不行？'"郑绍良抬起眼皮回答道。

"既然你爸这么说了，你也就只能听天由命了。"李秋如边说边凝视着他身后的那堵白墙，目光里隐含着一丝忧愁与无奈。"常言道：'人无远虑，必有近忧。'"

"不过，就算叔叔他们不让我们住，我们俩也不见得会在什么地方搭棚窝过日子，学校迟早会给我们分房子的。"郑绍良说。

"好吧，我们暂且不谈这些叫人烦恼的事情，还是说些轻松的话题吧。"李秋如说。

"什么话题？"郑绍良问。

"比如说你暑期的打算。"李秋如说。

"我暑期除了装修这屋子还能有什么打算？"郑绍良说。

"依我看，装修的事以后再说吧，"李秋如想了想后说，"眼下最要紧的是，做人要低调一点。你如果搞出很大的动静，反而会引起你叔叔一家人的猜测和警觉。这样的话，对你是不利的。"

"那我们在暑假做些什么呢？"郑绍良神情茫然地看着她。

"我看，我们还不如提前结婚，然后到黄山去度蜜月。这样既可以省去办喜事的麻烦又可以保持低调。"李秋如说，"再说了，我早就想去黄山游玩了。"

郑绍良听后，攒着眉头思量了一会儿，然后说道："好吧，那就去黄山吧。不过，不办喜事搞旅行结婚，你爸妈能同意吗？"

"我的婚事由我自己做主。"李秋如语气坚定地说，"再说了，现在都什么年代了，还什么事情都让自己的父母拿主意？"

十七

黄山确实风景独特，奇姿绝世，让人有一种神往心醉的感觉。

他俩到了那儿后，先是在山脚下的一家旅店住了两天，为的是攒足体力，然后按事先的计划游起黄山来。

第一天的清晨，雄鸡三唱之后，东边的天空就挂上了一道犹若玫瑰一般娇妍的丹霞。奇拔峻秀的高山、延绵起伏的松涛、玲玲作响的泉水、萦绕回转的涧流，都被笼罩在一片柔和而神奇的色调之中。

他俩起床之后，随便吃了些早点就匆匆地出发了。沿途经过紫云峰麓、半山寺、鳌鱼洞、平天矼，最后来到清凉台眺望远景。他们发现，眼皮底下的一座座山峰就像是海上的岛屿，林立于茫茫的碧烟之中。没一会儿工夫，云气开始萌动了，先是像薄纱丝丝缕缕，继而如绢素轻匀柔滑，紧接着似鹅绒蓬蓬松松。云团悠然飘游了一阵之后，转瞬间有如浪涛一般翻涌滚卷。

"你知道菡子吗？"李秋如观赏了片时后，转过脸来问郑绍良。

"怎么写法？"郑绍良满脸挂笑地望着她。

"'菡'是信函的'函'上加个草字头，'子'是孩子的'子'。"李秋如说。

"你要不说，我还真不知道有这个'菡'字呢。"郑绍良神情腼腆地说，"这'菡'字究竟是什么意思？"

"菡是未开的荷花，佛教有这样一说：'九龙吐水浴身胎，八部神光曜殿台，希奇瑞相头中现，菡萏莲花足下开。'"李秋如解释道。

"你怎么连这些冷僻的东西都知道？"郑绍良好奇地问。

"这是我爷爷教的。"李秋如回答说。

"看来，你爷爷教了你不少东西。"郑绍良笑道。

"是啊，别以为只有你什么都知道，什么都懂。"李秋如说。

"那'菡子'又是什么？"郑绍良问，"是不是荷花结的籽？"

李秋如听后，不禁笑得捧住肚子直不起腰来："你呀，想象力也太丰富了！上回把我想象成一座墙，这回又把'菡子'想象成'荷花结的籽'。你也不想一想，还没有开放的荷花怎么会结籽呢？"

"行了，快别笑了。我也只是随口一问。"郑绍良说，"快告诉我'菡子'是什么。"

"菡子是《黄山小记》的作者。"李秋如说，"我曾经背诵过《黄山小记》中的一段有关云的描写。"

"那你能不能背给我听听？"郑绍良问。

"可以啊。"李秋如说，"你听着。'清晨，白云常来做客，它在窗外徘徊，伸手可取，出外散步，就踏着云朵走来走去。'"

"慢，你停一下。"郑绍良说。

"怎么啦这是？"李秋如问。

"你肯定记错了。要不然，这句话有问题。"郑绍良说。

"什么问题？"李秋如一头雾水。

"你看，'伸手可取'的主体是人而不是云，放在'它在窗外徘徊'的后面马马虎虎还说得过去，但之后又冒出个'出外散步，就踏着云朵走来走去'就成问题了。"

"哟哟哟，你也太完美、太会挑刺了吧？"李秋如做了个鬼脸。"就算这句话有问题，你认为应该怎么讲才合适？"

"应该这么说：清晨，白云常来陪伴你。它时而在窗外徘徊，让你觉得仿佛伸手可取；时而在远处漫游，让外出散步的你觉得仿佛是踩踏在棉絮之中。"郑绍良说。

"我以前怎么没发现你还有写作的天赋？"李秋如笑道。

"别嘲笑我了，快接着背。"郑绍良说。

"我背不下去了，后面的都忘了。"李秋如说，"要不，还是由你来续写吧。"

"由我来续写？"郑绍良说罢，摇了摇头，然后接着说："让我挑刺还行，续写还没到这个境界。"

"这下露底了吧，我的文学天才？"李秋如说着，嘴角边撇出一丝得意。

"要不这样，你先让我想想。"郑绍良说。

"可以啊，你想多久都行。"李秋如说。

于是，郑绍良拧起眉头思考了片刻，然后说道："有了，接下去可以这样写：当你发现自己被一只看不见的巨手点缀在这白茫茫的云海之中时，你会有几分飘飘欲仙的感觉，甚至还会觉得自己已被眼前的一切所吞没。或者写成：当你将自己的生命交付给眼前的一切时，真有一种'游乎尘垢之外'的逍遥洒脱的超逸感。"

"我喜欢前面的那一句。"听完郑绍良的"续写"后，李秋如边说边情不自禁地扑到他的怀里。没多时，她恍惚觉得，郑绍良变成了一团缥缥缈缈的云雾，这云雾正在慢慢地吞噬着她……

在返回的途中，天像是有意捉弄他俩似的，开始下起了零星小雨。不过，这雨反而给他们的游玩平添了几分浪漫的气息，使他们的游兴更浓了。可当他俩来到半山腰的一个小客栈歇脚的时候，零星小雨转眼间变成了一挂白晃晃、飘飘然的雨帘。这雨帘，时而疏疏朗朗，时而密密匝匝，好像隐隐现现的、素装裹身的天女在舞动着她的长袖。于是，他俩干脆问客栈的一位伙计要了两份茶点，然后一边吃着、喝着，一边站在客栈的一扇窗户前观看这神奇的、变幻莫测的雨帘，观看在山谷里哗哗奔流的雨水和远处被雾气封锁的深崖险岫。直到雨雾散尽、山峦浮青时，他俩才继续赶路。

"我走不动了。"行走了约莫半个钟头后，李秋如有气无力地说。

"我也走不动了。"郑绍良说，"要不，我们找个地方歇宿一夜吧。"

"上哪儿去找啊？"李秋如问。

"刚才的那家小客栈不是挺好的？"郑绍良说。

于是，他俩又回到了那家小客栈。

这会儿，天色看上去已近黄昏。一弯淡月惺忪地攀到山脊的上空，成群的乌鸦撑开黑白相间的翅膀在树梢的顶上来来回回地盘旋着，时不时发出咕呀咕呀的叫声，好像是在为白昼的逝去哼着哀戚的歌谣，又好像是在为黑夜的降临唱着颂歌。

走进客栈的时候，李秋如无意中发觉，不少夜归的游客在用好奇的目光打量着他俩。

"这些人为什么跟饿狼似的盯着我们看？"李秋如问郑绍良。

"我也不知道，可能是我俩的穿着有点特别吧。"郑绍良不假思索地说。

"我俩的穿着再普通不过了。"李秋如说，"你怎么说话前也不先过过脑子？"

"哦，我明白了。这些人一定是被你的美貌惊呆了，他们越看越觉得我配不上你。"郑绍良说。

"少来。"李秋如边说边瞪了他一眼。

这会儿，郑绍良只觉得，背在身上的旅行袋变得分外地沉重，沉重得跟一座小山似的。

"你们怎么又折回来了？"当他感到两腿有点发颤、眼珠子像是在打转的时候，刚才的那位送茶点的伙计咧着嘴、亮着一副白牙凑到他俩的跟前。

"我们累得不行了，想在这里歇宿一夜。"郑绍良一边说着，一边将旅行袋放在地上。

"对不起，这里的房间都住满了。"伙计皮笑肉不笑地说。

听了这话，郑绍良和李秋如目目相视，无言以对。

伙计走开后不久，一个体形粗犷的中年男子神闲气定地走到他俩的面前。这人晒成古铜色的脸上，横着几道深浅不一的皱纹；石岸般突起的眉弓底下，是一对冷若寒星的三角眼；两片残叶似的嘴唇的周围，长着浓密粗黑的髭须。

"你们两位是怎么回事？"他慢条斯理地问。

"我们实在是走不动了，想在这里住一夜。"李秋如回答说。

"刚才我手下的伙计不是跟你们说了，这里的房间都满了？"他说着，冷冷地瞥了一眼地上的那只旅行袋。"要知道，所有的房间都是预订的。"

"要不，我们给你双倍的钱。"郑绍良说。

"这不是钱的问题。"他说罢，甩开大步走开了，好像什么事都没发生过。

就在这时候，一个模样古里古怪的女人幽灵一般地出现在他俩的跟前："你们是不是想在这里过夜？"

"是啊。"李秋如说。

"实不相瞒，我在这里预订了两间房，可以让出一间给你们。"女人压低嗓音说。

"这是为什么？"李秋如问。

"你先别问那么多。"女人说罢，耷拉着脑瓜摇摇晃晃地走开了。

"这人好奇怪。"郑绍良对李秋如说，"会不会是想敲我们一笔？"

"敲一笔是肯定的。"李秋如说，"依我看，她很可能是事先跟刚才的那个'三角眼'串通好的。"

"那怎么办？"郑绍良问。

"只能让他们敲一笔喽。"李秋如无奈地说。

最终，他俩花了三倍的钱住进了一间小小的屋子，还让那个女人算了一卦——卦象上说，他俩前世就有姻缘，只可惜今生今世因小人作梗似有不测之灾。

"别听她的胡编乱诌。"女人离开后，李秋如关上房门对郑绍良说。"敲了竹杠还口吐恶言，不说点好听的安慰安慰人家！你就不怕烂舌头烂嘴？你就不怕遭报应？你就等着拿你的黑心钱去抓药吃吧，而且吃龙肝凤胆也治不好你的恶病！"

"算了，别跟这种人计较了。"郑绍良劝道，"有句俗话叫'破财消灾'。"

"对，你说得对。"李秋如说，"我们是破财消灾，她是进财招祸。人算不如天算。"

李秋如的话音刚落下，房门外响起了喧杂的说话声。

"我看，你们俩是守着菩萨找佛爷。"

"什么意思？"

"刚才遇到的那个卦姑不是挺好的？"

"是啊，你们俩可以先让她算上一卦，然后——"

"然后怎么样？"

"然后一起上啊。"

"这还不把她扎成蜂窝煤？不行，万一她会念杀人咒。"

"念什么杀人咒啊？这种贱货要的就是钱，你给钱她什么都乐意。哪怕是将她扎成了泥坨坨，她心里边也偷着乐呢！"

"别逗了，还是去喝酒吧。喝完了酒再说。"

"这回你可别再耍赖啊。再耍赖，我轻饶不了你！"

"是啊，这回谁要是耍赖，就把谁的球摘下来当白薯烀……"

声音越来越轻，越来越模糊，最后不知消失在哪扇门的后面。

郑绍良和李秋如先是眼睛像吸铁石一般地对视着，然后纵声大笑起来。

或许是下过大雨的缘故，这天夜里的气温变得有点寒冷。窗外的风呼呼地吹着，把关着的窗子也弄得嘎啦嘎啦的直响。郑绍良跟李秋如挤在一张窄窄的床上，先是闲聊了一会儿，然后各睡各的觉。

"告诉我，你喜欢的是丫头，还是小子？"睡前，李秋如问。

"丫头也好，小子也好，对我来讲都一样。"郑绍良回答说。

"可我更喜欢丫头。"李秋如说。

"为什么？"郑绍良问。

"因为人都说丫头是娘的贴身小棉袄，穿着心里边温暖着呢。"李秋如说，"哎，对了。我们能不能这样：如果是丫头，就跟我的姓；如果是小子，就跟你的姓？"

"这又是为什么？"郑绍良问。

"你看啊，丫头长大后迟早是要嫁人的，生下来的娃跟别人的姓。这样的话，她就算是姓郑也不能帮你传宗啊。还不如跟我的姓。"李秋如解释说。

"行了，别瞎扯了。我们俩能不能有个娃现在说还为时过早。"郑绍良说。

"说的也是。"李秋如说，"我们俩会不会光下种子不出苗啊？要不要去拜一下送子观音？"

"看你说的，"郑绍良笑道，"你脑瓜里怎么还装着观音啊？你不是看不惯人家给观音菩萨烧香吗？"

"看不惯归看不惯，做归做。这叫做入乡随俗，身不由己。"李秋如辩解道。

"这哪叫入乡随俗？这叫言行不一。我看，你还是少讲几句吧，我实在是困得不行了。"郑绍良说罢，再也抵不住越来越浓的睡意。他不自觉地将头靠在李秋如的肩上，然后打起了轻微的呼噜。

李秋如的容貌，在朦朦胧胧的幻境中渐弱渐小地远离了他，只有忽高忽低的斗拳声在他的耳畔萦绕着："山上有俩牛啊，犄角对着头啊。人在江湖漂啊，谁能不挨刀啊……"

没多时，他看见一个髯发蓬乱的神汉举起一把长长的利剑砍向一只巨蟹，只听"哇"的一声，巨蟹被劈成了两半。可奇怪的是，那只巨蟹很快又恢复了原来的样子。于是神汉举剑再砍，再砍，不停地砍……正当他越看越感到悚惧，越看越感到眼晕时，背后响起一阵奇怪的声音。他刚转过身去，只见一只猫头鹰猛地朝他扑过来，然后用弯曲的短喙啄他，用锋锐的钩爪挠他。他顿时吓得全身痉挛、冷汗淋漓。不一会儿，从猫头鹰头部的角状羽毛间喷射出一团团紫色的烟雾，这烟雾将他熏倒在地上……

多梦的夜晚，终于在鸟儿的鸣叫声中消逝了。第二天早晨，一轮红日犹如一只鲜活的鸡蛋，从孕育它的母体里挤了出来，照得睡眼惺忪的山峦暖洋洋的。

用过早餐后，他俩兴高采烈地离开了小客栈，朝着天都峰赶去。可快要到达天都峰时，卷着松涛的山风带着萧萧飒飒的响声一阵又一阵地向他俩刮来，仿佛要将他俩刮下山去。

"我看，我们还是下山吧。"郑绍良突然记起昨晚做的怪梦，于是嗓音微颤地对李秋如说。

"你是不是听了那女人的鬼话害怕了？"李秋如笑道。

"这倒不是。"郑绍良故作镇定地说，"我是怕你被风吹出病来。"

"我没事的。再说，都走到这儿了，怎么能功亏一篑？"李秋如两眼定定地望着他。

"不行，我说不行就是不行。"郑绍良突然来了倔劲儿。

"怎么，才踏上婚礼的红毯你就想搞大男子主义？"李秋如说罢，咬着嘴唇瞪了他一眼；脸上仅有的一丝笑影，好像也被风儿卷走了。

最终，郑绍良拗不过她，只好跟着她登上了天都峰。

上了天都峰后，他俩只觉得，风力一下子加大了数倍。这逞强施威的风，就如同一根看不见的鞭子，照着他俩狠命地抽，边抽边发出叫人毛骨悚然的鬼魅一般的尖叫。

十八

从黄山归来后，郑绍良和李秋如在火车站分手道别。

"那我就回自己的家了。"临别前，李秋如恋恋不舍地对郑绍良说。"你回去后好好休息休息。过几天我来看你，给你做几道我最拿手的菜。万一你叔叔来找你的麻烦，千万别和他闹僵了，毕竟我们以后还要跟他做邻居的。"

"你放心吧，我会把握好分寸的。你也好好休息。"郑绍良说。

他从李秋如灵活明亮且饱含着深情的目光里感应到一种能量———种似能融化坚冰的热量。

李秋如走后，他坐上了一辆公交车。这会儿，他才感到自己像是从一场美梦一下子回到了现实，感到有一种难以抵挡的极度的疲倦正向他的全身弥漫开来。他忽然觉得，脑瓜晕沉沉的，眼皮似有千斤重，骨骼像散了一般裂痛。在游玩黄山时，尤其是从紫云峰麓到清凉台，他自己也不知道精神怎么会如此的饱满，体力怎么会如此的充沛。或许是为了李秋如，为了让她觉得他郑绍良还行，为了让她不失所望，为了让她有一个完美的没有任何遗憾的蜜月之旅。或许是冥冥之中有一股外来的力量在支撑着他，在不断地推着他朝前走。或许是当他寄兴于游玩的时候，把一切都忘得干干净净的，就像渴望着林间仙女的牧神。而现在，精神不济、体力不支的他，只能苦着脸任凭这仿佛是有意迟到的疲劳之感的折磨。更有甚者，他与其说是回来了，不如说是回到了枯燥乏味之中，回到了惶惶不安之中。他想起叔叔的那张不知什么时候变得阴冷且不可捉摸的脸，想起自己按李秋如的意思去房管所了解过户情况的那一幕。是啊，现在叔叔一定知道他去过房管所，知道由于他做了些手脚刚刚启动的过户程序被中止了。他会不会恼羞成怒地找上门来跟他郑绍良算账？或者明的不来来暗的？郑绍良忽然有一种不好的预感，忽然觉得不和叔叔闹僵只是一厢情愿，是不可能的事情。

当他回到自己的住所时，他的预感似乎被应验了。他发现，奶奶那间屋子的房门紧闭着，而且还换上了一只新锁。这样一来，他的那间朝北的屋子因不通风而变得闷热难熬。撂下旅行袋后，他还没从神困力乏的状态中恢复过来就急匆匆地跑上楼，去找叔叔问个明白。不想，叔叔没等他说完就红着脸勃然大怒道："好你一个郑绍良，什么时候也学会了玩阴的？告诉你，现在你的奶奶死了，这两套房的法定的户主非我莫属，只是个程序问题，只是个迟早的问题。我有权处置奶奶的那间房，甚至有权处置你住的那间房。我是看在叔侄的情分上才给你留了一室和一厅，也算是对得起你的父亲了。再说，你没户口，分房时只能算作半个人。我们现在的这些面积都是你婶子托了贵人才好不容易搞到手的。你坐享其成就不错了，还要冒些坏水来坑人。真是条没心没肺的白眼狼！"

"你——你这样做太过分了！"郑绍良毫不客气地说，"我现在已经是有妻室的人了。你叫我们天天住在没有通风、没有阳光的屋子里，这怎么说也说不过去啊！"

"你什么时候结的婚？我怎么不知道？"叔叔黑着脸，用阴沉的语调问。

"我们是旅行结婚，这不，我们刚度完蜜月回来。"郑绍良回答说。

"旅行结婚就连个屁都不放了？"叔叔火气冲天地嚷道，"看来，你压根儿没把我这个当叔叔的放在眼里，或者是为了打房子的主意故意躲着我结婚。行了，现在我不想再跟你费口舌。我想告诉你的是，奶奶的那间房是给我儿子留着的。"

"你不是跟我爸有协议吗？"郑绍良直言不讳地问道。

"协议？什么协议？"叔叔阴笑道。

"就是奶奶一走，她的那间屋子归我爸，这样我爸就不再问你要那笔补偿费。"郑绍良说。

"这怎么听起来像是在编故事？"叔叔边说边将脖梗儿一拗，故意回避郑绍良的目光。

"你——"气炸心肺的郑绍良，把牙齿咬得咯噔咯噔地乱响。

"别拿你的父亲来压我。"叔叔沉默了片刻后，不紧不慢地说道。"你还是下去吧，有什么事情以后再说。不过，在你下去之前，我还想撂句话给你，别以为你有住宅办的证明就可以高枕无忧了，俗话说得好：'你有七算，我有八算；你有长箩索，我有弯扁担。'"

没过几天，叔叔突然跟变了个人似的，对郑绍良和和气气，有说有笑。郑绍良觉得有点蹊跷，于是就来到房管所。

"前不久，我来过这里。"郑绍良对一位办事员说。

"来我们这里的人多了去了，我怎么能记得住谁是谁啊？"办事员笑道。

"我给过你一份住宅办开的证明。"郑绍良耐着性子提醒他。

"证明上写的是什么？"办事员收起笑容问。

"证明我和我叔叔有同住权。"郑绍良面无表情地说。

"哦，我想起来了。"办事员说，"不过，最后他还是过户了。"

"怎么会呢？"郑绍良惊讶地问，"当时不是说好暂时不让他过户的吗？"

"这我哪知道？我只是个小小的办事员。"办事员说，"我是按上头的意思操作的。"

一听这话，郑绍良恍惚觉得眼前像是起了一片黑云，这黑云带着一股气浪在他的四周翻腾着，叫他东摇西晃的站不稳脚。他铁青着脸走出房管所，先到五金店买了一柄榔头、一把螺丝刀和三只弹簧锁，而后回到住所，开始换锁。他先把奶奶那间房的门锁换了，接着换自己住的那间房的门锁，最后换面对外面走廊的那扇门的门锁。李秋如的忠告以及他对李秋如的承诺，早已抛到了九霄云外。

正当他在换最后一只门锁时，一个黑影悄悄地走到他的身后，趁他不备捅了他一刀。他转身一看，见是叔叔的儿子。

"你——"他忽觉从心脏的深处迸发出一阵阵难熬的绞痛，眼前仿佛有无数颗金星在乱飞，耳朵里像是灌满了那个会算卦的女人在掐诀时发出的念咒声。

他跟一坨烂泥似的瘫倒在地上，鲜红的血转瞬间将他的上衣浸湿了。不知是哪位好心的邻居给附近的一家医院打了电话，于是，他很快被送到医院抢救。但由于失血过多，他最终还是没能被抢救过来。

郑绍良的溘逝，使李秋如心如刀绞、痛不欲生。她想大哭一场，但就是哭不出响声来，好像她的喉管让一根鱼鲠给堵住了，好像她的脑部神经被什么东西给麻醉了。一连好几天，她不吃也不喝，只是躺在自己的床上发呆。她时而咬着枕角幽咽嘤泣，时而两眼直盯盯地看着墙上的挂钟。

一个月色朦胧的夜晚，她恍觉这只挂钟的钟摆变成了一把钢锯，在一来一回地锯着她的胸膛，最后竟锯断了她的胸骨，将她的整个心脏撕扯开来。

"你这到底是怎么回事？"母亲问道，"是不是他把你给——"

"瞎说什么呢！"她不耐烦地将脸扭向墙壁，"你们能不能让我一个人清净清净？"

"我们这不是在关心你吗？"父亲说，"真是火炉靠水缸——你热它不热。"

"是啊，你有什么不痛快的事情，就不能搁在明面上？就不能跟做父母的吐露吐露？兴许我们能帮你解下挂在心上的那只秤砣。犯得着整天窝在屋里，窝在床上？犯得着天天不吃不喝地跟自己过不去？"母亲说。

"没什么不痛快。"她淡淡地一笑。

"你就别拿自欺欺人的话来塞我们了。"父亲说，"痛不痛快都写在你脸上了。"

一个天色阴暗、空气闷湿的早晨，神疲体倦、容颜枯瘁的李秋如，居然鬼使神差地坐上了新开通的直达新海大学的公交车。一路上，她两眼无神地呆视着车窗外面的景物，觉得它们都无一例外地在用一种奇怪的、冷若冰霜的目光看着自己，好像是在以一种特殊的方式与她告别。她时不时地将头歪向椅背上的扶手，耷拉下来的嘴角上挂着沉甸甸的苦楚与绝望。

下了车后，她有如一叶无主的随波漂流的浮舟向海滩缓缓地走去。这时，乌云密布的天空向她投下纷纷扬扬的雨花，像是在给她送行。这雨花，被一阵阵风儿扭着、撕着、卷着，不分方向地到处乱飞。她本能地、执着地、一步一步地往前走着，仿佛走在千古沉沦的荒原里，仿佛走在死寂的幽光之中，仿佛她的身子早已不再属于她自己了。

走到海滩后，她停下脚步，两眼痴呆呆地看着她和郑绍良曾经坐过的那道斜堤，脑瓜里浮现出镜花水月一般的黄山之行，浮现出他俩相拥相吻的美好情景——这情景就好比香气四溢的、沁人心脾的绿茶，过滤掉了她内心的伤痛与哀思，使她变得愈加淡定和沉着。而后，她稍稍侧转身子朝烟波渺渺的远处望去。这时候，她的白色连衣裙已被雨水完完全全地打湿了，朦朦胧胧地透出她娇美的身段和肌肤。她那细软的黑丝般的长发，一会儿遮掩着她的脸，一会儿朝着她的身后飞扬，一会儿纷披在她柔弱的肩上……

她又开始本能地、执着地、一步一步地往前走，一直走到那片混混沌沌的、分不清什么是天什么是海的世界里。在这片世界里，她恍惚觉得自己变成了神话里的那只荆棘鸟，恍惚觉得只有一个声音在她的头顶上回荡着："我给你的爱有纯钢似的强，在这殇亡的生命里筑起一座墙。秋风可以吹尽满园的黄叶，白蚁可以蛀烂千年的画壁，但没有一种东西能撼动这座墙！"

望水屯的井

望水屯是一个幽僻的村落。从前，那里曾经长满了铺青叠翠、茂密成荫的树木。可不知从哪个年头起，肆行无忌的旱魃就像山里的土匪一样出没无常，最终把这处景色宜人的地方糟蹋成只剩下荒瘠的土地和光秃秃的茅檐泥壁，再也找不到成片成片的如笑如滴的绿意。仿佛一个姿容美丽的少女生生地被妖术魔法做成了憔悴丑陋的黄脸婆。

屯子的东角有一口井。这口四周长满枯草的井，远观如荒漠中的一块怪石，近睹似一个被废弃的土灶。岁月的刀锋在它的身上留下了道道伤痕，饱经亢旱的它，酷肖一具木乃伊，干瘪得挤不出一滴水来。

小时候，我听爹讲，这口井是在他曾祖父娶媳妇的那年开挖的，由于当时整个屯子的用水几乎都将仰仗着它，因此，井挖好后，屯子里的人是又敲锣鼓又放鞭炮的，好像把传说中的"龙王爷"给请来了。而在我的记忆里，这井除了给天真烂漫、调皮贪玩的娃子们带来一点小小的乐子外，再也没有别的什么用途。望水屯的人要用水，总是挑上两只笨头笨脑的大木桶，跑到很远的大青沟那儿，往返一次至少得花去半天的工夫。

我住的黑土屯，虽然也常常遭受旱魃的侵扰，但由于和大青沟相邻——在大青沟有一条曲里拐弯、碧波盈盈的河流——所以不像望水屯那般为用水问题所煎迫，半天工夫至少能挑水四五趟。

说起大青沟，我娘就是从那边嫁过来的。她是个婉顺敦厚且多愁善感的人。多的不说，就说挑水吧。每当她见我爹要去挑水，她心里边总是不落忍；尤其是在隆冬严寒的季节，因为那个时候河面会结起一层厚厚的冰，打水之前得先用一把斧头将冰层砸出一个窟窿，然后用葫芦瓢一瓢一瓢地把水从冰层下面舀上来，倒进木桶里。为了减轻我爹挑水的负担，平日里，不管是春夏还是秋冬，她都尽可能地少用水，能用能不用的就索性不用，于是我奶奶和我都不知不觉地仿上了她。结果，花去一个时辰就能换来的满满当当的两缸子水，少说也能用上四五天。

我记得，在我三四岁的那会儿，我一见爹要去挑水就吵着要跟他一块去，可我娘就是不答应，说什么大青沟的那条河里藏着一只"老拨鼠"，专吃小孩的肉。于是，爹刚一出门，我就闷闷不乐地站在门口，目送着他远去的背影，直到娘说"行了，别再看了。你爹一会儿就回来了。"爹回来之后，我总要问他："您见到那只'老拨鼠'了吗？"他有时候说："没见到。"有时候说："见到了，可它一看到我就蹿到河边的一棵树上。我用扁担去打它，它就扑通一声跳进水里了。"在冰天雪地的冬天，娘就更不会让我去大青沟了，尽管她用来吓唬我的那只"老拨鼠"早就不知躲到哪里去了。

直到我读小学三年级时，爹才告诉我大青沟的那条河里其实并没有什么"老拨鼠"。不过，那时的我已不再惦记着那条神秘的河流了，赫然耸立在我心头的是望水屯的那口井。

每天放学后，只要天气晴好，我总要拉上黑土屯的几个娃，沿着弯弯曲曲、坑坑洼洼的小径朝那口井赶去。一路上，大家你追我逐地嬉耍着，打闹着，欢语着——如同从笼子里放出来的小鸟，叽叽喳喳地飞向天空，飞向树林，飞向期盼已久的自由。一到目的地，大家兴奋得像决了堤的洪水滚滚滔滔，沸沸荡荡：先是把从路边捡来的残枝枯藤一个劲儿地往井里扔，然后手忙脚乱地开始玩起"赛飞机"的游戏。和别人不同的是：我做飞机的纸不是直接从练习簿上扯下的白纸，而是做过算术题的草稿纸，上面密密麻麻、歪歪扭扭地爬满了阿拉伯数字和计算用的符号。而且，每当我的飞机在空中矫健而又自信地滑翔时，我总会不由自主地寻思着：承载着人类飞天之梦的不正是这些神奇的数字和符号吗？我长大后能当上一名数学家或宇航员该有多好啊！

"赛飞机"的游戏规则很简单：参赛者必须在同一时间把自己的飞机抛掷到井的上空，谁的飞机在空中滑翔的时间最长，谁就是优胜者。如果有哪架飞机不幸落入井里，这架飞机的主人就得受罚——也就是罚他把脑瓜伸到井口里边，对着黑洞洞的井底嚎叫三声；不过，被罚的人在受罚之前还有一丝"起死回生"的希望，即在下一轮比赛时，他不参赛，专用弹弓打在空中滑翔的飞机，谁的飞机被打中了，谁就必须代他受罚。

有一回，正当我的飞机在空中作精彩的表演时，风向倏忽改变。我的小神仙旋即变成了一颗晦气缭绕的灾星，东摇西晃地一头栽进了那个我最不愿意看到的窟窿。风稍稍消停后，新一轮比赛开始了。被剥夺了参赛资格的我，恼羞成怒地举起手里的弹弓，对准一个正在卖俏的贱货，只见她不是得意忘形地搔首弄姿，就是冲着我幸灾乐祸地咧嘴冷笑。一颗颗燃烧的弹丸急不可待地从我的手里飞了出去，犹如几只羽翼未丰的鱼鹰钻到水里，试图打捞起一艘沉船。完了，完了，全完了！看来，我是注定要受罚了。我瞪大眼睛呆呆地看着手里的弹弓，见它跟一只败阵后坍了架、丢了魂的公鸡似的打不起精神。或许是老天爷不长眼，偏偏让我的那架具有"灰姑娘气质"的飞机坠入井里；或许是我因急于想挽回败局而变得太浮躁、太冲动，就像塞万提斯笔下的堂吉诃德。但不管怎么说都是那股邪风作的孽！我恨不得用五花大绑把那妖精捆起来，投进那深不见底的、黑黢黢的井洞里。在一道道流盼飞扬的目光中，我无可奈何地迈着沮丧的步子朝井边走去，周身的血液霎时间如迅猛的潮水奔腾起来。我将散发着热气的脸凑到冷森森的井口，闭上眼睛，恶狠狠地诅咒了一通。可奇怪的是：那诅咒声在井里回荡了好一阵子，一会儿变成厉鬼一般粗犷放肆的大笑，一会儿变成弱女子般哽哽咽咽的低泣，最终像一头吼声震天的野兽冷不丁地从井里蹦跳出来，吓得我寸骨皆软，半步难移，好些工夫才缓过神来。

每当日头落尽时，我们背起书包，踏着渐浓的、梦幻一般的暮色朝灯光点点的黑土屯走去，酷似一只只夜归的老鸹。这会儿，再也见不到放学时的那股子热乎劲儿了。每个人都兴尽意阑地耷拉着脏兮兮、汗津津的面孔，变成了没嘴的葫芦。从望水屯到黑土屯大约要走六里路，可谁也不愿走得快，尽管大家的肚子早已在咕噜咕噜地空叫。

"今儿虎子咋没来？"有一天，我实在熬不住这令人胸口发闷的沉默。

"他呀，怕是昨晚又被他爹暴揍了一顿。你没见他鼻青眼肿的模样？"我身后传来一个声音。

"别黑夜照镜子——没影的事。"我身前有人嘀咕道，"不过，虎子他爹的脾气也太烈了，老跟吃了枪药似的一点就炸。要不然，虎子他娘怎么会——咳，不说这些了。"

第二天一大早，我刚到学校就去找虎子。找到后，我见他脸上还是紫一块、黑一块的，简直不化妆就能上台演花脸。

"昨儿我就想问你呢，你怎么把脸弄成这副鬼样？"我急嘴急舌地说。

"摔的呗。"他把脸扭到一边，一副嗒然若丧的样子。

"啥时候咱——"不知咋的，我话才冒出半截儿，忽觉舌头好像被什么东西给牢牢地夹住了，半晌吐不出一个字来。

其实，没有虎子我们放学后也照样玩，可我心里头总感到空落落的，像是少了些什么，这兴许是因为虎子的胆子比谁都小，大家老喜欢逗弄他，尤其是喜欢看他受罚时的窘相。

过了约莫两个月，虎子脸上的颜色完全消褪了，他的心情看上去也好多了。我忍不住跟他谈起望水屯的那口井，可他听后两眼直愣神儿，身子像中了魔似的一动不动。

"喂，虎子，你在想啥呀？"我攀肩贴耳地轻声问他。

"我在想我爹给我讲的那些事。"虎子低声低气地回答说。

"你爹跟你说些啥来着？"我又问。

"我爹说，望水屯的那口井是鬼井，井里死过不少人，有自个儿跳进去寻死的，也有被人绑着投进去的。他还说，自打从井里捞出第一具尸体后，就再也没人敢喝那井里的水，连从井边走过也悬着心、吊着胆；望水屯夜里常闹鬼，就跟这口井有关。"

"可那是一口枯井、废井，"我急忙向他解释道，"井里压根儿就没有水。"

"这你不说我也知道，可我爹讲的是从前的事。反正那是一口鬼井，你就是打死我，我也不会再去那儿玩。"虎子说罢，僵着脸走开了。

那天放学后，我的心情好比扔到井里的残枝枯藤，我再也没有兴致去望水屯玩耍了。曾给我带来无限童趣的那口井，转瞬间在我的心目中变成了一具冷冰冰的僵尸，一处令人毛骨悚然的荒冢，一个在萤火中飘摇、在月光下哀鸣的幽灵！我一跌一滑、磕磕绊绊地走着，好像多长出了一条腿似的。回家的路，我从来没有感到那般的长，那般的不顺溜，那般的天昏地暗！

"奶奶，您有没有听说过望水屯东角的那口井是鬼井？"我一到家就冲着正在院子里薅草的奶奶问。

"奶奶耳背，你能不能大点儿声？什么鬼不鬼的？"她拄着锄头，两眼直勾勾地看着我。

我赶紧将嘴凑到她的耳边，大声大气地把要问她的话再重复了一遍。她听后，神情茫然地摇了摇头："奶奶老了，记不得了。要不这样，待会儿你爹回来后，你问他就是了。"

奶奶的回答，使我的心情变得更糟。我仿佛突然置身于一个幽昧幻惑的迷宫之中，等待着我的不知道是什么样的结局。我匆匆跑进里屋，心烦意乱地做起作业，两眼不时地向窗外张望。夕阳渐渐地西沉，窗外传来蜂子的嗡嗡哼哼声。我见它们忙忙碌碌地飞舞着，好像在举行什么隆重的仪式，又好像正陶醉于一场无聊而滑稽的游戏。

天蒙蒙黑的时候，我总算把磨人的作业给"刨"了，可还不见爹和娘回来，于是就在屋子里焦灼不安地走溜儿。奶奶见我心神不宁、忽忽不乐的样子，便絮絮叨叨地给我讲她童年的故事。其实，这些个故事她早就给我讲过，而且还不止一遍。为了不伤害她的自尊，不亏负她的一片好意，为了让她在我最需要解脱的时候能够给予我哪怕是一丁点儿安慰，我收起忙乱的脚步，故意做出一副饶有兴趣的姿态耐心地听着，直到脑瓜里变得有点晕乎乎的。她讲完后，我长叹了一口气，怔怔地盯着窗外的一轮明月，朦朦胧胧地记起《归园田居》里的"晨兴理荒秽，带月荷锄归"。

当奶奶把一碗碗热气腾腾的白薯粥端上炕桌时，爹和娘终于回来了。早已饿得发慌的我，猴急地爬上炕，端起一碗粥大口大口地吃了起来，一边吃一边不时地察言观色，估摸着向他们提问的最佳时机。

我才不会问我爹呢！要是他从我的谈吐中猜出我放学后老跑到望水屯去玩，非把我揍得半死不活不可！我可不愿当第二个虎子，"扮"那种连脸皮子都无处搁的花脸。不，不会的。这种厄运绝不会降临到我的头上。因为我和虎子毕竟不同，他奶奶早死了，娘闹分家后又嫁了别人，只有那个好吃喝嫖赌的爹看着他。喝醉了，赌输了或者没钱逛窑子了，他爹就把憋在肚子里的闷气一股脑儿地撒在他的身上。想到这，我顿时觉得自己的脸颊沐浴在母性的温存和柔情之中。它们就像一道坚固的屏障，抵挡着任何敢于来犯的"敌人"。

我吃完了粥，见爹和娘还在乐不可支地谈论着他们在城里的所见所闻，实在不忍心打断他们，也不敢打断他们。等到他们坐上炕，端起碗，不再沉醉在无比幸福的喜悦之中时，我终于开口了。我竭力地想回避"鬼井"这个令人讨厌的字眼，可它却偏偏跟我作对，像一只蚱蜢一下子蹿到了我的舌尖。

"鬼井？我咋没听说呢？"爹说罢，咂了咂嘴，放下手里的碗，挺直腰杆打了一个饱嗝。

"虎子他爹说的。"我没想到，爹吃一碗粥几乎跟我讲一句话一般快，他一准快饿穿了肚肠。

"虎子他爹说的？"爹一面说着，一面又端起一碗粥。"虎子他爹是个啥玩意儿你知道不？是酒鬼，是嫖客，是赌徒。他那张乌鸦嘴一开就好比顶着风撒尿，臭四十里。准是他胡编乱造，用来蒙虎子的，怕虎子玩飞了脑袋，摔到井里去。俗话说：'妖魔鬼怪皆由人兴。'别信他的！"

"可不是么，我也从来没听说过望水屯那儿有什么'鬼井'。"娘见我心神慌乱的窘态，笑嘻嘻地说。"别见了风就是雨，听到黑鸦叫就以为死了人。"

爹和娘的话，让我感到无比的庆幸。一种从未有过的舒适感和轻松感，顿然像一缕缕袅袅的轻烟弥漫在我的心头。那失而复得的金灿灿的阳光，又从地平线爬上了藤蔓，爬上了树梢，爬上了屋檐。我像刚掉进河里就被人救起似的，惊喜得整宿不能入眠，尽管躺进被窝后不久愈来愈浓的倦意压得我抬不动酸胀涩重的眼皮。

时间过得真快，一转眼令人心醉的斑斓秋色变成了寒凝大地、万木凋零的严冬。

那年除夕的傍晚，苍茫的暮色早早地掩敛了落日的反照；白雪覆盖的大地静悄悄的，好似坠入了冬眠的深渊；凄清落寞的村庄，远看就像是虚贴在雪原上的剪影。我只身孤影地在户外的雪地里溜达着，为写一首题为《雪景》的小诗而搜索枯肠，冥思苦想。人们常说文贵天成，意在笔先。是啊，没有灵感，没有意境，怎能写出合辙押韵的好诗来呢？正当我在有如乱麻的思绪中挣揣时，从望水屯那边隐隐约约地传来一阵又一阵悠扬欢快的响器声。

"是哪个姑娘要赶在新年之前出嫁？"我兴冲冲地奔进屋子，手忙脚乱地换上一件娘刚给我买的羊皮袄，然后将戴在头上的狗皮帽子的护耳放了下来。

"你这是要去哪儿？"正在包饺子的奶奶，看着我好奇地问。

"去望水屯呗。"我大声地回答说。

"去望水屯？"奶奶放下手中的饺子，紧皱着眉头走到我的跟前。"这大冷天的，有哪个大傻狍子会去那野兔也不会拉屎的鬼地方？这时辰，你爹和娘也该回来了。如果让他们给知道了，就算天不塌下来，地也得破个洞啊！"

"哪有您说的这般悬乎？"我笑呵呵地说，"您还真把我当成毛发还没长齐的娃呢！"

"我说不能去就是不能去，我还从未见过像你这样的任性的孩子！"奶奶的脸，一下子涨得红红的；声音变得分外的紧促，紧促得像快要顺不过一口气来似的。

"罢了，罢了。眉毛大点的事犯得着您挂上一长串火气？不就是想去看个新娘，沾点儿喜气？"我知道奶奶脾气犟，拗不过她，于是打消了去望水屯的念头。

为了消磨吃年夜饭之前的那段无聊的时间，我翻找出从学校借来的《万里寻兄记》，然后坐到炕上阅读起来。或许是因为这本书写得实在是太单调乏味了，或许是因为我没写成小诗，没见着新娘心里有些不舒坦，有些沉郁不扬，读着，读着，我渐渐地被一种难以形容的空虚感和失意感包围了。于是，我干脆丢下书，倒在炕上呼呼大睡起来，直到奶奶对着我的耳朵说："豹子，该起来吃饭了。"

那天晚上，长辈们都沉浸在节日的喜庆气氛里，有说有笑的，吃完了饺子又嗑上了瓜子和松子，而我却始终打不起精神，心里总觉得自己像是被什么东西牵着、缠着。吃了几只饺子后，我摘下头上的帽子，脱了羊皮袄和棉裤，匆匆地躺进自己的被窝里。我先是翻来覆去的睡不着，后来在嘁嘁嘤嘤的说话声中迷迷糊糊地睡去了，而且还做了一个怪诞的梦。梦中我和虎子俩乘着爬犁，朝望水屯飞驰而去。牵爬犁的，是一匹膘肥体壮的枣红马。它奔跑时纵鬃扬尾，四蹄生烟，恍若在白云中穿行。我和虎子肩并肩地坐着，一路上任情恣性地说笑着，眨巴眼的工夫就到了望水屯。

枣红马慢慢地停了下来，然后扭过脸瞅着我，鼻孔里喷出一团团热气。接着，它把蹄子下面被雪覆盖的冻土踩踏出噌噌噌的响声，还引颈嘶鸣了一阵子。

"虎子，这是咋回事？"我把脸对着虎子，见他木呆呆地坐着，脸色由红转白，由白转青。

"你们俩是怎么啦？"枣红马把眼珠子瞪得圆圆的，语气就跟它的蹄子一般硬戗有力。

我心里一颤悠，两腿不由自主地哆嗦起来。

这时候，虎子他爹从马肚子底下钻了出来。

"原来是你，我还以为是马在跟我说话呢！"我惊奇地看着他。

"小兔崽子，有你这样说话的吗？"他说罢，气势汹汹地走上前，一巴掌将我打翻在雪地上。

我慌忙一骨碌爬起，用快要冻僵的手扑拉着身上的雪。

扑拉完后，我忽然发觉虎子不见了，坐在爬犁上的是一个衣着艳丽的女人。这女人粗看还有几分姿色，可细看却是一个三分像人、七分像鬼的老妖婆。她会不会就是虎子他娘？我曾听奶奶讲，黑土屯的人都管虎子他娘叫"花哨子"，因为她总爱穿花里胡哨的衣服，把自己弄得妖里妖气的。

正当我在打量着她的时候，爬犁又开始在雪地上驰骋起来。转眼间，它跟阿拉伯神话里的魔毯似的凌空高飞。我怅然地望着坐在爬犁上的一男一女的背影，直到他们消失在遥远的天边。

"那匹枣红马没人赶也能跑能飞的，真够神的！"我一边自言自语着，一边深一脚浅一脚地、晃晃悠悠地朝望水屯的那口井走去。

到了那儿，我见井的四周像赶集似的簇拥着一群人；他们又黑又脏的手上，拿着唢呐和鞭炮。不一会儿，一个牛高马大、满身泥土的壮汉迈着歪歪斜斜的步子从不远处噌噌噌地跑到那口井的前面，把一只血淋淋的山羊扔到了井里。紧接着，唢呐声、鞭炮声便响成了一片。就在美妙动听的唢呐声被鞭炮炸成无数个小小的精灵，像山魈野魅一般乘着风向远处飘散时，几条瘦精精的狼狗不知从什么地方窜了出来，亮着白闪闪的牙齿绕着井嗅来嗅去，最后一起将脑袋往井口里边探伸。

"那人为啥把山羊扔到井里？"我把快变成冻肉的双手揣进羊皮袄的袖管里，问身边的一个容貌清癯、两鬓霜白的老人。

他身穿一件破烂不堪的棉大衫，拦腰扎着一根不粗不细的草绳，把两襟勉强地掩合起来。他的眉梢上，像是结起了冰霜，鼻子冻成了红彤彤的胡萝卜。

"那山羊是给井里的旱魃吃的，为的是求它在来年不要跑出来作祟，保我们望水屯这一带风调雨顺，平平安安。"老人的脸上，蒸出了几串热气；一双罩上了白翳的眸子里，好不容易地挤出一丝心醉神迷，溶解了嘴底下的那簇白花胡子。

没多时，我见老人拄着拐棍儿的身影好似一棵凋敝的树木在寒风中瑟瑟地颤动着，他的头上忽然间长出了一只秃鹰——这秃鹰一面扇动着翅膀，一面不停地叫唤着。

在这魔咒一般的叫唤声中，我变成了一条脑瓜往井里探伸的狼狗。我瞧见井底下的旱魃在呼哧呼哧地嗅着山羊身上的鲜血，一对锋利无比的前爪摩挲着。当它开始撕咬时，纹丝不动的山羊突然间抽动起来，像一颗刚被剜出来的心脏在稀薄的空气中作着机械而无谓的挣扎。这惨不忍睹的场面，使我感到有点眼晕和恶心。我简直无法想象：这面目可憎的、凶神般的旱魃，在享用了一顿美餐之后，真的会变成一个大慈大悲的菩萨……

岁月不居，时节如流，一晃好几个年头过去了。在这过去的几年里，我夜里所做的梦不计其数，唯独这个梦没有随着时间的流逝而消逝。它常常像一只悠悠飞翔的蝙蝠在我心灵的幽深处盘桓着。

在我初中毕业的前一年，我们全家把窝挪到了城里。听我娘讲，这样做是为了让我能够在城里念高中。

我上了高中后，开始渐渐地喜欢上城里的生活，可每年的暑假我都要到曾经养育我的故乡去看看。当然，也少不了去看看望水屯的那口井。

一到那儿，我总是直撅撅地站立片时，凝神屏气地打量着它。它一点也没变，还是原来的本色，还是像一尊既可畏又可爱的塑像，敞开着一张永远不会说话的嘴。或许它变了，变得更加古朴和苍劲，只是在我的记忆里它没变——因为我记忆的视线早已凝固了，凝固得和它一样硬实，和它一样坚不可摧。

在城里读完了高中之后，我考进了一所工程建筑学院。大学毕业后，我在一个工建局任助理工程师，长年累月风里来雨里去的，再也抽不出空返乡看看。但我一直梦绕情牵地惦记着望水屯的那口井。它就像刀刻一般铭记在我的记忆里，仿佛是取之不尽、用之不竭的精神源泉。它就像一座沉没在海底的古城深埋在我的血液里，没人能说出这古城有多高，有多大。每当我想起那个怪梦，特别是想起那个手里提溜着山羊的壮汉、那个挂着拐棍儿在寒风里哆嗦的老人和待在井里享受着供奉的旱魃，我总会禁不住噗嗤一笑。

不久，我听说在望水屯那一带要建一条铁路和一条公路，我们工建局也承担了一部分项目。我是又惊又喜又怕。夜里，我常在梦境中瞧见一台台龙吟虎啸的推土机喝醉了柴油，像一辆辆冲向敌人阵地的坦克歇斯底里地从那口井的上方碾压过去，在天地间留下一团团瓦灰色的浓烟，可那口井却奇迹般地从枯黄的野草中，从劫后的砾石堆里顽强地站了起来，在穿云裂石的响声中岿然不动。

一个阴云蔽日、寒风飒飒的星期天，烟酒不沾的我竟鬼使神差地买了一包香烟和一小瓶白干，坐上了一辆去故乡的马车。马车行驶了一段路程后，我无意间发觉，四周的景象渐渐变得有些古怪和迷离。沉睡的旷野、饥饿的山庄、腾空的桥栏、冒烟的水洼由远及近地飞奔而来，再由近及远地飞奔而去。倒挂在枝丫上的不知名的大鸟，瞪着凶猛的眼睛看着我；被风儿吹裂的干粪，像砸成碎块的陶器七零八落地撒在路边。

下了马车后，我瞧见几只毛团儿似的羊羔在不远处悠闲地嚼着刚抽了青的嫩草，一头两角弯拱、皮色光滑的黄牛懒洋洋地躺在长满水草的小溪旁打着盹儿，不觉陷入了深思：跟望水屯的那口井相比，这些动物的命运可好了去了，因为它们能通过物种特有的遗传基因来复制自己，使自己免于灭绝；而且，叫人羡慕的是：在它们的遗传基因里，存有一种原生态的"佛性"，这种"佛性"使它们生来就与世无争、随遇而安，绝对不会去制造像推土机和坦克之类的东西。

我喝了几口有点辣嗓子眼的白干，抽了几口烟后，便跟着梦游一般的感觉朝望水屯走去。我不知道自己翻过多少道山梁，跨过多少条山沟，也不知道自己经过多少间茅屋，穿过多少个村落。我只是走着，走着，不停不歇地往前走，任凭冽冽的冷风刮着我的脸，透进我的心。当我走到一块高大的、长满翠绿苔藓的怪石面前时，我举起有点麻木的右手，把酒瓶抛向它头顶上的那片天空。只见这酒瓶在空中翻腾着，挣扎着，最后掉落到怪石的身上，激起一阵带着火焰的噼噼啪啪声。

最后，我总算在似曾见过的那片土地上找到了那口井。我不自觉地闭上眼睛，第一次用我的那双原来是嫩生生而现在已长满厚茧的手深情地抚摩着它，脑瓜里悠悠浮荡着儿时"赛飞机"的场景。当我的手移到井口时，我忽然感到它皱巴巴的嘴唇翕动着。这位久别的朋友是在向我问候，还是在向我呼救？是在给我一个最后的吻别，还是在祈求我把它带走？我无暇思量这些，只是本能地抱住它，有如一叶扁舟紧贴在静止不动的湖面上。当我松开手，慢慢地睁开眼睛，准备跟它告别时，我诧异地发现：矗立在我面前的是一道飞流千尺、喷玉溅珠的瀑布，它将五色纷缊的祝福撒向我的脸庞，抹去了笼在我心头的忧悒。

阴云渐渐散去，碧蓝的天幕透出婆娑点点的阳光。我把揣在怀里的烟盒拿了出来，做成一只小小的飞机，而后奋力地将它掷向空中。它仿佛驮载着我的一颗童心，像一只白鸽扑扑振翅，轻盈地朝远方飞去。

作品综述（代后记）

本书收录了《远方》《爱之墙》和《望水屯的井》三部作品。

《远方》叙述了一个发生在抗战时期的故事。故事的男主人公在流落环珠岛的岁月里，为了谋生曾蜗居斗室写一些小文章，过着小文人特有的那种看似悠闲清净的生活。但自从日寇的铁蹄踏入了环珠岛，他和众多逃难到异乡的同胞一样，被逼到了山穷水尽的角落。而一个女性的出现，使他看到了一线生机和希望。她在追求自己的理想时所表现出来的执着，她那"裙钗不让须眉"的精神，最终深深地打动了他、感染了他，把他从无聊的、半封闭的状态中解救了出来。两人在抗日救亡的运动中，结成了一对恩爱情长、互不离弃的恋人。

整部作品在展现人物性格的多重性和矛盾性的同时，注重于心理层面的开掘。例如：对心理反应的放大性或夸张性描写，对复杂的、游移不定的情感或想法的描摹，对古怪的甚至是变态的心理的刻画，借用"黑色幽默"来烘染出人物细微的情绪变化，有意模糊现实与幻觉的边界，运用梦境来展示人物的潜意识层面以及对"集体无意识"的阐发与探讨等。

当然，值得关注的还有象征手法的运用。例如："从云隙里渗漏出来的摇曳不定的亮光，间或凝聚成一把锋利的剑，在木船周围的水面上划来划去。暗红色的血，渐渐地从被割断的脉络里奔涌出来，继而凝固在木船的四周。"这里，由"亮光"聚成的"剑"象征着日本侵略者的屠刀，"被割断的脉络"象征着受难的中国人，"木船周围的水面"象征着中国的国土。又如：锋锐的"花边"和"草梗"，象征着爱情的"残酷"；男主人公在街上行走时多次偏离人行道，象征着他在人生的道路上还没有找到正确的方向。黑暗重围下的"那盏台灯"象征着孤独且备受煎熬的灵魂。

再有就是人物的动态发展，如男主人公由一个很普通的自由撰稿人转变为抗日隐蔽战线的一名无名英雄，最初生活在他周围的几个女性或在思想感情上发生了重大的变化，或在人生的价值观上有所改变。

《爱之墙》讲述的是一对青年教师的恋情。它同样注重于心理方面的探讨。

首先，我们来看男主人公的心路历程。随着阅读的深入，读者或许会发现：男主人公的情感世界经历了从压抑到开放，再由开放到压抑的复杂过程。他的压抑感，一部分是来自父母对他的冷漠，一部分是来自在一场大病之后所产生的心理上的负担，还有一部分是来自深埋在他潜意识里的"弥尔顿情结"——这种情结带有清教主义的某些特征，如情感与理智相分离（即以知识的力量排斥人的天性），尤其是在同异性的交往时用看似奔放的热情或幽默掩饰内心的焦虑与困惑。而当真正属于他的爱情降临时，他渐渐地走出了压抑的阴影，向自己钟爱的姑娘敞开了封闭已久的情感大门。然而，之后发生的一系列变故（主要是家庭的变故）似乎又让他承受着新的压抑。这种由压抑到开放，再由开放到压抑的往复中又带变化的心理走势，是主客体互动的必然结果。它使作品所探讨的一系列问题能像一个个小挂件似的均匀地挂在它的上面。

其次是作品的对话设计。例如：男主人公与他的学生有一次交谈，是围绕着"雨""愁""自然主义"等构建起来的，其中还引用了毛姆的《雨》以及《月亮和六便士》。粗心的读者可能会觉得这些都是多余且毫无意义的，而细心的读者则有可能读出另一番意蕴：两人交谈时外面正下着雨，这样，谈话的内容不仅和人物的内心世界，而且还和谈话时的氛围建立起了一种微妙的关系，点化出"如同雨一般倾泻的春情是不可抗拒的自然力"这一主题。也就是说，故事的叙述者在将现实世界中的"雨"同毛姆作品中的"雨"融为一体时，把抽象的命题隐藏于其中。而《月亮和六便士》中的"一个人若是坠入了情网，就可能对世上的一切事物都听而不闻，视而不见了。这时候的他，就会跟古代锁在木船里摇桨的奴隶一样，身心都不是他自己所有的了。"在故事的结尾得到了照应："她本能地、执着地、一步一步地往前走着……仿佛她的身子早已不再属于她自己了。"即它从一个特定的心理层面诠释了女主人公的毅然殉情。同时也补充说明了男主人公所讲的"这两句话也可以从自然主义的角度来分析"（意谓人在包括爱情在内的自然力量的面前，往往显得无助和身不由己）。换言之，在这里，对话、氛围、潜意识、伏笔、主题等形成了一条隐形的逻辑链。

还有就是在作品中频频出现的背景，不论是大背景还是小背景，不论是室外的背景还是室内的背景。它们有的单调而沉重，让人有一种荒漠的感觉；有的恬静浪漫、如诗如画，使人心旷神怡。这些描写似乎能结合人物的心理和命运等来作更细微抽象的解读。而故事的悲剧性结尾是由黄山的一处背景来点染和预示的："天色看上去已近黄昏。一弯淡月惺忪地攀到山脊的上空，成群的乌鸦撑开黑白相间的翅膀在树梢的顶上来来回回地盘旋着，时不时发出咕呀咕呀的叫声，好像是在为白昼的逝去哼着哀戚的歌谣，又好像是在为黑夜的降临唱着颂歌。"此处，"乌鸦""黑夜"以及"黑白"两色都象征着死亡。另外，小客栈里的古怪女人和她的卦语、男主人公在睡梦里听到的斗拳声和他做的怪梦以及天都峰上的叫人毛骨悚然的大风等，都意在营造一种悲剧的氛围。

《望水屯的井》，则以"井"作为象征来"统领"通篇的叙述。它象征着金色的童年以及对金色童年的眷恋和情思，象征着某种坚实的信念和意志，也象征着梦幻般的理想与追求。它与其说是一处旧迹，不如说是一尊雕像、一座 祭坛。它更是一个富有现实生命力的永远解不开的谜。在象征意义的控制下，故事平实的外层结构不时地受到构成作品核心意旨的一个或多个抽象结构的调度，这使得外层的叙述往往显得有些扑朔迷离、意境朦胧。而且，梦作为潜意识活动的一种高级编码，又不时地参与到叙述中来，把积淀在人物心理结构中的各种印象与情感释放出来。

此外，叙述者的视角和故事中主人公的视角由于时间差的缘故形成了视角上的重叠，即产生了两个相互缠绕、交互作用的视角。读者一方面受叙述者视角的控制——这位叙述者具有敏锐的观察力、独到的理解力，并能用成熟练达的语言来追述自己过去碰到的事情；另一方面又受故事中的主人公（也就是假定中的叙述者的"过去的自我"）的视角的控制——他往往表现出幼稚、任性和冲动等。时间创造了叙述者审视"过去那个自我"的客观性和深刻性，因此，在这个意义上说，采用重叠的视角叙述故事具有深化感性认识、矫正认识对象的作用。换句话说，在这里，理性与非理性这两种看似冲突的元素，经过审美规则的"过滤"和艺术化的加工，以全新的方式呈现在我们的面前。

另外，作品在使现实与幻象似离似合、相互转化的同时，还运用通感来获得同化和扩张知觉的效果，例如："美妙动听的唢呐声被鞭炮炸成无数个小小的精灵，像山魈野魅一般乘着风向远处飘散"。这种修辞手法多见于诗歌，例如，素有"美国诗坛罗宾汉"之称的 E.肯明斯，在其诗作《日落》中写道："玫瑰色的大钟敲响了肥腻而淫荡的钟声。"此处，听觉和视觉相互贯通、融合，形成了对读者心屏的强大冲击力。正如孔颖达在《礼记正义》中所讲的："声音感动于人，令人心想其形状如此。"

最后，顺便说一下书名的意义。

在第一部作品中，"远方"不仅仅是一个地理上的概念（即男主人公流落到远离家乡的异地他乡），而且更是一个探寻精神出路的象征（作品的尾声写道："她就像远方的一座灯塔，照亮了黑漆漆的海面，指示着我航行的方向。"）在第二部作品中，"远方"既指男女主人公所在的单位位于偏远的海滩边，又指他俩在遥远的"天堂"再续今生今世的情缘。该故事的结局正如女主人公在之前所幻想的那样："只是幻想着自己随着这船儿向一碧无垠的大海漂去，一直漂到一个迷人的、空蒙奇幻的小岛。"也正如男主人公曾经说过的："这世上最美好的东西，是以最痛苦的方式和最伟大的牺牲换来的。"在第三部作品中，"远方"具有层层递进的内涵，也就是先从"大青沟的那条河"到"望水屯的井"，再到主人公心中的远大理想——"每当我的飞机在空中矫健而又自信地滑翔时，我总会不由自主地寻思着：承载着人类飞天之梦的不正是这些神奇的数字和符号吗？我长大后能当上一名数学家或宇航员该有多好啊！"而故事的结尾则点化出更深远的意境："阴云渐渐散去，碧蓝的天幕透出婆娑点点的阳光。我把揣在怀里的烟盒拿了出来，做成一只小小的飞机，而后奋力地将它掷向空中。它仿佛驮载着我的一颗童心，像一只白鸽扑扑振翅，轻盈地朝远方飞去。"

总之，这三部作品都通过"远方"这一意蕴丰富的意象来深化自身的主题思想。

聊复尔尔，仅供读者参考。

周立人

写于 2024 年 4 月